UN PACTO
Audaz

Laura Lee GUHRKE

Un pacto
Audaz

HarperCollins *Español*

Imagen de cubierta: *Jim Griffin*

ISBN: 978-0-71808-023-5

Impreso en Estados Unidos de América
16 17 18 19 20 DCI 6 5 4 3 2 1

En memoria de mi querido Michel Loosli
15 de marzo de 1949-10 de marzo de 2013
Descansa en paz, amigo mío.

África Oriental

El canto le despertó. Era una melodía repetitiva y primitiva que le arrastró lentamente a la conciencia. Cuando se despertó, la primera sensación fue de dolor, e intentó volver a dormir, regresar al olvido, pero ya era demasiado tarde para ello.

El canto era la razón. Seguía y seguía y, cuanto más intentaba ignorarlo, más intensamente parecía taladrarle el cerebro. Quiso taparse los oídos para alcanzar el bendito silencio que le permitiera dormir, pero no pudo levantar las manos. Qué extraño.

Tenía la cabeza a punto de reventarle. La piel le escocía como si le hubieran clavado miles de agujas al rojo vivo, pero en su interior sentía un frío penetrante y agresivo, como si su esqueleto estuviera hecho de témpanos. Y la pierna... Tenía algún problema en la pierna. El dolor parecía concentrarse en el muslo derecho e irradiaba hacia todas las partes de su cuerpo.

Quiso abrir los ojos y mirar, ver lo que le pasaba a la pierna, pero, una vez más, fue incapaz de conseguir que sus músculos le obedecieran. Sentía la cabeza aturdida, la mente borrosa. ¿Qué le pasaba?

Intentó pensar, pero eso exigía demasiado esfuerzo y, cuando el canto se apaciguó hasta convertirse en un quedo murmullo, comenzó a hundirse de nuevo en el sueño.

Danzaban por su mente imágenes y sonidos a tal velocidad que no sabía si eran sueños o una explicación de lo que le había ocurrido. Una mancha borrosa y oscura, un dolor abrasador y el sonido penetrante de los disparos de rifle rebotando en las montañas Ngong.

Cambió la imagen en su mente y vio a una mujer con un vestido de seda azul, una joven delgada de rostro pecoso, ojos verdes y pelo cobrizo. Le estaba mirando, pero no había flirteo alguno en su mirada ni sombra de coqueteo en sus labios rosados. Permanecía tan quieta que bien podría haber sido una estatua y, aun así, era la criatura más intensa y vivaz que Stuart había visto en su vida. Contuvo la respiración. No podía estar allí, en medio del salvaje oriente de África. Estaba en Inglaterra. Su imagen se desvaneció en la niebla y, aunque intentó recuperarla, no lo consiguió. Tenía el cerebro espeso como el alquitrán.

Algo frío y húmedo le tocó el rostro, una compresa que le rozó la frente y se posó después sobre la boca y la nariz. Sacudió la cabeza de lado a lado en una violenta protesta. Odiaba tener nada encima de la cara; le hacía sentirse como si estuviera asfixiándose. Jones lo sabía. ¿Qué estaba haciendo aquel tipo?

El trapo húmedo volvió a cubrirle la cara, pero consiguió apartarlo. Estaba temblando. Su cuerpo se estremecía en violentas sacudidas. Y tenía mucho frío.

Aquello le desconcertó. Estaba en África. Allí nunca había pasado frío. En Inglaterra, sí. Inglaterra era un país frío, con su constante humedad, su llovizna, su fría reserva, su esnobista conciencia de clase y sus perpetuas tradiciones.

Pero mientras aquellos pensamientos despectivos cruzaban su mente, uno nuevo se elevó tras ellos.

«Es hora de volver a casa».

Intentó descartar aquella idea. En África todavía le quedaba trabajo por hacer. Porque estaba en África, ¿verdad? Una punzada de inseguridad le hizo abrir los ojos y alzar la cabeza. En cuanto lo hizo, todo comenzó a girar violentamente y pensó que iba a vomitar. Apretó los ojos hasta que cedió la náusea y, cuando volvió a abrirlos otra vez, vio cosas que le resultaron tranquilizadoramente familiares: el techo y las paredes de lona, su baqueteado escritorio de ébano, las pieles apiladas, los mapas enrollados y metidos en una cesta, el baúl de cuero negro... Los objetos que habían constituido su hogar durante una década. Respiró hondo e inhaló el olor del sudor y la sabana, y sintió una oleada de alivio al advertir que la cordura no le había abandonado por completo.

Dos hombres con la piel del color del café permanecían a la entrada de la tienda. Había otros dos arrodillados a ambos lados de su catre, repitiendo incesantes aquel canto infernal, pero no había señales de Jones por ninguna parte. ¿Dónde demonios estaba Jones?

Uno de los hombres que estaba arrodillado a su lado alargó la mano para presionarle el pecho y urgirle a tumbarse. Demasiado débil como para resistirse, se tumbó de nuevo y cerró los ojos, pero, en cuanto lo hizo, volvió a ver a aquella mujer. Sus ojos verdes brillaban como esmeraldas cuando le miraba y su pelo resplandecía como un fuego incandescente bajo las luces del salón de baile.

¿Salón de baile? Debía de estar soñando, porque habían pasado años desde la última vez que había estado en un salón de baile. Y, aun así, conocía a aquella mujer. Su rostro volvió a desvanecerse y ocupó su lugar un damero de campos verdes y prados dorados, todos ellos delimitado por setos de color verde oscuro. Eran las tierras de Margrave y se extendían ante él hasta donde alcanzaba su mirada. Intentó darles la espalda, pero, cuando lo hizo, vio el estuario de Wash y, tras él, el mar.

El olor de la sabana desapareció para ser sustituido por el de la hierba verde y la reina de las praderas, el del fuego de turba y el del ganso asado.

«Es hora de volver a casa».

Volvió a asaltarle aquel pensamiento, presentándose con una certeza inexorable que acallaba el repetitivo canto.

Los campos, los setos verde oscuro, el mar, los ojos de aquella mujer, todas las imágenes se fundieron en una alfombra de tonalidades verdes que después desapareció, no fundiéndose en la niebla, sino abriéndose bajo él como una grieta en la tierra y después vio... nada. A su alrededor, todo era negritud y vacío. Sintió el pálpito del miedo, experimentó la misma sensación que le ponía el vello de la nuca de punta cuando estaba en la selva africana. El peligro estaba muy cerca, lo sabía.

De pronto, cesó el canto. Las voces fluyeron sobre él en rápidos estallidos, voces ansiosas y llenas de inquietud hablando kikuyu. Pero, aunque hablaba fluidamente la mayoría de los dialectos del bantú, incluido aquel, no comprendió lo que estaban diciendo.

Las voces se elevaron hasta alcanzar un tono casi frenético y, de pronto, sintió que estaban levantando su cuerpo del camastro. El movimiento provocó una nueva oleada de dolor en sus ya doloridos huesos. Gritó, pero no salió ningún sonido de su garganta desgarrada.

Le estaban moviendo, se lo llevaban a alguna parte. El dolor era atroz, sobre todo en el muslo, y sentía que los huesos iban a quebrarse como palos al menor movimiento. Le pareció una eternidad el tiempo que pasó hasta que se detuvieron.

Sintió bajo la espalda el crujido de la hierba seca cuando le dejaron en el suelo y oyó después el sonido del metal cortando la hierba y cavando la tierra.

Se obligó a abrir de nuevo los ojos y descubrió sobre él

una plateada luna creciente, pero las líneas de la luna se recortaban borrosas contra el cielo nocturno. Parpadeó, sacudió la cabeza y volvió a parpadear. De pronto, la silueta de la luna se aclaró.

Era la luna creciente de África, rodeada de diamantes resplandecientes y del terciopelo oscuro de la noche, una imagen familiar para él. Todas las noches, cuando todo el mundo dormía y el fuego perdía fuerza, se recostaba en su silla de lona, estiraba las piernas y los músculos doloridos tras un día de safari y fijaba la mirada en aquellas constelaciones mientras bebía café. En el África Oriental, las noches como aquella eran habituales.

Era más raro disfrutar de una noche tan clara y bella en Inglaterra. Allí, ya fuera de noche o de día, el cielo estaba normalmente cubierto, el aire era húmedo y helador. Pero en verano, en un día claro, también Inglaterra tenía sus buenos momentos. El fútbol, el croquet, las comidas campestres en las praderas de Highclyffe. El champán. Las fresas.

Se le hizo la boca agua al pensar en las fresas. No podía recordar cuándo las había comido por última vez. Tenía la sensación de que había pasado una eternidad.

«Es hora de volver a casa».

Volvió a aparecer el rostro de la mujer. Un rostro delgado y decidido, con la mandíbula cuadrada y la barbilla afilada, un rostro pálido, de piel luminosa y traslúcida bajo una lluvia de pecas. Con aquellas cejas castañas y angulosas y los pómulos altos y marcados, no eran un rostro delicado ni de una belleza convencional. Y aun así, era arrebatador, fascinante, la clase de rostro que uno ve en un salón de baile y jamás olvida.

Pero no era el rostro de una mujer cualquiera, comprendió con repentina lucidez. Era el rostro de su esposa.

Edie, pensó, y algo duro y tenso presionó su pecho, algo doloroso, como si le estuvieran apretando el corazón con la mano. Qué extraño, pensó, ponerse tan sentimental con una mujer a la que apenas conocía y pensando en un lugar que no pisaba desde hacía años. Y más extraño todavía que parecieran estar reclamándole a miles de kilómetros de distancia, arrastrándole con unas fuerzas demasiado poderosas como para negarlas. Sabía que no podía continuar en África durante mucho tiempo. Era hora de regresar a su hogar.

Sonaron nuevamente las voces, pero continuaban siendo demasiado quedas como para comprender las palabras y olvidó los recuerdos del hogar. Volvió la cabeza y, entre las briznas de la hierba de la sabana, distinguió a los cuatro hombres que había visto en la tienda, pero continuaba sin ver a Jones por ninguna parte. Los hombres estaban cerca y, aunque su piel oscura les hacía apenas visibles en la oscuridad, consiguió reconocerlos. Eran sus hombres. Les conocía. Les conocía tan bien, de hecho que, incluso en la oscuridad, su manera de moverse le revelaba su identidad.

Estaban cavando con palas inglesas, algo extraño, puesto que los kikuyu apenas utilizaban las herramientas inglesas. Y mientras les observaba, fue cobrando conciencia lentamente, como si estuviera presenciando un amanecer. Todo lo que le había parecido ininteligible hasta entonces cobró de pronto un perfecto y terrible sentido. Aquellos eran sus hombres, los mejores, los más leales, y le estaban concediendo un honor que, habitualmente, solo merecían los jefes de la tribu, el honor más alto que podía otorgar un kikuyu.

Estaban cavando su tumba.

CAPÍTULO 1

Tal y como el escritor William Congreve tan perspicazmente señaló, el té y los escándalos siempre habían tenido una afinidad natural y en todas las temporadas, las damas de la alta sociedad británica desarrollaban sus muy decididas preferencias sobre qué tipo de escándalo sería servido junto a la taza de Early Grey.

El príncipe de Gales era un perenne favorito, por evidentes razones. Un príncipe, consideraban las damas, debía ser motivo de escándalo, particularmente uno con unos padres tan mortalmente aburridos. Con Bertie siempre se podía contar como buen proveedor de deliciosos chismorreos.

El marques de Trubridge también había sido una fuente de cotilleos, hasta que había sentado cabeza y se había instalado en una doméstica vida de casado, convirtiéndose en un hombre decepcionantemente aburrido en lo que a escándalos se refería. Su esposa, sin embargo, continuaba despertando cierto interés entre las damas de la alta sociedad, porque, aunque se había sofocado ya el impacto inicial de su matrimonio con Trubridge, eran muchas las que encontraban fascinante que la otrora lady Featherstone volviera a casarse con otro calavera. ¿Acaso no había aprendido nada de su primer matrimonio? Los comentarios que aseguraban que continuaba siendo muy feliz junto a Trubridge un año después de su matrimonio eran recibidos con resoplidos de incredulidad y alguna que otra advertencia sobre los cazafortunas en general y los motivos por los que cualquier joven sensata debería mantenerse a buena distancia de ellos.

Y en aquel momento en particular, las conversaciones giraban, invariablemente, hacia la duquesa de Margrave.

Todo el mundo sabía que el duque se había casado con ella por su dinero.

Al fin y al cabo, ¿por qué otra razón podía haberlo hecho?

Desde luego, no había sido por su belleza, como se apresuraban a señalar las damas más atractivas. ¿Con aquella figura alta y delgada y aquellos rizos rojizos e ingobernables? ¡Y, Dios mío, con esas pecas!

Y, por supuesto, tampoco había sido su posición social la que había llamado la atención del duque. Antes de llegar a Inglaterra, Edie Ann Jewell era una pequeña don nadie de ningún lugar relevante. Su padre había hecho dinero como comerciante, vendiendo harina, judías y beicon a los hambrientos mineros de las minas de oro de la costa de Berbería en California y, aunque su padre había cuadriplicado su fortuna invirtiendo con astucia en Wall Street, aquel hecho había causado poca impresión en la alta sociedad de Nueva York y, cuando un escándalo había comprometido la reputación de la joven, esta había perdido cualquier posibilidad de ser aceptada en sociedad. Pero habían bastado un viaje a Londres y una temporada bajo la tutela de lady Featherstone para que aquella don nadie cazara al soltero más codiciado y más endeudado de la ciudad con todos sus millones yanquis.

La prensa a ambos lados del charco lo había publicitado como un matrimonio por amor, y desde luego, parecía haberlo sido, pero, menos de un mes después de la boda, se había demostrado públicamente que el amor, si en algún momento había existido, había desaparecido rápidamente. Una vez saldadas las numerosas deudas de la familia con la dote de su esposa, el duque de Margrave había partido hacia el África salvaje y allí continuaba desde entonces, sin que tuviera ninguna intención aparente de regresar a casa.

Sola y abandonada, la duquesa había centrado toda su atención en dirigir, nada más y nada menos que ella misma, todas las propiedades de Margrave. Por supuesto, contaba con administradores competentes y con mucho dinero, pero aun así... muchas damas sacudían la cabeza y suspiraban pensando en lo pesado de aquella carga para una mujer.

¿Y era verdaderamente *comme il faut* que una duquesa dirigiera ella sola sus propiedades? Las damas de la alta sociedad debatían incansablemente sobre aquella cuestión frente a fuentes con sándwiches de pepino y bizcochos de semillas. Las más jóvenes tendían a defender a la duquesa y a culpar a Margrave, señalando que había sido él el que se había marchado. Si el duque estuviera en casa, y no explorando los confines de África, su esposa no se vería obligada a actuar en su lugar. Las damas pertenecientes a generaciones de más edad solían aportar en aquel momento el argumento demoledor de la existencia del hermano pequeño del duque, Cecil. Era él el que debería hacerse cargo de los asuntos del ducado en ausencia del duque y, de hecho, no le estaban dando la oportunidad que merecía, lo cual demostraba la ignorancia de la duquesa respecto a cómo deberían hacerse las cosas. Pero, al fin y al cabo, qué se podía esperar de una americana.

Al final, eran los orígenes los que mandaban, solía argüir alguna de las damas en aquel punto. Viajar sin parar de una propiedad a otra, hacer cavar jardines, tirar ornamentos de jardinería, trasladar fuentes que llevaban más de un siglo en un lugar... aquella no era la manera de proceder de una duquesa. ¿Y qué decir de los cambios que estaba haciendo permanentemente en el interior de las propiedades? Luz de gas, cuartos de baño y solo el cielo sabía cuántas cosas más. Aquellos inventos modernos solo podían servir para deslucir la belleza de una casa, para perturbar su armonía y hacer estragos en la rutina doméstica. «Pensad en los pobres sirvientes», se decían unas a otras. ¿Qué iba a hacer la sirvienta encargada de las habitaciones durante todo el día si no tenía orinales que limpiar?

¿Y qué estaba haciendo la familia al respecto? La duquesa viuda poner buena cara, por supuesto, aunque era imposible que lo aprobara. Y, por otra parte, lady Nadine le decía a todo el mundo que le gustaban los cambios que estaban haciendo en el palacio ducal, pero, por supuesto, ella no podía decir otra cosa. La hermana del duque era una de aquellas afables cabecitas huecas a las que nada de lo que los demás hacían parecía ofender. Sin embargo, seguramente, Cecil estaba molesto con la situación. No era extraño que pasara tanto tiempo en Escocia.

Algunas decían que la duquesa disfrutaba asumiendo poderes que eran especial privilegio del sexo fuerte. Otras no comprendían que pudiera ser así porque, ¿qué mujer podía disfrutar con las duras y pesadas responsabilidades de los hombres?

En lo único en lo que las damas estaban de acuerdo era en que la duquesa debía ser compadecida, no juzgada. ¡Pobrecilla!, decían, intentando ocultar su inconfundible deleite tras una preocupación fingida. Llenando el vacío de sus días con responsabilidades masculinas, con un marido en África Oriental y sin contar siquiera con el consuelo de un hijo. Sí, pobrecilla.

La reacción de la duquesa ante aquellas conversaciones, si alguna vez tenía la oportunidad de oírlas, era la risa. ¡Si ellas supieran la verdad!

El suyo no era la clase de matrimonio que los británicos aprobaban porque ella no poseía ningún título. Y tampoco era la clase de matrimonio que gustaba a los estadounidenses porque no estaba basado en el amor. Y, desde luego, no era la clase de matrimonio que había imaginado ella cuando era una joven romántica. Pero lo ocurrido en Saratoga había conseguido arrancarle de golpe cualquier veleidad romántica que hubiera tenido nunca.

A Edie le bastaba pensar en aquel lugar y en lo que allí había ocurrido para sentir náuseas. Volvió el rostro para que Joanna no pudiera ver su expresión mientras se esforzaba en olvidar aquel aciago día que había cambiado su vida para siempre.

Se concentró en el calor de sol que se derramaba sobre ella en el landó al descubierto y respiró hondo el aire limpio de Inglaterra, intentando olvidar el olor a moho de aquella casa de veraneo y de la respiración caliente y jadeante de Frederick Van Hausen sobre su rostro. Escuchó con atención el traqueteo de las ruedas para no oír así el sonido de sus propios sollozos ni las risitas furtivas de la alta sociedad de Nueva York al hablar de la libertina de Edie Jewell.

Como el ave fénix resurgiendo de sus cenizas, Edie había sabido crearse una nueva vida a partir de los restos del naufragio de la anterior, una vida que se adaptaba perfectamente a sus necesidades. Era una duquesa sin duque, una señora sin amo y, por mucha perplejidad que causara entre la alta sociedad, le gustaba que así fuera. Su vida era cómoda, segura y tan predecible como una máquina perfectamente calibrada. Tenía todos los aspectos de su vida bajo control.

Bueno, quizá no todos, se corrigió con pesar al mirar a la joven de quince años que tenía sentada frente a ella. Al igual que Edie, su hermana Joanna no era una chica fácil de controlar.

—No entiendo por qué tengo que ir al colegio —se quejó Joanna por quinta vez desde que el carruaje había salido de Hyghclyffe y, quizá, centésima quinta vez desde que la decisión había sido tomada—. No entiendo por qué no puedo continuar viviendo contigo y tener como institutriz a la señora Simmons, como he hecho siempre.

No había nada que Edie deseara más que aquello fuera posible. De hecho, Joanna ni siquiera se había montado todavía en el tren y ya la estaba echando de menos. Aun así, sabía que no sería bueno para ninguna de ellas que mostrara sus sentimientos. De modo que Edie fingió una firme indiferencia frente a los argumentos de Joanna.

—No puedo obligar a nuestra querida señora Simmons a quedarse otro año contigo —contestó con una alegría que estaba muy lejos de sentir.

—Esa no es la razón —los ojos castaños de Joanna la miraron con expresión acusadora—. Es por ese ridículo asunto de los cigarrillos. Si hubiera sabido que me ibas a enviar fuera, jamás lo habría hecho.

—¡Ah! Así que no es tu conciencia la que te aguijonea, sino lo que consideras un castigo.

Inmediatamente, Joanna adoptó una expresión afligida.

—Eso no es cierto —lloriqueó—. Lo siento muchísimo, Edie, de verdad.

—Y tienes motivos para sentirlo, Joanna —terció la señora Simmons, que estaba sentada al lado de la adolescente—. Los cigarrillos son repugnantes, además de un hábito impropio en una dama.

Joanna no prestó atención a aquel comentario porque sabía por experiencia propia que discutir con la implacable señora Simmons era inútil. De modo que continuó con la mirada fija en Edie. Bajo el canotier, sus enormes ojos de gacela se llenaron de lágrimas.

—No me puedo creer que me estés echando de casa.

A Edie se le encogió el corazón al oírla, a pesar de que sabía perfectamente que estaba intentando manipularla. En cualquier otro aspecto de su vida, confiaba en sus decisiones, estaba perfectamente segura del terreno que pisaba y no se dejaba manejar. Pero Joanna era su punto débil.

La señora Simmons, gracias a Dios, tenía la determinación de la que ella carecía en lo que a Joanna se refería. Pero durante el año anterior, Joanna se había vuelto demasiado ingobernable incluso para que aquella buena mujer pudiera controlarla. La señora Simmons había aconsejado en numerosas ocasiones que la llevara a una escuela de élite y, después del incidente de los cigarrillos, Edie había capitulado por fin, para gran consternación de su hermana. Durante las cuatro semanas que habían pasado desde entonces, Joanna había estado acosándola constantemente, intentando minar su resolución. Afortunadamente, en la Escuela de Élite para Señoritas Willowbank se habían mostrados dispuestos a aceptar a la hermana de la duquesa Margrave durante el siguiente trimestre. Si la campaña de Joanna hubiera durado mucho más, Edie sabía que, probablemente, habría terminado cediendo.

Joanna necesitaba el colegio. Se encontraba en una edad en la que necesitaba la disciplina y los estímulos que en él podría recibir. Necesitaba pulirse y tener oportunidad de hacer amigas. Edie lo sabía, pero sabía también que la echaría terriblemente de menos. De hecho, podía sentir ya cómo iba acercándose la soledad.

—¿Edie? —la voz de su hermana, vacilante y arrepentida, irrumpió en sus pensamientos.

—¿Sí? —Edie volvió la cabeza, aliviada por la distracción, y miró a la adolescente que iba sentada frente a ella en el landó—. ¿Sí, querida?

—Si prometo no volver a hacer nunca nada malo, ¿puedo quedarme?

—Joanna, esto tiene que acabar de una vez —la regañó la señora Simmons antes de que Edie pudiera contestar—. Tu hermana ya ha tomado una decisión. Yo estoy comprometida en otro lugar y tú has sido aceptada en Willowbank. Algo que, por cierto, deberías aceptar como un gran cumplido, puesto que Willowbank es una escuela muy distinguida. La señora Calloway acepta a muy pocas alumnas entre todas aquellas que presentan su solicitud.

Edie se obligó a hablar con una ligereza que no sentía en absoluto.

—Y en Willowbank podrás pintar y estudiar arte, que es lo que más te gusta. Harás amigas y aprenderás todo tipo de cosas nuevas. Ese cerebro tan inteligente estará ocupado de la mañana a la noche.

—Probablemente, ni siquiera me enteraré de cuándo es de día o de noche —gruñó Joanna—. Las ventanas son tan estrechas que apenas se puede ver lo que hay fuera. Es un lugar oscuro y deprimente y seguro que, cuando llegue el invierno, será aterradoramente frío. ¡Uf!

—Bueno, al fin y a cabo es un castillo —señaló Edie—. ¿Pero no te parece divertido vivir en un castillo?

Joanna no se dejó impresionar. Esbozó una mueca y se recostó en el asiento con un pesado suspiro.

—¡Será como vivir en la Torre de Londres! Es una cárcel.

—¡Joanna! —la reprendió la señora Simmons con voz aguda, pero Joanna, incorregible, desvió sus enormes ojos de Edie hacia la mujer indomable que iba sentada a su lado.

—¿Qué pasa? —preguntó con fingida y ofendida inocencia—. La Torre es una prisión, ¿no?

—Lo era —la señora Simmons aspiró con fuerza—. Y, si no dejas de molestar a tu hermana, te enviará allí en vez de a Willowbank.

—Si me enviara, ¿podría entrar por la puerta de la Reina Ana en barco? —se le iluminó el semblante ante aquella idea—. Sería divertido.

—Hasta que te cortaran la cabeza —intervino Edie—. Pórtate en Willowbank como has estado portándote en casa y me atrevo a decir que la señora Calloway tendrá la tentación de hacerlo.

La expresión de Joanna se tornó sombría, pero la jovencita no fue capaz de pensar una respuesta inteligente, así que permaneció en silencio, elaborando, Edie no tenía la menor duda, otro argumento que explicara por qué ir a un internado no era una buena idea.

Su aprensión era comprensible. Su madre había muerto cuando Joanna tenía solo ocho años. Su padre, ocupado con los negocios en Nueva York, había llegado a la conclusión de que dejar a Joanna al cuidado de Edie tras su matrimonio era lo más conveniente para todo el mundo y las hermanas rara vez habían estado separadas. Pero Edie sabía que no podía retener a Joanna atada a su lado eternamente, por mucho que lo deseara.

Estudió el rostro de su adorada hermana, analizando su juvenil belleza con una mezcla de sentimientos. Por una parte, agradecía que los defectos físicos que la habían perseguido durante su propia juventud no fueran a atormentar nunca a su hermana. La nariz de Joanna era aguileña más que chata y no tenía una sola peca. Tenía el pelo castaño sin ningún matiz que recordara a las zanahorias. Y su silueta, aunque esbelta, era ya mucho más redondeada de lo que sería nunca la de ella. Afortunadamente, tampoco era tan alta como su hermana mayor.

Pero, aunque a Edie le hacía feliz ver florecer a su hermana y transformarse en la belleza que ella nunca había sido, también la hacía estar más decidida que nunca a protegerla y cuidarla, a asegurarse de que lo que le había ocurrido a ella en Saratoga no pudiera ocurrirle nunca a su hermana.

Sabía que en Willowbank Joanna estaría a salvo, protegida y continuamente vigilada, pero, aun así, deseaba desesperadamente que el carruaje diera media vuelta. Y, cuando el vehículo aminoró su marcha, fue casi como si el destino estuviera concediéndole aquel deseo.

—¡Soo! —gritó el conductor desde su asiento, tirando con fuerza de las riendas y poniendo el carruaje a paso de tortuga.

—¿Qué ocurre, Roberts? —preguntó Edie, irguiéndose en su asiento—. ¿Por qué vas tan despacio?

—Hay un rebaño de ovejas delante, Su Excelencia. Son muchas.

—¿Ovejas?

Aferrándose con las manos enguantadas a la puerta del carruaje, Edie se levantó y contempló el rebaño de ovejas que iba por delante de ellos en la carretera con alivio y desolación al mismo tiempo.

Guiado por un par de hombres a caballo y por varios perros, iban en la misma dirección que el carruaje, moviéndose a un paso desesperadamente lento.

—¿Nos va a provocar mucho retraso? —preguntó, hundiéndose de nuevo en el asiento.

El joven volvió la cabeza para mirarla por encima del hombro.

—Eso me temo, Su Excelencia. Por lo menos veinte minutos, diría yo. O quizá más.

—¡Bien! —Joanna salto feliz en su asiento—. ¡Perderemos el tren!

Edie miró el reloj que llevaba prendido en la solapa de su traje azul apagado y confirmó que, definitivamente, existía aquella posibilidad. Miró hacia ambos lados, estirando el cuello para ver a los caballos, y alzó de nuevo la mirada hacia al conductor.

—¿No podrías intentar avanzar? —le preguntó desesperada—. Seguramente, las ovejas preferirán apartarse del camino a ser arrolladas por los caballos.

Roberts le dirigió una mirada irónica.

—Eso sería suponiendo que las ovejas tuvieran espacio para moverse, Su Excelencia. El rebaño ya va muy apretado y con la loma que tiene a la derecha y la pendiente de la izquierda, no tiene más remedio que avanzar en línea recta.

—Entonces, ¿hasta que hasta que lleguemos al desvío de Clyffetton tendremos que movernos a este ritmo?

Roberts asintió con un gesto de disculpa.

—Eso me temo. Lo siento.

—¡Ja! —exclamó Joanna triunfal—. Y no hay otro tren hasta mañana.

¿Otro día más soportando a su hermana? Edie se reclinó en su asiento con un gemido. Estaba perdida.

El carruaje continuó avanzando muy lentamente, mientras la señora Simmons permanecía sentada en el implacable silencio propio de una dama, Joanna sonreía sin reprimir apenas una expresión de triunfo y Edie intentaba prepararse para soportar durante otras veinticuatro horas a su hermana intentando socavar su resolución.

Pasó media hora antes de que pudieran abandonar aquella carretera y dejar las ovejas detrás. Y, aunque Roberts consiguió recuperar parte del tiempo perdido acelerando el ritmo del carruaje, cuando llegaron a la estación, el tren procedente de Norwich estaba ya despidiendo nubes de vapor mientras se preparaba para abandonar la diminuta estación de Clyffeton.

Apenas había detenido Roberts el carruaje cuando Edie estaba ya fuera del vehículo y corriendo hacia la estación.

—¡Trae el equipaje, Roberts, por favor! —gritó por encima del hombro mientras subía corriendo los escalones de la entrada y abría la puerta.

Sin esperar respuesta, entró, cruzó el edificio de la estación, un edificio pequeño y vacío, y salió al otro lado, justo al andén. También el andén estaba vacío, salvo por la presencia de un hombre que se apoyaba con pose despreocupada en la columna que tenía tras él. Llevaba un sombrero que ocultaba su rostro. Rodeado de equipaje, no parecía tener intención alguna de subir al tren y Edie dedujo que acababa de apearse y en aquel momento estaba esperando al carruaje que llegaría a buscarlo.

Un extranjero, pensó inmediatamente, pero, cuando un hombre al que reconoció como el jefe de estación bajó del tren, Edie pasó al lado de aquel desconocido sin dedicarle una segunda mirada ni pensar ni un segundo más en él.

—¿Señor Wetherby?

—Su Excelencia —se enderezó inmediatamente, ofreciéndole su respetuosa atención—. ¿En qué puedo servirle?

—Mi hermana y su institutriz tienen que tomar ese tren, pero hemos llegado terriblemente tarde. ¿Podría intentar persuadir al maquinista de que retrase la salida durante un minuto o dos para darles así tiempo para montar?

—Lo intentaré, Su Excelencia, pero puede ser peligroso retrasar la salida de un tren. Veré lo que puedo hacer.

El jefe de estación se inclinó, llevándose la mano a la gorra, y corrió inmediatamente hacia el tren para ir a buscar al maquinista. Edie miró por encima del hombro, pero ni su hermana ni la señora Simmons la habían seguido al andén y, como no quería pensar en los problemas de la partida de su hermana, decidió ocupar su mente analizando más concienzudamente al desconocido que tenía a su lado.

Definitivamente, era de fuera, decidió, aunque no estaba segura de por qué le daba aquella impresión. Iba vestido con un atuendo propio del país, un traje de *tweed* muy bien cortado, y, sin embargo, había algo en él que no era propio de los ingleses. Quizá fuera aquella postura negligente, o la manera de llevar el sombrero, ocultando su frente y cayendo sobre sus ojos. O, a lo mejor, el bastón de caoba y marfil que llevaba en la mano, o la vieja maleta de piel de cocodrilo que reposaba a sus pies, o los baúles negros tachonados con latón apilados cerca de él. O quizá fuera solamente el vapor del tren que se arremolinaba a su alrededor como la niebla. Pero el caso era que había algo en aquel hombre que hablaba de lugares exóticos y muy alejados de aquel pequeño y tranquilo rincón de Inglaterra.

Clyffeton era un pintoresco pueblo de la costa de Norfolk, situado al final del estuario de Wash. Había sido un lugar estratégico cuando los vikingos habían saqueado la costa inglesa, sin embargo, en aquel momento, solo era una tranquila localidad junto al mar. Aunque presumía de ser una residencia ducal, nada podía evitar que fuera una población aislada, pintoresca e irremediablemente provinciana. En un lugar como aquel, un extranjero destacaba como unos calzones rojos en el tendedero de un clérigo. En menos de una hora, el pueblo bulliría de comentarios sobre la llegada de un forastero. En dos, habrían decidido si era un hombre digno de confianza, habrían desenterrado su pasado y conocerían sus intenciones. Para entonces, hasta la propia doncella de Edie sería capaz de contarle todo sobre él.

—Has impedido que se vaya.

La voz de Joanna, en tono acusatorio y consternado, interrumpió sus especulaciones. Edie se volvió, olvidándose de nuevo del desconocido.

—Por supuesto —contestó, y le sonrió a su hermana—. Ser duquesa es algo maravilloso. Detienen los trenes por mí.

—Por supuesto —musitó Joanna disgustada—. Debería habérmelo imaginado.

La señora Simmons llegó precipitadamente, haciendo gestos a los dos hombres que iban tras ella cargando el equipaje.

—He conseguido un mozo para ayudar a Roberts con los baúles —alzó un par de billetes con su mano enguantada en negro—. Será mejor que nos vayamos y no hagamos esperar más al tren.

—De acuerdo entonces —Joanna alzó la barbilla, intentando aparentar un aire de indiferencia ante aquella situación—. Supongo que, si las dos estáis tan decididas, tendré que marcharme.

Había miedo bajo aquella aparente despreocupación, Edie lo sentía, pero, aunque le desgarraba el corazón, no cedió a él. Desesperada, se volvió hacia la institutriz.

—Cuídela. Asegúrese de que tenga todo lo que necesite y se instale antes de... —se interrumpió y respiró hondo—, antes de dejarla.

La institutriz asintió.

—Por supuesto que lo haré, Su Excelencia. Vamos, Joanna.

El rostro de Joanna se retorció, se quebró. La máscara desafiante se vino abajo.

—¡Edie, no dejes que me vaya!

La señora Simmons intervino entonces con voz enérgica.

—¡Ya está bien, Joanna! Eres la hermana de la duquesa y una dama de al alta sociedad. Debes comportarte de acuerdo con tu condición.

Pero Joanna no parecía inclinada a comportarse como una dama. Abrazó a Edie y se aferró a ella como una lapa.

—¡No me alejes de ti!

—Tranquila, vamos —Edie le acarició la espalda, luchando para mantener sus propios sentimientos bajo control mientras Joanna sollozaba en su hombro—. En Willowbank cuidarán de ti.

—No tan bien como tú.

Edie comenzó a apartarla con delicadeza y, aunque aquella fue una de las cosas más difíciles que había hecho a lo largo de su vida, consiguió desasirse del abrazo de su hermana.

—Vamos, Joanna, sé valiente, cariño. Nos veremos en Navidad.

—¡Pero falta mucho para Navidad! —Joanna se secó las lágrimas y se volvió enfadada para seguir a la institutriz al tren.

Se montó sin mirar atrás, pero no había pasado ni medio segundo cuando se escabulló hasta la primera ventanilla que encontró y asomó la cabeza.

—¿No puedes venir a verme antes de Navidad? —preguntó, cruzando los brazos por encima de la ventana mientras la señora Simmons continuaba avanzando hacia sus asientos, situados en la parte más alejada del vagón.

—Ya veremos. Prefiero que te instales allí y no tengas ningún tipo de distracción, pero ya veremos. Hasta entonces, escríbeme y cuéntamelo todo. Háblame de las personas que conoces, cuéntame cómo son tus profesoras, las cosas que aprendes…

—Te mereces que no te envíe una sola carta —Joanna frunció el ceño, con el rostro todavía empapado en lágrimas—. No pienso escribir una sola palabra. Te tendré en tensión durante todo el año, preguntándote qué tal estoy. ¡No, espera! —se corrigió—. Haré algo todavía peor. Me portaré mal. Volveré a fumar cigarrillos, y causaré tantos estragos que me echarán y me mandarán de nuevo a casa.

—¡Y yo que pensaba que querías ser presentada en sociedad en Londres cuando cumplieras dieciocho años! —respondió Edie con la voz temblorosa por el esfuerzo que estaba haciendo para contener las lágrimas—. Si te echan de Willowbank, tendrás que disfrutar de tu primera temporada en un lugar más alejado incluso que Kent. Te enviaré a un convento a Irlanda.

—Una amenaza absurda —murmuró Joanna, secándose las lágrimas—. No somos católicas. Además, conociéndote, no creo que vaya a poder disfrutar siquiera de una temporada. Tus nervios no lo soportarían.

—Claro que la disfrutarás —le aseguró, aunque la verdad era que la idea de salvaguardar a su hermana en un convento le resultaba mucho más atractiva—, siempre y cuando seas capaz de comportarte como es debido.

Joanna sorbió por la nariz.

—Sabía que serías capaz de chantajearme.

Sonó el silbido que señalaba la inminente salida del tren. Joanna estiró la mano y Edie se la apretó rápidamente.

—Sé buena, cariño y, por favor, por una vez en tu vida, haz lo que te digan. Nos veremos en Navidad. O, quizá, antes.

Sabía que debería quedarse hasta que el tren se alejara, pero, un segundo más, y terminaría derrumbándose. De modo que sonrió por última vez, movió la mano con energía para despedirse de su hermana y se volvió para poder así comenzar a llorar como un bebé.

Sin embargo, su escapada tuvo muy poco recorrido. Estaba comenzando a abandonar el andén cuando la voz del desconocido dirigiéndose a ella por su nombre la detuvo en seco.

—Hola, Edie.

En el instante en el que Edie se volvió, se olvidó hasta de su hermana. Los extraños no se dirigían de aquella manera a una duquesa y Edie llevaba suficiente tiempo detentando el título como para que le sorprendiera el hecho de que aquel desconocido se hubiera dirigido a ella. Y, cuando el desconocido se quitó el sombrero para mostrar sus ojos, unos ojos preciosos, grises y brillantes que parecían capaces de ver directamente dentro de ella, su asombro se convirtió en un verdadero impacto. Aquel hombre no era un extranjero desconocido.

Aquel hombre era su esposo.

—¿Stuart?

Pronunció su nombre como un grito sorprendido y desgarrado, nacido desde lo más profundo de su garganta, pero Stuart no pareció advertir que en él no transmitía la alegría que debería evocar el reencuentro de un esposo con su esposa. Se quitó el sombrero e inclinó la cabeza ligeramente, como si estuviera haciendo una reverencia, pero no se molestó en apartarse de la columna y aquel gesto casi impúdico solo sirvió para confirmar la terrible verdad: su marido estaba allí, a solo unos metros de ella, y no a miles de kilómetros, donde se suponía que debería estar.

Las buenas maneras la obligaban a un recibimiento que fuera más allá de un grito de sorpresa, pero, aunque abrió la boca, Edie no fue capaz de emitir palabra alguna. Incapaz de hablar, se limitó a mirar fijamente a aquel hombre con el que se había casado cinco años atrás y al que no había vuelto a ver desde entonces.

África, apreció al instante, era una tierra dura. Era algo que se hacía evidente en todos los rasgos del duque. Se manifestaba en su piel bronceada, en las pequeñas arrugas que rodeaban sus ojos y su boca, en los destellos dorados y ambarinos de su pelo castaño oscuro. Estaba en las facciones delgadas de su rostro y dibujado en las líneas fuertes de su cuerpo. En aquel exótico bastón y en su mirada perspicaz y vigilante.

Durante los años de ausencia, Edie se había preguntado en alguna ocasión cómo sería África. En aquel momento lo supo, porque en el hombre que tenía ante ella reconoció muchos aspectos de aquel continente: la dureza del clima, su naturaleza nómada, su espíritu salvaje y aventurero y el duro peaje que hacía pagar a aquellos que eran simplemente humanos.

Había desaparecido el hombre indolente y atractivo que se había casado despreocupadamente con una mujer a la que ni siquiera conocía, la había dejado a cargo de sus propiedades y se había ido a un lugar desconocido con feliz inconsciencia. Había vuelto a su hogar convertido en un hombre completamente diferente, tan diferente, de hecho, que había pasado a su lado sin reconocerle siquiera. Jamás habría pensado que cinco años podían cambiar tanto a un hombre.

¿Pero qué estaba haciendo allí? Miro tras él, fijándose en los baúles, las cajas y las maletas, y lo que implicaba aquel equipaje la sacudió con todas sus fuerzas. Cuando volvió a mirarle y le vio tensar la boca, aquel minúsculo movimiento confirmó la terrible sospecha que comenzaba a cobrar cuerpo en su mente con más efectividad que cualquier palabra.

«*El cazador ha regresado*», pensó desesperada, y la desolación dio paso al miedo cuando se dio cuenta de que su vida perfecta podía llegar a desmoronarse.

Solo el más estúpido iluso podría haber pensado que se alegraría de verle, y Stuart nunca había sido un estúpido. Sin embargo, tampoco estaba preparado para la mirada horrorizada de Edie.

Debería haber escrito antes, insinuándole al menos lo que se avecinaba. Lo había intentado, pero, de alguna manera, informar de la situación en una carta había demostrado ser una tarea imposible. Cada intento le había parecido más forzado y torpe que el anterior y, al final, había renunciado y había reservado un pasaje con el argumento racional de que algo tan importante, una transformación de tal calado en su vida, debería ser comunicado en persona. Sin embargo, en aquel momento, al ver la expresión de Edie, deseó haber encontrado la manera de plasmarlo por escrito, porque la situación estaba demostrando ser mucho más violenta de lo que podría haberlo sido cualquier carta.

No ayudaba el hecho de que, entre todas las versiones de aquel encuentro que había imaginado durante el largo viaje desde Mombasa, no hubiera figurado nunca la de encontrarla allí, en el andén de la estación de Clyffeton, solo unos minutos después de haber bajado del tren.

La pierna le dolía de una forma infernal después del viaje en tren, recordándole, como si necesitara que lo hicieran, que ya no era el joven galante de cinco años atrás. Estando allí, frente a ella, se sentía inestable, imperfecto, y terriblemente vulnerable.

Edie no le había reconocido, lo sabía y, si no hubiera dicho nada, se habría marchado. ¿Tanto había cambiado?, se preguntó, ¿o aquella falta de reconocimiento solo demostraba lo poco que se conocían?

Ella también había cambiado, pero la habría reconocido en cualquier parte. Su rostro conservaba aquella seductora cualidad que había cautivado su atención en el salón de baile cinco años atrás; la misma que había invadido insistentemente sus enfebrecidos sueños aquella noche funesta en la que había estado a punto de morir en África Oriental. Era un rostro más suave que el que él recordaba, no tan afilado ni tan fiero, era el rostro de una mujer fuerte más que el de una joven desesperada.

Se obligó a hablar.

—Ha pasado mucho tiempo.

Edie no contestó. Se limitó a mirarle fijamente sin decir nada y con los ojos abiertos como platos por la impresión.

—Yo he…—comenzó a decir Stuart. Se aclaró la garganta y volvió a intentarlo—. He vuelto a casa.

Edie movió la cabeza con un casi imperceptible movimiento de negación. Después, sin previa advertencia, huyó como una gacela asustada, bajando la cabeza y pasando corriendo por delante de él sin decir una sola palabra.

Stuart se volvió y la vio desaparecer por la puerta del edificio de la estación. No intentó seguirla. Aunque hubiera querido hacerlo, le habría resultado imposible alcanzarla si ella hubiera decidido seguir corriendo. Se llevó la mano a la pierna e, incluso a través de las capas de tela de la ropa, pudo trazar la cicatriz que corría a lo largo del muslo, allí donde los músculos habían sido desgarrados por una leona furiosa. Seguía sin entender cómo había conseguido sobrevivir, pero sus días de corredor se habían terminado. Hasta caminar le costaba a pesar de que habían pasado ya seis meses desde el ataque.

—Así que tú eres Margrave.

Stuart dio media vuelta y descubrió a la hermana de Edie en el andén, a menos de dos metros de distancia, envuelta en una nube de vapor mientras el tren se alejaba de la estación con seguramente una muy airada institutriz a bordo.

Stuart arqueó una ceja.

—¿No se suponía que deberías ir en ese tren?

Joanna miró el tren y después volvió a mirarle a él con una pequeña sonrisa de triunfo en los labios.

—Sí.

Stuart no le devolvió la sonrisa. Admiraba el atrevimiento y la audacia, pero no consideró oportuno alentar aquellos rasgos en la hermana pequeña de Edie. Sobre todo porque tenía la sensación de que ella misma ya los cultivaba sin necesidad de que la animaran.

—¿Y la pobre señora Simmons?

La pequeña sonrisa de Joanna se convirtió en una sonrisa rebelde.

—Al parecer, llegará a Kent sin mí.

—¿Y tu equipaje se ha ido con ella?

Joanna esbozó una mueca.

—Solo era un baúl lleno de uniformes horribles. No voy a lamentar la pérdida. Además —añadió alegremente—, si me quedo aquí, podré ayudarte.

—¿Ayudarme?

Frunció el ceño, perplejo ante aquel ofrecimiento, porque no acertaba a imaginar de qué manera podía ayudarle una colegiala de quince años.

—¿Ayudarme a qué?

—A conquistar a Edie —se echó a reír al ver su cara de sorpresa—. Bueno, al fin y al cabo, para eso has vuelto, ¿no?

No podía ser él. Sencillamente, no podía.

Con el corazón latiéndole como el émbolo de una máquina de vapor, Edie cruzó la estación y salió de allí, pensando únicamente en alejarse todo lo posible de Stuart. Se detuvo en las escaleras para localizar su carruaje y, cuando vio el vehículo, musitó un juramento de frustración al verlo vacío. Por supuesto, Roberts las había seguido al andén con el equipaje, de modo que tendría que esperarle, a no ser que quisiera conducir el vehículo ella misma.

Desde luego, eso habría dado mucho que hablar en Clyffeton, sobre todo a la luz del regreso del duque y considerando el hecho de que había salido huyendo de la estación como un conejo asustado. En cualquier caso, era preferible a tener que esperar y soportar que Stuart la acompañara de regreso a Highclyff. Necesitaba tiempo para recuperarse, tiempo para asimilar lo imposible.

Su marido había vuelto a casa.

—¿Su Excelencia?

La voz de Roberts tras ella fue como la respuesta a una súplica. Se volvió.

—Llévame a casa, por favor.

Un ceño de desconcierto cruzó el rostro del conductor. Vaciló un instante, miró por encima del hombro y volvió a mirarla.

—¿No deberíamos esperar a...?

—No.

Lo último que quería era esperar a Stuart. Edie comenzó a caminar hacia el landó sin decir una sola palabra y, al cabo de unos segundos, Roberts continuó tras ella. Cuando llegaron al coche, Roberts desplegó los peldaños, ella subió y, muy poco después, estaban de camino. Mientras Roberts giraba el carruaje para llevarla de regreso a Highclyffe, Edie miró hacia la estación y, al comprobar que su marido no había intentado seguirla, se reclinó en el asiento con un suspiro de alivio.

Era ridículo huir de aquella manera, pero... ¡Dios Santo! No se le había ocurrido nada mejor. Stuart estaba en casa. Se suponía que eso no habría tenido que ocurrir... nunca. Lo habían acordado en el compromiso que habían adquirido cinco años atrás. Pero, entonces, ¿qué estaba haciendo allí?

La imagen de Stuart en el andén cruzó su mente; le vio rodeado de cajas y maletas y la asaltó otra oleada del mismo terror que la había impulsado a huir de la estación de tren.

Edie tomó aire y lo soltó lentamente, intentando pensar, recordándose a sí misma que no sabía lo que le había llevado a casa. A lo mejor solo había ido a pasar unas vacaciones, a ver a los amigos y a la familia.

No, a la familia no, se corrigió al instante. Su familia más cercana estaba fuera del país y, además, los lazos familiares significaban muy poco para Stuart. Los amigos, sí, era posible que hubiera regresado para ver a sus amigos. Aquella enorme cantidad de equipaje podía estar formada por regalos: marfil, pieles o cualquier otra cosa que hubiera cazado en la sabana africana. Estaba al tanto de sus expediciones, por supuesto, pero, más allá de eso, no sabía a qué se dedicaba exactamente en África, puesto que jamás se habían escrito. Aquello también formaba parte del trato.

Edie volvió la cabeza y fijó la mirada en las praderas verdes y en los arbustos, pero, en su mente, se abrió ante ella un escenario muy diferente: un bullicioso salón de baile en Londres cinco años atrás, y jóvenes moviéndose por el salón como pétalos de rosa flotando en la brisa.

Volaron los años.

Con diecinueve años y a punto de terminar su primera temporada en Londres, Edie miraba a las jóvenes del salón con admiración y una pizca de envidia. Le encantaba bailar el vals, como a cualquier joven, pero nunca se le había dado bien. No era fácil flotar como un pétalo de rosa siendo más alta que tu pareja y habiendo alcanzado una altura de casi un metro ochenta a los catorce años. Edie siempre había sido más alta que sus parejas de baile. Y también tenía tendencia a llevar en vez de a ser llevada, lo cual, terminaba generalmente con pies pisoteados, colisiones embarazosas y parejas frustradas. Pero, incluso si hubiera dominado el vals, de poco habría servido, puesto que, desde lo ocurrido en Saratoga, apenas podía soportar que la tocaran. En cualquier caso, tampoco tenía ninguna importancia, puesto que ningún hombre le había pedido bailar. Para todos los hombres de Londres y Nueva York que conocía era una jirafa y, durante los bailes, pasaba la mayor parte del tiempo a un lado del salón, junto al resto de las feas de la reunión.

Su padre la había llevado a Londres con la esperanza de que allí las cosas fueran diferentes. Las jóvenes ricas americanas no aceptadas entre la élite neoyorquina a menudo encontraban, o compraban, su lugar en la alta sociedad londinense. Su padre había contratado los servicios de lady Featherstone, la casamentera con mayores éxitos de Inglaterra, para que le apoyara en su esfuerzo de conquistar la aceptación social de Edie. Pero, para desolación de Arthur Jewell, ni siquiera una enorme dote y las habilidades de lady Featherstone habían bastado para persuadir a algún noble, por arruinado o desesperado que estuviera, de que se casara con su desgraciada hija mayor.

Por supuesto, Edie sabía que su pelo rizado y color zanahoria, las pecas que salpicaban su rostro, su altura y su discreto pecho no ayudaban a sumar posibilidades. Y, aunque la franqueza y el espíritu independiente de las jóvenes norteamericanas eran características que los hombres ingleses solían encontrar encantadoras, en el caso de Edie, ambos rasgos habían demostrados ser ineficaces. En resumen, su fracaso entre la alta sociedad londinense había sido casi tan estrepitoso como entre la de Nueva York incluso antes de que comenzaran a llegar los rumores sobre su reputación desde el otro lado del Atlántico.

El tiempo se estaba agotando. Al cabo de tres días, sería doce de agosto, la fecha que marcaba de manera oficial el fin de la temporada y el regreso de Edie a Nueva York. Aunque lady Featherstone había sugerido que se quedaran un poco más, los negocios de su padre les obligaban a volver y, teniendo en cuenta el escaso éxito de Edie hasta aquel momento, Arthur no veía sentido a prolongar la estancia.

Para Edie, regresar a casa era el desastre. Significaba regresar a la tensa atmósfera de Madison Avenue y al terrible rechazo de Newport, una vuelta a la vergüenza y a los susurros desagradables a su espalda. Y, lo que era mucho peor, regresar implicaba volver a ver al hombre que había provocado todo aquello.

Frederick Van Hausen formaba parte de la alta sociedad neoyorquina, era incuestionablemente aceptado en el Baile de los Patriarcas, organizado por la señora Astor. La familia de Edie nunca había formado parte de los círculos sociales en los que se movían los Van Hausen, pero aun así se veían con cierta frecuencia. Frederick vivía a solo unos edificios de su casa en Madison Avenue. Y la casa de su familia en Newport estaba a menos de un kilómetro de la suya. Los padres de ambos eran miembros del Club Náutico de Nueva York y los dos poseían caballos de carreras que corrían en Saratoga. A Edie le bastaba pensar en la posibilidad de volver a verle para ponerse enferma. Enfrentarse a él, aunque fuera desde un carruaje o enfrente de una librería, volver a ver aquella despreciable satisfacción en sus ojos y contemplar su repugnante sonrisa de triunfo sería insoportable. Mirarle a los ojos y saber que estaba recordando lo que le había hecho, que estaba reviviendo el placer conquistado a costa de su dolor, sería un infierno.

Casarse con un inglés era la única manera de evitar el regreso a Nueva York. Además, el matrimonio le permitiría ganar cierto control sobre su propia vida, y, después de lo ocurrido en Saratoga, necesitaba recuperar aquel control desesperadamente. Aun así, la idea del matrimonio le resultaba tan insoportable como la de regresar a casa, porque el matrimonio le concedía a su marido derecho sobre su cuerpo siempre que quisiera.

Edie apretó sus puños enguantados. La alegre música del vals y el murmullo de las conversaciones del salón de baile fueron desvaneciéndose mientras ella se devanaba los sesos intentando encontrar una salida. Pero temía que no habría manera de escapar del infierno.

—¡Oh, mira! —exclamó Leonie Atherton con tanta emoción que consiguió penetrar los pensamientos deprimentes de Edie—. El duque de Margrave acaba de llegar.

Alegrándose de aquella distracción, Edie tomó aire y siguió el curso de la mirada de su amiga hasta la entrada más cercana del salón. Cuando vio al hombre que estaba allí, experimentó un aleteo de sorpresa al descubrir que, por lo menos, había un hombre en aquellos círculos más alto que ella. Calculaba que por lo menos era diez centímetros más alto.

Con el recuerdo de Frederick rondando todavía su mente, estudió al hombre de la puerta, descubriendo, impactada, que se parecía tan poco a Frederick como el día y la noche. Aquel hombre no era rubio como un Apolo con el rostro de un niño, el atuendo de un dandi y el aire de los privilegiados. No, aquel hombre tenía un rostro bronceado y anguloso, una pose despreocupada y vestía su ropa impecable con una descuidada elegancia. Llevaba la corbata blanca sin atar, el pelo revuelto y, aunque realmente fuera un duque, Edie se preguntó si de verdad le importaba algo su título. Habiendo estado rodeada de personas con grandes aspiraciones sociales durante toda su vida, encontró bastante divertida la aparición de un hombre al que parecían importarle tan poco sus orígenes.

—Se supone que es uno de los hombres más encantadores de Londres —le explicó Leonie—. Y también de los más atractivos. Incluso una persona tan quisquillosa como tú tiene que admitir que es un hombre atractivo.

Edie podía ser recelosa con los hombres por culpa de Frederick, pero eso no le había afectado la vista.

—Supongo que sí —admitió—, si te gustan los hombres misteriosos y temerarios.

—¿Y a quién no? —rio Leonie—. Pero has dado en el clavo. Vivió en África durante dos años —continuó con el aire conocedor de una persona que leía a diario los periódicos dedicados a los escándalos—. Cazó elefantes, leones, leopardos y ese tipo de cosas. Le salvó la vida al jefe de una tribu. ¿O fue a un diplomático británico? No estoy segura. En cualquier caso, ha explorado la jungla, ha navegado por ríos africanos y ha corrido toda clase de aventuras. Dicen que es bastante salvaje.

—Y lo parece.

—Sí, ¿verdad? También cuentan que la mitad de las mujeres de Londres estaba enamorada de él y que dejó todo un reguero de corazones rotos cuando se marchó. Tuvo que volver a la muerte de su padre, pero está desesperado por volver a África. Quiere vivir siempre allí. ¿Te lo imaginas? Pero no creo que pueda hacerlo.

—¿Por qué no?

—Es un duque y no creo que un duque pueda vivir en África, ¿no te parece? Tienen que dirigir sus propiedades y... todas esas cosas —se interrumpió. Parecían haberse agotado todos sus conocimientos sobre las obligaciones de un duque—. Pero, la verdad es que tampoco le sirve de mucho ser duque. Ahora mismo se encuentra en una difícil situación.

Tiene muchísimas deudas. Todo lo que tiene está hipotecado y los periódicos anunciaron la semana pasada que sus acreedores están reclamando sus préstamos. Probablemente se queden con todas las propiedades que no están directamente vinculadas al título.

—Ya entiendo. No solo es atractivo, sino también una persona sin escrúpulos.

—¡La culpa no la tiene él! Fue su abuelo el que se jugó la mayor parte del dinero de la familia, y lo que no perdió su abuelo jugando, terminó de perderlo su padre con muy malas inversiones. ¡Ojalá me pidiera un baile! Dicen que baila divinamente. Pero, por supuesto, no lo hará, porque nunca nos han presentado siquiera. ¿Pero no sería maravilloso que mirara en mi dirección y se sintiera tan cautivado que se dirigiera directamente hacia lady Featherstone para pedirle que nos presentara? Ella podría decirle lo rica que soy —añadió, riendo—, ¡podría casarme con él y resolver todos sus problemas!

Edie se quedó helada al oír las palabras de su amiga y fijó la mirada en aquel hombre alto y de rostro tan despreocupadamente atractivo que estaba a solo unos metros de distancia. Leonie podía estar bromeando, pero, en su caso, no tenía por qué ser una broma. ¿No era precisamente eso lo que había estado esperando?

Por primera vez desde lo ocurrido en Saratoga, sintió renacer la esperanza. ¿Sería posible que aquel hombre fuera su salvación?, se preguntó. ¿Podría ser el duque de Margrave su salida del infierno?

Como si hubiera sentido su escrutinio, el duque miró en su dirección. Cuando sus ojos se encontraron, Edie se quedó sin respiración. El duque tenía unos ojos preciosos, penetrantes, de color gris claro, que parecían estar viendo directamente el fondo de su alma. Se preguntó si no estaría ella también viendo el suyo.

Estaba mirándole fijamente, lo sabía, pero, aun así, no era capaz de desviar la mirada. «La salida del infierno», pensó, y el aire que los separaba pareció moverse, acariciando su piel como la brisa fresca. Se estremeció y volvió la cabeza, obligándose a clavar la mirada en el suelo, pero, al cabo de un segundo, no pudo resistir la tentación de volver a mirarle. Y, para su asombro, descubrió que continuaba mirándola.

Sonreía ligeramente, con la cabeza inclinada y un ceño de especulación entre sus oscura cejas. Edie se preguntó qué estaría pensando.

«Una salida del infierno».

Estaba loca, no podía ser de otra manera. Loca de desesperación y pánico. Desvió la mirada otra vez e intentó descartar la idea que comenzaba a rondar por su mente. Por atractivo que fuera el duque de Margrave, aquellos pómulos angulosos, la marcada línea de su mandíbula y la sagacidad de sus ojos oscuros hablaban claramente de un hombre al que no sería fácil manejar. Aun así, si pretendía volver a África, aquello no tenía ninguna importancia.

Cuando comenzó a caminar hacia donde estaba Edie, esta no miró en su dirección, pero le estudió con los ojos entrecerrados mientras pasaba ante ella, fijándose en la atlética elegancia de sus movimientos, una elegancia que, seguro, no había conquistado moviéndose por los salones de baile. En cuanto se fundió entre la multitud, Edie le susurró algo a su amiga sobre la necesidad de beber un vaso de agua y le siguió.

Se abrió camino hacia la mesa de los refrigerios y le vio detenerse para conversar con un grupo de conocidos. Y estuvo a punto de gemir desolada cuando vio a la bella y adinerada Susan Buckingham de Filadelfia en la pista de baile. Aunque Edie quintuplicaba su dinero, no podía competir con aquella heredera americana en aspecto y temió que su alocada idea estuviera condenada al fracaso antes de haber intentado siquiera implementarla.

Pero no tenía por qué preocuparse por Susan. Aunque bailaron de una forma exquisita, aunque ella dijo cosas que hicieron sonreír y reír al duque, cuando el baile terminó, no continuó con ella. En cambio, la acompañó de nuevo a su lugar, se despidió de ella con una inclinación de cabeza y continuó su camino. Renacieron entonces las esperanzas de Edie.

Sabía que tenía que quedarse a solas con él, pero no sabía cómo conseguirlo. Y entonces, la Providencia, que últimamente no la había favorecido particularmente, acudió en su ayuda. El duque se detuvo en el otro extremo de la mesa de la comida y se quedó junto a las botellas de champán que estaban enfriándose en hielo dentro de un cubo de plata. Edie avanzó observándole sacar, rechazar y devolver varias botellas. Al final, el duque eligió una, pero no llamó a ningún mayordomo para que la abriera. En cambio, botella en mano, agarró con la otra mano una copa, se volvió y se dirigió hacia las puertas que conducían a la terraza.

No parecía estar escabulléndose para encontrarse con nadie. Una mirada a la pista de baile le indicó a Edie que Susan había sido reclamada por un nuevo compañero de baile. Por supuesto, el duque podía haber acordado un encuentro con cualquier otra joven, pero, en ese caso, probablemente se habría llevado más de una copa. Si tenía el valor de aprovecharla, aquella era su oportunidad. De hecho, podría ser la única oportunidad que le quedaba.

Con aquel pensamiento en mente, llegó al final de la mesa, justo donde había estado él minutos antes, tomó una copa y, tras echar una rápida mirada para asegurarse de que lady Featherstone no estaba a la vista y no había nadie observándola, siguió al duque.

Este no estaba ya en la terraza, sino en los jardines iluminados por la luna. Edie le vio alejarse por el extenso césped. Parecía estar dirigiéndose a los arbustos de boj que conformaban un laberinto en el extremo del jardín.

Moviéndose a toda la velocidad que se atrevió, le siguió, pero, para cuando llegó al laberinto, él ya se había escabullido en sus laberínticas profundidades.

Ella lo siguió a los pocos minutos, se encontró en un callejón sin salida y sin ver a Margrave por ninguna parte. Se puso de puntillas, intentando elevarse todo lo que podía, pero, incluso con su altura, los setos eran demasiado altos como para que pudiera ver por encima de ellos y bajó con un suspiro de desesperación.

Seguramente el duque estaba en el centro del laberinto, pero, aunque hizo varios intentos por seguirle, todos ellos demostraron ser inútiles y no tardó en descubrirse irremediablemente perdida. Y lo peor de todo era que también le había perdido a él.

—¿Y ahora qué? —musitó, clavando la mirada en otra pared verde oscuro al encontrarse de nuevo en un callejón sin salida.

—¿Me está buscando? —preguntó una voz lenta y profunda tras ella.

Con una oleada de alivio, Edie giró sobre sus talones y le descubrió a menos de tres metros de distancia. Pero, cuando clavó la mirada en aquellos extraordinarios ojos grises, su alivio se disolvió para transformarse en algo más parecido al miedo, porque continuaba sin tener respuesta para la pregunta que ella misma se había formulado: «¿Y ahora qué?».

—Normalmente, no me gusta mucho que me sigan, pero, en este caso, estoy dispuesto a hacer una excepción —Margrave sonrió.

Se vieron unos dientes blancos y perfectamente regulares incluso bajo la luz de la luna y Edie comprendió entonces, con repentina nitidez, ,que había hecho algo completamente estúpido.

Al dejarse llevar por la única idea que tenía en la cabeza, no se había dado cuenta de que había vuelto a ponerse a sí misma en una situación en la que la historia podía repetirse. Aun así, ya era demasiado tarde para pensar en el peligro o para arrepentirse. Lo que necesitaba era pensar lo que iba a hacer a continuación.

—¿Qué le hace pensar que le estaba siguiendo? —preguntó para ganar tiempo y dominar sus nervios.

—¿El deseo de pensarlo?

—O la arrogancia.

Margrave rio entonces y, cuando lo hizo, Edie comprendió que los rumores que Leonie había oído eran ciertos. Aquel hombre tenía encanto. Incluso ella, tan inmune al encanto como al atractivo físico, podía sentir la potencia de ambas cosas en aquel hombre.

—Podría ser eso, supongo —admitió—. Tengo una opinión bastante buena de mí mismo. Pero, ahora que me ha puesto en mi lugar, ¿me permite ofrecerle un consejo? Si en el futuro quiere seguir a un hombre, le sugiero que haga menos ruido, o el notará su presencia.

La osadía, decidió Edie, era la mejor apuesta en aquel momento. Dio un paso hacia él.

—¿Y qué le hace pensar que no quería que me oyera?

Margrave arqueó ligeramente las cejas.

—¡Y yo que pensaba que este baile iba a ser aburrido! —musitó—. ¿De modo que admite que me estaba siguiendo?

—Sí. Le he visto, he recibido algunas informaciones sobre usted y he decidido que deberíamos hablar.

Margrave comenzó a avanzar hacia ella.

—Dada esta desvergonzada conducta por su parte, ¿debería atreverme a tener algo deliciosamente picante en perspectiva?

Edie se tensó y se obligó a dominar el pánico, esperando no haberse equivocado por segunda vez a la hora de juzgar a un hombre.

—He dicho que quería que habláramos —le recordó.

—¿Y eso es todo? ¡Qué desilusión!

—Eso dependerá de la conversación.

Margrave rio.

—En eso tiene razón —reconoció mientras se detenía frente a ella—. Hablaremos entonces, pero será mejor que la conversación sea chispeante, o, en caso contrario, tendré que abandonarla.

Cambió la copa a la misma mano en la que llevaba la botella de champán, se volvió y le ofreció su brazo.

—¿Comenzamos?

Edie vaciló un instante, pero una mirada a su alrededor le recordó que no tenía otra forma de escapar que no fuera pasando por delante de él. Y, en cualquier caso, dudaba de que pudiera encontrar la salida de aquel laberinto sin su ayuda. «De perdidos al río», pensó. Posó la mano en su brazo, rozándolo apenas, y permitió que la guiara fuera de aquel callejón sin salida y la llevara por un camino diferente.

Giraron varias veces antes de emerger por fin a un claro que parecía ser el centro del laberinto. En él habían erigido un cenador. De estilo romano, las columnas de caliza estaban cubiertas por una cúpula blanca que resplandecía bajo la luz de la luna. Los escalones situados alrededor de la estructura circular conducían a un par de bancos de piedra de líneas curvas.

—Ya estamos aquí —dijo él mientras la conducía hacia los escalones—. Aquí podremos mantener una conversación privada. Nadie consigue encontrar el centro del laberinto.

—Usted lo ha encontrado.

—Y espero haberme ganado por ello su más sincera admiración. Pero, en este caso, sería inmerecida. De niño, estuve en muchas ocasiones en la casa Hanford, de modo que hace mucho tiempo que encontré el centro del laberinto. Aun así, tengo que reconocer que tengo un buen sentido de la orientación.

—Sí. He oído hablar de sus proezas en África. La gente dice que quiere volver a vivir allí.

—Lo deseo más que ninguna otra cosa en el mundo —dejó la copa y comenzó a abrir la botella de champán—. Pero no será posible.

—¿Por qué no?

—Digamos que tengo responsabilidades en mi propia casa.

—¿Se refiere a deudas?

—Demasiadas preguntas —el duque descorchó la botella y dejó caer el corcho al suelo—. Estoy empezando a temer que esa sea la razón por la que me ha seguido. ¿Es usted una periodista que quiere preguntarme por mis hazañas? Como esa mujer, ¿cómo se llamaba? ¿Nellie Bly?

—No soy periodista.

—Um, si usted lo dice. ¿Pero puedo creerla?

—Tendrá que confiar en mí —mostró su copa y señaló la botella con la cabeza, sintiendo una necesidad imperiosa de beber—. Sírvame.

—Autoritaria, además de atrevida. Una combinación embriagadora. Si es usted periodista —añadió mientras comenzaba a servir el champán—, debo advertirle que necesitaré de una gran dosis de persuasión por su parte para confesar alguno de mis escandalosos secretos.

Edie no le dijo que sus medios de persuasión no eran los que él tenía en mente en aquel momento.

—Se rumorea que necesita dinero desesperadamente —dijo en cambio.

—¡Oh, rumores! —la contradijo con voz ligera—. Cualquier persona sensata sabe que lo que importan son los hechos, no los rumores. Aun así —añadió mientras llenaba su propia copa—, jamás hablo de temas tan ordinarios como el dinero mientras bebo un champán bueno. No me parece bien.

Edie bebió un sorbo de su copa.

—Será necesario hablar de dinero.

—¿Por qué? —preguntó con cierta indiferencia—. ¿Quiere proponerme convertirse en mi amante?

Al oír aquella pregunta, a Edie le dio un vuelco el corazón provocado por el pánico.

—En realidad, voy a proponer más bien lo contrario.

En el instante en el que salieron aquellas palabras de su boca, deseó haberse mordido la lengua.

Ni siquiera un hombre tan cosmopolita como aquel podía tomarse tamaña declaración con calma. El duque parpadeó varias veces y la miró con extrañeza, como si temiera no haber entendido lo que pretendía decir y, cuando habló, lo hizo en un tono tan frívolo que Edie comprendió que no la había tomado en serio.

—Mis esperanzas crecen cada segundo que pasamos juntos —musitó—. Yo nunca he sido un gigoló. ¿Cuánto se paga?

Edie no sabía lo que era un gigoló, pero sí lo que el duque pretendía decir y, aunque no estaba pensando en pagarle para que fuera su amante, no lo dijo.

—He oído decir que le están reclamando los préstamos que le concedieron —dijo en cambio, negándose a dejar que la distrajera del tema que realmente importaba—. Si no consigue fondos para pagar sus deudas, ¿qué ocurrirá con sus propiedades?

—Será espantoso, supongo —respondió con voz alegre, pero, en su fascinante y misterioso rostro, Edie reconoció una sombra de desesperación—. Todas las propiedades no vinculadas al ducado saldrían a subasta. Tengo montones de parientes, y seguro que todo el mundo llorará y se lamentará cuando desaparezca el dinero. No tienen ninguna otra manera de mantenerse, ya ve, yo soy su única fuente de ingresos. Le estoy contando todo esto porque los... ¡ejem!... los honorarios por mis servicios serán bastante elevados. No estoy seguro de que pueda permitírselos.

—Le sorprendería saber lo que puedo llegar a permtirme. Pero... —Edie se interrumpió, tomó aire y lanzó su propuesta—. Pero no necesito un amante. Necesito un marido.

—¡Ah! —bebió un sorbo de champán—. Esperaba que fuera lo contrario porque resultaría bastante divertido. No puedo decir que la idea de convertirme en marido me resulte en absoluto tan excitante.

—Si se casa conmigo, pagaré sus deudas —insistió.

El duque inclinó la cabeza, estudiándola con atención.

—Realmente, es usted una mujer extraordinaria. ¿Tiene la costumbre de proponer matrimonio al primer desconocido que encuentra?

Edie se sonrojó.

—¡Por supuesto que no! No había hecho esto jamás en mi vida.

—Bueno, yo tampoco había recibido nunca una propuesta como esta, de modo que, al menos en eso, estamos igualados. Y, dígame, ¿todas las americanas son tan directas como usted en este tipo de cuestiones?

—No lo sé. Lo único que sé es que yo no tengo tiempo para andarme con rodeos.

—¿Por qué? —bajó los párpados y a Edie se le secó la garganta cuando le vio dirigir una larga y analítica mirada sobre su cuerpo—. ¿Está usted embarazada?

Edie se sonrojó intensamente ante aquella pregunta, pero sabía que aquel no era momento para cohibiciones femeninas. Y, dadas las circunstancias, la pregunta era pertinente.

—No —contestó, intentando dejar de lado su zozobra—. No estoy embarazada.

—En ese caso, no puedo evitar cuestionarme su cordura, puesto que quiere casarse.

—¿Quiere dejar de hacer bromas?

—No creerá sinceramente que puede culparme por bromear, ¿verdad? Este no es el tipo de situación que un hombre espera encontrarse cuando asiste a un baile. No es que me esté quejando —añadió—, puesto que la velada se ha convertido en algo mucho más interesante desde que usted ha aparecido en escena. Pero, en cualquier caso, me tiene completamente confundido.

Permaneció en silencio mientras pensaba y dijo a continuación:

—Asumiendo que haya dicho lo que realmente pretendía decir, ¿podría enumerar los beneficios?

Edie frunció el ceño.

—¿Qué quiere decir?

—¿A cuánto asciende su fortuna? Porque tendría que ser obscenamente rica para poder resolver mis problemas, querida. Por supuesto, es usted americana, puedo adivinarlo por su acento. Y ahora parece que todos los americanos son ricos,

¿verdad? También puedo ver que viste un fantástico vestido de seda que probablemente cueste más de lo yo gasto en un mes, y va cargada de suficientes joyas como para hundir un barco. Pero, aun así, no creo que tenga lo suficiente como para pagar las deudas dejadas por mis disolutos antecesores, hacerse cargo de mi ducado y mantenerme a mí y a mi interminable lista de parientes gorrones durante el resto de nuestras vidas.

—Eso depende de la cantidad de dinero de la que estemos hablando —contestó Edie, observando su rostro mientras él se llevaba la copa a los labios—. Y, teniendo en cuenta la tasa de cambio, la cantidad de mi dote asciende a un millón de libras.

Margrave se atragantó.

—¡Dios mío! —musitó al cabo de un momento, y se la quedó mirando con absoluta incredulidad—. No estoy seguro de que la reina de Inglaterra tenga tanto dinero.

—También recibiré un ingreso de cien mil libras al año cuando me case. ¿Puedo confiar en que sea suficiente para resolver las dificultades económicas de su familia?

—Desde luego —rio un poco, claramente confundido—. Pero, querida, está usted loca. Tiene que estarlo para proponerle algo así a un completo desconocido. El matrimonio es algo permanente, hasta que la muerte nos separe, ya sabe. Si después se arrepiente...

—No me arrepentiré —ella misma percibió la firme determinación de su voz—. Siempre y cuando se comprometa a hacer lo que dice y se vaya a África.

Al rostro del duque asomó una sombra de sorpresa que indicaba que no estaba acostumbrado a que una mujer no mostrara interés en él. Pero aquella expresión desapareció casi al instante y sonrió de oreja a oreja.

—Desde luego, no parece que le importen mucho los sentimientos de un hombre. ¿Pero qué pasará con mis propiedades?

—Yo las manejaré en su lugar.

Afortunadamente, Margrave no replicó expresando sus dudas sobre la capacidad de una mujer para llevar a cabo la tarea.

—¿Y en nombre de qué querría asumir un trabajo tan desagradecido? O hacer tamaña inversión. Ahora mismo, las tierras no dan dinero. Estaría dilapidando su fortuna y su dinero en lo que puedo asegurarle es un pozo sin fondo. ¿De verdad está dispuesta a hacer algo así?

¿Dispuesta? Sería capaz de arrastrarse ante el mismísimo diablo y ofrecerle su alma con tal de no tener que volver a Nueva York. Siempre y cuando el diablo en cuestión estuviera dispuesto a llegar a un acuerdo en los términos que ella estableciera. Alzó la copa y, por encima del borde, se enfrentó a su incrédula mirada con otra cargada de resolución.

—Sí.

—¿Por qué?

Edie bebió un sorbo de champán.

—Eso no es asunto suyo. Le estoy ofreciendo una enorme cantidad de dinero. Debería conformarse con eso.

—El dinero está bien, pero... —se interrumpió.

Edie se tensó mientras él la miraba. Fue un análisis concienzudo, y temió que fuera a presionarla para que confesara sus motivos, pero la siguiente pregunta puso fin a sus miedos.

—¿Es una mujer inteligente? —le preguntó—. ¿Cree que podría manejar mis propiedades de manera eficiente? Tengo cinco fincas que mantener en el campo, además de una casa en Londres y un pabellón de caza en Escocia. ¿Será capaz de trabajar con los chambelanes y los administradores de fincas? ¿Podrá dar órdenes a los trabajadores, supervisar a los sirvientes y visitar las granjas? ¿Podrá hacerse cargo de todo en mi lugar y hacerlo igual que lo haría yo?

—Por supuesto que sí —contestó Edie con absoluta seguridad, lo cual era una auténtica locura, puesto que no había estado a cargo de nada jamás en su vida.

Pero tenía muchas ganas de hacerlo. Tenía tantas ganas, de hecho, que se mareaba al pensar en ello. Ser duquesa implicaba un cierto grado de libertad. Significaba seguridad. Si el duque estaba ausente, podría ser un auténtico paraíso.

—Podré hacer todo lo que haga falta.

—¿Sabe? —musitó él, estudiándola todavía atentamente—. Lo creo.

—Si se casa conmigo, utilizaré mi dote para pagar sus deudas y las de su familia. Con el dinero restante y mis ingresos anuales, repararé las propiedades y me haré cargo de sus parientes gorrones, como usted dice. También le proporcionaré a usted un generoso ingreso. Podrá irse a África sin preocupaciones y con la conciencia tranquila y vivir la vida que realmente desea. Solo voy a poner una condición.

—¿Cuál es?

—Que no vuelva jamás.

La fiereza de su voz le hizo arquear una ceja.

—Jamás es mucho tiempo.

—No quiero un marido en ningún otro sentido que no sea el legal.

—Bueno, para poder ser legalmente su marido, el matrimonio tendría que consumarse. Y presumo que sabe lo que eso significa.

Lo sabía. Edie abrió la boca para contestar, pero, aunque intentó hablar, tenía la garganta cerrada y no fue capaz de articular palabra alguna. ¡Maldita fuera! Aquel no era momento para dejarse llevar por los nervios. Bebió un sorbo de champán y las burbujas de aquel vino espumoso parecieron arderle en la garganta mientras tragaba.

—Sé lo que eso significa —dijo por fin, forzando las palabras. Su voz sonaba como el chirrido de una sierra en el quedo silencio de la noche—. Pero no entiendo por qué tiene que ser necesario.

Margrave estudió en silencio su rostro bajo la luz de la luna durante unos segundos.

—Si acostarse conmigo le parece algo tan repugnante como su expresión sugiere —dijo por fin—, renuncio ahora mismo puesto que, aunque no me importe ser un marido infiel, no deseo convertirme en un marido célibe. Buenas noches.

Se levantó y pasó por delante de ella, dispuesto a dirigirse de nuevo al salón de baile, pero Edie se volvió y le agarró de la manga.

—¡No, espere!

Margrave se detuvo y Edie se obligó a aflojar su sujeción.

—No es repugnancia —le explicó, dejando caer la mano—. No tiene nada que ver con usted. Es solo... —se le quedó mirando fijamente, sin saber cómo explicarse.

Margrave la miraba con una expresión que habría acelerado el corazón de cualquier mujer, de cualquier mujer que no estuviera destrozada por dentro, claro estaba.

Edie sintió un dolor intenso en el pecho y, durante un instante fugaz, se preguntó cómo sería su vida en aquel momento si el hombre con el que había coincidido en una casa de verano abandonada en Saratoga hubiera sido aquel en vez de Frederick Van Hausen.

Pero eso era como pedir la luna.

Edie dejó de lado aquellas especulaciones sobre lo que podría haber sido su vida.

—Esta es una cuestión de negocios —le aclaró—. No quiero que conciba ninguna idea romántica sobre mí.

Margrave pareció divertido.

—¡Cuánta arrogancia! ¿Y si nuestra primera noche juntos resulta tan trascendente que se enamora locamente de mí? ¿Qué pasaría entonces?

—Siento herir su vanidad, pero eso no ocurrirá. Mire —continuó antes de que él pudiera contestar—. Le estoy ofreciendo todo lo que quiere en esta vida. No deje que su orgullo se interponga en el camino. Y, si consumar el matrimonio es verdaderamente necesario, yo... estoy dispuesta a ello.

—No hace falta que lo diga como si fuera una tortura, querida. La mayor parte de la gente considera las artes amatorias como una delicia.

—No espero que sea una tortura. Pero tampoco una delicia. Yo no... —se interrumpió. Batallaba contra el miedo que le cerraba la garganta y le retorcía el estómago—. No espero nada.

—Entiendo. Para usted, yo solo soy un medio para conseguir un fin.

Sonaba terriblemente frío dicho así, y, sí, Edie era una mujer fría. Los deseos que otras mujeres sentían habían sido asesinados un año atrás.

—Si nos casamos, yo... —se interrumpió para beber otro trago de champán que la ayudara a contener los nervios—. Me acostaré con usted una sola vez para que el matrimonio sea legal, pero nada más. Y una vez hayamos satisfecho la definición legal del matrimonio, será libre para acostarse con quien desee. No me importará.

—Es posible que esta no sea la primera vez en la historia de la humanidad que alguien ha hecho esa declaración —dijo con ironía—. Pero podría ser la primera en la que se ha pronunciado de forma sincera.

—Lo digo sinceramente —se sentía obligada a explicar su punto de vista de la manera más honesta posible—. Si está de acuerdo en aceptar mi propuesta, no quiero que lo haga pensando equivocadamente que le deseo. Porque no es así.

—Ya entiendo. ¿Y puedo atreverme a preguntar por qué? —bebió un sorbo de champán—. ¿Es lesbiana?

Al ver que Edie se limitaba a mirarle fijamente con expresión perpleja, se echó a reír.

—Lo que estoy preguntando es si las mujeres le gustan más que los hombres —le aclaró con delicadeza.

—¡Dios mío, no! —exclamó con sorpresa. Una vez más, pudo sentir la sangre fluyendo hacia su rostro y, no por primera vez, maldijo aquel cutis tan pálido que permitía que cualquiera supiera en qué momento se sentía avergonzada—. ¿Por qué me pregunta una cosa así?

—Me lo exige mi orgullo viril. De alguna manera, es una explicación más aceptable que el que te digan, «lo siento, amigo, pero no te encuentro atractivo». Desgraciadamente, ahora que sé que no es usted de esa clase de mujeres, me siento más herido. Y... —se interrumpió e hizo girar el champán en la copa mientras la miraba— también más intrigado.

Edie frunció el ceño.

—No tiene por qué. No creo que yo pueda ser motivo de interés.

—Difiero completamente —bebió el último trago de champán y alargó la mano hacia la botella para volver a llenar la copa—. Usted es, y lo digo con plena seguridad, la mujer más fascinante que he conocido nunca. Y tiene ese aire frío y distante que impulsa a cualquier hombre a intentar seducirla.

Una oleada de miedo la inundó, pero, haciendo un esfuerzo, consiguió disimularla bajo un aire de divertido desdén.

—¿Y cuál espera que sea el resultado? ¿Que caiga rendida en sus brazos?

—¿Debo presumir que no lo hará? Porque es una lástima —se interrumpió, llenó la copa, bajó un instante la mirada y volvió a alzarla—. Porque sospecho que, bajo esa fría, distante y pragmática fachada, se esconde una hoguera.

—No, no es verdad —echó la cabeza hacia atrás, enfrentándose a su mirada incrédula con una mirada firme—. Si durante nuestro matrimonio siente la tentación de demostrar lo contrario, cortaré sus ingresos antes de que pueda darse cuenta.

—Es usted una mujer muy susceptible, ¿verdad? —musitó

mientras dejaba a un lado la botella—. ¿Qué le ha pasado para que sea así? ¿Alguien le rompió el corazón y se juró no volver a amar a nadie nunca más?

—Algo así —musitó, y desvió la mirada.

Pero sentía su mirada inquisitiva sobre ella y, al final, suspiró, consciente de que era preferible dar su versión a que la oyera por boca de otros.

—Se llama Frederick Van Hausen. Le conozco desde siempre, pero su familia y la mía no se mueven en los mismos círculos. Fui tan estúpida... —se interrumpió y tragó saliva mientras intentaba elaborar una versión comprensible de los acontecimientos—. Fui tan tonta que llegué a pensar... —se interrumpió de nuevo. Incluso con una versión suavizada, le resultaba insoportable explicarlo—. Estuvimos... juntos y llegó a saberse —consiguió decir al fin—. Y ahora mi reputación está arruinada en Nueva York.

—Entiendo. ¿Y no quiso casarse con usted? ¡Qué canalla!

—Así es —confirmó con sentimiento—. La historia está empezando a conocerse aquí también. Me han desgraciado para siempre y creo que es justo que lo sepa.

—De modo que me ha visto entrar, ha hecho unas cuantas averiguaciones y después me ha seguido aquí para invitarme a dar el paso que él no tuvo las agallas de dar y salvar su reputación. Si me niego, ¿tengo que temer que aparezca una madre indignada y me obligue a hacer las cosas de manera honorable?

—No. Mi madre murió hace dos años y la oferta la estoy haciendo yo por mi cuenta. Si se niega, se niega, y ya no hay nada más que hablar.

—Convertirse en duquesa sería una manera muy dulce de ajustar cuentas con ese Van Hausen por haberla abandonado, supongo. Aun así, ser una duquesa es un trabajo terriblemente duro. No tiene el glamour que los americanos creen,

—No estoy haciendo esto por glamur. Ni siquiera para

salvar mi reputación. Lo único que quiero es poder controlar mi propia vida. Quiero independencia y autonomía. No quiero tener que rendir cuentas ante nadie.

—Pero, siendo mi esposa, tendrá que rendir cuentas ante mí.

—No, no lo haré, porque seré yo la que tendrá el control sobre el dinero. Y usted tendrá que firmar un acuerdo prenupcial a tal efecto.

—Una mujer inteligente. ¿Por qué la autonomía y la independencia son tan importantes para usted?

—Eso no es asunto suyo y, si sigue haciendo preguntas, olvidaremos el trato.

—Muy bien. Si quiero evitar que mi familia tenga que intentar saquear a sus amigos durante el resto de sus patéticas vidas, supongo que tendré que dejar de lado mi curiosidad.

—¿Entonces acepta mi oferta?

—Sería absurdo no hacerlo. Y, a pesar de su heroica disposición a acostarse conmigo en favor de la legalidad, no será necesario. Prefiero que las mujeres que se acuestan conmigo tengan ganas de hacerlo.

No le pasó por alto el sincero suspiro de alivio de Edie y le dirigió una mirada irónica en respuesta.

—Veo que su capacidad para herir mi vanidad es infinita. A pesar de todo, el honor me exige aclararle que la no consumación del matrimonio no es condición suficiente para anular un matrimonio de acuerdo con la ley británica.

—¡Pero si hace un momento me ha dicho lo contrario!

—No exactamente —se encogió de hombros—. Pero tenía curiosidad por saber hasta dónde estaba dispuesta a llegar para conseguir lo que quiere. Ahora lo sé.

A pesar de su alivio, Edie no pudo evitar un fogonazo de arrepentimiento.

—No me gusta que me mientan.

—Pues será mejor que vaya acostumbrándose si quiere formar parte de la aristocracia. Nos mentimos continuamente. Por honor, por educación o, incluso a veces, para engañarnos de forma deliberada. Pero, sobre todo, nos mentimos a nosotros mismos. Dudo —añadió con amargura— que sepamos hacer las cosas de otra manera.

Edie llevaba suficiente tiempo en Inglaterra como para saber que había algo de cierto en lo que le decía, pero la amargura que reflejaba su voz despertó su curiosidad. Aun así, no era asunto suyo.

—Espero que sea verdad lo que dice —contestó en cambio—. Porque tendremos que dar muestras de un afecto convincente mientras dure nuestro compromiso. Si mi padre sospecha que las cosas son de otro modo, jamás me concederá la dote.

—En ese caso, convenceremos a su padre de la profundidad de nuestros sentimientos.

Edie ignoró el deje burlón de su voz.

—No tendremos que convencer únicamente a mi padre.

—¿A quién más entonces?

—A lady Featherstone.

Margrave asintió mostrando su comprensión.

—La condesa casamentera.

—Sí, es una casamentera, pero no arregla matrimonios de conveniencia. Espera que sus clientes lleguen a sentir afecto el uno por el otro. Si se da cuenta de que vamos a casarnos por motivaciones únicamente materiales, le dirá a mi padre que no está de acuerdo con este matrimonio y él aceptará su consejo. Y no creo que sea fácil engañarla. Creo que va a ser más difícil que engañar a mi padre, y mi padre no tiene un pelo de tonto. Además, ella conoce a todo el mundo en la alta sociedad. Si se comienza a hablar de que nuestros sentimientos no son sinceros, ya no habrá nada que hacer.

—Yo puedo ser muy cariñoso —dijo Margrave, pero, cuando comenzó a acercarse a ella, Edie posó la mano en su pecho.

—Le creo —le aseguró—.No necesito ninguna demostración mientras estemos a solas.

—Lo siento —se disculpó, pero no retrocedió hasta que ella le empujó—. Solo estaba practicando mi parte, ya sabe.

—Bueno, tampoco hace falta exagerar. Si parecemos excesivamente enamorados, lady Featherstone será capaz de darse cuenta. O creerá que nos estamos dejando llevar por una pasión pasajera e insistirá en un compromiso más estable. Tendrá que representar el papel de un prometido devoto y fiel, de un futuro marido responsable y de un amigo cariñoso. ¿Cree que podrá?

—¿Por qué no? —desvió la mirada hacia la casa que se veía en la distancia—. Actuar no es nada nuevo para mí. He estado actuando durante la mayor parte de mi vida.

Edie aspiró con fuerza. El impacto que le produjeron sus palabras fue tan violento como un puñetazo en el estómago.

—Entiendo perfectamente lo que quiere decir —susurró.

Margrave volvió a mirarla.

—Tendremos que tener un compromiso suficientemente largo como para convencer a todo el mundo de que realmente queremos casarnos. Seis semanas deberían bastar. Después de la boda, pasaremos un par de meses en Highclyffe, mi estancia ducal en Norfolk. Así podré enseñarle cómo dirigir las propiedades y ayudarla a asegurar su posición.

—¿Y después se irá a África para no volver?

Margrave no contestó inmediatamente. En cambio, la miró pensativo.

—Si la dejo para siempre, pareceré un villano.

—¿Y eso le inquieta?

—Curiosamente, sí —contestó secamente—. Aun así, no creo que tenga muchas opciones. Salvar mis propiedades del colapso y volver a un lugar que adoro tendrá que ser mi recompensa.

—¿Entonces hemos llegado a un acuerdo? —alzó su copa.

Margrave alzó la suya.

—Sí, hemos llegado a un acuerdo.

Con aquel intercambio de miradas y el tintineo de las copas, se selló el acuerdo. Mientras Edie bajaba la copa, el alivio fluyó en su interior, haciendo que se le debilitaran las rodillas. No tendría que volver a ver jamás en su vida el insufrible y estúpidamente sonriente rostro de Frederick. No podría borrar aquel día terrible como si nunca hubiera ocurrido, pero, al menos, podría dejarlo tras ella y comenzar una nueva vida.

Margrave tosió suavemente, interrumpiendo el curso de sus pensamientos.

—Ahora que vamos a casarnos —dijo—, hay algo que necesito preguntar.

Edie sintió una punzada de alarma.

—No creo que este arreglo le permita invadir mi privacidad haciendo preguntas íntimas.

Margrave la miró con expresión de disculpa.

—La pregunta es bastante importante. Sencillamente, no podremos proceder a no ser que la conteste.

—¡Oh, muy bien! ¿Y qué quiere saber?

Margrave se inclinó hacia ella con una sonrisa bailando en los labios.

—¿Cómo demonios se llama?

CAPÍTULO 4

El carruaje se detuvo precipitadamente y Edie abandonó los recuerdos del pasado con idéntica brusquedad, dándose cuenta inmediatamente de que había llegado a Highclyffe. Margrave, sospechaba, no podía irle muy a la zaga.

«He vuelto a casa».

—Pero no por mucho tiempo —musitó.

—¿Perdón, Su Excelencia? —Roberts, que estaba de pie junto al carruaje, la miró desconcertado mientras abría la puerta.

Edie hizo un gesto con la mano y sacudió la cabeza.

—No importa —le dijo, y bajó del carruaje.

Roberts cerró la puerta tras ella y montó de nuevo en el pescante. Edie comenzó a caminar hacia la casa, pero, cuando oyó que el carruaje regresaba a la carretera en vez de dirigirse hacia los establos, se volvió también ella y comenzó a hacer gestos con los brazos para llamar la atención de Roberts.

Este paró el vehículo a su lado.

—¿Su Excelencia?

—Roberts, ¿se puede saber a dónde vas?

—A buscar a Su Excelencia a la estación.

—¡No pienso permitir una cosa así! —las palabras salieron con más dureza de la que pretendía y Roberts la miró avergonzado y perplejo—. Lo siento —se disculpó Edie inmediatamente—. No pretendía ser tan brusca, pero —inventó algo rápidamente—, sin duda alguna, el duque alquilará un carruaje para que le traiga desde la estación, de modo que sería una pérdida de tiempo que volvieras. Será mejor que lleves el landó a los establos.

Robert la miró dubitativo durante un instante.

—¿Está segura, Su Excelencia?

Cuando ella asintió, él se encogió de hombros mostrando su obediencia y giró de nuevo el carruaje.

—Será bueno tener al amo en Highclyffe, ¿verdad, Su Excelencia? —gritó mientras pasaba por delante de ella.

—Esta casa no tiene ningún amo —musitó Edie mientras observaba al vehículo alejándose hacia los establos—, solo un ama.

Margrave regresaría a casa, sí, pero Edie se prometió que no se quedaría mucho tiempo. Habían hecho un trato, ella estaba cumpliendo su parte y pretendía asegurarse de que él también la cumpliera.

«Bueno, al fin y al cabo, para eso has vuelto, ¿no?».

La pregunta de la descarada hermana de Edie continuaba flotando en el aire sin respuesta, incluso después de que uno de los mozos de la estación le hubiera proporcionado un carruaje de alquiler en el que se dirigía con Joanna de camino a Highclyffe. Y no porque su cuñada le hubiera permitido olvidarse del tema. No, apenas acababan de emprender el camino cuando lo abordó otra vez.

—¿Qué es lo que piensas hacer? —le preguntó cuando el carruaje tomó la carretera que les llevaba hacia su casa—. Para recuperar a Edie, quiero decir

Sinceramente, no lo sabía. Para empezar, ¿cómo iba a recuperar algo que nunca había sido suyo? Cinco años atrás, ganarse a Edie no formaba parte del plan. Sí, había tenido algún pensamiento fugaz sobre lo que podría haber sido: había habido noches durante las que clavaba la mirada en el cielo estrellado de África y revivía el momento en el que había entrado en el salón de baile de la casa Hanford y, al verla, se había detenido en seco. Pero después, recordaba las palabras de Edie de aquella noche y se obligaba a olvidarse de aquella tortura sin sentido. Un hombre en la selva podía enloquecer pensando de aquella manera en una mujer.

Todo había cambiado, por supuesto, pero solo para él. Para Edie, era evidente que no había cambiado nada. Una sola mirada a su mujer en la estación de tren se lo había indicado claramente. De hecho, tal y como estaba la situación, quizá tuviera más probabilidades de llegar a los cuartos de final de Wimbledon que de conquistar el corazón de Edie. La verdad fuera dicha, ni siquiera estaba seguro de que Edie tuviera un corazón que conquistar.

Aun así, no podía decirle eso a su hermana pequeña, que parecía tener una visión bastante romántica de la cuestión.

—Pareces estar bastante segura de que esa es la razón por la que he vuelto —le dijo en cambio.

—¿Y no es esa? —se mostró ligeramente decepcionada—. ¿Pero qué otra razón podría haber?

Stuart desvió la mirada, fijándola en aquellas hectáreas de tierra que habían estado en manos de los Margrave durante casi doscientos años. Al casarse con Edie, había conseguido mantener aquellas tierras intactas para la siguiente generación, pero, hasta aquel momento, no había pensado mucho en el hecho de que la próxima generación no sería la de sus vástagos. Y de pronto, aquello cobró una importancia que no había tenido hasta entonces. Los hijos eran parte de la vida de un hombre mientras vivía, y también después de su muerte.

No había nada como estar al borde de la muerte, pensó, para hacer que un hombre añorara la inmortalidad.

Volvió a prestar su atención a la joven.

—¡Oh! Claro que pretendo ganármela, confía en mí. Lo que quería decir es que va a ser más complicado de lo que crees.

Joanna asintió como si lo comprendiera.

—Bueno, has estado fuera durante mucho tiempo. Vas a tener que esforzarte, eso seguro. Así que… —se interrumpió para recostarse en el asiento—, ¿cuál va a ser tu estrategia?

Stuart no pudo evitar una carcajada ante la franqueza de aquella pregunta.

—¿Sabes? —le dijo, mirándola pensativo—. Me recuerdas mucho a tu hermana.

—¿A Edie? —Joanna pareció dudarlo—. La mayor parte de la gente cree que no nos parecemos nada.

—A lo mejor físicamente no —musitó, fijándose sin sentimiento alguno en la perfección de aquel rostro ovalado bajo el sombrero de paja del uniforme.

Joanna podía tener solo quince años, pero ya era una auténtica belleza y Stuart sospechaba que, cuando le llegara el momento de debutar en sociedad, iba a romper unos cuantos corazones en Londres. Aun así, aunque Edie no tuviera las facciones perfectas de su hermana ni aquel cutis limpio de pecas, tenía un atractivo que era único y que, Stuart sospechaba, ella misma nunca había sido capaz de apreciar.

—No me refería al aspecto, sino a tu insolencia.

—¿Te refieres a mi descaro? —Joanna suspiró pesadamente—. Tienes razón, y no es justo. Yo digo impertinencias y me busco problemas. En cambio, Edie, como es una duquesa, puede decir lo que quiere y nadie piensa que esté siendo demasiado descarada.

—A mí me lo pareció cuando la conocí. Por supuesto, por aquel entonces no era una duquesa, pero me pareció una mujer muy atrevida.

—¿De verdad? —Joanna se inclinó hacia delante, dispuesta a escuchar—. ¿Por qué? ¿Qué te dijo?

Stuart recordó aquella noche en el laberinto de la casa Hanford antes de contestar. No estaba muy seguro de que aquella extraordinaria conversación fuera apropiada para los oídos de una jovencita.

—Me dijo que no me encontraba nada atractivo —rio al recordarlo—. Y no tuvo ningún reparo en decírmelo.

—Pero se casó contigo. ¿Qué la hizo cambiar de opinión? A lo mejor, lo que tienes que hacer ahora es lo que hiciste entonces.

—Lo dudo.

—¿Entonces cuál es el plan?

Parecía molesta con él por el hecho de que no lo tuviera todo planeado.

—Asumiendo que tuviera un plan, como tú dices, ¿qué te hace creer que lo compartiría contigo?

Joanna sacudió la cabeza y le miró como si pensara que tenía algodón en vez de cerebro.

—Porque yo podré decirte si va a funcionar o no, por supuesto. Edie no va a caer rendida inmediatamente en tus brazos.

Aquello, reconoció Stuart con una mueca, era brutalmente cierto. Porque era algo que no había ocurrido ni una sola vez.

La imagen del rostro de Edie bajo la luz de la luna, luminoso y terso como el alabastro, cruzó su mente, tan viva como lo había estado aquella trascendental noche en Hanford. Tan viva, de hecho, que, a pesar de lo mucho que se había esforzado durante aquellos años en no pensar en Edie, había fracasado muchas más veces de las que lo había logrado. Había sido la imagen de Edie la que había invadido insistentemente sus sueños durante los delirios provocados por la fiebre, y no los peligrosos acontecimientos que habían estado a punto de matarle. Incluso, en aquel momento, podía oír claramente su voz resuelta e inflexible.

«Que no vuelva jamás»

Bueno, tal y como le había dicho entonces, jamás era mucho tiempo. Las circunstancias cambiaban y los planes fracasaban. Desde luego, lo habían hecho los suyos.

Se volvió en el asiento del carruaje y esbozó una mueca de dolor al cambiar el peso hacia la cadera. Estiró la pierna. El viaje por mar desde Mombasa a Constantinopla no había sido demasiado malo, a pesar de la ausencia de Jones. Sintió otra punzada de un dolor que no tenía nada que ver con la pierna y sacó a su ayuda de cámara de su mente. Jones había muerto y no podía hacer nada al respecto. Se concentró en el dolor de la pierna. Era más fácil de soportar.

En el barco, había podido moverse libremente, pero los trenes y los carruajes eran un asunto my diferente. Los músculos del muslo se le habían agarrotado antes de llegar a Roma y, en aquel momento, los tenía tan contraídos que, seguramente, su pierna derecha medía por lo menos tres centímetros menos que la izquierda.

—¿Qué te ha pasado en la pierna?

Stuart miró a la chica que iba sentada enfrente de él.

—¿Siempre haces preguntas tan impertinentes?

Aquello la hizo sonreír.

—Siempre. La señora Simmons se pone furiosa.

—No lo dudo. Pero, para contestar a tu pregunta, me atacó una leona.

Joanna abrió los ojos de par en par.

—¿De verdad? ¡Qué emocionante!

Stuart se reclinó en una esquina del asiento y la miró con cansancio. Se desabrochó la corbata y el alzacuellos, algo que había estado deseando hacer desde que se lo había puesto. No había nada mejor que un alzacuello alto y rígido para recordarle a un hombre todos los errores de la civilización.

—No fue en absoluto emocionante, mi querida niña —le aseguró a Joanna mientras dejaba caer el botón del alzacuellos en el bolsillo y luego se lo quitaba—. Estuve a punto de morir.

—Y ahora tienes que usar bastón —dijo Joanna. Frunció el ceño, parecía pensativa—. Supongo que podrá servirte de algo —añadió al cabo de un momento—. Edie tiene un corazón terriblemente compasivo.

Stuart la miró dubitativo.

—¿Estamos hablando de la misma mujer?

—Se derretirá como la mantequilla si eres capaz de hacer las cosas como es debido.

Por agradable que sonara, la mente de Stuart no era capaz de conformar aquella imagen. Por supuesto, él apenas sabía nada de su esposa, pero que Edie se fundiera como la mantequilla por algo, y, particularmente por él, le parecía de lo menos probable.

—Sí, ya sé que ella intenta parecer dura e implacable —continuó diciendo Joanna mientras él seguía mirándola con desconfianza—. Pero todo es teatro. Siempre está buscando casas para gatitos y perritos abandonados y, cuando un pájaro choca contra una ventana, se entristece mucho. Se compadece de cualquier animal herido.

—Supongo que yo entro dentro de esa clasificación —musitó Stuart—. En ese caso, ¿crees que debería intentar despertar su compasión?

—Bueno no vendría nada mal que te compadeciera, ¿no crees? Yo puedo enseñarte otras maneras de ponerla de tu parte. ¿Sabes?... —se interrumpió y le dirigió una sonrisa confidencial—. Yo soy capaz de hacerla comer de mi mano si quiero.

Probablemente era cierto, porque, aunque hubiera algunas similitudes en el carácter de las dos hermanas Jewell, había una significativa diferencia: era evidente que Joanna estaba irremediablemente mimada.

—Es muy amable por tu parte —respondió Stuart, devolviéndole la sonrisa—. ¿Y asumo que todo esto lo haces porque tienes un gran corazón?

Joanna le miró con expresión de ofendida inocencia.

—Quiero que mi hermana sea feliz.

—Estoy seguro —respondió muy serio—. Vamos, Joanna, ahora dime la verdad.

Joanna sonrió sin el menor arrepentimiento.

—No me importaría no tener que ir a un colegio de élite.

—¡Ah! ¿Y qué te hace pensar que voy a poder hacer cambiar de opinión a tu hermana?

La respuesta de Joanna fue sencilla, directa y demasiado inteligente para una colegiala.

—Dile que quieres que me vaya para que podáis estar juntos. De esa forma, estoy segura de que me retendrá aquí.

Stuart comenzó a compadecer a Edie.

—Me alegro de tenerte de mi lado.

—¿Entonces qué? —le urgió Joanna al ver que no decía nada más—. ¿Hemos llegado a un acuerdo?

Stuart rio al recordar aquellas mismas palabras en los labios de Edie cinco años atrás.

—Definitivamente, me recuerdas mucho a tu hermana.

Joanna se inclinó hacia delante y le tendió la mano.

—¿Eso es un sí?

Stuart no le veía ningún inconveniente a aquel acuerdo. Aquella muchacha parecía conocer bien a Edie, desde luego, mucho mejor que él.

—¿Por qué no? —contestó, y se inclinó también él hacia adelante—. Como bien has dicho, necesitaré toda la ayuda que pueda reunir.

Mientras chocaban las manos para sellar su acuerdo, Stuart pensó que llegar a acuerdos con americanas impertinentes parecía haberse convertido en su destino.

Hasta entonces, no podía quejarse de su suerte en aquel aspecto, pero, después de su regreso, Edie y él tendrían que negociar un acuerdo matrimonial completamente nuevo y diferente al que habían mantenido en el pasado. Cuando

Stuart pensó en la expresión horrorizada de Edie en la estación, supo que no iba a ser tan fácil como la vez anterior llegar hasta él.

Era posible que Stuart no supiera mucho de la mujer con la que se había casado, pero había algo que sí sabía: la paciencia no era una de sus virtudes. Apenas habían comenzado a bajar Joanna y él del carruaje, que había aparcado en el camino de la entrada, cuando las pesadas puertas de roble de la mansión se abrieron y salió Edie para recibirlos, acompañada por el mayordomo y el ama de llaves.

Aunque, si se tenía en cuenta su expresión, no podía decirse que hubiera salido a recibirlos. Fruncía el ceño como si estuviera a punto de estallar.

—¿Se puede saber qué estás haciendo aquí? —exigió mientras cruzaba la grava a grandes zancadas para dirigirse hacia el carruaje.

Stuart abrió la boca, dispuesto a contestar lo evidente, pero la cerró en cuanto se dio cuenta de que no estaba hablando con él. Las siguientes palabras de Edie así lo confirmaron.

—¿Por qué no estás de camino a Kent, jovencita? —preguntó Edie mientras pasaba por delante de Stuart para detenerse después ante su hermana.

Joanna se encogió de hombros.

—He perdido el tren.

—¿Que has perdido el tren? —repitió Edie—. En nombre de Dios, ¿cómo has podido perder el tren? ¡Estabas montada en el tren! Y también la señora Simmons. ¿Dónde está ella, por cierto?

—Todavía en el tren, de camino hacia Kent —informó Joanna con evidente placer—. No he podido esperarla —añadió cuando Edie emitió un sonido de desaliento—. De hecho, apenas he tenido tiempo de saltar yo misma del tren, porque ya se estaba moviendo.

—¡Oh, Dios mío! ¿Has saltado de un tren en marcha? Joanna Arlene Jewell, ¿en qué estabas pensando? Podrías haberte roto algo —la recorrió con la mirada. El enfado se fundía con la preocupación—. ¿Estás bien?

—Edie, no te alteres tanto. Estoy bien. Ni me he caído ni me he torcido un tobillo ni ninguna otra cosa al saltar.

—¡Pero podrías haberte roto algo! —la preocupación se desvaneció con la misma rapidez con la que había llegado—. ¿Y se puede saber por qué lo has hecho?

—¡Porque Margrave ha vuelto a casa, por supuesto! —señaló a Stuart—. Supe que era él en cuanto le oí llamarte por tu nombre y comprendí que la situación en casa iba a ponerse muy interesante. ¡No quería perderme nada!

—No te vas a perder nada —le aseguró Edie—, porque Margrave no va a quedarse durante mucho tiempo. Y —añadió antes de que su hermana pudiera discutirlo— tú tampoco, hermanita. Mañana sale otro tren y te irás en él.

—¡Pero es mi cuñado y quiero conocerle! Solo le he visto una vez, ¿sabes?, y casi no me acuerdo de él. Y, por cierto, ¿por qué no me habías contado que le habían herido en África?

—¿Herido? —Edie se volvió sorprendida hacia él.

Stuart se precipitó a hablar, porque, a pesar de que Joanna le había asegurado que apoyaría su causa, no pensaba aprovecharse de la compasión de Edie.

—No es nada —le aseguró, esperando poder evitar cualquier conversación sobre el tema—. Nada en absoluto —añadió, intentando silenciar a Joanna con la mirada.

Pero debería haberse imaginado que no funcionaría.

—¡Que no es nada! —exclamó Joanna, y se volvió hacia su hermana—. Le devoró una leona.

—¡Por el amor de Dios! —exclamó a su vez Edie—. ¡Stuart!

—No me devoró, solo me mordió un poco. Después decidió que no le gustaba mi sabor.

Edie se llevó la mano a la boca y bajó lentamente la mirada hacia la pierna.

—Entonces, por eso llevas bastón —musitó tras su mano—. No me había dado cuenta de que...

Se interrumpió, dejó caer la mano y volvió a mirarle a los ojos.

—¡Oh, Stuart! —exclamó, y Stuart vio en sus ojos la compasión que despreciaba y temía—. Lo siento. Es terrible.

—No, no es tan terrible —la contradijo, manteniendo un tono ligero de voz e ignorando un codazo en absoluto delicado de Joanna—. Mis partidos de tenis se han acabado, por supuesto, y tardaré algo más en subir las escaleras que de costumbre. Pero, aparte de eso —se interrumpió y se encogió de hombros con lo que esperaba pareciera un gesto de despreocupación—, estoy bien.

—No, no está bien —replicó Joanna—. Está cojo, así que...

—¡No estoy cojo!

Desesperado por encontrar algo que desviara la conversación, Stuart miró a su alrededor y, cuando vio al hombre alto y corpulento que permanecía junto a los escalones de la entrada, rodeó a su esposa y caminó hacia él, desplegando en su caminar una gran muestra de vigor.

—Wellesley, cuánto me alegro de verte —le saludó con voz afable.

—Su Excelencia —el mayordomo hizo una reverencia y se enderezó. Su expresión impasible hizo que Stuart agradeciera la costumbre británica de contratar sirvientes obedientes e imperturbables—. Es un gran placer tenerle de vuelta en Highclyffe.

—Gracias —miró tras él y advirtió que la fachada ya no estaba agrietada y desconchada, Seguramente, la habían cambiado—. Confío en que todo vaya bien por aquí.

—Sí, muy bien, de hecho —Wellesley fijó su atención en el cuello desabrochado con un ligero gesto de desaprobación y miró por encima de él—. ¿Le sigue el señor Jones en otro carruaje? Porque si es así…

—Jones no viene —le interrumpió—. Pero pronto llegará un carruaje con el resto de mis cosas.

Se volvió para saludar a la sobria y anciana ama de llaves que permanecía al lado del mayordomo.

—Señora Gates, me alegro de ver que continúa aquí.

—¡Oh! Yo siempre estaré aquí, Su Excelencia —contestó tensando su arrugado rostro con una enrome sonrisa—. Siempre y cuando el señor me lo permita.

—Me alegro de oírlo. ¿Tienes suficientes doncellas bajo control como para conseguir que me preparen mis habitaciones aunque haya sido tan terriblemente grosero y no haya escrito para anunciar mi llegada?

—Por supuesto, Su Excelencia. Haré que preparen sus habitaciones inmediatamente. Y, si el señor Jones no viene con usted —se interrumpió para hacer un gesto al joven larguirucho que permanecía a su izquierda vestido con librea—, estoy segura de que Edward podrá hacerse cargo de la tarea. Como primer lacayo, está preparado para hacer de ayuda de cámara si la ocasión lo requiere.

—Su Excelencia no necesitará a ningún lacayo para eso —intervino Wellesley—. Me encargaré yo personalmente hasta que vuelva Jones.

—Jones no volverá —Stuart suspiró y se frotó la cara mientras se recordaba a sí mismo que tenían derecho a saberlo—. El señor Jones ha muerto.

—¿Qué?

El grito ahogado del Edie no le hizo volverse.

—No será necesario que hagas las veces de ayuda de cámara, Wellesley. Gracias por tu disposición, pero yo mismo me encargaré de todo.

—¿Usted solo?

La sorprendida respuesta de ambos sirvientes tuvo eco tras él. Giró cuando Edie llegó a su lado.

—Pero seguro que necesitarás ayuda —le dijo con un ceño fruncido que parecía de preocupación—. ¿Cómo te las vas a arreglar sin ayuda de cámara?

—Me he acostumbrado a hacer las cosas por mí mismo y, al menos de momento, así lo prefiero. Wellesley, ¿querrás...? —se le quebró la voz y se interrumpió. Tosió y volvió a intentarlo—. ¿Querrás contar al resto de los sirvientes lo de Jones? Sé que algunos de ellos le apreciaban mucho.

—Por supuesto, Su Excelencia.

—Gracias —respondió con alivio y gratitud—. Señora Gates, si puede ordenar que preparen mis habitaciones y un baño, se lo agradecería. Estaré esperando en la biblioteca.

Alegrándose de que la biblioteca estuviera en el piso de abajo, inclinó la cabeza para saludar al resto de los sirvientes, subió los escalones cojeando y se metió en casa, esperando que todo el mundo dejara ya el tema de sus heridas y de la muerte de su ayuda de cámara.

La conducta de Edie indicaba que realmente podría tener el corazón de cuya existencia él había dudado, pero, aunque la compasión por su condición podría ser digna de elogio, Stuart no tenía intención de utilizarla para persuadirla de que su matrimonio lo fuera de verdad. El día que necesitara la compasión para conquistar a una mujer, se tiraría, junto con su pierna destrozada, por un precipicio.

La biblioteca se parecía tan poco a la habitación que recordaba que Stuart se detuvo en la puerta, dudando por un momento de que estuviera en el lugar adecuado.

Las estanterías de libros se alineaban en tres de las paredes de aquella larga estancia rectangular, pero la cuarta pared, la que corría a lo largo de una terraza orientada al sur, había sido despojada de estanterías. En su lugar, había unas altas puertas francesas que se abrían a la terraza, enmarcadas por cortinas de seda color verde claro. Habían retirado los paneles de madera de nogal de las paredes y las habían pintado de color amarillo muy claro. Las molduras, antes doradas, estaban pintadas de blanco y habían cambiado la gastada tapicería de terciopelo de los muebles por un delicado diseño de flores verdes y blancas. La biblioteca se había convertido en una habitación espaciosa y llena de luz, una impresionante mejora respecto al ambiente opresivo de la anterior decoración.

La biblioteca no era lo único que Edie había transformado en la casa. Stuart ya había notado que habían cambiado la fachada norte, pero al salir al exterior, comprobó que la orientada hacia el sur había recibido el mismo tratamiento. El jardín clásico había dejado de ser un revoltijo de setos, rosales sin podar y césped lleno de malas hierbas. Los jardines italianos introducidos por el tercer duque durante el reinado de la reina Ana habían recuperado su estado original y su intrincado esplendor, las rosas florecían con controlado abandono y los setos de boj estaban cuidadosamente podados. La otrora mesa oxidada de hierro forjado y las sillas de la terraza habían sido pintadas de blanco. A lo largo de la balaustrada, se alineaban macetas de geranios y habían desaparecido las baldosas rotas. A lo lejos, la casa de la granja parecía cuidada y los campos bien atendidos. Stuart no había dudado en ningún momento de la capacidad de Edie para dirigir Highclyffe y el resto de las propiedades, no solo porque confiaba en su propia intuición, sino porque los informes que le enviaban anualmente los administradores de propiedades y tierras se lo habían confirmado.

A pesar de todo, fue tranquilizador ver con sus propios ojos que todo estaba en orden. Y, sin embargo, mientras contemplaba los campos inmaculadamente cuidados que se extendían ante él, se preguntó de pronto cuál sería su papel allí. Si Edie lo había dirigido todo tan bien, ¿de qué manera podría contribuir él?

«Es hora de volver a casa».

Aquella instintiva necesidad que le había taladrado la cabeza durante aquella fatídica noche, de la que habían pasado ya seis meses, volvió de nuevo a él, recordándole que podría haber elegido morir. Pero, en cambio, había decidido vivir, regresar a su hogar y aceptar el papel para el que había nacido. En el fondo, siempre había sabido que algún día regresaría, solo que nunca había esperado hacerlo de aquella manera. Él habría preferido regresar a su país con toda la fanfarria y las celebraciones merecidas por un famoso viajero y explorador. Desde luego, nunca se había imaginado a sí mismo llegando cojeando como un animal herido.

Aun así, allí estaba, y tenía responsabilidades que asumir. Arreglar la situación con Edie era la primera, su primer objetivo, porque, sin eso, nada más importaba. En realidad, no podía decirse que hubiera nada que arreglar. No habían sido nunca una pareja felizmente casada que se hubiera separado y tuviera que reconciliarse. No, habían sido dos desconocidos que se habían unido por mutua necesidad. Desde luego, nunca habían estado enamorados.

Al menos, se corrigió, ella nunca había estado enamorada. Pensó en la primera vez que la había visto en el salón de baile y en lo que había sentido. Había sido como si la mano del destino le obligara a detenerse y a mirar con atención porque tenía frente a él algo en lo que merecía la pena fijarse. Stuart podría haberse enamorado, y haberse enamorado de verdad, si ella no le hubiera parado los pies con tanta crudeza antes de conocer siquiera su nombre. En fin...

Aquel era un nuevo principio, una nueva oportunidad. Sabía que la tarea que tenía por delante no era fácil. Lo había sabido entonces y volvía saberlo cinco años después: Edie había erigido una barrera a su alrededor que no era fácil de traspasar.

—Has cambiado.

El sonido de su voz le hizo volverse. La descubrió observándole a través de las puertas francesas.

—Supongo que es normal que un hombre cambie en cinco años —comenzó a avanzar hacia la biblioteca, pero, en cuanto dio unos cuantos pasos, deseo haberse quedado donde estaba.

Al estar Edie mirándole, se sintió agudamente cohibido, sobre todo cuando se detuvo en medio de la habitación y advirtió que ella no había avanzado para salir a su encuentro. Esperó que aquella no fuera una metáfora de su futuro.

—¿Stuart? —Edie vaciló un momento y después dijo con sencillez—: Siento lo de Jones. ¿También fue un león?

—Sí. ¿En qué crees que he cambiado? —le preguntó precipitadamente, desesperado por dejar de hablar de su ayuda de cámara—. Aparte de en lo obvio, por supuesto —añadió con una risa forzada, cambiando el peso hacia la pierna buena y apoyándose en el bastón.

Edie lo pensó durante un instante.

—Estás mucho más serio de lo que recordaba. No pareces tan superficial, tan intencionadamente encantador como antes.

—Sí, me atrevería a decir que mi despreocupada juventud ha pasado.

Edie curvó los labios en una ligera sonrisa.

—Pero veo que sigues quitándote la corbata a la primera oportunidad.

—No es la corbata, Edie —contestó con una sonrisa, esperando que aquel fuera el principio de una reconciliación—, es el alzacuellos. Una de las cosas que África me ha enseñado es lo incómodos que son esos malditos cuellos rígidos. Tú también has cambiado, por cierto —añadió.

—¿Sí? —pareció sorprendida por aquel comentario—. ¿En qué sentido?

Stuart la miró durante largo rato, considerando la respuesta. Era el mismo rostro que él recordaba, con aquellas cejas angulosas y castañas, los ojos de color verde primavera y el cutis cubierto de pecas. Tenía la misma mandíbula obstinada y cuadrada, la barbilla puntiaguda, los labios de color rosa pálido, y presumía que sus dientes blancos continuaban sobresaliendo ligeramente cuando sonreía, aunque, por lo que él recordaba, nunca había sonreído mucho. El rostro de Edie nunca había sido un rostro bonito, suponía, de acuerdo con los criterios de la alta sociedad, pero estaba tan vibrantemente vivo que la falta de una belleza equilibrada no parecía importar. ¿Pero qué era lo que la hacía parecer diferente? Intentó analizarlo.

—Ya no estás tan delgada como antes. Ni pareces tan enfadada, ni tan decidida. Pareces... no sé cómo decirlo, Edie. Es como si, de alguna manera, te hubieras suavizado.

Edie cambió de postura y desvió la mirada como si se sintiera incómoda con aquella descripción.

—Sí, bueno —tosió—. Eso está bien.

Se hizo el silencio entre ellos. Un silencio que barrió cualquier esperanza de una reconciliación inmediata y subrayó el hecho brutal de que, a pesar de estar casados, eran dos desconocidos en la misma habitación, devanándose los sesos intentando encontrar algo que decir. No era que no tuvieran nada de lo que hablar, más bien todo lo que contrario. Su futuro como marido y mujer se extendía ante ellos y si por algo había sobrevivido Stuart había sido por la esperanza de tener otra oportunidad junto a ella, de conseguir que su matrimonio fuera real. Pero no podía abordar directamente aquel tema, de modo que miró a su alrededor, buscando algo más neutral que decir.

—Me gusta lo que has hecho con esta habitación —comentó por fin—. Lo de las puertas de la terraza me parece una idea espléndida.

—He hecho lo mismo en el salón de música, en el billar y en el salón de baile. Como todas esas habitaciones estaban flanqueadas por la terraza, la obra era sencilla.

—Bueno, ciertamente, al salón de baile le beneficiará tener un poco de aire fresco. Esa habitación era increíblemente calurosa cuando estaba llena de gente, incluso con las ventanas abiertas. Y aquí, en la biblioteca, las puertas francesas permiten que entre mucha más luz. La suficiente como para poder leer. Antes, recuerdo que siempre necesitaba encender una lámpara, incluso de día. Siempre pensé que era absurdo que no hubiera una luz adecuada en la biblioteca. Pero, ahora, solo habrá que encender las lámparas cuando oscurezca.

—En realidad, ni siquiera entonces —dijo ella, y señaló uno de los apliques que adornaban las paredes—. Hace tiempo que he instalado luz de gas en todas las habitaciones.

Stuart sonrió.

—Eres toda una norteamericana. Y me parece una decisión muy sensata.

Edie esbozó una mueca.

—Tu madre no estaría de acuerdo. Las odia. Muestra su desaprobación cada vez que viene a visitarnos.

Stuart la miró con compasión.

—¿Ha sido muy insoportable?

Edie hizo un gesto con la mano.

—No tanto como para no poder manejarla. Tu madre es como un gato doméstico. Le gusta que la cuiden y la mimen, y tiende a ponerse de uñas cuando no se sale con la suya.

—Me parece una descripción apta para toda mi familia.

—Y lo es —se mostró de acuerdo Edie—. ¿Saben que estás aquí?

—Mi madre y Nadine están al tanto. Pasé por Roma durante el trayecto de vuelta y fui a verlas. Tú sabías que estaban en Roma, ¿verdad? Claro que lo sabías —continuó antes de que ella pudiera contestar—. Mi madre jamás iría a ninguna parte sin decirte a dónde debes enviarle su asignación trimestral.

Edie no discutió aquel cínico comentario.

—¿Y crees que vendrán a verte? ¿Deberíamos preparar más habitaciones?

Stuart negó con la cabeza.

—Piensan continuar en Roma todo el otoño, tal y como habían planeado —sintió una tristeza estúpidamente infantil, pero la descartó rápidamente. Hacía mucho tiempo que había aceptado la indiferencia y la falta de amor propias de su familia—. Nadine —continuó—, tiene en el anzuelo a un príncipe italiano y, si vienen ahora, podría escapársele. Las prioridades son las prioridades, Edie.

Edie asintió, comprendiendo lo que quería decir. Sabía cómo eran su hermana y su madre.

—Por supuesto. ¿Y Cecil?

—Tengo tiempo más que de sobra para informarle de mi llegada. Ahora mismo, la pesca con mosca está en un momento condenadamente bueno en Escocia, y la temporada de caza empieza la semana que viene. Aunque le escribiera hoy mismo, dudo que mi hermano fuera capaz de alejarse del pabellón de caza para venir a darme la bienvenida.

—Si de verdad quieres verle mientras estés aquí, siempre puedo interrumpir su asignación —sugirió Edie con un toque de humor.

Stuart soltó una exclamación de diversión y sorpresa. Aquel tipo de bromas no eran propias de la Edie que él recordaba.

—Se presentaría aquí en un abrir y cerrar de ojos, ¿no crees? Aun así, creo que todavía no es necesario hacerle sufrir ese tipo de trauma.

Edie arrugó su pecosa nariz con un gesto de pesar.

—La primera vez que me dijiste lo gorrones que eran, no te creí.

—Hice todo lo posible para advertírtelo.

—Es verdad, pero hasta que no les conocí, no llegué a creérmelo de verdad.

—Y, aun así, después de haberles conocido, te casaste conmigo —musitó Stuart—. Me he preguntado muchas veces por qué.

—Los dos sabemos por qué nos casamos.

—Sí, claro que sí. Te acercaste a mí, me propusiste un acuerdo muy sensato y yo... —se interrumpió durante el tiempo suficiente como para tomar aire— acepté inmediatamente. Pero lo que quiero decir es que me he preguntado muchas veces por qué me elegiste a mí.

—¡Oh! Dudo que hayas pensado en mí lo suficiente como para preguntarte algo así —dijo riendo y encogiéndose de hombros con un gesto de desdén.

—Si de verdad es eso lo que piensas, estás completamente equivocada, Edie.

El humor de Edie se desvaneció al instante. Se pasó la lengua por los labios como si se le hubieran secado de repente, como si estuviera repentinamente nerviosa.

—Stuart, ¿por qué has vuelto? —le preguntó con voz queda.

—Creo que ya sabes la respuesta a esa pregunta.

Edie entró en la biblioteca para acercarse a Stuart.

—Supongo que... —se interrumpió un momento y se detuvo delante de él— supongo que son tus heridas las que te han hecho volver a casa.

—En parte —por lo menos, se corrigió a sí mismo, le habían proporcionado la excusa perfecta—. En cierto modo.

Su enigmática respuesta provocó un ceño de desconcierto que arrugó la frente de Edie.

—¿Entonces has vuelto a casa para consultar a un médico?

—Ya me han visto dos médicos, uno en Nairobi y otro en Mombasa.

—Me estaba refiriendo a un médico inglés.

—Los dos eran ingleses.

Edie sacudió la cabeza.

—No, me refería a un especialista, a alguien con más experiencia en tratar heridas como las tuyas que un médico colonial.

—No creo que suponga ninguna diferencia.

—Podría suponerla. En Harley Street hay médicos muy inteligentes —añadió, y ella misma pudo oír un deje de desesperación filtrándose en su voz—. A lo mejor, alguno de ellos podría ofrecerte alguna clase de tratamiento que te permitiera curarte del todo. Y entonces... —se interrumpió de nuevo y en aquella ocasión, fue una pausa tan palpablemente embarazosa que Stuart esbozó una mueca.

—Continúa —la urgió—, ¿entonces qué?

—Entonces podrías volver a África.

Stuart decidió que ya no tenía sentido seguir edulcorando la verdad.

—No voy a volver, Edie. He vuelto a casa definitivamente…

Edie no mostró ninguna sorpresa. Asintió en cambio, pero, si Stuart pensaba que aquel asentimiento era de aquiescencia, estaba muy confundido.

—Prometiste que nunca volverías, ¿te acuerdas?

Stuart no le dijo que aquella era una promesa que siempre había sabido que podría romper.

—Mis circunstancias han cambiado, como sin duda alguna has podido observar. Para mí se han acabado la caza y los safaris —se interrumpió porque, aunque era cierto, no era la verdadera razón por la que había regresado—. Edie, estuve a punto de morir.

Edie se mordió el labio y desvió la mirada.

—Lo siento mucho, Stuart. De verdad.

—¿Pero?

Edie volvió a mirarle y Stuart volvió a ver a la Edie que él conocía, a aquella joven que solo quería estar legalmente casada.

—¿Pretendes romper nuestro acuerdo?

Si su matrimonio tenía alguna esperanza de éxito, Stuart tendría que hacerle comprender lo que le había pasado y por qué tenía tanta importancia.

—Vi a unos hombres cavando mi tumba, Edie. Les estuve observando mientras lo hacían. Sabía que me estaba muriendo y no puedo empezar siquiera a describir lo que sentí, lo único que puedo decirte es que esa experiencia cambia a cualquier hombre. Le hace inmediata e intensamente consciente de que todo lo que consideraba importante no es importante en absoluto. Le obliga a contemplar su vida bajo a una nueva luz, a reconsiderar sus decisiones, quizá a tomar decisiones nuevas…

—¿Y qué decisiones reconsideraste tú exactamente? —le interrumpió.

—Me di cuenta de que había llegado la hora de volver a casa y hacerme cargo de mis propiedades, y de ti.

—No necesito que nadie se haga cargo de mí.

Stuart vio cómo endurecía su expresión al decirlo, pero insistió, porque tenía que confesarlo todo.

—Quiero cumplir con mis obligaciones hacia mis propiedades, mi familia y mi matrimonio —se detuvo un instante y añadió—: Quiero ser un verdadero marido y tener una verdadera esposa.

Apenas acababan de salir aquellas palabras de su boca cuando Edie ya estaba negando con la cabeza.

—No, acordamos...

—Ya sé lo que acordamos. Pero eso fue hace cinco años. Ahora, las cosas han cambiado.

—No para mí.

Stuart prefirió ignorar aquella dolorosa verdad, porque cualquier esperanza de disfrutar de un futuro al lado de Edie residía en encontrar la manera de superarla.

—Pero para mí son diferentes, Edie. Ya no me interesa lo que hay más allá de la siguiente colina o lo que puedo encontrar al cruzar un río. Quiero formar parte de algo que perdure.

Edie entreabrió los labios, pero no dijo nada. Se quedó mirándole fijamente, en silencio, y él aprovechó aquel momento para terminar de decir lo que necesitaba.

—La próxima vez que me encuentre a la muerte de cara, quiero saber que dejo tras de mí algo más que mis cenizas y mis huesos. Edie... —se interrumpió un instante y tomó aire— quiero tener hijos.

Edie retrocedió un paso, casi como la hubiera abofeteado.

—Me diste tu palabra —le recordó con voz atragantada—. Maldito seas. ¡Me diste tu palabra!

Se volvió y, por segunda vez en solo dos horas, comenzó a alejarse de él a una velocidad que no le permitía seguirla.

—No podemos evitarnos eternamente —dijo Stuart tras ella.

—No sé por qué no —replicó Edie, mirándole por encima del hombro—. Durante los últimos cinco años, lo hemos hecho muy bien.

Y, sin más, desapareció por el pasillo.

Stuart soltó una bocanada de aire en un lento suspiro. Aquello, valoró mientras fijaba la mirada en la puerta vacía, iba a ser más difícil incluso de lo que pensaba.

—¡No podías haber hecho nada más estúpido!

Una disgustada voz femenina interrumpió sus pensamientos y, al volverse, descubrió a Joanna en el marco de las puertas francesas mirándole con el ceño fruncido.

—De verdad, Margrave, si no vas a seguir mi consejo, ¿cómo crees que voy a poder ayudarte?

—Veo que, además de ser impertinente y de desobedecer a tu hermana, tampoco tienes ningún reparo en escuchar detrás de las puertas.

—Bueno, yo no tengo la culpa de que Edie y tú hayáis tenido una discusión en un lugar en el que estaban las puertas abiertas. Y, en cualquier caso, yo me juego mucho en esto.

—Si vuelvo a descubrirte oyendo a escondidas mis conversaciones privadas con tu hermana, o con cualquier otra persona, yo mismo te llevaré a Willowbank, atada y amordazada si es necesario, ¿entendido?

La expresión de Joanna se tornó sombría, pero la adolescente se obligó a reponerse.

—¡Oh, muy bien! —masculló—. No volveré a escuchar nunca más detrás de las puertas. Pero ahora el daño ya está hecho —añadió sin poder contenerse—. Y no me queda más remedio que preguntarte que en qué estabas pensando. La parte de los hijos ha estado bien, supongo. A Edie le gustan los niños. ¿Pero eso de cumplir con tus obligaciones matrimoniales? ¿Y ese discurso tan sensiblero sobre la necesidad de formar parte de algo que perdure? —hizo un sonido de desprecio—. ¿De verdad crees que así te la vas a ganar?

Visto en perspectiva, Stuart suponía que todo había sonado como una sarta de tonterías, pero, aun así, le irritaba que estuviera dándole consejos amorosos una colegiala.

—¿Y crees que aprovecharme de su compasión habría sido mejor?

—Bueno, por lo menos no habría sido peor.

Y una vez hecha aquella irrefutable declaración, Joanna dio media vuelta con un resoplido de agravio y desapareció de su vista, pero las últimas palabras que pronunció llegaron flotando hasta Stuart desde la terraza.

—Teniendo en cuenta lo mal que estás haciendo las cosas, no me voy a librar del internado.

En aquel momento, Stuart no estaba en posición de negar aquella predicción. Y, aunque no se sentía más inclinado que antes a aprovecharse de la compasión de Edie, sabía que Joanna tenía razón. Todo lo que le había dicho a Edie era cierto, pero no era lo que tenía que decir si pretendía conquistarla. Desgraciadamente, no tenía la menor idea de qué era lo que debería decir para conseguirlo. Él siempre había sabido seducir con sus encantos al sexo opuesto, pero era perfectamente consciente de que Edie nunca se había dejado impresionar por ellos.

Sabía también que una aventura amorosa le había roto el corazón y había arruinado su reputación. Y que no le había ofrecido matrimonio porque le deseara, aunque en su momento aquello hubiera sido un duro golpe para su vanidad.

«Le estoy ofreciendo todo lo que quiere en esta vida. No deje que su orgullo se interponga en el camino».

Pues bien, no lo había hecho y el resultado había sido digno de un cuento de *Las mil y una noches*. Al igual que un genio salido de una botella, Edie había aparecido y había resuelto todos sus problemas, le había liberado de sus fastidiosas obligaciones y le había ofrecido todo lo que podía pedirle a la vida. Todo, excepto a ella misma.

La noche del laberinto, Stuart no había considerado qué efecto tendría en él aquel compromiso y durante los frenéticos días que habían precedido a la boda, rodeados de parientes, carabinas y un séquito de periodistas aduladores dispuestos a informar de todos los detalles de la última boda entre un miembro de la aristocracia inglesa y una americana, había tenido poco tiempo para sopesar el tema. Más allá del comprensible orgullo herido, la falta de atracción de Edie hacia él y su aversión a acostarse con él habían ocupado un segundo plano frente a otro tipo de consideraciones, como asegurar sus propiedades. Pero después, cuando se habían trasladado juntos a Highclyffe, aquello había comenzado a cobrar una gran importancia, y por razones que no tenían nada que ver con su orgullo herido.

Con cada día que pasaba, deseaba cada vez más estar con ella y, a los quince días de su boda, el acuerdo al que habían llegado había comenzado a parecerle un pacto diabólico.

Había salido pronto hacia África, un mes antes de lo acordado, porque no era capaz de tolerar desearla y no tenerla. Recordaba incluso el día en el que había llegado al límite.

Se volvió con la mirada fija en las puertas de la terraza y su mente retrocedió cinco años atrás, hasta una cálida tarde de junio con el té dispuesto para ellos en la mesa de hierro forjado del jardín.

Habían estado recorriendo la finca en una larga jornada a caballo durante la cual le había enseñado algunas de las zonas más alejadas de Highclyffe. Habían pasado el día sin comer nada más que unos sándwiches en la granja y habían decidido tomar el té en la terraza antes de subir a cambiarse. La voz de Edie, clara y rebosante de aquel sentido común americano, llegó hasta él desde el pasado.

—Es una pena que esas hectáreas de la zona sur no tengan

utilidad —dijo mientras le tendía el sombrero negro y la fusta a uno de los mozos y se sentaba después en la silla que Stuart había sacado para ella—. Se podría cultivar algo, o dedicarlas a pastos o... cualquier otra cosa. Tal y como están ahora, eso es un barrizal.

—Es prácticamente un pantano —se mostró de acuerdo Stuart mientras se sentaba frente a ella—. Hay un problema con la inclinación del terreno.

—¿Y no se puede hacer nada para solucionarlo?

—Hemos hecho lo que hemos podido.

Le explicó cómo habían nivelado el terreno, le habló del sistema de drenaje francés que habían cavado y de otros intentos de abordar el problema mientras ella servía el té.

—Y aun así, el terreno continúa empapado —señaló Edie mientras le tendía su taza.

—Exacto —confirmó Stuart—. Cualquier otra medida, tendría que tomarla lord Seaforth y él no está dispuesto a hacer ninguna mejora en sus tierras que pueda beneficiar a las mías. Me odia, ya ves.

—¿Te odia? ¿Pero por qué?

Stuart se encogió de hombros, bebió un sorbo de té y se reclinó en la silla.

—Odiar a los Margrave es una tradición de la familia Seaforth. Allá por el 1788, el duque de Margrave, desesperado por conseguir dinero, se fugó con una de las hijas de Seaforth a Gretna Green. La versión de los Seaforth es que fue secuestrada. El caso provocó un terrible escándalo. Desde entonces, la relación entre las dos familias ha sido hostil.

—¡Pero eso es una tontería!

—Posiblemente, pero así es como son las cosas. Cuando Seaforth y yo estábamos en Cambridge, intenté resolver el conflicto en varias ocasiones, pero Seaforth no tenía ninguna intención. Así que tanto la hostilidad como el agua empantanada permanecen.

—Pero esa agua estancada es una fuente de mosquitos, por no hablar de enfermedades. ¡Y él tiene un prado lleno de ovejas allí mismo! ¡Se está arriesgando a sufrir un brote de tifus, o de cólera, o de cualquier otra enfermedad infecciosa!

—Estoy de acuerdo, ¿pero qué se puede hacer? Como acabo de decirte, así es como están las cosas.

Edie soltó una exclamación de impaciencia al oírle repetir aquella frase.

—¿Y si intentamos comprar la tierra que tiene sin utilizar al otro lado? De esa forma podríamos nivelar el terreno correctamente, ¿no?

Stuart se echó a reír, lo que la hizo interrumpirse y mirarle por encima del borde de su taza frunciendo el ceño con expresión de perplejidad.

—«¿Y si la compramos?», dice con toda la confianza de una norteamericana rica.

Edie profundizó su ceño.

—¿Te estás riendo de mí?

—A lo mejor un poco —sonrió, apartó su taza y continuó—: Muchos Margrave han intentado comprar esas tierras, por lo menos, cuando la familia tenía dinero. Pero ningún Seaforth nos las venderá jamás.

—Podrías intentarlo.

—Ya lo he hecho. Una semana antes de que nos casáramos. Pero Seaforth se negó.

—¡Oh, por el amor de Dios, esto es absurdo! —se quedó callada y Stuart casi podía ver girar los mecanismos de su mente pragmática intentando buscar una solución—. ¿Y si es otro el que compra esas tierras? —preguntó al cabo de un momento.

—Se podría persuadir a Seaforth para que se las vendiera a algún otro, sí, ¿pero quién las compraría? Las tierras son una pésima inversión últimamente, y especialmente un terreno tan estrecho como ese. En medio de dos propiedades, no le puede resultar útil a nadie.

—Umm... Creo que podría convencer a Madison & Moore para que lo compraran —curvó los labios en una pequeña sonrisa ante la mirada desconcertada de Stuart—. Seaforth no tiene por qué llegar a enterarse nunca de que Madison & Moore Incorporated es una de las muchas empresas de mi padre.

—¡Dios mío, eso podría funcionar! —soltó una carcajada—. Me dijiste que tenías cerebro, Edie, pero no que fuera tan brillante.

Edie también se echó a reír ante aquel extraño cumplido. Le dirigió una enorme y radiante sonrisa y, de pronto, Stuart ya no pudo moverse. Fue presa de una sensación tan cautivadora como la que había experimentado la primera vez que la había visto, pero por una razón diferente. La primera noche, le había paralizado la sensación de estar viendo algo fuera de lo común. Pero, en aquella segunda ocasión, fue otra cosa la que le detuvo. Cuando Edie sonrió y rio, toda ella se iluminó, aparecieron chispas doradas en sus ojos verdes y se hizo añicos el escudo protector que normalmente la envolvía. Al igual que una luz iluminando la oscuridad, una mujer normal y corriente se transformó en una belleza.

Se le secó la garganta, el pulso se le aceleró y el deseo fluyó desbocado a través de él. Hasta aquel momento, había sido capaz de reprimirlo, de ignorarlo, de mantenerlo a raya, pero, aquella vez, fue tan repentino y sobrecogedor que se negaba a ser reprimido. Stuart no podía respirar, no podía pensar, no podía hacer nada que no fuera mirar con impotencia a la mujer que tenía frente a él mientras el deseo se extendía incontrolable por cada rincón de su cuerpo.

«Esta es mi esposa», pensó y, en ese momento, habría dado cualquier cosa por verla reír de aquella manera, desnuda, en medio de un montón de sábanas níveas

—Qué sonrisa tan bonita tienes. No me importaría nada que fuera la primera imagen que viera cada mañana al despertarme.

La sonrisa de Edie fue desvaneciéndose lentamente y, mientras la veía desaparecer, Stuart se preguntó si en aquel momento el corazón de Edie estaría latiendo con tanta fuerza como el suyo, si su cuerpo ardería con un deseo similar y si su mente tendría los mismos pensamientos ardientes.

Sus ojos, de un color verde muy claro, estaban abiertos por la sorpresa, pero no había una dureza pétrea en sus profundidades.

Edie alzó la mano derecha, se la llevó al cuello y un ligero rubor cubrió sus pálidas mejillas. Stuart supo entonces que, al menos, sentía algo de lo que estaba sintiendo él.

—¿Podremos hacerlo, Edie? —le preguntó suavemente, tentando a la suerte—. Al fin y al cabo, estamos casados.

Edie tomó aire, su cuerpo se tensó y Stuart vio interponerse entre ellos una barrera casi física.

—Me diste tu palabra —le recordó ella con voz fría y baja.

Y cualquier esperanza de terminar retozando con ella entre las sábanas desapareció.

Al día siguiente, Stuart se marchó y no volvió a ver su sonrisa. A veces, por la noche, sentado fuera de la tienda cuando estaba en África, había pensado en el rostro de Edie suavizado por el deseo durante un instante fugaz y se había preguntado cómo habría sido su vida si hubiera negociado otra clase de acuerdo, si no hubiera estado tan desesperado como para aceptar el único que Edie le había ofrecido.

Cinco años después, mientras clavaba la mirada en la mesa de hierro forjado y revivía aquel día, se recordó a sí mismo que tenía la oportunidad que no había sabido aprovechar entonces. Había cambiado con el paso de los años, y también había cambiado ella. Por devastada que hubiera estado a los dieciocho años, seguramente seis años eran tiempo suficiente como para sanar un corazón roto.

Había pasión en el interior de su esposa. La había sentido la noche que se habían conocido y la había visto aquel día en la terraza. Breves insinuaciones, quizá, pero conocía suficiente a las mujeres como para saber que no lo había imaginado. Lo único que tenía que hacer era averiguar cómo encender aquella pasión para que ardiera por él.

El tiempo era su aliado. A pesar de su desafiante declaración, Edie no iba a poder evitarle cada hora del día durante el resto de sus vidas. Estarían viviendo en la misma casa, comiendo en la misma mesa, leyendo en la misma biblioteca, tomando el té en la misma mesa de hierro forjado. Poco a poco, si tenía paciencia, podría romper su resistencia y encender el fuego.

Solo era, se dijo a sí mismo, cuestión de tiempo.

—¿Que ha hecho qué?

Stuart alzó la mirada del plato de riñones y beicon que Wellesley acababa de servirle. La respuesta del mayordomo a la pregunta sobre dónde se encontraba Edie le había dejado suficientemente estupefacto como para olvidarse del desayuno.

—¿Se ha ido a Londres?

—Sí, Su Excelencia, en el primer tren, a las ocho y media de la mañana.

Stuart miró el reloj, comprobando así que el tren había salido una hora atrás.

—¿Y ha dicho algo? ¿Ha explicado el motivo de su marcha? ¿Ha dejado instrucciones sobre lo que se debe hacer con Joanna? ¿Dónde está Joanna, por cierto? ¿Y qué ha pasado con la institutriz?

—La duquesa recibió un telegrama de la señora Simmons ayer por la noche, justo antes de cenar. Al parecer, la institutriz se apeó en King's Lynn, pero envió el equipaje de la señorita Jewell a Willowbank y regresará mañana en tren. La duquesa, sin embargo, ha decidido llevarse a la señorita Jewell como acompañante a Londres y ha dejado una carta para la señora Simmons con las pertinentes instrucciones.

—Ya entiendo.

Si la estrategia de Edie era evitarle, hasta el momento había hecho un gran trabajo. Había cenado en su habitación y se había quedado allí durante toda la velada, y, por la mañana, se había ido a Londres. Si pretendía convertir en un hábito el abordar su relación huyendo constantemente de él, el proceso para conseguir un verdadero matrimonio iba a resultar un asunto muy tedioso.

—¿Y Su Excelencia ha explicado si tenía algún motivo para irse o ha dejado dicho cuánto tiempo estará fuera?

—No, Su Excelencia. Se ha limitado a decir que le apetecía ira la ciudad. Sin embargo, esto podría ayudar a aclarar el asunto —Wellesley sacó una hoja de papel doblado del bolsillo delantero de la chaqueta y se la tendió a Stuart—. Es de la señorita Jewell. Antes de irse, me pidió que se la entregara.

La carta no estaba sellada. Estaba doblada en tres partes solamente. Stuart concluyó que había sido redactada a toda prisa. La desdobló, leyó las primeas líneas y confirmó sus sospechas.

Nos vamos a Londres. Mi hermana quiere ver al señor Keating por una cuestión de negocios, algo que normalmente no le lleva mucho tiempo, pero ha cogido a Snuffles, así que esta vez podría tardar un poco más. La señora Simmons nos seguirá dentro de uno o dos días y me llevará de Londres a Kent. Tienes que venir a rescatarme. Cuando lo sepa, te escribiré a tu club para decirte dónde nos vamos a alojar. No tengo tiempo para más. Joanna.

Stuart sospechaba cuál era el asunto que Edie pretendía tratar con Keating y, si no se equivocaba, la situación iba a complicarse todavía más. Dobló sombrío la carta, se la guardó en el bolsillo y agarró el tenedor y el cuchillo mientras pensaba cuál iba a ser su próximo movimiento.

—Wellesley, ¿qué o quién es Snuffles? —preguntó mientras continuaba desayunando.

—Es el perro de Su Excelencia, señor.

Stuart ni siquiera sabía que Edie tenía una mascota. Otra de las muchas cosas que desconocía sobre la mujer con la que se había casado.

—¿Y desde cuándo tiene un perro?

—¡Oh! Desde hace unos cuatro años, Su Excelencia. Si la memoria no me falla, lo encontró al lado de la carretera. Le habían herido. Era un cachorro, un perro diminuto.

—¡Ah!

Joanna le había asegurado que Edie tenía debilidad por las criaturas heridas y ahí tenía una prueba de ello.

—Supongo que será un chucho.

—¡Oh, no, señor! Era un terrier de la granja, pero el señor Mulvaney quería ahogarlo porque estaba herido y pensaba que jamás serviría para cazar ratones. Su Excelencia no le hizo ningún caso y se lo llevó para cuidarlo.

Stuart sonrió.

—Me han dicho que la duquesa tiene un gran corazón.

—Lo tiene, señor. Aunque, a veces, nadie lo diría. A Travis le soltó una buena reprimenda un mes atrás y después le echó sin entregarle una carta de referencia siquiera.

—¿Travis? —frunció el ceño, no recordaba aquel nombre—. ¿Quién es Travis?

—El segundo ayudante del jardinero. Era nuevo, le contrataron poco después de que usted se fuera.

Stuart advirtió con cierta diversión que para Wellesley, y para la mayoría de las mentes inglesas, una persona que había permanecido durante cinco años en un empleo era considerada nueva.

—¿Y qué hizo Travis para provocar que la duquesa le echara? —preguntó con curiosidad.

—Fue cosa de la segunda doncella —le explicó en voz baja y cargada de significado—. Hubo una pelea. La duquesa viuda, que estaba aquí en ese momento, se inclinaba por echarla a ella. Decía que debería marcharse, pero la duquesa se enteró y no lo permitió —Wellesley se inclinó hacia él y musitó en tono confidencial—: Contradijo la orden de la duquesa viuda.

—Me habría gustado ver la reacción de mi madre —dijo Stuart sonriendo alrededor del tenedor cargado de huevo—. Continúa.

—La duquesa conservó a Ellen, pero echó a Travis. La duquesa —añadió con expresión de disculpa— no siempre entiende cómo se deben hacer las cosas.

—Me lo imagino —Stuart tuvo que hacer un gran esfuerzo para reprimir una sonrisa—. Supongo que en América las cosas son muy diferentes.

—Sí, me atrevería a asegurarlo —aquellas palabras bastaron para resumir lo que pensaba sobre cómo se hacían las cosas en América—. La duquesa viuda intentó explicarle a la duquesa que echar a un sirviente varón y conservar a la doncella no era correcto en una casa inglesa.

—¿Y qué dijo Su Excelencia al respecto?

Wellesley, circunspecto, aspiró con fuerza por la nariz.

—Dijo «es posible que esta sea una casa inglesa, pero la dirige una americana».

Stuart tuvo que suprimir de nuevo una sonrisa.

—Pobre mamá. Seguro que no le sentó nada bien.

—No me corresponde a mí decirlo, señor. Pero la condesa ya no se queda durante mucho tiempo cuando visita Highclyffe. Su Excelencia, como estoy seguro que sabe, tienen una forma muy particular de hacer las cosas. Pero —añadió, y se le iluminó ligeramente el rostro—, ahora que está usted en casa, estoy seguro de que las cosas volverán a funcionar como deben.

—Lo dudo —contestó Stuart alegremente—. Yo nunca he sido de los que hacen las cosas como es debido, Wellesley. A estas alturas, ya deberías saberlo —terminó de desayunar y dejó el tenedor y el cuchillo en el plato—. ¿Cuándo sale el próximo tren para Londres?

—A las once y media, señor —contestó el mayordomo inmediatamente—. Pero me temo que no es un tren directo. Tendrá que cambiar de tren en Cambridge.

—Tu eficacia nunca deja de sorprenderme, Wellesley —sacó el reloj del bolsillo y comprobó que todavía tenía tiempo de sobra—. Pídele a Edward que me prepare una maleta, ¿quieres? Tomaré ese tren.

—¿Una maleta? ¿Entonces no piensa quedarse durante mucho tiempo en Londres?

—No, y tampoco Su Excelencia —se guardó el reloj en el bolsillo, dejó la servilleta a un lado y se levantó—. Al menos, si de mí depende.

CAPÍTULO 6

Edie fijó la mirada desconsolada en el hombre pequeño y rechoncho de pelo gris que estaba sentado al otro lado del enorme escritorio de roble.

—¿Entonces no puedo hacer ninguna alegación? ¿Ninguna en absoluto? ¿Ni siquiera el hecho de que no se haya consumado el matrimonio?

—Me temo que no. No conozco ningún caso en el que un matrimonio haya sido anulado por esa razón. Por lo menos durante los últimos siglos.

Edie se recordó a sí misma que no debería sorprenderse por aquella información. El propio Stuart le había dicho lo mismo antes de que se casaran. Pero, de alguna manera, se había dirigido hacia allí con la esperanza de que Stuart estuviera equivocado.

—Ha dicho que no conoce ningún caso en el que se haya conseguido. ¿Pero es posible que le haya pasado alguno por alto?

—Algunas decisiones de los tribunales escapan, efectivamente, a mi atención —admitió el abogado—. Si lo desea, estaría encantado de investigar el asunto más a fondo, aunque no soy en absoluto optimista sobre las probabilidades de encontrar algún caso en el que la ley haya apoyado la anulación.

—Lo comprendo. En cualquier caso, hágalo. ¿Y quizá...? —se interrumpió y tragó saliva—. ¿Un divorcio?

El señor Keating se frotó la nariz y se reclinó en el asiento con un suspiro.

—Me temo que es menos probable todavía. En lo que se refiere a las alegaciones, podría intentar justificar el caso aduciendo adulterio, siempre que sea cierto, por supuesto, y si puede proporcionar nombres, fechas, etcétera. Pero, aunque el adulterio es justificación suficiente para conceder el divorcio a un varón, no lo es en el caso de una mujer. Necesitaría algo más que el adulterio.

El desaliento de Edie se convirtió en desesperación.

—¿Y el abandono? ¿El abandono podría considerarse una causa secundaria de divorcio?

—Pero el duque ha vuelto, de modo que no ha habido abandono. A ojos de la ley, él se ha limitado a regresar después de un largo viaje al extranjero. Y como él desea la reconciliación... —el señor Keating sacudió la cabeza—. Me temo que en ese caso tampoco tiene ninguna posibilidad.

—¿Y podríamos persuadirle de que se divorciara de mí?

—Su Excelencia... —el abogado se interrumpió y suspiró. Esperó un momento, pero, como Edie seguía mirándole con firmeza, continuó—. Si él se decidiera a solicitarlo, sí, podrían autorizarle el divorcio, pero también en ese caso tendría que haber alguna justificación. El adulterio, por ejemplo.

—¿Y no puedo hacer nada? —su voz sonaba terriblemente débil a sus propios oídos, incluso en el interior de los silenciosos confines del despacho con paneles de madera del señor Keating—. ¿Nada en absoluto?

El abogado la miró con tristeza desde el otro lado del escritorio.

—Soy consciente de que la reaparición del duque después de tanto tiempo debe de haberle causado un gran impacto, pero el impacto inicial pasará. Y, puesto que él desea la reconciliación, le sugiero que la acepte.

—No lo comprende —contestó Edie, obligándose a superar el miedo que se había instalado como una losa en su pecho para pronunciar aquellas palabras.

—Hay muchos matrimonios difíciles, y, a menudo, desgraciados. Pero el divorcio nunca es una solución satisfactoria. Es un proceso complicado, largo y escandaloso. Incluso en el caso de que tuviera suficientes justificaciones, tardaría años en romper las ataduras del matrimonio y los nombres de ambos se verían arrastrados por el fango. Y, después, su posición social se vería muy perjudicada, la despojarían del título y arruinarían su reputación.

—De modo que mi reputación terminaría arruinada por un hombre no una vez en mi vida, sino dos —musitó amargamente.

—Eso me temo.

—¿Y si me divorcio en los Estados Unidos?

—Podría obtener el divorcio en algunos estados, pero las consecuencias respecto a su reputación serían las mismas, y el divorcio no sería válido en ningún país del Imperio Británico.

Edie desvió la mirada del compasivo rostro del abogado.

—Ya entiendo.

—¿No hay ninguna manera de que Su Excelencia y usted puedan arreglar las cosas?

«Quiero tener hijos»

Edie se aferró con tanta fuerza al bolso que tenía sobre el regazo que le comenzaron a dolerle los dedos.

—No hay ninguna posibilidad, señor Keating. ¿Qué ocurriría si le dejara? ¿Puede obligarme a volver con él? ¿Puede obligarme a... a...?

Se interrumpió, porque no podía expresar su más profundo temor. Sencillamente, no podía. Solo era capaz de mirar fijamente al abogado, con el rostro cada vez más acalorado y el pánico haciéndose cada vez más profundo.

Afortunadamente, el señor Keating comprendió su pregunta sin necesidad de ninguna aclaración.

—Me temo que esa es una cuestión un tanto confusa en la ley. Siendo su marido, tiene ciertos derechos —el abogado tosió—. Derechos de naturaleza conyugal.

A Edie comenzaron a rugirle los oídos. La blandura del asiento de cuero adquirió de pronto la dureza de la pared de una casa de veraneo. Oyó el crujido de la delicada muselina de su ropa interior y el sonido de sus propios sollozos. El olor a bourbon del aliento de Frederick mezclado con el del agua de colonia le golpeó la nariz y la bilis se le subió a la garganta.

Se levantó tambaleante y la habitación comenzó a dar vueltas. El bolso cayó al suelo con un golpe sordo y ella se agarró al borde del escritorio para permanecer en pie.

—¡Su Excelencia! —el señor Keating se levantó de un salto—. ¿Se encuentra bien? —rodeó el escritorio para acudir en su ayuda, pero, cuando la agarró del codo, ella se alejó.

—Por supuesto —mintió Edie, apartándose del confinado espacio que había entre su silla y el escritorio del abogado—. Solo me he mareado un poco —le dijo mientras se acercaba a la ventana—. Estoy perfectamente, pero necesito moverme un poco. Me ayuda a pensar. Por favor, siéntese.

El señor Keating recogió el bolso, lo dejó sobre el escritorio y volvió a su asiento mientras Edie permanecía junto a la ventan. Era un caluroso día de agosto londinense, el aire era maloliente, pero a Edie no le importó, porque los olores de la ciudad alejaban el recuerdo del bourbon y la colonia. Permaneció allí durante algunos segundos, respirando lentamente.

—No puedo vivir con mi marido —dijo por fin, y giró desde la ventana—. ¿Cómo puedo evitarlo?

—La única manera es una separación. En su caso, la libertad económica no representa ningún problema, por supuesto, pero una separación legal le permitiría vivir separada sin ninguna censura social.

Una vez recuperado el control, pero todavía inquieta, Edie se dirigió a la pared situada al final del despacho, donde había una serie de estanterías alineadas y llenas de volúmenes legales y cofres con documentación.

—¿Necesitaríamos validar la separación en un tribunal?

—No necesariamente, los acuerdos de separación son bastante comunes.

—¿Cuánto tiempo tardaría en preparar uno, señor Keating?

—Sería cuestión de días. Pero hay ciertas cosas que debería tener en cuenta, Su Excelencia. En primer lugar, una separación legal probablemente será válida siempre y cuando usted permanezca célibe. En el caso de que hubiera algún amante, el duque podría denunciarla por adulterio e invalidar el acuerdo.

—Eso no representará ningún problema.

—Lo sé, lo sé —se apresuró a decir el abogado—. Pero, Su Excelencia, no estoy seguro de que aprecie la soledad en la que viven las mujeres separadas.

—Mi marido ha estado fuera durante cinco años —le interrumpió—. Puedo asegurarle que sé lo que entraña una separación.

El señor Keating abrió la boca como si estuviera a punto de decir algo más al respecto, pero algo en la expresión de Edie le debió advertir de que era preferible dejarlo.

—Muy bien, pero, aun así, continuamos teniendo otro problema.

—¿Qué problema?

—El duque tendría que estar de acuerdo. Sin su consentimiento no es posible una separación legal sin un juicio. Y, como ya le dije antes, no es probable que un tribunal falle a su favor si no tenemos suficientes justificaciones.

Edie suspiró.

—¿Y cómo voy a persuadirle para que dé su consentimiento?

Incluso mientras lo preguntaba, Edie pensó en la decidida seriedad del rostro de Stuart y temió que no hubiera respuesta. Aun así, tenía que intentarlo, porque Stuart quería algo que ella no podía darle.

—Redacte el acuerdo de separación, señor Keating —le pidió mientras se acercaba al escritorio a grandes zancadas para recoger el bolso—. Le convenceré de que lo firme —añadió mientras se volvía para marcharse—. No sé cómo, pero encontraré la manera de hacerlo.

Edie no sabía cómo estaba siendo capaz de hablar con tanta seguridad, pero, afortunadamente, no le correspondía al señor Keating señalar futilidades. El abogado asintió y, sin más, Edie comenzó a dirigirse hacia la puerta. Caminaba a grandes zancadas porque necesitaba moverse, andar, escapar a las cadenas que sentía tensarse a su alrededor. La voz del señor Keating la detuvo antes de que hubiera podido salir.

—¿Su Excelencia?

Edie se detuvo y miró por encima del hombro al abogado que se había hecho cargo de sus asuntos legales desde que se había comprometido.

—¿Sí?

—¿Está segura de que es esto realmente lo que quiere?

—Lo que quiero es ser libre, señor Keating. Libre para controlar mi propia vida. Es lo que siempre he querido. Y parece ser que esto es lo más cerca que voy a estar de conseguirlo.

Tras pronunciar aquellas palabras, salió, cerrando la puerta tras ella.

Después de dejar el despacho del señor Keating, Edie no detuvo a ningún carruaje para regresar al hotel. Joanna y ella habían quedado con lady Trubridge, para tomar el té, pero todavía faltaba una hora hasta entonces, y Edie se alegró.

En aquel momento, se sentía como un pájaro aleteando aterrado en una habitación cerrada, chocando contra las ventanas, incapaz de encontrar una salida por mucho que lo intentara. Necesitaba tiempo para dominar el pánico. Necesitaba tiempo para pensar.

Cruzó Trafalgar Square, caminó hasta Northumberland Avenue y se adentró por el dique construido a lo largo del río. Era una tarde calurosa, pero caminaba a paso rápido, sin reparar apenas en el bochorno, el olor a humedad del río y la falta de aire.

Lo único que notaba era la desesperación que se le clavaba en las entrañas. Les separaban miles de kilómetros y seis años de distancia, pero la sombra de Frederick Van Hausen continuaba cerniéndose sobre ella. Aceleró el ritmo de sus pasos a lo largo del terraplén, iba cada vez más rápido, casi corría, a pesar de que sabía que nadie podía huir de los recuerdos. Ni del miedo. Por lo menos, ella no había sido capaz de hacerlo.

Se detuvo al lado de la Aguja de Cleopatra jadeante y sudorosa. Los costados le dolían de tal manera en los confines del corsé que, sencillamente, no podía seguir caminando sin descansar previamente. Miró a su alrededor y, cuando vio un banco con vistas al río, se dejó caer en él, preguntándose desesperada por lo que iba a hacer.

No podía vivir con Stuart ni con ningún hombre. Apenas soportaba pensar siquiera en aquella posibilidad. Otras mujeres se excitaban, deseaban hacer el amor, querían tener hijos. Pero, en Edie, aquellos deseos estaban muertos, habían sido aniquilados por la brutalidad de un hombre salvaje. Aunque se había frotado hasta dejarse la piel en carne viva después de aquel horrible suceso, jamás había podido eliminar su huella. No se lo había contado a nadie y, aun así, había sido incapaz de evitar los rumores que habían corrido sobre ella. Y ni siquiera sabía cómo habían empezado. Seguramente les habían visto entrar y salir. O a lo mejor Frederick había alardeado de su hazaña o... ¡Oh, diablos! ¿Qué importaba en aquel momento? El daño ya estaba hecho, ya no podía dar marcha atrás en el tiempo.

Ella había creído que Frederick quería quedarse a solas con ella porque de verdad le gustaba aquella chica alta y desgarbada de pelo rojo y pecas que vivía en la zona inferior de Madison Avenue. ¡Estúpida, estúpida, estúpida!

Clavó la mirada en el Támesis. El sol que centelleaba en el agua debía de ser terriblemente brillante, porque le escocían los ojos. Parpadeó y lo vio todo borroso. Entonces se dio cuenta de que no era el reflejo del sol el que hacía que le escocieran los ojos, sino las lágrimas. Furiosa, parpadeó de nuevo, obligándose a reprimirlas.

Sacudió la cabeza, intentado eliminar cualquier pensamiento inútil de desesperación, autocompasión o derrota. No podía pensar en el pasado, tenía que enfrentarse al presente y trazar un plan para el futuro.

La razón le decía que Stuart no era Frederick. Era un hombre muy diferente, pero sabía que eso no importaba. Continuaba siendo un hombre, era su marido y quería algo que ella no podía darle libremente. Tenía derecho a su cuerpo y llegaría un momento en el que, en alguna parte y de alguna manera, lo tomaría. Ella no podía permitir que eso ocurriera.

Si la separación legal era la única forma de evitarlo, tendría que encontrar la manera de hacérsela firmar. La pregunta era cómo.

La primera posibilidad, y la más fácil, era amenazar con cortar sus ingresos. Era ella la que tenía el grifo del dinero y, si decidía cerrarlo, se vería obligado a hacer lo que ella quisiera. Si aquella estrategia fracasaba, probaría con la contraria. Podía ofrecerle más dinero, cientos de miles de libras, todo lo que tenía, si de aquella manera conseguía persuadirle.

Si aquellas dos opciones fallaban, tendría que irse al extranjero. Se le cayó el corazón a los pies al pensar en abandonar Highclyffe, y Almsley, y Dunlop, y todas las propiedades del ducado. Había cambiado el mobiliario de aquellas casas, había vuelto a diseñar sus jardines, había mejorado las tierras y mejorado los pueblos. La idea de dejar todo aquello tras ella le desgarraba el corazón, pero, si Stuart no aceptaba la separación, tendría que marcharse.

Si irse al extranjero terminaba siendo la única opción, informaría a Stuart de que pretendía volver a Nueva York y luchar para conseguir el divorcio desde allí, aunque eso solo sería para quitárselo de en medio, porque no tenía mayor intención de vivir cerca de Frederick Van Hausen que cinco años atrás.

No, le diría a Stuart que pensaba volver a Nueva York. Compraría el pasaje para que resultara convincente la mentira. Pero, después, se iría con Joanna a cualquier otra parte: a Francia, a América del Sur, a Egipto, incluso a Shanghái, no importaba adónde. A su padre no le iba a gustar, pero sabía que, si se lo pedía, no le diría a Stuart dónde estaba.

No podía esconderse de su marido eternamente, lo sabía. Pero, quizá, una vez comprendiera él que su negativa a convivir con él era tajante, renunciaría a sus absurdas ideas y le permitiría marchar. Además, si le dejaba sin dinero, ¿durante cuánto tiempo podría perseguirla alrededor del mundo?

Se le levantó ligeramente el ánimo al pensar en aquellos planes. Sintió que comenzaba a controlar de nuevo su vida y se levantó, desterrando cualquier inclinación a la autocompasión. Podía continuar siendo la dueña de su propia vida. No sería víctima ni de las circunstancias, ni del destino ni, ciertamente, de ningún hombre. No lo sería nunca jamás.

Cuando Edie llegó al hotel, no entró directamente. Recorrió en cambio las manzanas cercanas a la oficina de

Cook's. Allí, tras preguntar por las líneas marítimas a Nueva York, se enteró de que el siguiente transatlántico saldría al cabo de once días desde Liverpool. Reservó un camarote de lujo, pagó el depósito y pidió que le enviaran los billetes al Savoy.

Una vez de vuelta en el hotel, se detuvo en lujoso salón de té del Savoy y preguntó por lady Trubridge, puesto que eran ya casi las cuatro y media. Una vez enterada de que la marquesa todavía no había llegado, subió a sus habitaciones para refrescarse y buscar a Joanna.

Cuando entró en la suite, encontró a su hermana esperándola y vestida para el té.

—¡Por fin! —gritó Joanna. Se levantó de un salto y tiró a un lado el libro que estaba leyendo—. ¿Dónde estabas?

—Ya te dije que tenía una reunión con el señor Keating.

—¿De tres horas? Los asuntos de las propiedades nunca llevan tanto tiempo.

Edie desvió la mirada. Había sido muy vaga sobre los motivos de aquel viaje a Londres y su reunión con Keating. Sabía que debería explicarle a Joanna cuál era la situación y contarle que pronto se marcharían, aunque no supiera todavía a dónde. Aun así, no tenía sentido sacar el tema en aquel momento, cuando estaban a punto de bajar a tomar el té. Y todavía no había perdido la esperanza de convencer a Stuart de que abandonara sus intenciones.

—Después he ido a dar un paseo. Hace una tarde muy agradable.

Joanna, lógicamente, la miró como si estuviera mal de la cabeza.

—Estamos en Londres en pleno verano, es apestoso.

No había nada que discutir al respecto.

—No utilices la palabra «apestoso», cariño —la corrigió Edie en cambio—. Si tienes que referirte al olor, puedes decir «maloliente», es más adecuado para una dama. Voy a cambiarme y después bajaremos a tomar el té.

Abandonó el salón, pero descubrió que su doncella no estaba ni en el dormitorio ni en el vestidor ni en el cuarto de baño. Asomó la cabeza de nuevo al salón.

—¿Dónde está Reeves?

Joanna alzó la cabeza del libro, del que había retomado la lectura.

—Ha sacado a Snuffles a dar un paseo. No le ha quedado más remedio, porque estaba dando vueltas desesperado. Ahora mismo volverá.

—Bueno, en ese caso, tendrás que ayudarme. No tenemos tiempo para esperarla, o llegaremos tarde al té.

Joanna la siguió al dormitorio y la ayudó a sacar el arrugado vestido verde pálido y la delicada ropa interior. El Savoy, que había abierto solo unas semanas atrás, estaba a la altura de la modernidad. El cuarto de baño de su suite tenía agua corriente, caliente y fría, lo que le permitió eliminar fácilmente el sudor provocado por aquella carrera histérica a lo largo del dique Victoria. En menos de diez minutos, se puso la ropa interior limpia y el crujiente vestido de seda. Joanna estaba a punto de abrocharle el último botón de la espalda cuando llamaron a la puerta de la suite.

—Seguramente será Reeves —dijo Joanna—. Apuesto cualquier cosa a que se ha dejado la llave. Le pasa siempre cuando se aloja en hoteles.

Salió a abrir a la doncella, pero, pocos minutos después, no fue Reeves la que entró en el dormitorio. Volvió de nuevo Joanna.

Edie miró a Joanna en el espejo y, sorprendida, dejó de ahuecar las mangas abullonadas del vestido.

—¿Dónde están Reeves y Snuffles?

Pero mientras lo preguntaba reparó en la extraña expresión de su hermana y se fijó en el fajo de papeles que tenía en la mano. Supo entonces que no había sido la doncella la que había llamado a la puerta y maldijo a los empleados del Cook's por ser tan eficientes.

—¿Por qué vamos a ir a Nueva York? —preguntó Joanna, sosteniendo los billetes—. Son billetes para un barco de vapor.

Edie tomó aire.

—Quizá vayamos o quizá no. Eso depende.

—¿Depende de qué?

—Es una cuestión complicada, cariño.

—Le vas a dejar, ¿verdad? —el desconsuelo en la voz de su hermana era inconfundible y, teniendo en cuenta que no quería ir al internado, era un sentimiento bastante sorprendente—. Vas a huir.

—Es posible que no tengamos que irnos —le recordó—. Y, aunque nos fuéramos, yo no diría que es una huida.

—¿Cómo lo llamarías tú?

Una llamada a la puerta le ahorró la respuesta.

—Ahora sí que tiene que ser Reeves —dijo, y pasó rápidamente por delante de su hermana para dirigirse a la puerta.

Joanna, por supuesto, no estaba dispuesta a dejar el tema.

—Eso es huir —dijo, mientras seguía a su hermana al salón—. Y no va a resolver nada.

—¡Y eso lo dice una persona que saltó de un tren en marcha para evitar ir al colegio —replicó Edie, y alargó la mano hacia el picaporte—. Deberías estar de acuerdo conmigo —añadió por encima del hombro mientras abría la puerta—. En algunas ocasiones, huir es una estrategia perfectamente aceptable.

Se volvió, esperando encontrar a Reeves y preparada para bromear con la doncella por el olvido de la llave, pero las palabras murieron en sus labios porque la persona que estaba en el pasillo no era Reeves, sino el hombre al que estaba intentado evitar. El hombre que en otro tiempo había sido su salvación, pero se estaba convirtiendo rápidamente en su peor enemigo.

—¡Tú! —gritó—. ¿Qué estás haciendo aquí?

—¿Es de mí de quien estás huyendo, Edie? ¿Qué? —añadió ante su gemido de exasperación—. ¿De verdad pensabas que te bastaría con escapar a Londres para deshacerte de mí?

—Evidentemente, no —reconoció con un suspiro—. Debería haber comprado billetes a África.

CAPÍTULO 7

A Stuart no le sorprendió en absoluto el menos que entusiasta recibimiento de su esposa y decidió dejar que su desolación le resbalara como el agua sobre las plumas de un pato. Tuvo la sensación de que envolverse en una armadura le iba a ser muy útil durante los días que tenía por delante.

—Buenas tardes, querida —saludó con una sonrisa.

Aunque no tenía la más mínima esperanza de que ella pudiera devolvérsela, al observar el ceño que se grababa en la frente de su esposa en respuesta a su saludo, no pudo evitar pensar con nostalgia en aquel día en la terraza.

—Eres un tipo muy insistente —le acusó—. ¿Cómo has sabido dónde encontrarme?

—Gracias a Wellesley, por supuesto. Una de las muchas tareas de un mayordomo inglés consiste en informar a su señor de los asuntos domésticos. En tanto que mi esposa, tú también eres un asunto doméstico.

—¡Pero él no podía saber que iba a alojarme en el Savoy!

—No, eso es verdad, pero incluso en esta época del año Londres está llena de gente que adora los cotilleos. Digamos que me lo dijo un pajarito.

—Sí, claro, un pajarito —farfulló, y se volvió hacia Joanna, que estaba en la puerta del dormitorio y rápidamente adoptó una expresión de inocencia con la que, Stuart sospechó, Edie estaba bastante familiarizada—. A mí me parece que ha sido una hermanita metomentodo.

Comprendiendo que había quedado al descubierto, Joanna abandonó cualquier pretensión de inocencia.

—Pensé que Stuart debería saber dónde estábamos por si... por si pasaba algo. ¿Y si te hubiera pillado un ómnibus? Podría haber ocurrido —añadió cuando Edie emitió un sonido de desdén.

—De todas las metomentodo, imposibles y exasperantes hermanas del mundo, el buen Dios tuvo que encasquetarme a esta —musitó.

—Y papá está en Nueva York —continuó Joanna, dejando sobre la mesa el fajo de papeles que tenía en la mano. Unos papeles que a Stuart le recordaron sospechosamente a unos billetes transoceánicos—. Si te ocurriera algo, me quedaría yo sola en Londres sin nadie a quien recurrir.

—Tu preocupación por mi posible fallecimiento es sobrecogedora —replicó Edie secamente—. Debería darte una azotaina en el trasero.

—Tranquila, Edie —Stuart intervino entonces, sintiéndose obligado a salir en defensa de su aliada—. No seas tan dura con Joanna. Ella solo está intentado jugar un inofensivo papel como casamentera.

Edie le dirigió una mirada iracunda por encima del hombro, pero, antes de que pudiera contestar, un sonido llamó la atención de Stuart. Se volvió y se encontró con la doncella de Edie en el pasillo. Llevaba en una mano una correa de perro y, al final de la misma, una bolita de pelo negro que comenzó a husmearle el zapato.

—Reeves —saludó a la pálida y seria doncella vestida de negro con un asentimiento de cabeza. Bajó después la mirada—. Y este debe de ser Snuffles.

Al oír su nombre, el terrier noruego alzó la mirada, plantó

su trasero en la alfombra del pasillo y soltó un ladrido de estruendoso acuerdo.

—Hola, amigo —Stuart se agachó y alargó el puño para someterlo a la inspección canina.

Snuffles lo olfateó y sacudió la cola contra la alfombra en señal de aprobación. Edie, sin embargo, no parecía inclinada a permitir que continuaran conociéndose.

—¡Reeves, por fin estás aquí? —dijo, y se inclinó a través de la puerta para agarrar del brazo a la doncella.

Pero Stuart habló antes de que hubiera podido meter a la sirvienta en el salón de la suite.

—Reeves, ¿quieres hacer el favor de llevar a la señorita Jewell al salón de té? Creo que lady Trubridge está esperándola —añadió, ignorando las protestas de Edie—. Y llévate a Snuffles a dar un paseo.

—Acaba de dar un paseo —repuso Edie—. No necesita otro.

Stuart se volvió y, a través de la puerta, respondió a la expresión exasperada de su esposa con una mirada de firme determinación.

—Reeves, puedes irte —dijo sin apartar la mirada de Edie—. Me gustaría hablar a solas con la duquesa.

La doncella vaciló, pero solo un instante. La orden de un duque tenía más poder que la de una duquesa y lo sabía.

—Por supuesto, Su Excelencia.

Joanna la siguió y, al pasar por delante de Stuart para marcharse con la doncella, se detuvo para dirigirle una mirada cargada de ansiedad. Él le guiñó el ceño en respuesta y a ella debió de parecerle tranquilizador, porque desapareció la preocupación de su rostro y siguió a la doncella por el pasillo sin más vacilación.

Stuart esperó a que Joanna y la doncella hubieran doblado el pasillo seguidas por Snuffles para fijar de nuevo la atención en la mujer que estaba en el marco de la puerta, fulminándole con la mirada y con los brazos cruzados, al parecer, sin la menor intención de permitirle entrar.

—¿Entonces Joanna se ha convertido en tu espía? —le preguntó Edie—. Eso explica que me hayas encontrado. ¿Y cómo conseguiste ganártela?

—Lo creas o no, Joanna me cae bien.

Edie aspiró con fuerza por la nariz, sin dejarse impresionar.

—Supongo que le dijiste que si te ayudaba no tendría que ir al internado.

Stuart no tenía intención de traicionar a su aliada.

—No le conté ninguna historia —dijo, y cambió rápidamente de tema. Miró por encima del hombro de Edie y soltó un silbido—. Desde luego, este lugar está a la altura de su reputación. Incluso en Nairobi se comentaba que era lo más lujoso que se podía encontrar. Alfombras de Aubusson, chimenea de mármol rosa, candelabros de cristal... Y, probablemente, esos jarrones de la repisa son auténticos Ming, así que te aconsejo que no me los tires a la cabeza. Aunque me atrevería a decir que puedes permitirte el lujo. Este lugar es bastante esnob, ¿verdad?

Esperó, pero, como Edie no dijo nada, señaló la habitación que tenía tras ella.

—A lo mejor deberías invitarme a entrar. No creo que quieras hablar conmigo en el pasillo del hotel.

—No quiero hablar contigo en ninguna parte.

—Edie, tenemos cosas de las que hablar. Aunque huir de mí parece haberse convertido en tu estrategia, no te servirá eternamente. Y, si esa no te parece suficiente razón, recuerda que cuanto mayor sea tu resistencia a mis intentos de reconciliación, menos posibilidades tendrás de ganar cualquier batalla legal más adelante. Los tribunales odian a las esposas intransigentes.

Edie esbozó una mueca.

—Tengo la esperanza de que mi intransigencia, como tú la llamas, te lleve a reparar en la inutilidad de tus esfuerzos.

Stuart apoyó el hombro contra el marco de la puerta.

—¿Y cuál será tu grado de éxito con esa táctica?

Edie suspiró. Al cabo de un momento, abrió la puerta de par en par para permitirle el paso.

—Tienes cinco minutos —le dijo, y se volvió—. Después, tengo que reunirme con lady Trubridge para tomar el té. No pienso dejarla esperando durante más de cinco minutos por ti.

—¿Cinco minutos? Excelente —contestó él de buen humor mientras la seguía al interior de la suite—. Tiempo suficiente para tomar una copa.

—Quizá —se volvió de nuevo hacia él—. Pero no creo que importe, puesto que no pienso ofrecértela.

—Es una lástima —contestó Stuart con pesar—. Si tu tarde en Londres ha sido tan agradable como la que he pasado yo en un tren abarrotado y sofocante, a los dos nos sentaría muy bien un whisky en este momento.

—No me gusta el whisky. Prefiero el té —miró de manera exagerada el reloj que descansaba sobre la repisa de la chimenea—. Te quedan cuatro minutos y medio.

—No te preocupes, Edie. Tienes más tiempo del que piensas. Como he dicho antes, ya he visto a lady Trubridge en el salón de té. Le he explicado que necesitaba hablar contigo y que, en consecuencia, llegarías tarde. Se ha mostrado bastante comprensiva.

—¿Que has hecho qué? ¿Qué te da derecho a ser tan despótico?

—Bueno... —se interrumpió y le dirigió una mirada de disculpa—. Estamos casados. Siendo tu marido, tengo derecho a serlo. Hablando de Joanna —añadió, interrumpiendo la respuesta indignada de Edie—. ¿No se supone que debería ir a un internado?

—Supongo que ahora intentarás persuadirme contra esa posibilidad con alguna tontería británica sobre que las niñas inglesas no deben ir al colegio o sobre que no es sensato que reciban demasiada educación —alzó la mano, con la palma hacia él—. Si eso es lo que piensas decirme, ahórratelo. Ya recibí una regañina de tu madre al respecto.

Aquella era, decidió Stuart, la oportunidad perfecta para cumplir la promesa que le había hecho a su joven cuñada.

—Sea cual sea la opinión de mi madre, creo que tener a Joanna en un internado es una excelente idea. Considero que es bastante recomendable que las mujeres reciban una buena educación. Además —añadió—, estando Joanna en el internado, tú y yo tendremos muchas oportunidades de estar a solas.

Edie respondió con una risa.

—Tú y yo no vamos a pasar ningún tiempo a solas.

—¡Claro que sí! Estamos casados.

—¡Deja de decir eso!

—No tiene sentido ignorar la verdad. Ya te dije hace cinco años que el matrimonio es algo que no puede disolverse. Estoy seguro de que Keating así te lo ha reiterado hoy mismo.

—¿Cómo sabes que me he reunido con Keating? Una vez más, ha sido cosa de Joanna, supongo. ¿Por eso has venido? ¿Para enterarte de lo que me ha aconsejado mi abogado y de lo que pretendo hacer? Estoy segura de que Keating no te contará nada, y yo tampoco.

—No necesito que me lo diga, puedo imaginármelo. Keating te habrá explicado que no hay motivo alguno para anular nuestro matrimonio y que los motivos para un divorcio son insuficientes. Me arriesgaré y añadiré que, probablemente, te ha aconsejado fervientemente que no des ningún paso en ninguna de las dos direcciones, teniendo en cuenta tus pocas posibilidades de éxito y el seguro escándalo.

Edie se movió nerviosa. Parecía incómoda, lo que confirmó que las elucubraciones de Stuart sobre los consejos del abogado eran acertadas.

—Pretendo conseguir la separación legal.

—Ahora sí que necesito una copa.

Pasó cojeando por delante de ella para dirigirse al armario de las bebidas, dejó el bastón a un lado, se sirvió una generosa cantidad de whisky de la licorera, se volvió copa en mano y retomó la conversación sobre el tema del que estaban hablando.

—¿Lo dices en serio? ¿Pretendes emprender acciones legales?

—No, si te atienes a lo que acordamos.

—Como ya te dije, la vida en África se ha terminado para mí. No voy a volver a marcharme, no quiero hacerlo.

—No tienes que volver a África si no quieres. Puedes vivir en cualquier lugar que desees, siempre y cuando no sea conmigo. Te seguiré aportando ingresos. De hecho, estoy dispuesta a duplicarlos. ¡Los triplicaré, incluso! —añadió, frotándose la frente—. Pero siempre con la condición de que te mantengas lejos de mí.

—No me importa el dinero.

—En otra época te importaba —alzó la cabeza con expresión desafiante—. Y podría volver a importarte si dejaras de recibirlo.

—No, Edie. No me importaría, porque, para mí, el dinero no es lo importante. Y, además, he ido invirtiendo los ingresos que me has proporcionado hasta ahora y he hecho un excelente trabajo, si me está permitido decirlo. Conseguí comprar algunas minas de oro muy rentables en África Oriental, además de varias minas de diamantes, campos de esquisto y compañías ferroviarias. Todas esas inversiones me están aportando saludables dividendos. No necesito tu dinero.

A Edie se le hundieron ligeramente los hombros, dejando claro que tenía la esperanza de que la amenaza financiera fuera suficiente para persuadirle. Pero se recuperó al instante.

—¿Esos dividendos son suficientes como para mantener a tu familia? —le preguntó—. ¿Y qué me dices de Highclyffe y de las otras propiedades? También dejaría de mantenerlos, Stuart. A todos.

—¿Estás segura? ¿De verdad vas a dejarlo todo? ¿Vas a darle la espalda a todo lo que has construido? ¿Dejarías de aportar ingresos a las pueblos y empleo a las personas que viven en ellos? ¿De verdad serías capaz de destrozarles la vida?

Aquello le tocó la fibra sensible. Stuart lo supo por el gesto en el que contorsionó el rostro.

—¡No soy yo la que está destrozándolo todo! —gritó—. Eres tú.

—No. Lo único que yo quiero es asegurarme de que tus esfuerzos no sean una pérdida de tiempo. ¿No lo entiendes?

Edie se cruzó de brazos, apretó los dientes y permaneció en silencio, dejando bien claro que no lo entendía en absoluto. Su resistencia se mostraba en cada línea de su cuerpo: en su postura, en la tensa rigidez de sus músculos, en la distancia que interponía entre ellos. Estaban a solo cuatro metros y, sin embargo, la brecha que había entre ellos parecía más ancha que los miles de kilómetros que separaban Inglaterra de África.

Stuart se bebió de un trago el resto del whisky, dejó la copa a un lado, agarró el bastón y comenzó a caminar hacia Edie. Después de haber pasado horas encerrado en un tren, le dolía la pierna, pero sabía que, si tenían que llegar a una solución, alguno de los dos tendría que dar el primer paso. ¿Y acaso no había sabido durante todo aquel tiempo que el paso tendría que darlo él?

—Edie —dijo mientras se acercaba—, lo que has hecho con las propiedades es admirable, ¿pero para qué todo ese esfuerzo? Lo que estoy ofreciéndote, lo que nos estoy ofreciendo a los dos, es la posibilidad de construir algo incluso mejor de lo que has conseguido.

—¿Y eso qué es?

Stuart se detuvo frente a ella.

—Una familia que pueda heredarlo. ¿De qué serviría Highclyffe, o cualquiera de las propiedades que poseemos, si no podemos legárselas a nuestros hijos?

—¡No puedo darte lo que quieres! —se le quebró la voz al pronunciar la última palabra y desvió la mirada—. No puedo.

—¿No puedes o no quieres?

—¿Acaso importa? —le rodeó y comenzó a caminar hacia el armario de las bebidas, evidentemente, consciente también ella de que aquella conversación requería una copa—. El señor Keating me ha dicho que es posible una separación legal —le dijo mientras se servía el whisky. Lo bebió de un solo trago, dejó la copa bruscamente y se volvió hacia él—. Y pienso luchar para conseguirla.

—No tienes ninguna posibilidad de obtenerla sin mi consentimiento.

—No necesito dinero si puedo encontrar alguna justificación.

—No tienes ninguna.

—¿Ah, no? ¿Y qué tal el adulterio? ¿O piensas decirme que has sido célibe durante estos cinco años?

—Eso no importa —contestó Stuart, deseando dejar de lado aquel tema tan peliagudo—. Una separación legal es similar a un divorcio y una mujer necesita al menos dos motivos para contar con alguna oportunidad de separarse sin el consentimiento del marido. ¿Qué otro motivo tienes?

—¿Qué te parece el abandono?

Stuart se sintió obligado a señalar algo obvio.

—Pero ahora estoy aquí, dispuesto a reconciliarme y a ser un verdadero marido para ti.

—¡Sin considerar en absoluto lo que yo quiero!

—Eso no es verdad y, aunque lo fuera, no es significativo.

Ningún tribunal aceptará el abandono como motivo de separación a no ser que deje el país, me supliques que vuelva y yo me niegue. Y eso no va a ocurrir —comenzó a caminar de nuevo hacia ella—. Y, aunque consiguieras obtener una separación sin mi consentimiento, piensa en el precio que tendrías que pagar. Conservarías el título, pero perderías todo lo demás. Por supuesto, perderías el acceso a Highclyffe y al resto de las propiedades. Y también tu posición social. Una batalla legal contra mí te haría ganarte el desprecio de todos mis conocidos. ¿Y qué me dices de Joanna? —se detuvo frente a ella—. ¿Estás dispuesta a cercenar sus posibilidades por culpa de una separación?

A Edie le temblaron los labios, indicándole a Stuart que había vuelto a tocar un punto sensible. Le brillaron los ojos, pero no con la dureza de la resistencia, sino por culpa de una repentina oleada de contenidas lágrimas.

—¡Dios mío, estoy atrapada! —susurró, mirándole fijamente—. Atrapada en una red que yo misma he tejido.

—¿Y tan terrible es esa red, Edie? —preguntó Stuart con delicadeza, y alargó la mano para acariciarle la cara—. ¿Tan horrible es estar casada conmigo?

—No lo comprendes —apartó la cara, rechazando su contacto—. No entiendes nada en absoluto.

—No, no lo entiendo. Es por... —se interrumpió, pero tenía que decirlo—. ¿Es por esto? —preguntó, y se señaló el muslo izquierdo con el bastón—. No soy el mismo hombre que cuando nos conocimos, lo sé, pero...

—¡No es por la pierna! —replicó—. No seas tonto. ¡Lo que me pasa no tiene nada que ver contigo!

Stuart ya lo sospechaba, pero, aun así, sintió una oleada de alivio.

—¿Entonces por qué es?

Desparecieron las lágrimas. Edie apretó la mandíbula.

—Déjalo, Stuart.

—Creo que no quiero dejarlo —dejó el bastón a un lado—. ¿Cuál es la auténtica razón por la que te opones a que disfrutemos de un verdadero matrimonio?

Edie desvió la mirada. Le tembló la barbilla y entreabrió los labios, pero no contestó.

—No soy un mal tipo, ¿sabes? —inclinó la cabeza para mirarla a los ojos y sonrió ligeramente—. Soy un hombre inteligente, educado y buen conversador. Es fácil convivir conmigo. Algunas mujeres me consideran encantador, e incluso algo atractivo.

—¿Ah, sí?

—Y a ti también debí de parecértelo. Al fin y al cabo, te bastó verme una sola vez para seguirme por ese laberinto y proponerme matrimonio.

—Pero no para disfrutar de ninguno de tus encantos, que, estoy segura, son considerables. Te elegí a ti porque me resultabas conveniente para mis propósitos, eso fue todo.

—¿No me encontraste atractivo? —se inclinó un poco más hacia ella—. ¿Ni siquiera un poco?

—Podrías haber medido un metro cincuenta, tener barriga y una mala dentadura y también lo habría hecho.

—¿Entonces por qué no lo hiciste antes?

Edie frunció el ceño, sorprendida por aquella pregunta.

—¿Qué quieres decir?

—Habías estado en Londres durante toda la temporada, lady Featherstone te ha había presentado a todos los solteros de la ciudad, y muchos de ellos en situaciones tan desesperadas como la mía.

—Pero no tenían intención de marcharse a otro continente.

—No, pero apuesto a que a muchos de ellos se les habría podido convencer de que lo hicieran a cambio del dinero que me ofreciste. Y, sin embargo, y tú misma lo admitiste, jamás le habías hecho a ningún otro hombre aquella propuesta.

—¡Lo habría hecho si se me hubiera ocurrido antes! Pero hasta que no te vi, no se me ocurrió la idea.

—Precisamente.

Edie soltó un gemido de exasperación.

—¿Y crees que la idea se me ocurrió porque eres tan condenadamente atractivo?

Evidentemente, Stuart había disfrutado de muy poca compañía femenina durante aquellos cinco años, pero no tan poca como para haber olvidado todo lo que había aprendido a lo largo de su vida sobre las mujeres. Edie quizá no le había deseado, pero, desde luego, tampoco le había encontrado repulsivo.

—Si hubiera sido, ¿cómo has dicho?, barrigón, de un metro y medio de altura y con una mala dentadura no creo que se te hubiera ocurrido hacerme ninguna proposición —cruzó mentalmente los dedos, confió en su conocimiento de las mujeres y continuó—. Creo que en el momento en el que me viste, te sentiste al menos un poco atraída por mí. Y te aseguro que yo me sentí atraído por ti.

—¡Claro que no!

—Por supuesto que sí. Desde el mismo instante en el que nos conocimos, pensé que eras la mujer más fascinante que había visto jamás. Incluso creo que te lo dije, si no me falla la memoria.

—Sí, pero no era verdad.

—¡Claro que era verdad! —rio al ver su expresión de asombro—. Por el amor de Dios, ¿crees que me habría casado contigo si no hubiera sido así?

—¡Los dos sabemos que te casaste conmigo por mi dinero!

—Tu dinero, por adorable y oportuno que fuera, querida mía, no me habría persuadido de que acudiera al altar. Supe cuál era la situación económica de mi familia a los quince años y, si hubiera sido el dinero el móvil para tentarme a acudir al altar, me habría casado mucho antes de que nos conociéramos. No, me casé contigo porque, aunque he conocido a muchas mujeres, nunca había conocido a ninguna como tú. Jamás había conocido a una mujer que pudiera hacerme desearla incluso cuando estaba dejando tan dolorosamente claro que no me deseaba. Aquello me intrigaba y me atraía. En parte, y perdóname si te parezco engreído, porque era toda una novedad. No estaba acostumbrado. Pero, aunque se pasó la novedad, la fascinación no cesó.

Una sombra de algo que podría haber sido pánico asomó al rostro de Edie.

—Pero, a pesar de toda esa fascinación, te marchaste al cabo de un mes, cuando habíamos acordado que viviríamos juntos al menos dos.

—No dejabas de hablar de cuándo pensaba marcharme. A finales de mes, prácticamente me estabas empujando para que me fuera. Ningún hombre puede soportar una situación así durante demasiado tiempo. Deseándote como te deseaba, habría terminado perdiendo la cabeza si me hubiera quedado más. En aquel momento de mi vida, no estaba preparado para renunciar a África y quedarme permanentemente en Inglaterra. Pero los últimos días en Highclyffe fueron muy duros para mí.

—Yo... —se interrumpió y se humedeció los labios como si los tuviera secos— no lo sabía.

—Sí, bueno, no es algo que a un hombre le guste admitir. A todos nos gusta pensar que somos irresistibles. Lo cual, me lleva de nuevo a la cuestión que de verdad importa. Estamos casados, ahora estoy en casa y tú todavía no me has contado por qué te opones con tanta firmeza a un matrimonio verdadero entre nosotros. Y no me digas que es por culpa de ese muchacho de hace años, porque me niego a creer que todavía estés enamorada de él.

—¿Enamorada? —repitió Edie y por un instante, se le

quedó mirando fijamente sin comprender. Pero después sacudió la cabeza como si acabara de comprenderlo y dijo—: ¡Ah! Pues te equivocas, todavía estoy enamorada de él.

Lo dijo con tan poca convicción que ni un niño la habría creído. Stuart sonrió, aliviado al saber que al menos ya no tenía que competir con el fantasma de otro hombre.

—Así que sigues teniendo el corazón roto, ¿verdad?

—Destrozado —retrocedió un paso y esbozó una mueca al chocar con el armario que tenía tras ella, haciendo temblar los vasos y la licorera—, desolada. Yo jamás... jamás podré querer a otro hombre.

—¿Jamás? —Stuart volvió a acortar la distancia que les separaba—. Como ya te dije en otra ocasión, jamás es mucho tiempo.

Edie alzó la barbilla.

—No el suficiente como para que llegue a desearte.

—¿No?

Se interrumpió, estudió su rostro y, curiosamente, lo que vio allí le hizo ser más optimista sobre sus probabilidades de lo que había sido hasta entonces. Había resentimiento en la expresión de Edie, y también pánico, pero había algo más: el desafío de demostrar hasta qué punto se equivocaba y quizá, solo quizá, una remota esperanza de éxito.

—Oh, oh —musitó—. Ahora ya lo has hecho. Has lanzado el guante.

—¿Qué quieres decir?

—Ningún hombre que merezca ese nombre dejaría pasar una declaración de ese tipo —la miró con una expresión tan desafiante como la suya—. Creo que soy capaz de hacerte desearme.

Edie entrecerró los ojos.

—Son muchos los hombres que se creen capaces de hacer que una mujer les desee. Y algunos utilizan métodos muy poco honorables para conseguirlo.

—¿Y tú crees que yo soy de esa clase de hombres?

—No lo sé.

—¡Lo sabes condenadamente bien! Edie, estuvimos viviendo juntos durante un mes después de la boda y ni en una sola ocasión me comporté de manera deshonrosa. Muchos hombres habrían optado por ejercer sus derechos conyugales después del matrimonio y hubieran enviado el infierno todas sus promesas. Pero yo no lo hice, ¿verdad?

Edie no contestó, pero Stuart no tenía intención de conformarse con su silencio.

—¿Lo hice?

—No —contestó por fin.

—No, me comporté como un auténtico caballero. Y como ya te he dicho, no fue fácil. Sobre todo, la tarde que estuvimos en la terraza. Me entraron ganas de forzarte de la peor de las maneras por encima de todos esos sándwiches de pepino.

Edie se le quedó mirando fijamente. Stuart pensó que a lo mejor había olvidado aquel día, pero vio de pronto el color que bañaba sus pálidas mejillas y comprendió que sabía exactamente de qué le estaba hablando. Sus esperanzas crecieron un poco más.

—Lo recuerdas, ¿verdad? —musitó, inclinándose hacia ella—. Te hice sonreír y te dije que no me importaría ver esa sonrisa al despertarme y...

—No sé de qué me estás hablando —le interrumpió bruscamente.

Era mentira, Stuart lo sabía, y no pudo evitar la sonrisa que se extendió por su rostro.

—Sabes exactamente de qué te estoy hablando. Y creo que a ti también te gustó la idea de despertarte conmigo.

—¿De verdad? —le contradijo—. Por lo que yo recuerdo, te obligué a callar rápidamente.

—¿Entonces te acuerdas?

—Lo suficiente como para saber que no me hizo la menor gracia tu sugerencia.

Pero mientras hablaba se intensificó el color de sus mejillas y no fue capaz de sostenerle la mirada.

—¡Tonterías! Tú también lo deseabas, pero no estabas preparada para admitirlo ante mí. A lo mejor ni siquiera estabas preparada para admitirlo ante ti misma.

—Tienes una gran imaginación —repuso Edie, clavando la mirada en su cuello—. ¿No has pensado nunca en ser escritor? Porque compones maravillosamente la ficción.

—¿De verdad es ficción? ¿O, sencillamente, un incómodo recuerdo de la realidad?

—La única realidad incómoda en esta situación es la que no eres capaz de aceptar —alzó la mirada para enfrentarse a sus ojos—. No te deseo. Ni te deseaba entonces, ni te deseo ahora ni voy a desearte en el futuro.

Stuart se encogió de hombros.

—Si lo que dices es cierto, entonces supongo que no te importará ponerlo a prueba. Creo que, a pesar de lo que dices, te sientes atraída por mí. Y, lo que es más, puedo demostrarlo.

—¿Y cómo pretendes hacerlo?

Stuart pensó en ello y bajó la mirada hacia su rosada boca durante un instante.

—Creo que con un beso lo demostraría, ¿no te parece?

Edie entrecerró los ojos.

—Intenta besarme, Margrave, y borraré esa arrogante sonrisa de tu rostro de una bofetada.

—No, Edie, no, no me has entendido. Lo que creo es que puedo convencerte de que me beses.

Aquello la hizo reír. Fue una auténtica y feliz carcajada que sonó, desgraciadamente, bastante sincera.

—¿Y cuánto tiempo crees que tardarás en lograr ese milagro? —preguntó.

Stuart lo consideró. Sabía que Edie nunca se mostraría de acuerdo en darle un año de plazo, ni siquiera medio año.

—¿Un mes?

—Diez días —propuso Edie bruscamente—. Tienes diez días.

—¿Diez días? —a pesar de la inesperada capitulación, Stuart se vio obligado a protestar por aquel margen de tiempo tan escaso—. De verdad, Edie, no creo que sea justo.

—Diez días a partir de mañana. Es el tiempo que falta para que salga desde Liverpool el próximo transatlántico a Nueva York, y pretendo marcharme en él. Ya he comprado los billetes.

—¿A Nueva York?

Miró hacia los papeles que Joanna había dejado caer en la mesa, advirtiendo con cierta desazón que eran billetes de barco. A pesar de los numerosos posibles escenarios que había conjurado para su reconciliación, no había contado con la posibilidad de que volviera a los Estados Unidos e intentara iniciar una vida sin él.

—¿Y Joanna? ¿O es que has cambiado ya de opinión sobre la necesidad de que las niñas reciban una buena educación?

—Sé que los británicos consideran a los americanos terriblemente incivilizados, pero también tenemos colegios al otro lado del Atlántico.

—Así que la solución es huir. ¿Es así como te enfrentas a todas las crisis con las que te encuentras en la vida?

Edie se tensó, demostrando que el tiro había sido certero, pero negándose a contestar nada al respecto.

—Diez días. O lo tomas o lo dejas.

—Lo tomaré porque estoy seguro de que tengo razón.

—¿Ah, sí? —se interrumpió y le estudió con expresión alerta y pensativa—. ¿Lo suficiente como para hacer una apuesta?

—¿Una apuesta? ¿Te refieres a dinero?

—No, no quiero apostar dinero.

—¿Entonces qué quieres apostar?

Edie ni siquiera vaciló.

—Si gano, aceptarás una separación permanente y legal.

Stuart se enderezó y la miró consternado.

—Pero una separación legal significa que jamás podríamos tener legítimos herederos.

—Lo cual no empeora tu situación, puesto que no tengo la menor intención de darte legítimos herederos. Y me iré a América. A menos que… —se interrumpió y entrecerró los ojos—. A menos que, a pesar de lo que dices sobre tu honorable carácter, pretendas impedírmelo por la fuerza.

—Trato hecho —contestó él. Le dirigió una mirada irónica—. ¿También juegas al ajedrez?

—Pues la verdad es que sí, y bastante bien.

—Te creo.

—Para ahorrarle a mi hermana cualquier tipo de escándalo y hacer las cosas de la manera más sencilla posible, la mejor solución será que accedas a una separación legal discreta y en privado.

—Es lo más deprimente que he oído en mi vida.

Y lo decía en serio, porque no iba a poder vivir con ella y, sin aquella intimidad que podría acercarlos, sus oportunidades de conquistarla se veían reducidas prácticamente a la nada. Él sabía que, sin su colaboración, Edie jamás conseguiría legalmente una separación, y abrió la boca para rechazar abiertamente la propuesta, pero se interrumpió para considerarla más lentamente.

Si se negaba a aceptar aquella apuesta, no tenía la menor duda de que Edie saldría disparada a América. Y, una vez que se fuera, sería imposible hacerla volver aunque la ley estuviera de su lado. E, incluso en el caso de que pudiera hacerla volver a la fuerza, ¿de qué le serviría, salvo para granjearse su enemistad?

Sin embargo, aquella apuesta podría darle exactamente lo que necesitaba si era capaz de girarla a su favor. Sabía que corría un enorme riesgo al aceptar aquel acuerdo, pero, ¡diablos!, nunca había sido un hombre que apostara por lo seguro. Y, probablemente, sería capaz de ganarse un beso en diez días.

—Muy bien —dijo—, si quieres una apuesta, estoy dispuesto a jugar, pero con ciertas condiciones.

Edie le miró con recelo, presintiendo la trampa.

—¿Qué condiciones?

—Tendrás que volver conmigo a Highclyffe y pasar diez días allí conmigo. Y —añadió, antes de que pudiera protestar—, durante ese tiempo, tendrás que cenar conmigo todas las noches y pasar por lo menos cuatro horas al día en mi compañía. Durante dos horas, haremos lo que tú quieras, y durante las otras dos... —se interrumpió un momento y la miró esperanzado—, haremos lo que quiera yo.

—Pero nada que incluya cualquier acercamiento físico o meterse en mi cama.

—Me niego a prometer lo primero. Rechaza mi acercamiento si quieres, pero lo haré —alzó la mirada hacia su rostro—. Y, en cuanto a lo segundo, no me meteré en tu cama a no ser que me invites, Edie.

Edie alzó la barbilla.

—Eso no ocurrirá nunca.

—Es cierto que no hay muchas probabilidades a mi favor, pero todavía no he perdido la esperanza.

Edie pensó en ello durante unos segundos y al final asintió.

—De acuerdo. Al fin y al cabo, solo serán diez días —comenzó a pasar por delante de él, como si la conversación hubiera terminado, pero Stuart le bloqueó el paso.

—¿No olvidas algo? —le preguntó—. Tenemos que pactar lo que sucederá si gano yo la apuesta.

—No será necesario, puesto que la vas a perder —replicó.

—Una apuesta requiere la consideración de ambas partes. Si gano, ¿qué recibiré?

—¿Qué...? —se interrumpió y tragó con fuerza—. ¿Qué es lo que quieres?

Stuart jugó entonces su última carta.

—Si gano, tendrás que aceptar vivir permanentemente conmigo. No te marcharás, no te irás a Nueva York ni a ninguna otra parte, no habrá ni anulación, ni intento de divorcio ni separación.

—¿Tendré que vivir contigo durante el resto de nuestras vidas? No puedo prometerte una cosa así.

El tono aterrorizado de su voz le recordó a Stuart que, si presionaba demasiado, Edie podría retirar todo lo dicho y huir a Nueva York a la primera oportunidad que tuviera, pero no le importó. Si iban a jugar aquella partida, pretendía jugar para ganar.

—No es negociable, Edie.

—¡Pero es imposible!

—Has sido tú la que ha subido la apuesta. ¿Qué pasa? —añadió mientras ella continuaba sacudiendo la cabeza—. ¿Tienes miedo de encontrarme irresistible?

Con un sonido de desprecio, Edie mostró lo ridícula que le parecía aquella declaración.

—Difícilmente.

Stuart extendió los brazos.

—¿Entonces qué?

Edie se mordió el labio e inclinó la cabeza, pensando en ello.

—¡Oh! Muy bien —dijo por fin—. Me temo que esta es la única manera que tengo de deshacerme de ti sin tener que librar una agotadora batalla legal. Comenzaremos mañana por la mañana. A las once en punto.

—Eso es demasiado tarde para desayunar y demasiado pronto para comer, así que asumo que tienes otra cosa en mente.

—Quedaremos en la estación Victoria, en el andén nueve, y lleva tu equipaje. El tren de vuelta a Clyffeton será nuestra primera salida en común.

—¿El tren? —gimió—. Edie, eres tan romántica...

—Has sido tú el que ha insistido en pasar esos diez días en Highclyffe —le recordó—. Así que en algún momento tendremos que montar en tren. Y has dicho que podría elegir mis actividades.

—Pero en el tren no podremos estar a solas.

—Exactamente.

—¿Es así como pretendes jugar? ¿Manteniéndome a distancia cada segundo que estemos juntos? Y supongo que arrastrarás a Joanna de carabina a cualquier lugar al que vayamos.

Edie no contestó a aquella pregunta, pero no fue necesario que lo hiciera. La ligera sonrisa de sus labios lo confirmó.

—Bueno, sigue haciendo las cosas a tu manera y guardando tus secretos —dijo Stuart. Pero sabía que, si Edie insistía en utilizar a Joanna como baluarte, tendría que encontrar la manera de superar aquel obstáculo—. Compraré los billetes y me encontraré contigo en el andén mañana a las once. Pero los planes que organice yo para nosotros serán más divertidos que un caluroso y sofocante viaje en tren, eso te lo prometo.

Algo asomó a los ojos de Edie, preocupación, quizá, o incluso miedo, pero desapareció antes de que Stuart pudiera estar seguro.

—Disfruta de este juego como te apetezca, Stuart, pero yo ya le he pedido al señor Keating que redacte un acuerdo de separación y, dentro de diez días, estarás firmándolo.

—Solo en el caso de que todavía no me hayas besado —contestó alegremente—. Y ya que estamos compartiendo predicciones, déjame compartir también la mía. Para cuando llegue ese acuerdo de separación, te habrás divertido tanto en mi compañía que no querrás dejarme. De hecho... —se interrumpió y tentó a la suerte acercándose un poco más a ella— pretendo tenerte suplicando mucho más que un beso para cuando acaben esos diez días.

—¿Suplicando? —repitió con incredulidad—. ¿Crees que voy a suplicarte?

Stuart contestó con toda sinceridad.

—Eso espero, Edie, porque, si no soy capaz de hacer que me desees, es que no te merezco —se interrumpió y sonrió ligeramente—. Por supuesto, puedes renunciar y besarme ya para que podamos comenzar a hacer cosas mucho más agradables. Yo me aseguraré de que merezca la pena.

—¿Y privarte del glorioso placer de verme suplicarte? Jamás se me ocurriría.

Colocó la mano entre los dos, posándola contra su pecho y le empujó con una sonrisa que borró de un plumazo cualquier esperanza de Stuart de que pudiera estar preocupada por el resultado de aquella apuesta.

Tenía motivos para sentirse segura, suponía mientras se giraba para observarla caminar hacia la puerta. Porque, en aquel momento, la mera idea de Edie deseando besarle se le antojaba tan poco probable como una tormenta de nieve en el Sahara.

CAPÍTULO 8

Edie no podía haber imaginado un trato mejor que el que habían acordado. Como resultado, el oscuro nubarrón del miedo que había estado acechándola desde que su marido había regresado, comenzó a alejarse y el alivio ocupó su lugar. Para recuperar la libertad, lo único que tenía que hacer era evitar besarle durante diez días. Y, puesto que no tenía ninguna gana de besarle, ¿qué dificultad podía encontrar en ello?

Apenas acababa de cruzar aquella pregunta por su mente cuando recordó las palabras de Stuart diciendo que esperaba poder hacer que le deseara.

Y el alivio fue sustituido por una repentina sensación de inquietud. Intentó desdeñarla. Stuart jamás emplearía la fuerza con ella. Como él mismo había recordado, no lo había hecho antes. Y le había asegurado que jamás lo haría. Por supuesto, con los hombres nunca se podía estar del todo segura, pero aquella no era la fuente de su inquietud.

«Durante dos horas, haremos lo que tú quieras, y durante las otras dos... haremos lo que quiera yo».

Era evidente que planeaba seducirla, ¿pero qué importancia tenía? No sabía cómo pretendía intentarlo, pero la seducción solo tenía éxito si la mujer quería ser seducida y, definitivamente, ella no quería. Era inmune a todo eso.

Aquel recordatorio debería haberla tranquilizado, pero, en cambio, la inquietud se hizo más profunda. Si de verdad era inmune, ¿por qué necesitaba recordárselo?

Sonó el reloj de la chimenea y Edie decidió dejar de lado aquella incómoda pregunta. Eran las cinco en punto y se suponía que debería estar tomando el té. Los cinco minutos de Stuart se habían transformado en media hora y todavía continuaba allí, sin decidirse a bajar.

Agarró el bolso y salió de la suite para reunirse con lady Trubridge y con Joanna. Para cuando entró en el salón, ya había conseguido olvidar sus preocupaciones. Stuart podía intentar seducirla todo lo que quisiera, pero sería como intentar convencer a un pez de que volara.

Se detuvo en la puerta y miró a su alrededor, buscando entre las columnas de mármol y las palmeras de las macetas, pero el salón era enorme, todas las mesas estaban llenas de gente y no fue capaz de localizar ni a su amiga ni a su hermana en medio de aquella multitud.

—¿Su Excelencia?

Edie se volvió y descubrió al maître del hotel junto a ella.

—He quedado con lady Trubridge y con mi hermana.

—Por supuesto —el maître hizo una ligera reverencia—. Lady Trubridge la está esperando, y creo que la señorita Jewell está con ella. ¿Quiere hacer el favor de seguirme?

La condujo a través del abarrotado salón de té y salió a una hermosa terraza con vistas a unos jardines situados junto al río. Su hermana y su amiga estaban sentadas a una mesa junto a la balaustrada. Belinda la vio entrar, le susurró algo a Joanna y ambas se levantaron para recibirla mientras el maître del hotel se hacía a un lado para anunciarla.

—Su Excelencia, la duquesa de Margrave.

—Edie, cariño —Belinda salió desde detrás de la mesa para tomarle las manos mientras el maître se alejaba—. Cuánto tiempo. Es maravilloso volver a verte.

—Lo mismo digo —contestó Edie, apretándole las manos y dándole un cariñoso beso en la mejilla—. Siento llegar tarde.

—No tienes por qué —contestó Belinda, y señaló a su acompañante—. He tenido a Joanna para hacerme compañía.

—Sí —contestó Edie, dirigiéndole a su hermana una sonrisa irónica—. Y, sin duda alguna, te habrá estado hablando de mi inesperada visita.

—Algo me ha contado —admitió Belinda—. Pero ya le había visto antes de que bajara Joanna. Acababa de tomarse el té y se ha acercado a mi mesa antes de salir. Cuando se ha enterado de que te estaba esperando, ha tenido la amabilidad de informarme de que tardarías.

—Sí —contestó Edie con un suspiro, preguntándose cuántas de aquellas intromisiones en su agenda social tendría que soportar durante los diez días siguientes—, ya me lo ha dicho.

—Debo admitir que me ha sorprendido un poco volver a verle —añadió Belinda—. Sabía que había sufrido una lesión, por supuesto, pero...

—¿Lo sabías? —Edie se quedó mirando fijamente a su amiga. No salía de su asombro—. Belinda, ¿por qué no me lo dijiste?

—Le escribió a Nicholas, y también a alguno de sus amigos más íntimos, pero no quería convertirse en el tema de ningún chismorreo y les pidió que mantuvieran la boca cerrada. Nicholas me lo contó, pero me hizo prometer que no se lo contaría a nadie. Y di por sentado que el propio Margrave te habría escrito para decírtelo.

—Pues no lo había hecho. Cuando le vi fue... —se interrumpió y se pasó la mano por la frente— bastante impactante.

—Puedo imaginármelo —musitó Belinda, estudiando con sus sagaces ojos azules el rostro de su amiga.

—¿Pero qué ha pasado en la habitación? —preguntó Joanna, interrumpiendo la conversación y yendo directamente al grano, con su habitual impaciencia—. ¿Habéis hecho las paces?

—¡Joanna, por favor! —la reprendió Belinda—. ¿No me has prometido hace cinco minutos que te reprimirías y evitarías hacerle a tu hermana cualquier pregunta poco delicada?

—También podrías pedirle al sol que se pusiera por el este —le dijo Edie a su amiga.

Cuando Belinda se echó a reír, Edie se sorprendió al ver la luminosidad que irradiaba. Con el pelo negro y los ojos azules, Belinda siempre había sido una mujer de una belleza espectacular, pero aquel día estaba particularmente adorable.

—¡Dios mío, qué guapas estás! —señaló, encantada de poder cambiar de tema—. ¿Cuál es el secreto? ¿Alguna crema nueva?

Belinda se echó a reír.

—No, no es ninguna crema nueva, es algo completamente diferente, pero eso puede esperar. Vamos a sentarnos.

Joanna y Belinda volvieron a sentarse en sus asientos y Edie rodeó la silla de su hermana para poder sentarse frente a su amiga.

—¿Y bien? —la urgió, estudiándola con atención mientras se quitaba los guantes—. Cuéntame de una vez por todas por qué estás tan resplandeciente.

Belinda se sonrojó delicadamente.

—Estoy esperando un hijo.

—¿Un hijo? —exclamaron Joanna y Edie al unísono, haciendo reír a Belinda.

—Parecéis muy sorprendidas —dijo—, pero, al fin y al cabo, ya llevo un año casada.

—Me parece maravilloso —dijo Joanna—. Es casi como si fuera a ser tía. Me encantaría —añadió con un suspiro de nostalgia—, me encantaría ser tía.

Edie le dio una patada por debajo de la mesa.

—¿Vas a tener un hijo, Belinda? ¿De verdad?

—Tú misma has dicho que estaba resplandeciente —contestó su amiga mientras le servía una taza de té—. Pensé que habías imaginado la razón antes de sentarte.

—Pues no. Vaya... —se interrumpió, confundida—. Un hijo. ¡Felicidades! ¿Lo sabe ya Trubridge?

—Sí, y está encantado, por supuesto. Todo el mundo lo está.

Belinda le tendió a Edie la taza y, cuando esta la tomó, se inclinó hacia ella con una expresión traviesa bailando en su mirada.

—Creo que hasta Landsdowne está encantado —dijo, refiriéndose a su odioso suegro, el duque de Landsdowne, que se había opuesto violentamente a la boda de su hijo.

Belinda, a pesar de haber estado anteriormente casada con el conde de Featherstone y de haber llevado una vida decorosa como viuda del conde antes de casarse con Trubridge, era americana y Landsdowne odiaba a los americanos. Su único consuelo era que, como Edie maliciosamente había señalado, eran muchos los americanos, incluida ella misma, que le despreciaban a él.

—¿De verdad? —le dirigió a su amiga una mirada escéptica por encima del borde de la taza—. ¿Y crees que estará contento si es niña?

—Probablemente no —contestó Belinda, riendo—, pero, por mucho que deteste a ese hombre, no puedo culparle por desear un niño. Todo el mundo quiere un heredero.

—Sí —Edie bebió un sorbo de té y la taza tintineó cuando la dejó de nuevo sobre el plato—. Todo el mundo quiere un heredero.

Belinda, siempre rápida a la hora de apreciar los matices, la miró preocupada, pero tenía demasiado tacto como para hacer ninguna pregunta estando Joanna presente. Edie se alegró, porque lo último que le apetecía en aquel momento era hablar de su propio matrimonio, y menos aún con Belinda.

Era una auténtica celestina y, aunque sabía que el matrimonio de Edie con Margrave no era el matrimonio por amor que había pensado cuando lo había apoyado ante el padre de Edie, era suficientemente romántica como para que le resultara difícil aceptar una posible separación.

—No me puedo creer que estemos las dos en Londres al mismo tiempo —dijo Belinda, cambiando delicadamente de tema.

Edie aprovechó rápidamente aquella oportunidad.

—Me lo imagino. Cuando esta mañana he llamado a Berkeley Street a primera hora, esperaba que tu mayordomo me dijera que habíais salido ya hacia Kent.

—Siento no haberte atendido cuando has llamado. En realidad, estaba aquí, almorzando con un cliente. Lleva menos de quince días abierto y el Savoy ya se ha convertido en el hotel favorito de nuestros compatriotas. Aun así, has recibido a tiempo mi invitación para tomar el té y has podido aceptarla, de modo que todo ha salido bien.

—¿Todavía tienes clientes? —preguntó Edie, bastante sorprendida por la noticia—. ¿Trubridge te permite continuar trabajando de casamentera?

Fue entonces Belinda la que se mostró sorprendida.

—¿Por qué no iba a permitírmelo?

Edie se encogió de hombros.

—¡Oh! No sé. A los hombres normalmente no les gusta que sus esposas se metan en negocios.

—Él sabe que es preferible que no se le ocurra impedírmelo —contestó Belinda, riendo—, y no creo que pudiera desaprobarlo. Sería bastante hipócrita, teniendo en cuenta que él también anda metido en negocios.

No a muchos maridos les importaría ser hipócritas, pero Edie evitó señalarlo. Esbozó en cambio una educada sonrisa, bebió otro sorbo de té y alargó la mano para tomar una pasta de té de la bandeja.

—Así que —continuó diciendo Belinda—, a pesar de estar casada, sigo viniendo a Londres con frecuencia, incluso en agosto. Pero tu presencia en la ciudad ha sido totalmente inesperada.

No lo era, en realidad, teniendo en cuenta las circunstancias, pero, por supuesto, no podía explicar los motivos que la habían llevado hasta allí.

—¿De verdad? —preguntó, y mordió un trozo de pasta.

—¡Claro que sí! Querida, alejarte de Highclyffe en verano es más difícil que arrancar un percebe de una roca.

La pasta que tenía en la boca le supo de pronto a serrín. Edie bebió otro sorbo de té, pero no sirvió de nada. Nada podía evitar la triste realidad de que, ocurriera lo que ocurriera con Stuart, sus días en Highclyffe estaban contados. Pronto dejaría de ser su hogar. Lo había sabido desde el momento en el que había visto a su marido en el andén, pero, hasta ese instante, no había sido consciente del dolor que le produciría. No había considerado lo difícil que le resultaría decir adiós al único lugar que para ella había sido un verdadero hogar.

«¿De verdad vas a dejarlo todo? ¿Vas a darle la espalda a todo lo que has construido?».

Recordó las palabras de Stuart y el alma se le cayó a los pies. Tendría que renunciar a Highclyffe, porque Stuart jamás le permitiría continuar a cargo de aquella propiedad una vez había vuelto a casa. ¿Y por qué iba a hacerlo? Highclyffe era su hogar. Y ya nunca sería el suyo.

Ya no habría más comidas campestres en el estuario, ni búsquedas de almejas entre la arena junto a Joanna, ni baños junto a las rocas, ni explorar los charcos dejados por las mareas. Adiós a la recogida de castañas en otoño, y a los proyectos para nuevos jardines en primavera durante el lluvioso invierno. Abandonaría su labor con las organizaciones benéficas del pueblo, un trabajo que siempre le había resultado gratificante. Su vida dejaría de tener sentido.

—¡Dios mío, Edie! ¿Qué te pasa? Estás muy pálida.

La voz de Belinda la sacó de su desconsolado ensimismamiento con un sobresalto y descubrió a su hermana y a su amiga mirándola preocupadas.

—¿Edie? —Joanna posó la mano en su brazo—. ¿Qué te pasa?

—Nada, cariño —mintió, obligándose a forzar una sonrisa—. Supongo que es porque hoy apenas he comido y el azúcar del té y de la pasta me ha mareado un poco.

Joanna pareció satisfecha con aquella explicación, porque desapareció la preocupación de su rostro y apartó la mano.

—Es verdad, no has comido mucho.

—Toma un sándwich —sugirió Belinda.

Pero cuando Edie lo agarró, recordó las palabras de su marido.

«Me entraron ganas de forzarte de la peor de las maneras por encima de todos esos sándwiches».

¡Maldita fuera!, pensó Edie mientras mordía un pedazo de sándwich. Ella no quería que la forzaran. Y, si dejar Highclyffe era el precio que tenía que pagar para evitarlo, lo pagaría.

Había otros lugares en los que vivir, otras casas que podría convertir en un hogar. Iría a cualquier parte del mundo que le apeteciera. Pero cuando se preguntó a dónde podría ir cuando aquellos diez días terminaran, temió que no hubiera un solo lugar en la tierra que pudiera considerar un hogar.

En lo relativo a las mujeres, Stuart nunca había sido un hombre que necesitara hacer planes por adelantado. Las cartas románticas escritas con esmero no eran para él, ni los ramos de flores elegidos para expresar un determinado sentimiento. No era hombre de largos cortejos, cruces de miradas, paseos con carabina y fugaces y furtivos roces de manos. Para él, conquistar a una mujer jamás había sido una campaña cuidadosamente planificada o una partida de ajedrez.

Pero durante el trayecto en carruaje desde el Savoy hasta su club, comenzó a preguntarse si una pequeña planificación en relación a Edie no podría irle bien.

De momento, había improvisado la propuesta de pasar los diez días siguientes en Highclyffe, que siempre era preferible a tener que perseguirla de un lado a otro. En Highclyffe, podían disfrutar de intimidad y tenían recuerdos compartidos, al menos alguno. Pero solo disponía de diez días y sabía que necesitaría utilizar cada minuto en su provecho. Mientras observaba la calle por la ventanilla del carruaje y sopesaba cuál debería ser su estrategia durante aquellos preciosos días, se descubrió completamente perdido.

Al mirar al pasado, reconoció con cierta tristeza que su suerte con el sexo opuesto le había convertido en un joven bastante engreído. Por lo menos hasta que una mujer de fríos ojos verdes y un corazón todavía más frío había hecho añicos la alta opinión que tenía sobre sí mismo y su atractivo. No, su experiencia con otras mujeres jamás le había servido para tratar con Edie y dudaba que fuera suficiente para conquistarla en aquel momento. Si iba a seducirla, necesitaría mucho más que las tácticas superficiales que había utilizado con otras mujeres durante sus años de juventud.

El cabriolé se detuvo bruscamente y Stuart salió de sus especulaciones y se descubrió a sí mismo delante del White's. Bajó del taxi esbozando una mueca porque, por culpa del tiempo que había pasado entre carruajes y trenes, la pierna le dolía de manera infernal. Deseó haber ido caminando desde el Savoy hasta el White's. Aun así, aquello no era nada que un segundo whisky con soda no pudiera aliviar.

Pagó al conductor y entró en el bar del club, donde pidió una copa, colgó el bastón en el brazo de una cómoda butaca de cuero y se sentó. Apoyó la pierna derecha sobre un escabel, comenzó a beber el whisky y reflexionó sobre cuál iba a ser su próximo movimiento.

Miró a su alrededor, preguntándose qué pensarían sus colegas de aquel dilema. Pocos, sospechaba, lo comprenderían. Algunos le preguntarían que por qué no entraba directamente en el dormitorio de su esposa, le recordaba cuáles eran sus obligaciones y hacía lo que debía para engendrar un heredero. Otros adoptarían puntos de vista más severos sobre la cuestión y le recomendarían que se buscara una amante y dejara que el ducado recayera en manos de su hermano. Para Stuart, lo primero nunca había sido una opción, y lo segundo había dejado de serlo.

Desde luego, las cosas no estaban saliendo como había imaginado durante el viaje de vuelta a Inglaterra. Sus imágenes sobre cómo sería un verdadero matrimonio con Edie se habían basado en la idea de que, a aquellas alturas, se habría olvidado ya de su antiguo amor. Pero aunque aquella había demostrado ser una asunción acertada por su parte, tampoco había supuesto ninguna diferencia. No había conseguido romper el hielo con Edie y quizá nunca lo hiciera.

Pero, en cuanto se le pasó aquella idea por la cabeza, la desechó. Era absurdo pensar en el fracaso y se negaba a hacerlo. Se concentró en cambio en la tarea que tenía por delante, la única por la que tenía que preocuparse en aquel momento. Tenía diez días para persuadir a Edie de que le besara. Si lo conseguía, dispondría de todo el tiempo que necesitaba para conquistarla de manera apropiada.

Diez días para un beso. ¡Qué fácil le habría parecido aquella apuesta antes de conocerla! Pero, con Edie, le parecía tan difícil como subir el Kilimanjaro en su estado. Edie no era una mujer a la que se pudiera dirigir unos cuantos cumplidos, atiborrar de champán y subirla escaleras arriba. Algo que debería agradecer, puesto que sus días de subir a las mujeres en brazos se habían terminado. Por supuesto, un poco de champán no haría ningún daño, y quizá hasta pudiera ayudarla a bajar la guardia, pero necesitaba algo más. Necesitaba encender su deseo. ¿Pero cómo?

—¿Stuart?

Stuart se volvió y descubrió al marqués de Trubridge a su lado, junto a otro caballero al que no había visto jamás en su vida. Stuart dejó su copa a un lado y agarró el bastón.

—No te levantes —le dijo Nicholas cuando Stuart comenzó a incorporarse—. No te molestes.

Pero Stuart le ignoró.

—Nick —le saludó mientras bajaba la pierna del escabel, agarraba el bastón y se levantaba para estrecharle la mano—. ¡Dios mío!, ¿cuánto tiempo llevamos sin vernos?

—Dos años por lo menos —contestó Nicholas mientras le estrechaba la mano y señalaba con el vaso de whisky que tenía en la otra al hombre desgarbado y de pelo castaño que le acompañaba—. ¿Conoces al doctor Edmund Cahill?

—No he tenido el gusto.

—En ese caso, debo presentártelo. Doctor, este es Stuart James Kendrick, el duque de Margrave. Es un viejo amigo mío, compañero de la época de Eton.

—Y también de las juergas en París, por lo que he oído —añadió el médico, sonriendo.

—¿Me precede mi reputación? —preguntó Stuart—. ¿O es la tuya?

—La tuya —contestó su amigo rápidamente—. Mis días de juerga han terminado.

Stuart alzó su bastón.

—Y también los míos, me temo. Por favor, sentaos conmigo —añadió inmediatamente, antes de que se produjera el embarazoso silencio provocado por aquella mención indirecta a su lesión.

Los recién llegados acercaron dos butacas a la suya. Stuart apartó el escabel, ignorando las protestas de los otros dos e insistió en colocar una mesa en el centro del grupo.

—He leído algo sobre sus aventuras en África en los periódicos, Su Excelencia —comentó Cahill una vez estuvieron cómodamente instalados y les sirvieron las copas—. Toda una proeza, navegar el curso este del río Congo.

—Por no mencionar el hallazgo de nuevas especies de mariposas —añadió Nicholas—. Dios mío, siempre he envidiado las investigaciones científicas que has llevado a cabo.

—A mucha gente solo le importan mis cacerías —respondió Stuart con ironía—. Quieren oír hablar de elefantes y de leones, pero no de mariposas.

—Bueno, para los hombres de ciencia, usted es un hombre importante en este momento —dijo Cahill—. Comprendemos la importancia de la vida de los insectos en el orden natural. Por otra parte —añadió, sonriendo bajo su tupido mostacho—, los leones son mucho más emocionantes.

—Y peligroso, por lo que tengo entendido —musitó Nicholas—. Siento mucho lo de la pierna, amigo mío —añadió, dando un sorbo a su whisky.

Stuart frunció el ceño al oírle. No era propio de Nick abordar un tema tan incómodo.

—Como te dije cuando te escribí, no fue ninguna sorpresa. Los safaris y las exploraciones pueden ser peligrosos y, de alguna manera, cada vez que me internaba en la selva africana, medio esperaba que ocurriera algo así. De hecho, incluso tuve suerte —pensó en Jones y bebió otro sorbo de whisky. Le abrasó la garganta—. Al menos no perdí la vida.

—Claro, claro —aprobó Nick alzando su vaso para confirmar aquel sentimiento antes de beber un sorbo—. ¿Pero qué me dices de la pierna? ¿Todavía te duele?

—Está un poco dolorida, sí, pero puedo soportarlo.

—¿Es una lesión muscular? —preguntó Cahill con tal desinterés que Stuart inmediatamente sospechó.

—Perdona su curiosidad —le disculpó Nicholas—. Es meramente profesional. El doctor Cahill tiene una consulta en Harley Street y está especializado en lesiones musculares.

—¿De verdad? —musitó Stuart al tiempo que fulminaba

a su amigo con la mirada—. ¡Qué casualidad que hayáis aparecido los dos aquí esta tarde al mismo tiempo que yo!

—En realidad, no es ninguna casualidad —le contradijo Nick sonriendo y ajeno a la mirada acusatoria de Stuart—. Me enteré de que estabas en la ciudad y le envié inmediatamente una nota a Cahill para que viniera, le supliqué que dejara al resto de sus pacientes y se reuniera aquí conmigo durante el resto de la tarde. Llevábamos ya media hora en el club, esperando a que aparecieras.

—Me has echado mucho de menos, ¿verdad, Nick? Me gustaría poder decir lo mismo, pero nunca echo de menos a los amigos pesados y metomentodo que creen saber lo que es lo mejor para mí.

—Cahill hizo maravillas con mi hombro después de que Pongo me disparara —continuó Nicholas, imperturbable ante los insultos—. Este hombre es una maravilla.

—Me halaga, mi señor —musitó Cahill, moviéndose incómodo en la butaca

Parecía un poco incómodo por las alabanzas del marqués y su claramente inoportuna intromisión en la condición médica de su amigo.

Sin embargo, Nicholas ignoró la incomodidad del médico con la misma facilidad que la irritación de su amigo.

—La cuestión es que Margrave sufre dolor, Cahill. Eso no lo negará —añadió, pasando por alto la sonora negativa de su Stuart—. ¿Puede hacer algo por él?

—No, no puede —contestó Stuart antes de que lo hiciera el médico—. Ya he consultado a dos médicos. La cicatriz es muy profunda, tengo que aprender a convivir con el dolor y no hay nada más que hablar.

Cahill tosió.

—Eso no es necesariamente cierto. Hay técnicas terapéuticas que pueden emplearse para aliviar el dolor e incrementar la movilidad.

—¿Qué técnicas? ¿Bañarme en agua mineral? Uno de los médicos me lo recomendó y, aunque probé los baños de Evian de vuelta a Inglaterra, apenas conseguí nada, salvo mitigar el dolor durante unas horas —alzó su copa—. Si eso es lo único que voy a poder conseguir después de tomarme tantas molestias, prefiero ahogarme en whisky.

—La bebida no es nunca el remedio adecuado —protestó Nicholas.

—Bueno, también pensé en la cocaína y el láudano —Stuart bebió otro sorbo y saboreó el gratificante ardor del alcohol—, pero el whisky sabe mejor.

—Por el amor de Dios, si te duele, convertirte en un adicto no es la solución. Habrá que hacer cualquier otra cosa.

—No soy un adicto —bebió otro sorbo de whisky y esbozó una mueca—. Al menos, todavía. Y, si lo fuera, no sería asunto tuyo.

—Puedes estar condenadamente seguro de que pienso convertirlo en asunto mío.

—Caballeros, por favor —les interrumpió Cahill—, ¿podrían permitir decir unas palabras a un verdadero médico? Las aguas minerales pueden ayudar, pero, como Su Excelencia ya ha concluido, son un remedio inadecuado. En cuanto a la cocaína y el láudano, sé que muchos médicos los dispensan sin pensárselo, pero, en mi opinión, tienen propiedades adictivas que los convierten en opciones poco deseables. No tengo nada en contra de un buen whisky, pero puedo sugerir un tratamiento mucho más efectivo.

—¿Como cuál? —preguntó Nicholas, ignorando el gemido de exasperación de su amigo.

—Eso depende —miró a Stuart—. ¿Encuentra algún alivio al andar?

—La verdad es que sí —se vio obligado a admitir—, caminar me ayuda.

—El ejercicio para estirar y alargar la musculación puede

proporcionar algún alivio, particularmente si se combina con los masajes y los baños en aguas minerales. Pero debería examinarle por completo antes de recomendarle un tratamiento específico.

Por fin consiguió atrapar la atención de Stuart.

—Después de todo, creo que podría ayudarme, doctor —le dijo, enderezándose en la butaca—. Me gustaría poder acudir a su consulta, pero no tengo mucho tiempo. Mañana salgo para Norfolk, de modo que nuestra consulta tendría que ser esta misma tarde, ¿le parece bien?

—Por supuesto. Podríamos acercarnos a mi consulta cuando hayamos acabado aquí.

—Excelente —Stuart se reclinó de nuevo en la butaca y, aunque sintió renacer su optimismo, era consciente de que los posibles tratamientos para su pierna no tenían nada que ver con aquel renacer.

CAPÍTULO 9

Por la noche, tras haberse arreglado para cenar, Edie se sentó con Joanna e intentó recalcarle la importancia de la discreción. Por lo menos, lo intentó. Su hermana, sin embargo, no lograba entender por qué comunicarle a Stuart dónde se alojaban en Londres había sido una falta de discreción.

—Es tu marido, ¿no? —replicó Joanna, mostrándose comprensiblemente asombrada—. ¿Los esposos y las esposas no tienen que saber cuál es el paradero del otro? ¿Y si te pasara algo?

—Stuart y yo no somos... no somos como otros maridos y mujeres. Vivimos separados, como muy bien sabes.

—Pero ahora él está en casa —Joanna bajó la mirada hacia la colcha de la cama de Edie, en la que estaban sentadas—. Y es terriblemente bueno. Y muy guapo. ¿No te gusta?

—Cariño, no es tan fácil —contestó Edie con un suspiro.

—Es evidente que a él le gustas. Y él también debía gustarte si te casaste con él. ¿No puedes intentar que te guste otra vez?

—No de la manera a la que tú te refieres —contestó.

Aquella admisión le dejó un regusto amargo en la boca. Recordó a la joven romántica que había sido antes de que ocurriera lo de Saratoga y, al igual que había hecho aquella noche en el laberinto, se preguntó cómo podría haber sido su relación.

—Cuando era más joven, quizá, antes de...—se interrumpió al recordar que estaba hablando con su hermana pequeña.

—¿Antes de qué? ¿Antes de que apareciera Frederick Van Hausen?

—¿Estás enterada de eso? ¡Pero si solo tenías ocho años!

Joanna pareció sorprendida.

—Por supuesto. Me acuerdo de papá gritando por casa, diciendo que Van Hausen tendría que casarse contigo porque había arruinado tu reputación.

¡Ojalá hubiera arruinado solamente su reputación! Edie miró hacia el frente, hacia el tocador, y fijó la mirada en el reflejo que le devolvía el espejo. De pronto, la invadió una nostalgia que no había sentido durante años, nostalgia de todas aquellas cosas que Frederick le había robado.

—¿Te refieres a eso, Edie? —la voz de Joanna irrumpió en sus pensamientos—. Me acuerdo de papá diciendo que tendría que ir a Inglaterra a buscarte un marido porque tu reputación estaba arruinada—. ¡Ah!

La exclamación fue repentina y Edie se tensó al darse cuenta por la mirada de Joanna de que esta por fin comprendía lo que había ocurrido.

—¿Por eso te casaste con Stuart? ¿Para salvar tu reputación?

Edie se relajó.

—Sí, en parte —contestó—. No fue un matrimonio por amor —añadió.

Y, aunque creyó ver una sombra de desilusión en los ojos de Joanna, se alegró de ser ella la única que había sufrido la vergüenza de su desgracia. Por lo menos, tenía ese consuelo.

—No todos los matrimonios son por amor —le explicó con delicadeza.

—Lo sé.

—Y, en cualquier caso, el amor tampoco es garantía de que un matrimonio vaya a tener éxito. Algunos matrimonios funcionan y otros no. El nuestro... no funcionó.

—Pero podrías intentarlo al menos, ¿no?

¿Podría? Edie intentó dejar de lado el sentimiento de pánico que llegaba siempre que contemplaba aquella posibilidad y sopesó la cuestión con toda la objetividad de la que fue capaz, pero, cuando consideró lo que ello significaría, sacudió la cabeza.

—No, creo que no. Ya es demasiado tarde para eso.

—¡Pero no entiendo nada! —estalló Joanna—. ¿Demasiado tarde? Hablas como si fueras vieja, y no lo eres. Solo tienes veinticuatro años.

—No es una cuestión de edad —era una cuestión de miedo, de dolor y de vergüenza.

Lo sabía y, aunque odiaba que aquellos sentimientos se cernieran sobre ella como una sombra, hacía mucho tiempo que los había aceptado. Por lo menos, tal y como era su vida en aquel momento, permanecían ocultos. Estaban siempre al acecho, sí, pero era una sensación soportable mientras estuvieran en la sombra. Si Stuart y ella decidían tener un verdadero matrimonio, él querría, esperaría y quizá incluso le exigiera, acceder a su cuerpo cada vez que quisiera y ella no sería capaz de soportarlo.

—Estoy satisfecha con mi vida tal y como es en este momento y no quiero cambiarla. Soy feliz y espero... —se interrumpió para tomar la mano de su hermana—. Necesito saber que, suceda lo que suceda, apoyarás mis decisiones y las respetarás. Por favor, dime que, pase lo que pase, estarás de mi lado.

—¡Eres mi hermana! —respondió Joanna con vehemencia—. ¡Claro que estoy de tu lado!

Sin embargo, a la mañana siguiente, incluso aquella declaración fue puesta en evidencia.

Cuando llegaron a la estación Victoria, Stuart ya estaba en el andén, esperándolas. Al ver a aquel hombre tan alto en medio del vapor del tren, Edie recordó vívidamente lo que había sentido al verle en la estación de Clyffeton dos días atrás, y cómo aquel hombre había puesto su vida del revés. Con la piel bronceada y el bastón tallado, continuaba teniendo el aire exótico de un hombre llegado de un lugar remoto, pero en aquella ocasión, no estaba rodeado de montones de baúles con remaches metálicos y maletas de piel de cocodrilo. Lo único que tenía a sus pies era una enorme cesta de picnic; las letras estampadas en el mimbre proclamaban que la cesta era tan británica como el pudin de ciruelas y la reina Victoria.

—¿Fortnum y Mason? —gritó Joanna entusiasmada al fijarse en el monograma en tinta de F&M impreso a un lado de la a cesta—. ¡Oh, Edie, mira, Fortnum y Mason!

—Sí, Joanna, ya lo veo —contestó Edie, mirando a su marido—. ¿Es un soborno, Stuart?

—Puedes llamarlo soborno. Yo prefiero decir que es un almuerzo —se quitó el sombrero e hizo una reverencia—. Buenos días, queridas damas —saludó y se inclinó para darle una palmadita al perro—. ¡Hola, muchacho!

Snuffles, sin embargo, fiel a su nombre, se dedicó a inspeccionar ávidamente la cesta y su único saludo fue un desganado movimiento de cola. Cuando el perro localizó la tapa y comenzó a intentar levantarla, Stuart se agachó, lo agarró y lo levantó en brazos.

—¡No! —le dijo con firmeza—. Esto no es para ti.

—Yo lo llevaré, Su Excelencia —Reeves dio un paso adelante y actuó en consecuencia—. De todas formas, será mejor que monte ya en el tren y lo deje en su cajón.

—Necesitarás el billete.

Stuart se colocó el bastón bajo el brazo y buscó en el bolsillo de la pechera de su chaqueta gris de tweed espigado. Sacó los cuatro billetes y le tendió uno de segunda clase a la doncella.

—El almuerzo está pagado. Ya me he encargado de eso.

—Gracias, Su Excelencia —Reeves, la fiel y eficiente defensora de su dama, curvó los labios en lo que pareció sospechosamente una sonrisa. Edie no podía creer lo que estaban viendo sus ojos.

—¿Qué le has hecho a mi doncella? —exigió con un fiero susurró en cuanto Reeves estuvo suficientemente lejos como para no oírla.

—Edie, de verdad —le dirigió una mirada de reprobación—. Como caballero, no podría contestar a esa pregunta tan inadecuada.

Y, sin más, se puso el sombrero, se sacudió una hebra de hilo de la chaqueta y sacó el bastón de debajo de su brazo. Después, prestó atención a la joven Joanna que, siguiendo el ejemplo de Snuffles, estaba intentando ver el contenido de la cesta.

—Joanna, no mires.

Joanna se enderezó inmediatamente.

—¡Es que Fortnum y Mason me encanta! Es mi tienda favorita de Londres. Y también la de Edie

—¿Ah, sí? —miró a Edie con una sonrisa bailando en la comisura de sus labios—. ¡Qué curioso!

Fue una sonrisa excesivamente confiada para la paz mental de Edie.

—Pareces bastante complacido contigo mismo esta mañana —señaló.

—¿Y eso te molesta? —sonrió abiertamente—. Ya estás empezando a preocuparte, ¿verdad?

—No estoy preocupada, estoy divertida, de hecho —respondió con dignidad, y señaló la cesta que tenía a los pies—. ¿De verdad crees que puedes ganarte mi afecto con una cesta de picnic?

—No —contestó inmediatamente—. Y, precisamente por eso, esta cesta no es para ti. Es para Joanna.

Joanna soltó un grito de entusiasmo.

—¿Para mí? ¡Ooh, qué maravilla!

Edie se enfrentó a la divertida mirada de Stuart con una mirada irónica.

—No me puedo creer que estés sobornando a mi hermana para que sea tu cómplice en el crimen.

Stuart le dirigió una burlona mirada de disculpa.

—Al parecer, no tengo principios.

—Debes de estar muy desesperado para recurrir a esas tácticas —dijo Edie, quizá con más seguridad en la voz de la que realmente sentía—. Pero Joanna sigue siendo mi hermana. No puedes comprar su lealtad.

—¿Hay bombones en la cesta? —preguntó Joanna.

Volvió a agacharse, pero Stuart utilizó la punta del bastón para cerrar de nuevo la tapa antes de que pudiera averiguar la respuesta a su pregunta.

—He dicho que dejes de fisgar. Tendrás que esperar a la hora del almuerzo para saber lo que hay dentro de esa cesta. Sé buena —añadió, acallando sus protestas por la espera mientras le tendía los billetes restantes—. Ocúpate de esto en mi lugar.

Cuando Joanna obedeció, Stuart se agachó para agarrar la cesta por el asa y la levantó.

—¿Montamos?

Sin esperar respuesta, dio media vuelta y comenzó a caminar hacia el tren con Joanna a su lado. Edie fue tras ellos y le observó cruzar el andén. Pensó que parecía estar llevando aquella cesta tan pesada bastante bien. No pudo evitar fijarse en la rigidez de su pierna derecha cuando se movía y se preguntó si debería llamar a un mozo para que le ayudara. Cuando Stuart se quedó a un lado de la puerta del vagón de primera clase para que Joanna y ella pudieran pasar, Edie no siguió inmediatamente a su hermana cuando esta comenzó a subir los peldaños que conducían al tren, sino que se detuvo al lado de Stuart y señaló la cesta.

—A lo mejor debería llevarla...

—No, gracias, puedo subirla yo.

—Si no quieres que la lleve yo, deberías llamar a un mozo para que lo haga.

—Nunca se me ha dado bien hacer lo que supuestamente debería.

Hablaba en un tono ligero, pero había un inconfundible deje de dureza bajo la superficie de su voz que le indicó a Edie que discutir era inútil. De modo que montó en el tren, pero mientras seguía a su hermana a través del pasillo que separaba las dos filas de anchos asientos alineadas a cada lado del vagón, miró por encima del hombro para observarlo. Stuart consiguió subir al tren con la cesta en una mano y el bastón en la otra, pero Edie sabía que le dolía la pierna. Advirtió la mueca de dolor que cruzó su rostro y, aunque probablemente no habría servido de nada, deseó haber sido más beligerante a la hora de defender la necesidad de un mozo.

—¿Edie? —la voz de Joanna llegó desde el final del vagón, pero Edie no se volvió.

Mantuvo la mirada fija en el hombre que avanzaba hacia ella a lo largo del pasillo.

—¿Siempre eres tan estúpidamente cabezota? —le preguntó cuando se detuvo frente a ella.

—Eso me temo —sonrió—. ¿Estás segura de que no quieres rendirte ya? Me aseguraré de que merezca la pena, te lo prometo.

—¡Edie! —era de nuevo Joanna, impaciente y entusiasta—. ¡Deja de perder el tiempo y mira!

Edie respiró hondo, agradeciendo de todo corazón aquella distracción. Se volvió, alejándose de aquellos ojos grises, y encontró a su hermana de pie, a unos metros de ella, con una enorme sonrisa en la cara.

—¡Dios mío, Joanna! ¡Qué sonrisa! ¿A qué viene de pronto tanta alegría?

—Mira lo que hay en tu asiento.

Señaló hacia la derecha con una dramática reverencia y Edie avanzó para ver lo que había en su asiento. Allí, en toda su espléndida gloria inglesa, descansaba otra cesta de picnic de Fortnum & Mason.

—Esa es la tuya —susurró Stuart tras ella.

De la garganta de Edie escapó un grito de alegría sin que pudiera hacer nada para evitarlo, pero presionó los labios inmediatamente, esperando que Stuart no lo hubiera oído. Podría estar jugando a ganar, pero también ella, y no quería proporcionarle el más mínimo aliento. Pero, cuando se volvió y le miró a los ojos, comprendió que ya era demasiado tarde.

—Me alegro de que te guste mi regalo —le dijo. La risa profundizaba las arrugas de las comisuras de sus ojos—. También he comprado todos tus productos favoritos: pan fresco, mantequilla irlandesa, aceitunas, foie-gras, salmón ahumado, cerezas... He metido incluso una lata de esas alubias americanas, aunque a mi paladar británico continúa desconcertándole que te gusten.

—¿Cómo te has enterado de cuáles eran mis productos favoritos de Fortnum y Mason? —pero mientras formulaba la pregunta, comprendió ella misma la respuesta—. ¡Joanna! —dijo, sintiéndose desesperadamente en desventaja en aquel momento—. ¿No hablamos de la importancia de la discreción ayer por la noche?

—¡Yo no le dije nada! —se defendió Joanna, riendo mientras se sentaba frente a Edie, en otra fila y en un asiento diagonalmente opuesto al suyo, de espaldas a la máquina—. Esta vez no he sido yo, te lo juro. Aunque se lo habría dicho si me lo hubiera preguntado —añadió y se inclinó para mirar a Stuart salvando el obstáculo de su hermana—. ¡También le gusta el champán!

Stuart también se inclinó para contestar.

—Gracias, querida, pero eso siempre lo he sabido. Y esa es la razón por la que —añadió mientras se enderezaba y volvía a fijar su atención en Edie— el conductor tiene una excelente botella de Laurent-Perrier enfriándose en hielo en este momento.

—¿También has traído champán?

—Por supuesto. ¿Qué otra cosa se podría beber con una cesta de Fortnum y Mason? La verdadera pregunta es —se interrumpió durante una fracción de segundo y, cuando volvió a hablar, su voz fue apenas un susurro que solo Edie pudo oír—: ¿cómo me vas a dar las gracias?

Edie sintió que se le hundía el estómago. Fue una extraña sensación de ligereza, como cuando subía el ascensor eléctrico del Savoy. Intentó ignorarla.

—¿Qué tal con un simple «gracias»?

—Qué vulgar.

Edie comprendió inmediatamente a dónde quería llegar.

—Supongo —murmuró en respuesta—, que preferirías un beso.

Stuart se inclinó hacia ella y, cuando Edie le miró a los ojos, vio oscurecerse sus grises profundidades. Y, por ningún motivo en particular, se sonrojó incluso antes de que Stuart contestara:

—¡Dios mío, sí!

Edie encogió los dedos de los pies dentro de los zapatos y sintió un cosquilleo en las yemas de las manos.

—Podrías hacerlo aquí mismo —continuó Stuart en voz suficientemente baja como para que solo ella pudiera oírle—. Piensa en lo divertido que sería.

—Tienes unas ideas muy extrañas sobre lo que es la diversión —se burló, esforzándose en contestar con el mayor desdén posible.

Pero, para su mortificación, su voz salió convertida en un

estrangulado susurro porque no parecía capaz de respirar correctamente.

—Eso lo dices porque no me has besado —bajó los párpados y clavó la mirada en su boca—. Todavía.

El calor que Edie había comenzado a sentir en las yemas de los dedos fluyó inmediatamente por el resto de su cuerpo. Se sonrojó, se le secó la garganta y notó los brazos y las piernas inexplicablemente lánguidos. Fue una sensación tan extraña, tan distinta a todo lo que había sentido hasta entonces, que no supo qué hacer.

Quería moverse, pero no fue capaz de encontrar la fuerza de voluntad para hacerlo. Quería desviar la mirada de aquellos ojos grises y de la promesa encerrada en sus profundidades, pero tampoco pudo hacerlo.

Solo habían sido una cesta de picnic, champán y un ligero coqueteo, las clase de herramientas que emplearía cualquier hombre para la seducción. Y, solo el día anterior, Edie se había dicho a sí misma que con ella no funcionarían esas tácticas. La posibilidad de estar empezando a ablandarse la obligó a salir de su aturdido asombro.

—Deberíamos sentarnos —dijo muy digna—. La gente está empezando a mirarnos y, a pesar de tus manifiestos intentos de coquetear conmigo, no pienso darle a nadie motivos para tal escrutinio.

—De verdad, Edie, ¿dónde ha quedado tu sentido de la aventura? —Stuart suspiró y sacudió la cabeza—. Como tú digas, pero, si quieres que nos sentemos, antes tendrás que echarte un poco hacia atrás.

Cuando Stuart alzó la cesta que llevaba en las manos, Edie se dio cuenta de lo que pretendía decir y retrocedió varios pasos para apartarse de su camino. Stuart se movió para dejar la cesta de Joanna sobre la mesita que había junto a la ventanilla de la adolescente. Después, tomó la de Edie y la dejó en su mesa para que ella pudiera sentarse. Se sentó frente a ella, justo a tiempo porque apenas acababa de colocar el sombrero y el bastón bajo el asiento justo cuando sonó el silbido final y el tren comenzó a salir de la estación.

—¿Dónde está tu cesta? —preguntó Edie, alzando ligeramente la voz para que pudiera oírla por encima del resoplar de la máquina mientras el tren comenzaba a ganar velocidad.

Stuart se echó a reír.

—Hasta yo, con el aprecio que tengo por Fortnum y Mason, he pensado que tres cestas eran un exceso. Espero poder compartirla contigo.

—Todavía no he mirado mi cesta —tomó aire con fuerza—. No sé si voy a querer compartirla.

—¿Serás capaz de dejarme pasar hambre?

—No tienes por qué pasar hambre. Hay un vagón restaurante. O a lo mejor Joanna está dispuesta a compartir la cesta contigo. Parece que últimamente te has convertido en su mejor amigo.

Stuart se inclinó hacia delante para acercarse a ella.

—¿Estás celosa? —susurró—. ¿Tienes miedo de sentirte desplazada?

—¡No! —negó.

Pero su respuesta fue demasiado vehemente. Sí, estaba un poco celosa, comprendió. ¡Qué horror!

—No te preocupes —la tranquilizó Stuart como si le hubiera leído el pensamiento—. Continúas siendo su favorita. Yo ocupo un distanciado segundo puesto.

—El tercero —tuvo el placer de informarle—. Mi padre va muy por delante de ti.

—Reconozco mi error. Pero entonces, ¿no vas a compartir tu cesta conmigo? Vamos, Edie —intentó convencerla—. Si hasta te he comprado champán.

—¡Eres el hombre más ridículo que conozco! —pero su voz no sonaba ni remotamente tan firme como le habría gustado—. Y, a diferencia de mi hermana, a mí no es fácil sobornarme.

—Pero el champán es de una excelente cosecha. De la misma que tomamos aquella noche en el jardín.

Edie miró de reojo a Joanna y se inclinó hacia él.

—Baja la voz —le regañó—. ¿Te acuerdas de la cosecha del champán que bebimos?

—Me acuerdo de todo lo que pasó la noche que nos conocimos, Edie —respondió, bajando la voz en respuesta a su petición—. ¿Cómo no voy a acordarme? Aquella noche cambió mi vida. La última vez que tú y yo bebimos champán juntos, ocurrieron cosas maravillosas. Estoy deseando que la historia se repita.

—¿Quieres decir que si bebo contigo te irás? —sonrió con dulzura—. Ve a buscar la botella.

—Estás muy decidida a mantenerme a distancia, ¿verdad? —Stuart inclinó la cabeza y la estudió con atención—. Me encantaría saber por qué.

—No —replicó ella con vehemencia—, no te encantaría. A pesar del champán —continuó antes de que Stuart decidiera profundizar en aquella cuestión—, no estoy segura de que estés jugando limpio. Te estás aliando con mi hermana y eso significa que sois dos contra uno. ¿Dónde está tu sentido británico de la deportividad?

—Intento emplear todas las armas de las que dispongo en mi arsenal. Y, en su defensa, tengo que decir que no fue Joanna la que me habló de tu pasión por Fortnum y Mason.

—¿Entonces cómo te enteraste?

—Gracias a Reeves, por supuesto. A ella también le compré una cesta. ¿Lo ves? —añadió cuando ella gimió—. No somos dos contra una, sino tres. Y, cuando lleguemos a casa, te superaremos todavía más en número. Los otros sirvientes también se pondrán de mi lado. Muy pronto, estaremos todos confabulados en una gran conspiración que te obligará a besarme.

Edie se irguió horrorizada en su asiento.

—¡No puedes hacer eso! ¡No puedes!

—¿Qué no puede hacer? —preguntó Joanna desde el otro lado del pasillo, entrometiéndose en la conversación y haciendo a Edie consciente de lo alto que había hablado.

—No es nada, cariño —contestó, y se inclinó de nuevo hacia Stuart—. No pretenderás informar a los sirvientes de nuestra apuesta, ¿verdad? —susurró.

—Ya te lo advertí. Utilizaré todas las armas de las que disponga.

—Los sirvientes han estado respondiendo ante mí durante cinco años —replicó—. ¿Crees que te vas a ganar su lealtad en solo unos días?

—No tengo que ganarme su lealtad. Nací con ella. Soy el duque. Además —añadió, reclinándose en su asiento con una sonrisa—, Cecil es un estúpido inútil al que es imposible sacar de Escocia y todos los sirvientes lo saben. De modo que la esperanza de tener un heredero espoleará a todos los habitantes de Highclyffe a planear los más desvergonzados actos para reconciliarnos. No tienes ninguna esperanza de ganar.

Edie se dejó caer contra el respaldo. Estaba demasiado horrorizada como para contestar. Los diez días le parecieron de pronto una eternidad.

Llegaron a Highclyffe justo antes de la hora del té y Edie se dirigió directamente a su habitación, temiendo que, pronto, aquel fuera su único refugio. Pero ni siquiera le fue concedido el privilegio de la privacidad que normalmente le era otorgado a cualquier mujer casada en sus habitaciones.

Después de ponerse un vestido de seda rosa, le había pedido a Reeves que se marchara, no sin antes recordarle una vez más la necesidad de ser más discreta en lo que a su marido concernía, y acababa de tumbarse en la cama para descansar cuando llamaron a la puerta.

—¿Puedo entrar? —la voz de Stuart, aunque amortiguada por la gruesa puerta de madera, resultó inconfundible. Y, antes de que Edie pudiera contestar con la más enfática de las negativas, la abrió—. ¿Estás vestida? —preguntó a través de la apertura.

Edie se levantó inmediatamente.

—¡No, no estoy vestida! —mintió, esperando así evitar que entrara—. Y no tienes ningún derecho a entrar en mi habitación.

—No estoy en tu habitación, estoy en el pasillo y, como no estás vestida, no voy a mirar. Ejercitaré mi verdadera caballerosidad y me quedaré mirando fijamente la alfombra.

Asomó la cabeza. Parecía estar mirando realmente al suelo. Edie suspiró y renunció.

—¡Por el amor de Dios, no tienes por qué mirar la alfombra! No estoy desnuda, así que deja de imaginarte esa posibilidad.

—Siempre estoy imaginándome esa posibilidad en particular —respondió él. Abrió completamente la puerta y se enderezó para mirar a Edie—. En África, cuando estaba sentado fuera de la tienda por las noches, imaginaba esa posibilidad muy a menudo.

—No, claro que no.

¿Había pensado en ella cuando estaba en África? ¿La había imaginado desnuda? Edie se sonrojó violentamente, pero, al mismo tiempo, el corazón le dio un vuelco en el pecho que no tuvo nada que ver con la vergüenza.

—Sí, Edie, sí.

Entró, pero, cuando comenzó a cerrar la puerta, Edie comprendió que era una invasión de su privacidad que sería incapaz de soportar.

—Déjala abierta.

Stuart arqueó ligeramente las cejas ante el duro filo de su voz, pero no puso ninguna objeción.

—Si quieres —contestó, y abrió de nuevo la puerta—. Sencillamente, he pensado que el pasillo no era el lugar más apropiado para hablar de mis fantasías carnales sobre ti cuando estaba en África. Y, por cierto —continuó, mirándola a los ojos desde el otro extremo de la habitación—, no tengo intención de cesar en esa actividad en particular ahora que estoy en casa.

El color de las mejillas de Edie se intensificó. Se sintió vulnerable, expuesta, como si de verdad estuviera desnuda. Se envolvió con fuerza en los pliegues de seda rosa y se volvió, sintiendo de pronto la desesperada necesidad de hacer algo. Se acercó al tocador, se sentó y comenzó a juguetear con los frascos como si seleccionar una crema de manos fuera de pronto lo más importante del mundo.

—Te preguntaría por lo que pensabas tú sobre mí mientras estaba lejos —siguió diciendo Stuart mientras ella abría un frasco—, pero estoy razonablemente seguro de que no me dedicaste ningún pensamiento.

—Eso no es verdad.

Las palabras salieron de su boca sin que pudiera hacer nada para detenerlas, y deseó haberlas reprimido, porque la hicieron sentirse más vulnerable incluso que antes.

—Habría sido imposible —improvisó mientras alzaba la mirada para mirar a Stuart a través del espejo—. Todo el mundo hablaba constantemente de ti. Tu travesía por el Congo salió en todos los periódicos. Y la mariposa que descubriste apareció en todas las publicaciones científicas.

Stuart apoyó el hombro en el marco de la puerta y observó su rostro en el espejo, sonriendo de una manera que la hizo desear todavía más el haberse mordido la lengua.

—¿También lees revistas científicas?

Edie abrió el frasco, tomó una pizca de crema y comenzó a frotarse las manos con innecesario vigor.

—¿Querías algo? —le preguntó a Stuart, desesperada por cambiar de tema.

—En realidad sí. He venido a preguntarte si te apetecería tomar el té en la terraza que está al lado de la biblioteca.

Edie detuvo el movimiento de sus manos al recordar la última vez que habían tomado el té en la terraza.

«¿Lo hacemos, Edie? Al fin y al cabo, estamos casados».

—¿Quieres que tomemos juntos el té? —preguntó, esforzándose por mostrarse fría e indiferente mientras miraba el reflejo de Stuart en el espejo—. ¿Eso forma parte de tus dos horas de hoy?

—No pretendo exigírtelo, si es eso lo que quieres decir. Simplemente, he pensado que, tomando juntos el té, tendremos oportunidad de llegar a conocernos mejor. Y —añadió suavemente— guardo buenos recuerdos de esa terraza.

Había ternura en su rostro. Y Edie sufrió al verla, porque la hizo pensar en cómo podría haber sido su vida si lo de Saratoga no hubiera ocurrido.

—No creo que tomar el té contigo en la terraza sea una buena idea —dijo al cabo de un momento.

—Solo es un té, Edie. También estarán con nosotros Joanna y su institutriz —sonrió ligeramente—. ¿Lo ves? Estoy frustrando mis propios deseos de forzarte por encima de los sándwiches de pepino.

¡Dios santo!, si ni siquiera era capaz de sentarse con él para tomar un inofensivo té, los diez días que se avecinaban iban a ser insoportables.

—Tienes razón, por supuesto —contestó—. Dame unos minutos y me reuniré con vosotros en la terraza.

Stuart asintió y se fue y Edie fijó la atención en el espejo, reparando con cierta desazón en su sonrojo. La idea de que Stuart hubiera imaginado su cuerpo desnudo la aturdía, la desconcertaba, y le provocaba miedo, pero un miedo de una clase diferente a la que estaba acostumbrada. Le hizo preguntarse qué pensaría Stuart si la viera realmente desnuda y temer que, probablemente, le decepcionaría.

Lo cual era un miedo del todo ridículo. No solo porque jamás tendría oportunidad de verla desnuda, sino porque no le importaba lo más mínimo lo que pudiera pensar de ella. Edie tomó el cepillo para intentar controlar algunos rizos rebeldes de su frente, pero, en cuanto se dio cuenta de lo que estaba haciendo, se detuvo. Si no le importaba lo que pensaba, ¿por qué arreglarse tanto?

Dejó bruscamente el cepillo, se levantó y tiró del cordón para llamar a Reeves y pedirle que la ayudara a vestirse adecuadamente para el té. En cuanto a lo de forzarla por encima de los sándwiches, Stuart podía pensar lo que quisiera, pero ni siquiera en ausencia de Joanna y la señora Simmons tendría la menor posibilidad de éxito.

Cuando Stuart salió a la terraza, Joanna ya estaba allí. Y con ella estaba la misma dama de baja estatura, pelo gris y aspecto inflexible que había reconocido en el andén de Clyffeton como la institutriz de Joanna. La presentación de Joanna le confirmó que era ella.

—Es un placer conocerla por fin, señora Simmons. Veo que ha regresado ya de su abortado viaje a Kent. Le ofrezco mis disculpas, porque temo que fui yo la causa de que emprendiera el viaje sin su pupila.

Los ojos de color azul claro de la institutriz brillaron ligeramente, indicando que, a pesar del gesto firme de su boca y aquella aura de inexpugnable corrección, tenía sentido del humor y conocía bien la terquedad de Joanna.

—También es un placer conocerle a usted, Su Excelencia, y no me debe ninguna disculpa, se lo aseguro.

Señaló la mesa, en la que habían servido el té sobre un prístino mantel blanco.

—¿Le sirvo una taza de té? —le preguntó.

—Sí, gracias, me encantaría.

—¿Has visto a Edie? —preguntó Joanna—. ¿Va a bajar a tomar el té con nosotros?

—Vendrá dentro de un momento. Sin azúcar, señora Simmons —indicó al ver a la institutriz agarrar las pinzas del azúcar—. Y sin limón ni leche. Me gusta el té solo.

—¿Sin azúcar siquiera? —preguntó Joanna mirándole estupefacta.

—Me acostumbré a tomarlo solo cuando estaba en África —le explicó—. No estábamos muy bien surtidos de leche, azúcar y limones cuando estábamos en medio del bosque. Pero, sobre todo, bebía café, porque era lo más fácil de conseguir.

—Joanna y yo leímos algunos artículos sobre su expedición por el Congo —dijo la institutriz al tiempo que colocaba la taza llena sobre el plato y se la tendía a través de la mesa—. ¿Verdad, Joanna?

—Leímos todo lo que salió en los periódicos —contestó ella mientras untaba nata en un bizcocho—. Parecía increíblemente emocionante.

—Me temo que fue más desastroso que emocionante —respondió Stuart mientras agarraba un sándwich de la bandeja—. Fue increíble que pudiéramos terminar la expedición, porque todo lo que podía salir mal, salió mal. Perdimos todo un cargamento de provisiones, entre ellas, medicinas, pólvora y balas. Todos mis hombres sufrieron un ataque de fiebres durante tres semanas y fuimos atacados en dos ocasiones por saqueadores. Y, por si todo eso no fuera suficientemente malo, teníamos cartógrafos ingleses y franceses. Tenía que ser una expedición en colaboración, pero hubo poca cooperación entre unos y otros. La rivalidad era feroz y, como yo era el guía, esperaban que fuera el que mantuviera la paz.

—La misma rivalidad que existe en cuestiones de religión, parece —dijo la señora Simmons—. El señor Ponsonby, nuestro pastor, está muy comprometido con el trabajo de las misiones, como estoy segura bien sabe. En una ocasión, comentó lo terriblemente difícil que resulta para los misioneros ingleses trabajar en territorio francés porque los funcionarios y los guías católicos se niegan a prestarles ayuda.

Stuart se movió incómodo en la silla y no pudo evitar elevar los ojos al cielo ante la mención del vicario. Ponsonby era un charlatán santurrón que no sabía nada sobre África y sus habitantes. Afortunadamente, la señora Simmons estaba ocupada sirviéndose una segunda taza de té y, para cuando alzó la mirada, Stuart ya había conseguido disimular su desprecio por aquel hombre.

—Sí, el señor Ponsonby está muy comprometido con las misiones —dijo, desplegando una gran amabilidad para evitar que la opinión tan negativa que tenía sobre aquel religioso se reflejara en su voz—. Pero el Congo es un lugar salvaje incuso para hombres... —se interrumpió y tosió— incluso para el clero.

—Lo cual, desde su punto de vista, da mucho más valor a sus proezas. Dice que esa expedición cartográfica proporcionó mapas e información que ha demostrado tener un valor incalculable para el trabajo de los misioneros.

—Estoy encantado de oírlo —contestó Stuart, pero temió no haber insuflado a su voz la suficiente cantidad de entusiasmo—. Aun así, después de aquel viaje, decidí conducir mis siguientes expediciones exclusivamente dentro de territorio con influencia británica. Son mucho más fáciles de organizar y África Oriental me resultó mucho más agradable que el Congo.

—Vimos la mariposa que descubriste —le informó Joanna—. Está expuesta en el Museo Británico. Estuvimos el año pasado.

—No sabía que la habían expuesto. Lo último que supe fue que estaban considerando esa posibilidad —miró a la señora Simmons—. Me alegro de que haga excursiones como la del Museo Británico con su alumna. La institutriz de mi hermana pensaba que, con aprender francés y algunas normas de cortesía, una dama tenía más que suficiente.

—No estoy de acuerdo con un modelo de educación tan

limitado, es cierto —dijo la señora Simmons—, pero no puedo atribuirme el mérito de esa visita. Fue Su Excelencia la que llevó a Joanna a ver la mariposa.

Un destello blanco atrapó la mirada de Stuart y, cuando la alzó, descubrió a Edie en las puertas de la terraza de la biblioteca.

—¿De verdad? —susurró—. Qué gratificante.

Edie se había puesto un vestido blanco con encajes de Battenberg. La luminosidad del blanco la hizo parecer radiantemente joven cando se expuso a la luz del sol. La imagen de Edie desnuda en medio de las sábanas blancas surgió en la mente de Stuart, al igual que había ocurrido la última vez que habían tomado juntos el té. Se le secó la garganta.

—En realidad no fue así —aclaró Edie cuando llegó a la terraza—. La llevé a ver los cuadros. Había una exposición de Monet y Joanna adora el arte. Pero dio la casualidad de que la mariposa estaba expuesta al mismo tiempo.

—Pero tú también querías verla —le recordó Joanna con inconfundible y travieso regocijo—. Me lo dijiste.

—¿Ah, sí? —su rostro era duro y frío como el mármol. Ni siquiera hubo un mínimo sonrojo que indicara lo que estaba pensando—. No me acuerdo.

Stuart se levantó y, mientras la observaba cruzar la terraza, creyó distinguir su ágil y delgada silueta bajo las capas de tela blanca. El deseo comenzó a fluir por su cuerpo. Intentó detenerlo, decirse a sí mismo que lo que veía bajo la tela era solamente el producto de su imaginación, pero no pareció servirle de mucho. Sintió un profundo alivio cuando Edie se sentó, porque así pudo sentarse también él y dejar que la mesa ocultara, al menos en parte, lo que sentía.

Pero, al parecer, no fue capaz de disimular su expresión, porque Edie se detuvo cuando estaba alargando la mano hacia la tetera y le miró a través de la mesa.

—¿Ocurre algo?

Stuart apartó la imagen de Edie desnuda en medio de las sábanas e inventó precipitadamente una excusa.

—Estoy anonadado, Edie. ¿De verdad fuiste a ver mi mariposa?

Edie no contestó. En cambio, se inclinó para servirse el té y, cuando terminó, el sombrero de paja de ala ancha ribeteado con lazos blancos consiguió esconder su expresión.

—Tanto Joanna como yo queríamos ir a verla —le explicó—. Todo el mundo hablaba de ella en aquel momento.

—Era preciosa —intervino Joanna—. De color azul intenso con mota amarillas. Pinté una acuarela de la mariposa.

—¿De verdad, querida? Me encantaría verla.

Joanna se interrumpió cuando estaba llevándose un bizcocho a la boca.

—¿Lo dices en serio? —tiró la servilleta a un lado, dejó el bizcocho en el plato y se levantó—. Edie la enmarcó y la colgó en el salón. Ven, te la enseñaré.

—Por favor, Joanna —comenzó a decir Edie sin alzar la mirada y aparentemente fascinada con el surtido de pastas que había en la bandeja—, deja que termine antes el té.

—Iré a verla después de cenar —le prometió, y se reclinó en la silla para disfrutar de la vista que tenía justo frente a él.

«Lástima de sombrero», pensó, mientras estudiaba el rostro de su esposa a través de la mesa. Comprendía que la blancura de su piel requería de la protección de un sombrero, pero, aun así, deseaba que se lo quitara porque le habría gustado ver su pelo brillando bajo el sol, como aquella tarde de cinco años atrás. De todas formas, quizá fuera mejor que lo mantuviera oculto, puesto que otra distracción como aquella difícilmente podría ayudar a mantener el deseo bajo control.

Y era importante que lo hiciera. Lo que contaba era que Edie le besara y no, desgraciadamente, lo contrario. Gracias a su consulta con el doctor Cahill, tenía por fin una estrategia que le permitiría conseguirlo, pero, para implementarla, se requería control y autodisciplina. No sería fácil si se excitaba por el mero hecho de verla cruzar la terraza.

En cualquier caso, antes de preocuparse por aquel problema en particular, tenía otro que resolver. Podía disponer de dos horas al día en su compañía, pero no podía obligarla a colaborar con lo que tenía en mente. Ganarse su voluntad de cooperar sería difícil, porque Edie solía adivinar cuáles eran sus verdaderas intenciones rápidamente.

Para cuando terminó la segunda taza de té, Stuart ya había conseguido desterrar el deseo, al menos lo suficiente como para que no resultara penosamente obvio en el momento en el que se levantara. Cuando Edie dejó la taza en el plato y apartó la servilleta, Stuart intervino antes de que pudiera levantarse.

—¿Crees que vas a querer más té, Edie?

—No creo, ¿por qué lo preguntas?

—Porque, si ya has terminado, creo que deberíamos llevarnos al perro a dar un paseo. Le vendrá bien después de haber pasado tantas horas inmovilizado en el tren, ¿no te parece?

—Estoy segura de que a Snuffles le encantará dar un paseo. A lo mejor Joanna y tú...

—Joanna todavía no ha terminado el té —la interrumpió Stuart antes de que Joanna pudiera intervenir—. No, Edie, me temo que nos toca a nosotros.

Se comió el último pedazo de sándwich, agarró el bastón y se levantó.

—Vamos. Puedes pasar las próximas dos horas enseñándome lo que has hecho en los jardines mientras yo estaba fuera.

En cuanto mencionó aquel margen de tiempo, Edie lo comprendió. Asintió en silencio y se levantó, si bien con cierta reluctancia. Mientras tanto, él rodeó la mesa y desenganchó la correa de cuero del respaldo de la silla.

—Vamos, amigo —le dijo al perro mientras comenzaban a cruzar la terraza en dirección a los escalones que daban a la pradera sur—. Me niego a llamarte Snuffles. No entiendo por qué tu ama le ha puesto a un terrier tan magnífico como tú un nombre tan ridículo.

—No me eches a mí la culpa —se defendió Edie mientras giraban hacia el camino de grava que cruzaba el césped en dirección a los jardines—. El nombre se lo puso Joanna.

—¿Y tú le has permitido ponerle ese nombre a un terrier noruego con más de cien años de impecable pedigrí? ¿De verdad, Edie?

—Bueno, en ese momento solo tenía once años y acababa de perder a su gatito. En esas circunstancias, no fui capaz de decirle que no. La mimo demasiado, lo sé —añadió con un suspiro.

—Criar a una niña no es fácil, supongo. Sobre todo cuando tienes que hacerlo sola. ¿Qué piensa tu padre?

—Yo prefiero tener a Joanna conmigo, y a mi padre le conviene ceder a mis deseos. Es normal que un hombre viudo lo sienta así. Criar solo a su hija le impediría llevar la vida que lleva, supongo que lo entiendes.

Claro que lo comprendía. Y comprendía más incluso que ella, probablemente. La impresión que había tenido siempre Stuart del padre de Edie era la de un hombre al que le gustaba arreglar las cosas a su conveniencia. Las siguientes palabras de Edie así se lo confirmaron.

—Mi padre viene a vernos todos los años, se asegura de que estamos bien y después vuelve a casa con su amante para seguir atendiendo sus negocios. Adora su vida, tomar copas en el Oak Room, jugar a las cartas en el House with the Bronze Door, montar en yate en Newport... Ese tipo de cosas.

—También tiene caballos de carreras, ¿verdad?

—Sí.

Hubo algo en aquella cortante y tensa respuesta que sobresaltó a Stuart. La miró de reojo, pero no fue capaz de distinguir nada especial en su perfil. Parecía tan fría e inalcanzable como siempre, de modo que concluyó que había imaginado aquella dureza.

—¿Y no te importa? —le preguntó con curiosidad—. Es una gran responsabilidad tener que hacerte cargo de Joanna, y no eres tú la que debería haberla asumido.

—No me gustaría que fuera de otro modo. Adoro a Joanna y me gusta tenerla conmigo, no solo porque es mi hermana pequeña, sino porque es una gran compañía. Y... —se interrumpió y aminoró el ritmo de sus pasos. Después, se detuvo.

—¿Y? —la urgió Stuart, deteniéndose a su lado en el camino.

—Odio la idea de que se haga cargo de ella cualquier otra persona —dijo lentamente—. Quiero poder controlarla cada minuto. Quiero estar segura de que sea feliz, asegurarme de que esté a salvo.

—Por supuesto, yo sentiría lo mismo en tu lugar. Aunque no estoy seguro de que hubiera renunciado con tanta facilidad a enviarla al colegio —se corrigió con una risa—. Pero, por supuesto, estamos hablando de Nadine, al fin y al cabo. Me temo que hubiera tenido que enviarla fuera para que la educaran mucho antes de que cumpliera quince años o habría terminado volviéndome loco. Mi hermana es absolutamente adorable, una encantadora cabeza de chorlito, como sin lugar a dudas habrás podido observar por ti misma.

Edie se echó a reír.

—Una hermana pequeña inteligente no es necesariamente algo bueno. Joanna es excesivamente inteligente.

—Sí, ya lo he notado —contestó—. Y esa es la razón por la que no deberías retrasar el momento de enviarla al colegio.

Edie le miró con recelo.

—¿Por qué dices eso? ¿Porque crees que podría haber decidido utilizarla de carabina?

—No, Edie. Lo estoy diciendo porque pienso sinceramente que el colegio sería bueno para ella. Y Willowbank es una excelente institución, tanto en arte como en disciplinas académicas, y representaría un desafío suficiente como para mantenerla ocupada. También la prepararía para formar parte de la alta sociedad. Al fin y al cabo, por algún motivo es una escuela de élite.

—Lo sé, y no estoy retrasando el momento —repitió en respuesta a su mirada escéptica. Comenzó a caminar de nuevo—. Es solo que, ahora que nos vamos a ir a Nueva York, no tiene sentido que asista a Willowbank.

Stuart no lo discutió. Tiró de la correa, y el perro, que había estado escarbando en medio de un montículo de alquémilas que bordeaba el camino, comenzó a caminar mientras Stuart retomaba el paseo al lado de Edie.

—Vayamos al templo romano —propuso Stuart, señalando con la cabeza un camino de baldosas prácticamente enterrado bajo el tomillo, el hinojo y las agujas de gordolobo—. Me resulta más fácil caminar sobre baldosas que por la grava.

—Por supuesto. Deberías habérmelo dicho antes —le regañó Edie mientras giraban hacia el camino—. ¿Estás seguro de que quieres pasar dos horas paseando?

—Por lo menos parte de ellas. A no ser...

Se interrumpió y admiró su perfil, complaciéndose en las pecas doradas que salpicaban su nariz y sus mejillas y reparando, con masculina apreciación, en la cualidad luminosa de su piel y la delicada forma del lóbulo de la oreja bajo el sombrero de ala ancha.

—Caminar me parecía la mejor opción, pero, si tienes una oferta más sugerente, estoy dispuesto a escucharte.

Un ligero sonrojo encendió las mejillas de Edie y a Stuart también le gustó. Aquella tendencia a sonrojarse era una de las pocas cosas que le permitía calibrar lo que Edie estaba pensando, y, en aquel momento, necesitaba todos los indicadores que pudiera encontrar.

—Lo único que pretendía decir es que no quiero que sufras —contestó ella con cierto remilgo—. Y me ha dado la impresión de que te duele la pierna al caminar.

—Y es cierto, pero la pierna siempre mejora después de caminar un rato. Y, por cierto, me gusta pasear a tu lado —añadió—. No me presionas para que vaya más deprisa y lo aprecio. Gracias.

—De nada, pero no creo que sea algo que debas agradecerme. Cualquiera haría lo mismo que yo.

—No, me temo que en eso te equivocas. La mayoría de la gente tiende ir a más rápido y después se detiene a esperarme. Eso me hace tan terriblemente consciente de mi lesión que prefiero andar solo. Pero tú no me presionas ni muestras ninguna impaciencia, y yo lo agradezco.

Terminaron en el Jardín Romano. Diseñado a semejanza de los jardines de Pompeya, contaba con una fuente central bordeada por tres lados por una línea de césped y una tupida pared de árboles y arbustos. A lo largo del cuarto lado, se levantaba un templo de mármol construido por el tatarabuelo de Stuart. Era una enorme estructura de piedra calcárea con un frente de columnas de mármol y coronada por un tejado de teja. Bajo el frontón, había un banco de hierro forjado desde el que se podía contemplar la fuente.

Stuart decidió que aquel era un momento tan bueno como cualquier otro como para abordar el tema por el que había decidido llevarla hasta allí para hablar.

—En cualquier caso, no me importaría sentarme un poco —dijo, señalando hacia el banco—. Siempre me ha gustado este rincón del jardín. Es uno de mis lugares favoritos. Solía venir aquí a leer.

—¿Ah, sí?

—Pareces sorprendida.

—Y lo estoy, porque a mí también me gusta venir a leer aquí. Sé que se llama el Jardín Romano, pero a mí me gusta llamarlo el Jardín Secreto porque está escondido en esta esquina tan aislada. Es un lugar muy tranquilo, muy silencioso. Y encuentro muy relajante el sonido de la fuente.

—A mí me pasa lo mismo, así que tenemos algo en común —sonrió—. Eso es bueno en un matrimonio, ¿no te parece?

Edie no contestó, pero, como era un tipo optimista, Stuart decidió que su silencio era una buena señal. Subieron los escalones y, una vez arriba, Stuart ató la correa del terrier a una de las patas del banco. Snuffles comenzó a correr inmediatamente en medio de las alquémilas y las orejas de liebre que crecían al borde de los escalones mientras Stuart extendía su pañuelo para que Edie se sentara.

Se sentaron los dos y Stuart esbozó inmediatamente una mueca de dolor mientras se recostaba contra el respaldo del banco.

—Si los dos pretendemos venir aquí a leer, creo que deberíamos invertir en un banco más cómodo. Este es demasiado duro para sentarse.

—Es verdad. Nunca lo había pensado porque siempre me tumbo en la hierba para leer —señaló un pedazo de césped situado a la sombra de un nudoso roble—. Justo ahí.

—Yo también solía hacerlo.

Stuart dejó el bastón a un lado y estiró la pierna ante él, comprobando aliviado que los músculos agarrotados se habían destensado con el paseo.

—Ahora, tumbarme en el suelo me resulta un poco difícil.

—Pero parece que tienes mejor la pierna ahora que cuando hemos empezado a caminar, ¿no es cierto?

—Sí, así es —se interrumpió un momento antes de explicarle—: Por cierto, ayer en Londres estuve viendo a un médico.

—¿De verdad? Cuando yo te lo sugerí, parecías estar completamente en contra.

Stuart respondió a su mirada de sorpresa con una mirada de pesar.

—Fue cosa de lord Trubridge. Mientras estabas tomando el té con su esposa, él estaba arrastrándome a Harley Street.

—¿Y el doctor te prescribió algún tratamiento?

—Sí —se volvió hacia ella en el banco—, pero, para poder seguirlo, necesito tu ayuda.

—¿Mi ayuda?

—Sí. El médico me recomendó paseos diarios seguidos de ejercicios para estirar los músculos de la pierna herida y, al final, un masaje con un linimento especial. Por eso voy a necesitar tu ayuda.

Edie abrió los ojos de par en par al darse cuenta de lo que le estaba pidiendo.

—¿Quieres que... te dé masajes en la pierna?

Lo decía como si acabara de pedirle que se tirara por un precipicio.

—Sí. Los estiramientos son más efectivos con la ayuda de otra persona, así que también necesitaré tu ayuda par hacerlos.

Stuart no había terminado la frase cuando ella ya estaba negando con la cabeza.

—No, no puedo. No lo haré. No puedes esperar que yo...

—Puedo y lo hago —la interrumpió, acallando la ristra de negativas—. Siento mucho dolor, Edie. Pensaba que no podía hacer nada al respecto, pero el doctor Cahill me ha convencido de lo contrario. Pero, para seguir el tratamiento, necesito tu ayuda.

—No sé por qué tengo que ser yo. Seguramente, un ayuda de cámara...

—No quiero un nuevo ayuda de cámara.

—De eso ya me he dado cuenta —respondió Edie, suavizando ligeramente la voz—. Pero, Stuart, en algún momento tendrás que reemplazar a Jones.

—Lo sé, y lo haré, pero no estoy preparado, Edie. Todavía no. E, incluso en el caso de que lo estuviera, tampoco importaría mucho. Para esto, quiero tu ayuda, solo la tuya.

Edie desvió la mirada. Entrelazó las manos y las separó con un gesto de nerviosismo.

—Si el objetivo es aliviar el dolor de la pierna, no entiendo por qué necesitas mi ayuda.

—Para mí es importante.

Alargó la mano para enredar un rizo de Edie entre los dedos. Parecía fuego contra su piel morena y tenía el tacto de la seda. Se lo echó para atrás y oyó la tensa inspiración de Edie cuando le rozó con los dedos el lóbulo de la oreja.

—Asustadiza como una gacela —musitó.

Le enmarcó la mejilla con la palma de la mano y le hizo volver el rostro hacia él.

Edie se quedó rígida ante su contacto.

—Yo no... —se interrumpió y frunció el ceño mientras clavaba la mirada en el pecho de Stuart—. Por favor, no me toques.

Pero, a pesar de sus palabras, no se apartó ni volvió la cabeza y Stuart aprovechó para deslizar el pulgar por su boca y saborear su aterciopelada suavidad. A Edie le temblaron los labios, pero permaneció inmóvil bajo aquella delicada caricia.

—¿Por qué no? ¿Tan desagradable te resulta que te toque?

En el instante en el que formuló la pregunta, deseó patearse la cabeza, porque, si la respuesta de Edie era afirmativa, ¿qué se suponía que tenía que hacer?

—No es... —se interrumpió, pero seguía sin apartarse—, no creo que sea apropiado.

No era la respuesta que temía y Stuart sintió una oleada de alivio.

—¿No es apropiado? Ya sé que somos prácticamente unos desconocidos, pero estamos casados. ¿Por qué te muestras tan reticente?

Pero, incluso mientras lo decía, se le ocurrió una explicación y bajó la mano sorprendido.

—Edie, ¿todavía eres virgen?

El color fluyó al rostro de Edie.

—¡Qué pregunta tan inapropiada! —gritó, y se levantó—. No tienes derecho a preguntarme una cosa así.

—Siendo tu marido, claro que lo tengo —se levantó también él—. En circunstancias normales, por supuesto, un marido jamás tendría que hacerle a su esposa esa pregunta en particular. Por lo menos, no después de la noche de bodas. Pero nuestras circunstancias no son las habituales y para mí es importante saberlo. ¿Nunca has hecho el amor?

Edie desvió la mirada, se llevó la mano a la frente y soltó una risa corta, como si le pareciera increíble estar manteniendo aquella conversación.

—No —contestó con la voz atragantada y el rostro escarlata—. Nunca he hecho el amor. Ya está —añadió, bajando la mano y volviendo a mirarle a la defensiva, con el rostro sonrojado y expresión de resentimiento—, ¿queda satisfecha tu curiosidad?

Stuart tomó aire y lo soltó lentamente intentando pensar. Aquello situaba lo que le estaba pidiendo bajo una perspectiva diferente. Él siempre había pensado que Edie y Van Hausen habían sido amantes, pero, claramente, aquella había sido una asunción errónea por su parte. Y él sabía que, dadas determinadas circunstancias, cualquier incidente, por inocente y trivial que fuera, podía manchar el buen nombre de una joven.

Aquello explicaba sus reticencias. Muchas jóvenes eran pudorosas hasta el límite de la mojigatería; se les inculcaba como una virtud desde el momento de su nacimiento. Aquel miedo virginal era algo muy común, particularmente si la joven en cuestión no había tenido muchos pretendientes y no había contado con la ayuda de una madre que le explicara los misterios de la vida.

—Gracias, Edie —le dijo al cabo de un momento—, gracias por decirme la verdad.

Edie cambió de peso de un pie a otro. Se sentía insoportablemente incómoda.

—Sí, bueno, ahora que lo sabes, estoy segura de que podrás entender por qué no puedo hacer lo que esperas de mí.

—Yo no lo veo así. En mi opinión, esto lo hace mucho más necesario.

—¡No puedes estar hablando en serio! No tengo intención de... de darte masajes, ni de estirarte o cualquier otra cosa que tengas en mente. ¡No pienso hacerlo!

—Entonces, ¿me estás diciendo que quieres anular la apuesta? Si es así, será mejor que vayas rompiendo el acuerdo de separación, porque no vas a tener ninguna posibilidad de conseguir mi firma de aquí a nueve días a no ser que cumplas con los términos que acordamos.

—¡No pienso permitirte ningún tipo de acercamiento físico!

—Ya te advertí que pensaba hacerlo, pero esto no representará ningún acercamiento por mi parte, porque no pienso tocarte. Serás tú la que me toque a mí.

—No acierto a ver la diferencia.

—La diferencia está en que tendrás tú el control absoluto de la situación. Como eres tan mandona, he pensado que te gustaría —insistió cuando ella negó con la cabeza, expresando su negativa.

Edie se enfadó. Estaba completamente en desacuerdo con aquella descripción.

—Una curiosa acusación procediendo de ti, puesto que pareces ser el único que da las órdenes.

—Solo durante dos horas al día.

—Me estás pidiendo esto porque crees que me hará desearte.

—Al parecer, soy transparente como el cristal.

—Pues no lo haré —había un punto de desesperación en su voz que, Stuart esperaba, parecía desmentir sus palabras. Bajó la cabeza y clavó la mirada en el suelo—. No voy a desearte.

Stuart se negaba a contemplar aquella posibilidad.

—Sufro muchos dolores, Edie. Estoy cansado de tanto dolor y no quiero beber en exceso ni aficionarme al láudano, y me gustaría ser capaz de caminar sin arrastrar la pierna como si fuera de madera. Era bastante escéptico sobre las posibilidades de hacer nada más, pero el doctor Cahill me aseguró que, si seguía su tratamiento, si hacía los ejercicios diariamente, el dolor se reduciría de manera significativa y aumentaría la movilidad. Y como puedo disponer de dos horas diarias de tu tiempo, es así como quiero que las pasemos.

—¡Por el amor de Dios! —estalló—. ¡Esto es lo más ridículo, absurdo, inútil...! —se interrumpió. Era evidente que se había quedado sin adjetivos. Al final, exhaló un suspiro de agravio—. ¡Oh, muy bien! —musitó, y se volvió para desatar la correa de Snuffles—. Como tú quieras.

—¿Lo harás? —preguntó Stuart, tan sorprendido por aquella inesperada capitulación que se olvidó de que Edie no tenía otra opción—. Gracias.

Edie se enderezó, y, cuando se volvió para mirarle, sus ojos verdes estaban iluminados por unas fieras chispas doradas.

—Es ridículo enfrentarse a ti. Los dos sabemos que, si me niego, perderé por no cumplir con mi parte del pacto, y no pienso dejar que eso suceda. Además, si al final consigues que la pierna cure, es posible que decidas volver a África y yo pueda seguir viviendo en Highclyffe sin ti, como antes de que vinieras.

Alzó con un gesto firme la cabeza.

—¡Vamos, Snuffles! —llamó al perro, y comenzó a caminar hacia la casa.

—Nos veremos mañana a la hora del té —gritó Stuart tras ella mientras Edie se alejaba—. Y no te olvides de decirme lo que te gustaría hacer durante tus dos horas.

—¡Oh! Tengo varias cosas en mente —replicó por encima del hombro mientras se alejaba—, créeme.

A pesar de su vehemente promesa, Stuart no pudo evitar sentirse aliviado. Por lo menos había aceptado su plan. Si hubiera continuado negándose, no habría sabido qué demonios hacer a continuación. En cuanto a los planes que tenía para él, solo podía esperar que no fuera a dispararle con una pistola. Al fin y al cabo, Edie era una pelirroja.

CAPÍTULO 11

Dispararle con una pistola no era, como descubrió Stuart a la tarde siguiente, lo que Edie tenía pensado. Aun así, el plan que preparó para el tiempo que tenían que pasar juntos demostró ser igual de terrible.

—No sabe lo mucho que apreciamos en la Iglesia sus esfuerzos, Su Excelencia —le agradeció el señor Ponsonby, quizá por quinta vez desde que Edie y Stuart habían llegado a la vicaría a tomar el té. Sonrió a Stuart con beatífico placer—. Usted sentó las bases para nuestro trabajo de una manera espléndida.

Si hubiera sabido de qué manera iba a sentarlas, Stuart habría evitado la expedición, pero, por supuesto, no lo dijo. Tuvo la sabiduría de evitar la respuesta llenándose la boca con un pedazo de bizcocho.

—Sus mapas nos han permitido llevar la palabra de Dios a las profundidades de las selvas africanas —le informó el vicario—. Las almas de muchos pobres niños negros están siendo salvadas por el bautismo desde que nuestros misioneros penetraron en el interior de África, y todo ello ha sido posible gracias a sus esfuerzos.

Stuart esbozó una educada sonrisa.

—Estoy encantado de oírlo —dijo, y consiguió reprimir

las ganas de señalar que los medicamentos y la comida les serían mucho más útiles a los nativos que las inmersiones bautismales en el río Congo.

—Y se están haciendo cosas de gran valor. Déjeme contarle alguna de ellas.

—No, no, de verdad —se precipitó a cortarle—, no es necesario que me haga un recuento.

—¡Oh, pero insisto! Tiene que estar al tanto de lo que su valiente e intrépida exploración ha hecho por el trabajo misionero. Incluso Su Majestad la Reina estaba impresionada. Es prima mía, ¿sabe?, y tiene nuestro trabajo, y el suyo, por supuesto, en gran estima.

A Stuart le pareció oír un sonido atragantado procedente de Edie, que estaba sentada a su lado en el sofá, cuando el vicario comenzó una larga, pedante, y absolutamente insoportable disertación sobre las iglesias que habían construido, la cantidad de ropa, sin duda alguna corsés y alzacuellos, que habían enviado por barco y las numerosas almas perdidas que habían salvado. Stuart mordió numerosos bocados de bizcocho y dirigió muchas miradas furtivas y anhelantes al reloj, pero, al cabo de una hora de monólogo interminable, ya no pudo evitar intervenir.

—Y confío en que habrán enviado comida a alguno de esos lugares durante las épocas de hambruna.

—¿Comida? —el vicario parpadeó.

—Bueno, sí —Stuart le brindó una sonrisa de disculpa por haber interrumpido la narración de los logros de las misiones—. La comida es una cuestión bastante importante. ¿Sabe? No pueden comer iglesias y ropa —añadió con forzada hilaridad.

—El alimento del cuerpo es importante, por supuesto, pero es el alimento del espíritu, Su Excelencia, lo que tiene mayor importancia —arguyó Ponsonby mientras se reclinaba en su asiento y entrelazaba las manos sobre su enorme barriga.

—Desde luego.

Stuart se pasó el dedo por el interior del cuello y volvió a mirar desesperado el reloj, pero, como todavía quedaban treinta minutos antes de que se cumplieran las dos horas de Edie, se sintió obligado a desviar la conversación hacia algún tema menos nauseabundo.

—Espero que tenga la sensación de que también hemos cumplido con lo que nos corresponde hacer por la parroquia mientras he estado fuera.

—Sí, desde luego. Por supuesto que sí —el vicario se interrumpió para mirar a Edie y asentir con la cabeza—. Su Excelencia ha sido extraordinariamente generosa en lo que a la parroquia respecta. Muy generosa. Ventas de caridad, fiestas, donaciones y suscripciones. Si se me permite decirlo, Su Excelencia tiende a poner un excesivo énfasis en los asuntos del pueblo. Y no es que lo critique, Su Excelencia —añadió mirando a Edie y haciendo un gesto con su mano gordezuela en su dirección—, pero quisiera —continuó, volviendo a centrar su atención en Stuart— que la duquesa poseyera un punto de vista más trascendental, de más amplio alcance. Como el suyo y el mío, Su Excelencia.

Stuart aprovechó inmediatamente aquella declaración, encantado de poder vengarse de Edie.

—Me temo que la duquesa tiene un punto de vista muy femenino sobre este tipo de cosas, querido vicario —contestó muy serio—. De alguna manera, un tanto estrecho y limitado.

Edie se atragantó con el té algo que, dadas las circunstancias, Stuart encontró bastante gratificante.

—Sí, sí —contestó el sacerdote—. Nosotros, los hombres, tenemos un talento mayor para apreciar el ancho mundo. Las mujeres tienden a valorar los detalles menores de la vida.

—Desde lego —Stuart estaba encantado de mostrar su acuerdo—, pero debemos permitirle al sexo débil sus pequeños caprichos, ¿no es cierto?

Aquel comentario le valió un atinado codazo en las costillas y, para su alivio, animó a Edie a dar por terminado el té con el vicario antes de lo previsto.

—Perdónenos, pero tenemos que irnos —dijo mientras apartaba la taza—. El duque solo lleva un día en casa, como bien sabe —añadió antes de levantarse—, y tenemos muchas visitas que hacer.

Stuart alargó la mano hacia el bastón que había dejado a sus pies antes de que el sacerdote tuviera oportunidad de protestar, demasiado aliviado por su inminente salida de la vicaría como para preocuparse por qué otras desagradables visitas le tenía Edie reservadas.

—Es cierto —dijo con firmeza—, muchas visitas.

—Por supuesto, por supuesto.

El vicario que, obviamente, pasaba una gran cantidad de tiempo comiendo sándwiches mientras pontificaba sobre el estado espiritual del mundo, tuvo que esforzarse para levantarse de la butaca, pero no tardaron en abandonar el salón.

—¿Les veré en el primer servicio de la mañana del domingo o en el segundo? —preguntó, deteniéndose con ellos en el vestíbulo mientras la doncella les abría la puerta.

«En ninguno», deseó contestar Stuart, pero Edie habló antes de que se le ocurriera decirlo en voz alta.

—En el primero, por supuesto. Después de haber estado durante tanto tiempo en lugares paganos, el duque está deseando asistir a los servicios eclesiales con gran anticipación —contestó.

—Naturalmente, naturalmente. En ese caso, nos veremos en el primer servicio. Y espero poder hablar con usted sobre el trabajo de las misiones durante largo rato y en muchas ocasiones en el futuro, Su Excelencia.

Stuart solo consiguió disimular su falta de entusiasmo ante aquella perspectiva hasta que cruzaron la puerta de la entrada.

—Puede esperar sentado a que venga a hablar con él —le

aseguró a Edie mientras comenzaban a cruzar el prado que les conducía de nuevo a la casa—. Preferiría someterme a las torturas de la Inquisición a tener que hablar sobre África con ese hombre.

—¿Qué? —Edie le miro con los ojos abiertos con fingido asombro y una sonrisa bailando en la comisura de los labios—. Pero, Stuart, ¿no quieres seguir oyéndole hablar de las almas de esos pobres niños africanos?

—Niños que, aparentemente, no necesitan comida —musitó Stuart, tirando de la corbata—. Había olvidado ya lo pomposamente estúpido que es ese hombre.

—Sí, ¿verdad? —Edie se echó a reír—. ¡Oh! Deberías haberte visto la cara cuando te ha expresado su gratitud por las exploraciones porque gracias a ella han conseguido llevar más lejos sus misiones. ¡Ha sido indescriptible!

—Me alegro de que te hayas divertido a mi costa —replicó.

Se preguntó con cierto pesar si pretendería hacerle tomar el té con el vicario cada día. Pero, en ese momento, volvió la cabeza y todo pesar se desvaneció al instante. Edie le estaba mirando con el rostro iluminado por la risa. Su sonrisa, ancha y adorable, le hizo contener la respiración.

—Por otra parte —musitó—, si piensas sonreír de esa manera cada vez que te diviertas a mi costa, creo que seré capaz de llevarlo con bastante alegría.

La sonrisa de Edie desapareció. Ella desvió rápidamente la mirada, pero, cuando Stuart alzó la mano para acariciarle el cuello, el gesto cohibido de Edie le indicó que estaba más afectada por el cumplido de lo que quería hacerle saber.

—En ese caso, no te importará que hagamos otra visita de camino a casa. Todavía no conoces al nuevo ayudante del vicario, el señor Smithers.

Stuart gimió.

—¡Edie, no! ¿Primero el vicario y ahora su ayudante?

Edie señaló un estrecho camino que partía del que estaban recorriendo.

—Su cabaña está justo allí.

—¡Pero si esa era la cabaña del guardabosques!

—No, hace años construí una nueva cabaña para el guardabosques, más cerca del bosque. Esta, al estar tan cerca de la vicaría y del vicario, es mucho más adecuada para su ayudante —se interrumpió y añadió en tono apocado—: A lo mejor no estás de acuerdo...

—No, la verdad es que me parece una idea estupenda. Hiciste bien.

La observó mientras hablaba, y pensó que sus palabras le complacían. Pero, cuando Edie comenzó a caminar hacia la cabaña, él se detuvo. No estaba dispuesto a llegar tan lejos para complacerla.

Edie se detuvo a los pocos pasos y le miró por encima del hombro.

—¿No vienes?

—No voy a ir. Con en el vicario ya tengo bastante por hoy. Además —añadió cuando ella abrió la boca para cuestionarle—, no tenemos tiempo.

Edie miró el reloj que llevaba prendido de la solapa de su traje de paseo verde.

—Pero todavía me quedan veinte minutos.

—Que difícilmente pueden ser tiempo suficiente para una visita. Puedes deducir veinte minutos de mi tiempo —le ofreció, desesperado por evitar otra conversación con un miembro de la comunidad religiosa.

—¡Oh, muy bien! —contestó ella, renunciando y sonriendo como un gato ante la leche—. Si insistes en ser tan riguroso con el tiempo.

—Lo seré si tú insistes en llevarme a ver a personas tan desagradables como Ponsonby.

—En cualquier caso, supongo que no importa. Ya tendrás

oportunidad de conocerle cuando vayamos a la celebración de vísperas.

—¿A las vísperas? —la miró, decidido a mostrarse firme en aquella cuestión—. Es posible que vaya al servicio del domingo, pero no asistiré también a las vísperas, y menos con un idiota como Ponsonby. No, Edie, ¡eso es ir demasiado lejos!

—Pero yo siempre he asistido a las vísperas. Después dirigimos el comité para las ventas benéficas. Tú también deberías ir, porque es la manera ideal de volver a encontrarte con parte de la nobleza de la zona. Dios mío, ¡qué inflexible! —añadió mientras él continuaba sacudiendo la cabeza a manera de negativa—. Entonces, ¿prefieres renunciar ya y firmar el acuerdo de separación?

Stuart la miró con recelo.

—¿Lo dices en serio?

—Por supuesto —contestó Edie, y reanudó el paso—. El señor Ponsonby podrá hablarte de los muchos esfuerzos de los misioneros en África después —apenas había pronunciado aquellas palabras cuando estaba riendo otra vez—. Al fin y al cabo, los hombres sois capaces de apreciar los asuntos del ancho mundo mucho mejor que las mujeres.

—El ancho mundo, ¡Dios mío! —musitó mientras comenzaba a caminar a su lado—. Ese tipo no ha ido más lejos de los acantilados de Dover en su vida. Había olvidado lo estúpido que es. Y lo aburrido. ¿Cómo puedo haber olvidado esos terribles sermones que soportaba cuando venía de vacaciones a casa?

—Sí, son demasiado horrorosos como para describirlos con palabras —se mostró de acuerdo Edie—. La mitad de la congregación se queda dormida.

—Pero no tiene por qué ser así. Al fin y al cabo, yo soy el duque. Puedo sacarle de aquí y buscar un nuevo vicario.

—Me temo que no. Es el primo de la Reina, ya sabes —añadió, adoptando el tono arrogante de Ponsonby.

Stuart emitió un sonido de desprecio.

—Es una relación tan lejana que no le doy mucho crédito. Yo tengo un parentesco más próximo a Su Majestad que él.

—Aun así, hay cosas que, simplemente, no se deben hacer, y echar al vicario es una de ellas. Tendrás que aguantarle, me temo. Así es como son las cosas.

Stuart sonrió al oírla.

—Así que ya has aprendido que hay algunas batallas en contra de la tradición que no merece la pena librar, ¿verdad?

—Sí, supongo que sí. Luchar constantemente contra siglos de tradición es agotador.

Stuart rio suavemente.

—Por lo que Wellesley me comentó, parece que ha tenido que librar algunas batallas contigo.

—Sí, hemos tenido nuestras peleas —contestó Edie con un suspiro—. Supongo que te lo ha contado todo.

—No. Es un mayordomo demasiado bien entrenado como para ser indiscreto. Pero mencionó que tú tenías, ¿cómo lo dijo exactamente?, sí, una manera muy americana de hacer las cosas.

—¡El peor de los insultos! —contestó Edie, y parecía divertida—. Aun así, ahora mismo las cosas van bien entre nosotros. Hemos llegado a una especie de compromiso sobre cómo debemos funcionar. Yo le digo lo que pretendo hacer, él me explica cómo se han hecho las cosas en el pasado y yo le doy las gracias y hago las cosas a mi manera.

Stuart soltó una sonora carcajada.

—¿Eso es lo que entiendes tú por un compromiso?

—Bueno, sí —admitió Edie, riendo con él—, al fin y al cabo, soy la duquesa. Aunque no es fácil. Dirigir una propiedad como esta es agotador.

—Sí, es muy cansado —la miró de reojo—. Por eso es preferible contar con el apoyo de una pareja.

—En ese caso, me temo que vas a estar perpetuamente agotado en el futuro.

Stuart se echó a reír ante aquella respuesta tan cortante.

—Eres muy cabezota, Edie. Pero, ¡en fin!, siempre lo he sabido. Entonces, dime, ¿qué planes tienes para mañana?

—He pensado que podríamos revisar los libros de contabilidad con el señor Robson. Es necesario —añadió, y Stuart gimió.

—Nos reuniremos con él si quieres, pero yo no creo que sea necesario.

—Tienes que estar preparado para ocuparte de ese tipo de cosas cuando... cuando me vaya.

Stuart se preguntó si no había un deje de nostalgia en aquellas palabras. Esperaba que así fuera.

—Me niego a contemplar la posibilidad de que me dejes. Prefiero con mucho imaginarnos a los dos dirigiendo la propiedad como marido y esposa.

—¿Y tú dices que yo soy cabezota?

Stuart esbozó una mueca.

—Me temo que nuestra situación es de aquellas de «le dijo la cazuela al cazo». Aun así, Edie, ¿de verdad es una reunión con el administrador lo que tienes previsto para mañana?

—Dijiste que podía elegir.

—Al menos podrías elegir actividades divertidas.

—¿No te has divertido hoy? ¡Qué lástima! —volvió la cara, pero no antes de que Stuart pudiera ver la sonrisa traviesa que curvaba las comisuras de sus labios—. Yo sí.

Sin embargo, la diversión de Edie tuvo corta vida. Desde el día anterior, había evitado pensar en la conversación que había mantenido con Stuart en el jardín y en lo que este esperaba que hiciera, pero, cuando apareció la casa ante ellos, ya no pudo seguir eludiéndolo. Y con cada paso que la acercaba a la casa crecía la aprensión.

Intentó decirse a sí misma que su petición era algo que dificilmente iba a permitirle lograr su objetivo. Stuart parecía creer que su participación en aquellos ejercicios, de alguna manera, despertaría su deseo por él. Edie suponía que aquello podría funcionar en el caso de que ella fuera una mujer normal con deseos normales. Pero no lo era, y unos cuantos ejercicios y unos minutos de masaje no iban a cambiar esa realidad.

Masajes. Tendría que darle masajes. Tocarle. El desasosiego de Edie creció y, aunque intentó combatirlo recordándose que Stuart le había asegurado que sería ella la que tendría el completo control de la situación, no le sirvió de nada, porque sabía la facilidad y la rapidez con la que le podían arrebatar el control a una mujer.

Stuart no era Frederick, se recordó a sí misma. No se parecía a él en absoluto y, sin embargo, aquel argumento perfectamente razonable no la tranquilizó. Pero, obviamente, si el miedo pudiera ser combatido con la razón, se habría liberado de él mucho tiempo atrás.

Para cuando llegó a la casa, el miedo era ya como una losa en el estómago y, cuando entraron en la biblioteca, ya no pudo seguir soportando la tensión.

—De acuerdo, muy bien —dijo, y se detuvo frente a él—. Acabemos de una vez por todas con esto. Dime qué quieres que haga.

Su brusquedad, advirtió Edie, tomó a Stuart por sorpresa.

—Bueno, no creo que pueda mostrártelo aquí —señaló las puertas francesas de la terraza. Estaban abiertas para permitir que entrara todo el aire posible en medio de aquella calurosa tarde de verano—. En la biblioteca no tenemos ninguna intimidad.

¡Oh, Dios santo! ¡Quería intimidad! Edie abrió la boca, pero no fue capaz de articular palabra porque tenía la garganta tan seca como el polvo. Tosió ligeramente.

—No alcanzo a entender por qué necesitamos intimidad —dijo por fin.

—Porque prefiero no revelar mis debilidades en un lugar en el que cualquiera podría entrar y verme, particularmente, los sirvientes.

Edie se mordió el labio. No podía culparle por eso. Lo sabía todo sobre la necesidad de ocultar el dolor y la debilidad.

—Lo comprendo.

—Me alegro de que lo entiendas. ¿Y qué prefieres, que vayamos a tu dormitorio o al mío?

Horrorizada, Edie desechó cualquier inclinación a la empatía.

—¡No voy a ir a tu dormitorio!

—Muy bien, en ese caso, iremos al tuyo. Nos veremos allí dentro de quince minutos —se volvió, ignorando sus indignadas protestas, y comenzó a dirigirse hacia la puerta del pasillo—. ¡Ponte ropa cómoda! —añadió por encima del hombro.

Edie no se movió para seguirle, sino que le fulminó con la mirada mientras él se retiraba.

—Cuanto antes se acaben estos diez días, mejor —farfulló.

—Estoy de acuerdo —Stuart se detuvo en el marco de la puerta y se volvió para dirigirle una provocadora sonrisa—. Cuanto antes me beses, antes podremos pasar a hacer cosas más divertidas.

«Divertidas» no era la palabra que habría utilizado ella. En aquel momento, «sufrimiento» le parecía una palabra más apropiada para describirlo. Esperó algunos minutos para estar segura de que no iba a encontrarse con él en las escaleras y después subió a su habitación para ponerse un vestido de media tarde de seda color azul y cuello alto forrado de encaje de color crudo. Podría tener que ayudarle a estirarse y a hacer los ejercicios, pero la comodidad de su atuendo no iba a ir más allá de un vestido de tarde y un corsé aflojado.

La doncella acababa de atarle los botones de la espalda cuando llamaron a la puerta de su habitación. Edie tomó una profunda bocanada de aire y le hizo un gesto a Reeves con la cabeza. Sin embargo, cuando la doncella abrió la puerta y vio a Stuart, estuvo a punto de ordenar a Reeves que volviera a cerrarla.

Stuart se había cambiado, llevaba unos pantalones holgados de franela gris, una camisa blanca y un batín. La camisa no tenía cuello ni cierre, no llevaba fajín y ni siquiera se había atado convenientemente el batín. La visión de Stuart en aquel estado de desnudez parcial la puso más nerviosa de lo que estaba antes.

No sabía si podría seguir adelante. Stuart había prometido no hacer ningún tipo de acercamiento, pero, aunque cumpliera su palabra, la mera idea de estar en tan íntimas circunstancias junto a él, de tocarle, de hacerle un masaje, le parecía un imposible.

Su aprensión aumentó cuando Stuart entró, abrió la puerta y le dijo a la doncella:

—Puedes marcharte a tomar el té, Reeves. No te necesitaremos hasta dentro de, por lo menos, una hora.

Edie observó salir a la doncella y cerrar la puerta. El leve sonido del pestillo al ocupar su lugar le pareció tan fuerte como el de un disparo. En el silencio que siguió, oyó su propia respiración y, cuando Stuart deslizó su mirada sobre ella, tuvo que luchar contra el impulso de esconderse en el vestidor y cerrar con cerrojo.

A pesar de que las ventanas estaban abiertas, el ambiente de la habitación le parecía opresivo y la primera pregunta que le dirigió Stuart no ayudó a aliviar la tensión.

—¿Llevas corsé?

Edie se sonrojó inmediatamente y Stuart suspiró.

—Edie, te dije que te pusieras cómoda.

—¡Y lo he hecho! —agarró un pedazo de seda azul y encaje—. ¡Esto es un vestido de tarde!

—No creo que un corsé pueda resultar cómodo ni siquiera con un vestido de tarde, pero supongo que eso es cosa tuya.

Se quitó las zapatillas de casa de una patada y cruzó la habitación para acercarse a Edie, que estaba junto los pies de la cama. Una vez allí, se metió la mano en el bolsillo del batín.

—Toma —le pidió mientras le tendía un reloj de bolsillo y una botellita de color verde—. Guárdame esto.

—Entiendo el propósito del linimento, por supuesto —dijo Edie mientras le quitaba los objetos de las manos—, ¿pero para qué quieres el reloj?

—Te lo explicaré dentro de un momento —contestó Stuart mientras se desataba el cinturón y comenzaba a quitarse el batín.

—¿Qué haces? —gritó Edie .Una pregunta absurda, puesto que la respuesta estaba clara como el agua—. ¡No puedes desnudarte en mi habitación!

Stuart se detuvo con la prenda a la altura de la muñeca.

—Solo voy a quitarme el batín —contestó, con un ceño de desconcierto ante la fuerza de su reacción—. No puedo moverme con el batín puesto. De hecho, no tendría que haberlo traído —añadió mientras lo dejaba a los pies de la cama—, pero no quería asustar a los sirvientes. Si Wellesley me viera paseando por los pasillos sin nada más encima que unos pantalones y una camisa, le daría un patatús. Por no hablar de las doncellas.

Edie consiguió contenerse, recordándose a sí misma que aquel no era momento para andarse con remilgos.

—Bueno, no te quites nada más —musitó, y se volvió para dejar el linimento sobre el tocador—. ¿Qué tengo que hacer?

—Yo te lo mostraré —Stuart se agarró la pierna derecha con la mano—. Cuando la leona me atacó, me mordió por aquí y por aquí —le explicó, señalando los lugares de la parte trasera y delantera del muslo en los que el león había clavado

199

los dientes—. La herida me desgarró el cuádriceps y el tendón de la corva.

—¡Uf! —Edie esbozó una mueca—. El dolor tuvo que ser atroz.

—El dolor no duró mucho, por lo menos entonces. La herida sangraba bastante y en cuestión de minutos, me desmayé por culpa de la pérdida de sangre. Afortunadamente...

Se interrumpió bruscamente y cerró la mano en un puño. Edie alzó la mirada y el ceño fruncido de Stuart la asustó.

—¿Stuart? ¿Estás bien?

—Lo siento —contestó Stuart, y se llevó el puño cerrado a la boca para toser—. Es solo que hablar de ello me resulta más difícil de lo que pensaba —aclaró el ceño y bajó la mano—. Afortunadamente, para entonces ya habíamos ahuyentado a los leones y mis hombres consiguieron contener la hemorragia. Pero, por la noche, comenzaron la infección y la fiebre.

—Me dijiste que habías estado a punto de morir. Fue la infección, más que la herida en sí misma, lo que estuvo a punto de matarte, ¿verdad?

—Sí, durante tres días estuve debatiéndome entre la vida y la muerte. La tercera noche, estaba tan mal que mis hombres comenzaron a organizar los preparativos de mi entierro. Sentía que se acababa mi vida, sabía que me estaba muriendo, y no puedo explicar por qué no lo hice. Solo sé... que me negué a hacerlo. Supongo que fue una cuestión de pura cabezonería por mi parte. Al final, la fiebre cedió y, en cuanto estuve suficientemente fuerte como para moverme, dos de mis hombres me llevaron de regreso a Nairobi. Pensaba que estaba bien, pero en el hospital sufrí otra infección. Resulta extraño si piensas en ello, porque, hasta entonces, no había padecido ninguna enfermedad. Ni siquiera contraje la malaria. Y en África, eso es mucho decir.

—Bueno, evidentemente, cuando decidiste ponerte enfermo, lo hiciste a conciencia.

—Sí, supongo que sí —contestó Stuart medio riendo. Aunque la risa sonó un poco forzada, Edie se alegro de oírla—. Pero la fiebre volvió a bajar, y conseguí superarlo.

—Fue una suerte que no se gangrenara la pierna. O que no contrajeras la rabia. O... —se interrumpió y se llevó la mano al pecho al pensar en todas las terribles posibilidades—. ¡Dios mío, Stuart!

—Los médicos estaban preocupados por ambas posibilidades, pero, afortunadamente, no se dio ninguna de ellas. Sin embargo, el daño en el músculo fue serio. Estuve en cama tres semanas y después, cuando me incorporé, pasaron dos meses antes de que pudiera utilizar la pierna. Para entonces, estaba atrofiada y yo me tambaleaba como un potro recién nacido. Fui mejorando lentamente, pero los médicos me dijeron que, probablemente, no volvería a caminar bien nunca más.

Edie asintió, esforzándose en evitar que su rostro mostrara la más mínima compasión, porque sabía que Stuart lo odiaría.

—¿Y el doctor Cahill está de acuerdo con ese diagnóstico?

—No del todo. No esta seguro de que la pierna pueda volver a funcionar nunca completamente bien, pero cree que un régimen de paseos y estiramientos de los músculos aumentará la movilidad, distenderá el tejido de la cicatriz y ayudará a aliviar el dolor. Pero tendré que hacer este tipo de ejercicios diariamente durante el resto de mi vida.

—Ya entiendo.

Edie se quedó callada, estudiando su rostro un momento. Era el mismo rostro misterioso y atractivo que había visto en el baile de la Casa Hanford y, sin embargo, era muy diferente. Ya no era, comprendió, el rostro de un hombre temerario.

—Stuart, ¿qué le pasó a Jones?

Stuart tragó saliva y desvió la mirada.

—Edie, si no te importa, preferiría no hablar sobre ello.

Edie asintió, porque, si alguien sabía lo que significaba no querer hablar de un asunto que resultaba doloroso, esa era ella.

—Muy bien —dijo, forzándose a imprimir un tono brioso a su voz—. ¿Qué quieres que haga?

—De momento, quédate ahí.

Utilizando los pies de la cama, fue bajando hasta el suelo, hasta quedar a los pies de Edie. Le dolió, Edie lo supo por su expresión, y no pudo evitar pensar en el hombre al que había conocido, un hombre que había cruzado un salón de baile abarrotado de gente con la elegancia de un leopardo.

«Debe de odiar esta situación después de la vida que ha llevado», pensó.

—Pásame el reloj.

Aquella petición interrumpió sus pensamientos. Edie obedeció, desterrando cualquier sentimiento melancólico sobre el hombre que Stuart había sido. Por lo menos estaba vivo.

—El doctor Cahill me explicó dos estiramientos para empezar —continuó—. Tengo que hacer tres de cada.

—¿Y para qué quieres el reloj?

—Tengo que aguantar los estiramientos durante treinta segundos e ir incrementando el tiempo de forma gradual hasta llegar a un minuto completo —alzó la pierna herida hasta ponerla perpendicularmente al suelo—. Acércate, Edie, y agárrame la pierna. Más cerca —le pidió, y ella dio un paso adelante—. Tu cuerpo debería estar apoyado en la parte de atrás de mi pierna.

Edie obedeció, sintiéndose terriblemente violenta. No había hecho de enfermera jamás en su vida y todo lo que sabía sobre aquella habilidad en particular cabría en un dedal. Además, era plenamente consciente de la presión de la pierna de Stuart contra su torso.

—Sí. Ahora vamos a estirar la corva. Pon la mano libre en la planta del pie y presiona lentamente los dedos de los pies hacia mi pecho. Yo te diré cuándo tienes que parar.

Edie comenzó a hacer lo que le pedía, pero, en cuanto lo hizo, Stuart inhaló con fuerza y ella le soltó asustada.

—¿Te he hecho daño?

—No —contestó—, tira, pero no duele. Hazlo otra vez, pero en esta ocasión, no pares hasta que yo no te lo diga. Así —le dijo cuando ella obedeció—. Ahora, no me sueltes hasta dentro de treinta segundos, y mantén el brazo tenso alrededor de la rodilla para evitar que la doble.

Edie jamás habría pensado que treinta segundos pudieran ser tan largos. Hacía calor en la habitación, no se movía una gota de aire, y aquella postura era escandalosamente íntima. Podía sentir el calor del cuerpo de Stuart a lo largo del suyo, el talón de su pie contra su seno, el tenso muslo contra el abdomen y su cadera contra su pie. Aquello iba mucho más allá de cualquiera de sus experiencias. Con la excepción de Frederick, jamás había estado con ningún hombre, jamás había compartido tamaña intimidad.

—Muy bien —dijo Stuart por fin.

Y, afortunadamente, el sonido de su voz sacó a Frederick de su mente. Edie dejó escapar el aire que había estado conteniendo con un suspiro de alivio y bajó las manos a ambos lados de su cuerpo.

Stuart sacudió un poco la pierna y asintió con la cabeza.

—Vamos a hacerlo otra vez. Ahora, intentaremos aguantar un poco más.

La segunda vez fue más fácil para Edie. La intimidad de la postura no le produjo tanto impacto y la aprensión cesó. Sin embargo, para Stuart fue más dura. Edie lo supo porque su respiración era más profunda, más forzada que en la otra ocasión.

—¿Quieres que te suelte? —le preguntó.

Stuart negó con la cabeza y al tercer estiramiento, le pidió que aguantara más incluso.

—¿Estás seguro? No quiero hacerte daño.

—No me lo harás. Soy consciente de hasta dónde puedo forzar mi cuerpo, créeme. Además, aunque me doliera, no me importaría —recorrió su rostro con la mirada y sus ojos parecieron oscurecerse hasta adquirir el color del humo—. No, siempre que pueda disfrutar de esta vista.

Edie sintió el calor de su mirada como si estuviera delante de una hoguera. Se movió incómoda, pero aquel movimiento solo sirvió para hacerla más consciente de la pierna de Stuart presionada contra su cuerpo, de modo que permaneció quieta y desvió la mirada. Tuvo miedo de pronto, pero fue un miedo completamente distinto al que estaba acostumbrada.

—Veo que no eres susceptible a mis obvios intentos de coqueteo —como no contestó, se movió contra ella y Edie le soltó la pierna—. ¡Oh, my bien! Si no quieres que coqueteemos, supongo que será mejor enseñarte el siguiente ejercicio.

—Sí, sería preferible. Yo no coqueteo.

No añadió que no tenía talento para ello. Probablemente, Stuart ya lo sabía.

Stuart rodó sobre su estómago.

—Arrodíllate detrás de mí —le pidió mientras volvía la cabeza hacia la pierna herida—. Vas a estirarme el músculo delantero del muslo —le explicó mientras colocaba el reloj a su lado para controlar el tiempo—. Así que tienes que agarrarme la espinilla con la mano derecha y presionar el talón hacia mi trasero.

Fue una suerte que no pudiera verle la cara, pensó Edie mientras obedecía las instrucciones, porque sabía que estaba intensamente sonrojada.

—¿Así?

—Sí, pero con más fuerza. Utiliza tu peso. Apoya el antebrazo izquierdo en mi espalda y el hombro contra la parte de atrás del pie. Bien. Ahora inclínate. Más. Un poco más. Shh —siseó cando llegó al punto máximo de tensión—. Aguanta ahí.

Aquel ejercicio suponía más intimidad que el anterior. Incluso con el corsé y tres capas más de tela, Edie fue agudamente consciente del roce de su pezón contra la nalga y del contacto del lateral del otro seno contra sus gemelos. Jamás en su vida le habían parecido tan largos treinta segundos.

Cuando Stuart los dio por finalizados, fue tal el alivio de Edie que no pudo evitar un pesado suspiro.

Stuart lo oyó.

—¿Estás bien?

—Por supuesto —le aseguró inmediatamente, aunque temió que la jadeante cualidad de su voz pudiera no ser muy convincente.

Pero, si Stuart lo notó, no hizo ningún comentario al respecto.

—Muy bien. Vamos a repetirlo.

Así lo hizo Edie, y como en aquella ocasión tuvo que presionar con más fuerza, los treinta segundos le parecieron cien. Allí donde entraba en contacto con Stuart, sentía que el cuerpo le ardía. Lentamente, a medida que fueron pasando los segundos, fue siendo consciente de otras cosas: de la respiración lenta y trabajosa de Stuart, de la dureza del músculo de los gemelos que tenía bajo los dedos, del olor a sándalo... ¿Sería su jabón? Inexplicablemente, comenzó a sentir un agradable cosquilleo en el cuerpo.

La tercera vez, fue consciente de algo más. Sintió una rara tensión creciendo dentro de su propio cuerpo; era una tensión densa, extraña, algo que no había sentido jamás en su vida. Se desplegaba dentro de ella, cálida, lenta, y fue fortaleciéndose e intensificándose con cada segundo hasta llegar a ser casi... agradable.

«¿Lo hacemos, Edie?».

Edie cerró los ojos. Sentía cómo se elevaba y descendía el cuerpo de Stuart con cada una de sus respiraciones. Y todo lo demás en el mundo pareció alejarse y desvanecerse.

—Ya han pasado los treinta segundos.

La voz de Stuart la sacó del extraño aturdimiento en el que se había sumido. Se sentó sobre sus rodillas y solo, cuando Stuart dio media vuelta y se sentó, se dio cuenta de que su respiración era tan fuerte y trabajosa como la de él.

Hacía calor en la habitación, continuaba sin moverse una brizna de aire, y el corazón le latía violentamente contra el pecho.

Stuart sonrió, y aquella sonrisa le dolió, la penetró como una flecha.

—Creo que esto me gusta —dijo suavemente.

Edie se esforzaba en recuperar la respiración, pero ni siquiera sabía por qué estaba respirando con tanta fuerza.

—¿Por qué me haces esto? —susurró.

Stuart inclinó la cabeza y la miró con atención.

—¿Por qué tengo la sensación de que no estamos hablando de mi pierna?

—Entiendo por qué quieres… lo que quieres —Edie continuó hablando sin saber muy bien qué la impelía a abordar aquel tema—. ¿Pero por qué conmigo?

Stuart se sentó y la atrajo hacia él.

—Ya hemos hablado de eso. Estamos casados, Edie.

Edie sintió una extraña decepción ante aquella respuesta, pero ni siquiera entendía por qué. ¿Pero qué otra cosa esperaba que dijera?

—Probablemente te concederían la anulación si la solicitaras. Al fin y al cabo, te estoy negando tus… tus… —se le secó repentinamente la garganta, pero se obligó a continuar—. Tus derechos conyugales. En tu caso, podrían garantizarte una anulación matrimonial.

—No me importa —recorrió su rostro con la mirada—. No quiero la anulación.

—Y, si te la concedieran —continuó diciendo Edie, como si él no hubiera dicho nada—, podrías volver a casarte.

—Me gusta la esposa que tengo, gracias —deslizó las yemas de los dedos por su mejilla con tal suavidad que Edie no tuvo fuerza de voluntad suficiente para apartarse.

«No te gustaría», pensó, apretando los ojos con fuerza, «no te gustaría si supieras la verdad».

—Podrías encontrar una mujer que te convenga más que yo —dijo, y ella misma advirtió una nota de desesperación en su voz—. Una mujer mucho más guapa...

—¿Más guapa? —la interrumpió Stuart con un bufido burlón—. ¿Crees que no eres guapa?

Edie tragó dolorosamente y abrió los ojos.

—Los dos sabemos que no soy guapa.

Stuart recorrió su rostro con la mirada durante lo que a Edie le pareció una eternidad.

—Yo no sé nada parecido —dijo por fin.

Edie odiaba aquella situación, odiaba aquella abierta admiración, odiaba lo frágil y vulnerable que la hacía sentirse.

—¿Y ahora quién miente? —susurró, y desvió la mirada.

—Los dos recordamos lo que ocurrió aquella tarde en la terraza —posó la mano en su mejilla para invitarla a mirarle—. Y, aunque no puedo estar completamente seguro de por qué permanece en tu memoria, sí puedo decirte por qué permanece en la mía. Aquella tarde, dije algo que te hizo sonreír. Fue la primera vez que me sonreíste.

—¿Y?

Aquella pregunta fue un tenso y duro suspiro, tenso y prieto como el nudo de miedo que tenía en las entrañas. Apenas podía soportar aquella tierna y delicada caricia, pero aun así sabía que podría apartarse si así lo decidiera.

«Levántate», pensó, «márchate». Pero no se movió. Cerró los puños a ambos lados de su cuerpo.

—¿Qué quieres decir? —preguntó ella.

—Lo que quiero decir es que tienes razón.

—¿Sobre qué?

Edie bajó la mirada, la clavó en su barbilla, intentando mirar más allá de Stuart al mismo tiempo, intentando no sentir nada.

—Sobre que no eres guapa —reflexionó Stuart. Dibujó con las yemas de los dedos sus mejillas, sus sienes y su mandíbula—, porque, cuando aquel día me sonreíste, no pensé que eras guapa —se interrumpió y detuvo también su caricia—, pensé que eras muy bella.

Al oír aquellas palabras, algo se rompió dentro de Edie. Ahogó un sollozo.

—No puedo darte lo que quieres, Stuart. Deberías buscar a una mujer que pudiera dártelo.

—Pero, ¿y tú, Edie? ¿Qué es lo que quieres?

Le rozó los labios con el pulgar y Edie necesitó de toda su fuerza de voluntad para poder contestar.

—Lo que yo quiero no importa.

—¡Pero claro que importa! —las caricias de Stuart eran ya casi insoportables—. ¿No quieres tener hijos?

El miedo presionó un poco más, lo sentía contra el corazón, y le dolía. Era como si le estuvieran apretando una herida.

—No —mintió.

—¿Por qué no?

Stuart dejó de acariciarle los labios. Se inclinó hacia ella y Edie intentó volverse, pero él hundió la mano en su pelo para impedírselo.

—¡No! —Edie se volvió bruscamente y el forro del vestido de seda se enganchó con el gemelo de la camisa de Stuart, desgarrando el encaje.

Aquel sonido tuvo el efecto de una cerilla acercada a la pólvora. Puso a Edie inmediatamente en acción.

—No puedo seguir con esto.

Gateó hacia atrás mientras intentaba levantarse y huir, pero la falda del vestido había quedado enganchada bajo la cadera de Stuart.

—¡Suéltame! —gritó. Cualquier vestigio de cordura pareció disolverse en el puro pánico. Tiró desesperadamente de la falda—. ¡Suéltame! ¡Suéltame! ¡Suéltame!

Stuart alzó las caderas, pero, para cuando Edie consiguió liberar las capas de encaje, muselina y seda y se levantó, Stuart ya había conseguido levantarse utilizando los pies de la cama.

—¡Edie, espera!

La agarró por las muñecas en el momento en el que comenzaba a volverse y, cuando ella tiró, no la dejó marchar. Aumentó la fuerza de su sujeción y ella se quedó paralizada, atrapada por el miedo, la vergüenza y una repentina y terrible sensación de fatalidad. ¿Por qué correr? ¿Qué sentido tenía?

Clavó la mirada en el encaje desgarrado. Era un desgarro pequeño, de unos tres centímetros, pero, aun así, se sentía como si tuviera el vestido hecho jirones, expuesta, como si llevara una A escarlata pegada al pecho. Alzó la mano libre y vio cómo le temblaba mientras intentaba juntar los bordes del encaje.

—¡Dios mío!

La voz de Stuart pareció llegar desde muy lejos, pero, aunque apenas distinguió su ronco susurro del rugido que le atronaba los oídos, bastó para indicarle que por fin había comprendido la verdad.

Stuart le soltó la muñeca como si de pronto le abrasara.

—¡Dios mío, por supuesto! Qué estúpido he sido.

Acercó la mano a su rostro. Edie se encogió y, aunque él la apartó, el miedo comenzó a abrirse camino hacia la superficie. Luchó con fuerza para reprimirlo, como había hecho tantas otras veces para no desmoronarse.

El pecho comenzó a dolerle por el esfuerzo que estaba haciendo para respirar. El olor a agua de colonia parecía invadir su nariz y le revolvía el estómago. La vergüenza la envolvía, ardía en su piel como el jabón desinfectante que había usado seis años atrás para borrar las huellas de lo ocurrido.

—Edie, mírame.

Ella sacudió la cabeza, negándose, pero incluso mientras lo hacía, supo que era inútil desear escabullirse en medio de la noche y huir. En algún momento tendría que mirarle. Y sabía que podría huir hasta el fin del mundo sin conseguir nada, porque nada cambiaría lo que le había pasado.

Intentando endurecerse, se obligó a alzar la mirada, pero en el momento en el que vio el rostro de Stuart, se quebró su compostura. Se volvió y corrió hacia la puerta. Pero no corría por miedo, sino porque no era capaz de soportar la mirada horrorizada de Stuart.

CAPÍTULO 12

Stuart había experimentado todo tipo de sentimientos intensos a lo largo de su vida. Había vivido el estúpido delirio del primer amor y las oscuras profundidades de la tristeza. Se había sentido sobrecogido por la belleza arrebatadora de una puesta de sol en África y se había quedado paralizado ante el rostro vivaz de una joven pecosa. Había conocido el placer, el deseo, la alegría y la desesperación.

Y pensaba que había conocido la rabia. Hasta ese momento.

Stuart se levantó en el dormitorio de Edie y supo que toda la rabia que había experimentado hasta entonces no había sido nada más que una ligera irritación. La rabia era diferente. La rabia era aquello: la sangre corriendo por el torrente de sus venas como un río de lava, la cabeza a punto de estallarle, una oscuridad que descendía por sus ojos y bloqueaba todo lo que no fuera la mano temblorosa de Edie intentando unir el encaje.

En aquel gesto insignificante se había revelado la verdad como un rayo repentino, dejándole completamente paralizado mientras Edie escapaba. No podía seguirla ni siquiera en aquel momento. No podía moverse, no podía pensar con aquella rabia estallando en su interior. Solo podía sentir.

Allí de pie, en una pulcra habitación inglesa decorada en seda lavanda y terciopelo, se sintió más salvaje, más primario que cualquiera de las bestias que había encontrado en África.

Quería matar al hijo de perra que le había hecho aquello a Edie. Quería darle caza, seguirle el rastro, derribarle y arrancarle a tiras hasta el último pedazo de carne. Quería enfrentarse al padre de Edie y reprocharle que no hubiera hecho nada para vengarla. Quería azotarse a sí mismo por no haber sido capaz de reconocer la verdad hasta entonces. Quería emborracharse, comenzar una pelea, abrir la pared de un puñetazo. Hacer cualquier cosa, salvo lo que sabía que tenía que hacer.

Stuart respiró hondo y se pasó las manos por la cara, intentando dominar la violencia que se había apoderado de él. La rabia no iba a servirle de nada en aquel momento.

Alargó la mano hacia el bastón, se puso las zapatillas y se dirigió hacia el dormitorio. Se vistió para la cena, y, de alguna manera, ponerse una camisa de almidonada pechera, un chaleco blanco, unos pantalones negros y una chaqueta del mismo color le ayudó a atemperar la rabia. Mientras se ataba la corbata blanca en un lazo, se cerraba el cuello, abrochaba los gemelos y metía un pañuelo blanco en el bolsillo de la chaqueta, fue capaz de apartar la parte de su alma que se había convertido en una bestia rabiosa y recuperar al hombre civilizado que era.

Solo entonces fue a buscar a su esposa.

La encontró en el Jardín Romano o, como ella lo llamaba, el Jardín Secreto. Estaba sentada en el banco en el que se habían sentado el día anterior, pero, cuando le vio salir de entre las plantas de hinojo y gordolobo, se levantó de un salto.

—¿Qué quieres?

Stuart se detuvo y la estudió a través del jardín, preguntándose cómo proceder para no causarle más dolor ni empeorar las cosas. Había ido allí para consolarla, pero, al mirarla, sospechó que recibiría su consuelo con la misma ilusión con la que se enfrentaría a que le arrancaran una muela.

Tomó aire.

—No solo tenías el corazón roto, ¿verdad?

El rostro de Edie se retorció de dolor y Stuart se sintió como si acabaran de clavarle un cuchillo en el pecho.

—Él... —Stuart se interrumpió antes de obligarse a decirlo— te violó.

Edie no emitió sonido alguno, no soltó una sola lágrima. No se movió, no habló. Se limitó a mirarle, y no fue necesaria otra respuesta. Su sufrimiento flotaba en aquella sofocante tarde veraniega y la rabia de Stuart se hizo más profunda, más extensa.

Había percibido el dolor de Edie desde el primer momento; sencillamente, no había sido capaz de reconocer la verdadera razón. ¿O quizá no había querido verla? La actitud de Edie no era la de una mujer a la que le hubieran roto el corazón, ni la de una virgen temerosa. No era algo tan sencillo. Pero por fin había descubierto la verdad y, por terrible que fuera, ya no había marcha atrás, de modo que, ¿qué se suponía que debía hacer una vez enterado? Dios santo, ¿qué se suponía que tenía que hacer un hombre en una situación como aquella?

—Quiero matarle, Edie —dijo, expresando en voz alta su primer impulso—. Quiero montar en el siguiente barco a Nueva York, encontrar a ese canalla y matarle.

—No puedes —contestó Edie con la voz apagada—. Aprecio el gesto, pero no puedes. Aquí, es posible que un duque pueda librarse de una condena por asesinato, pero en Nueva York, las cosas son diferentes. Te colgarían. Además, ¿no crees que yo ya he pensado en matarle? ¿Sabes cuántas veces lo he planeado? Durante una época, no vivía para otra cosa. Pero al final... se consigue superar. Tenía que pensar en Joanna, ya ves. Y en su futuro.

—Ya sé que no puedo matarle, pero hay otras posibilidades.

—¿Como cuáles? ¿Un duelo por mi honor? —rio con amargura y Stuart se encogió de dolor—. Quedé en encontrarme con él, pero jamás imaginé... —se interrumpió y sacudió la cabeza—. No importa. Nos vieron después de aquel encuentro, pero él se negó a casarse conmigo, de modo que fui repudiada socialmente. Se me consideraba una cualquiera, una arpía repugnante que había intentado engañar a un verdadero caballero para que se casara con ella y había fracasado. No hay ningún honor que defender, y menos seis años después.

—Un duelo resulta bastante tentador, lo confieso, pero no es en eso en lo que estoy pensando.

Edie sacudió la cabeza.

—Es un hombre rico y poderoso, no es fácil. Es prácticamente intocable.

Ningún hombre era intocable, pero Stuart no lo dijo. En cambio, volvió a tomar aire, recordándose a sí mismo lo que era verdaderamente importante en aquel momento y poniendo de nuevo coto a su rabia. Ya tendría tiempo para pensar en la venganza.

—Puedo empezar a imaginarme lo que has tenido que soportar y no pretendo que me hables de ello, pero...

—Mejor —pronunció aquella palabra como el disparo de un rifle.

—Pero si alguna vez quieres...

—No voy a querer. Ahora, por favor, vete.

Era como un animal herido, pensó Stuart al mirarla. El miedo y el dolor se reflejaban en cada línea de su cuerpo, en la tensa quietud de su silueta y en su mirada vigilante y recelosa. Quería estar sola, lamer sus heridas. Y, aunque había permanecido así durante mucho tiempo, Stuart no podía permitir que continuara haciéndolo.

Le recordó más que nunca a una gacela y decidió que aquella sería la única manera de acercarse. Lentamente, moviéndose con un cuidado infinito, avanzó un paso y se detuvo cuando Edie se recogió los pliegues de la falda. Dio otro paso y Edie miró a su alrededor como si estuviera intentando decidir el camino de huída. Pero estaba rodeada de frondosos arbustos y, cuando Stuart dio un paso más, debió de decidir no escapar a través de ellos. En cambio, alzó la barbilla y bajó la mirada hacia él.

—Si no te importa, me gustaría estar sola.

—Me importa —contestó él, y continuó rodeando la fuente con pasos cortos y medidos—. Según mis cálculos, todavía tengo derecho a treinta minutos de tu tiempo.

—No puedes estar hablando en serio —Edie le miró fijamente, claramente horrorizada—. ¡No puedes esperar que continúe con esto ahora!

—Puedo y lo hago —la vio palidecer todavía más, pero no se apartó. No podía dejarla sola. Era su esposa—. Para mí, no ha cambiado nada. Y todavía me quedan ocho días. A no ser que pretendas renunciar.

Edie cambió el peso de un pie a otro y dirigió otra mirada furtiva a su alrededor.

—Podrías, por supuesto —continuó Stuart mientras comenzaba a subir los escalones—, pero eso significaría que tendrías que escaparte de mí.

Se detuvo frente a ella. Estaba llegando el anochecer, la hora del día en la que los colores parecían más vivos y los olores más intensos. Podía ver las motas doradas de sus ojos verdes y el brillo cobrizo de su pelo. Podía oler la fragancia del jardín y también su miedo.

—Y huir sería bastante inútil, ¿no crees?

—No entiendes nada —contestó Edie entre dientes—. Nada.

—Pero sé mucho sobre el miedo. Me he enfrentado a él más de una vez. Y eso es lo que uno tiene que hacer con el miedo, por cierto. Enfrentarse a él y vencerlo, porque jamás se puede huir lo suficientemente lejos como para escapar a él.

Un sollozo le desgarraba a Edie la garganta, pero fue capaz de reprimirlo, mordiéndose el labio.

—También sé mucho sobre el dolor —continuó Stuart—. Sé lo que es estar herido. Pero, Edie, las heridas se curan. Pueden dejar una cicatriz tras ellas, pero, si eres capaz de no tirar la toalla, incluso las más profundas sanan.

Edie alzó la mirada. Las motas doradas de sus ojos brillaban como si fueran chispas.

—¿Tú crees? —había un deje burlón en su voz—. ¿De verdad crees que puedes curarme?

—Más bien esperaba que nos curáramos el uno al otro.

—Tú no necesitas que te cure las heridas. Los dos sabemos que puedes contratar a un ayuda de cámara para que te ayude, o incluso podrías conseguir que te tratara el médico. La verdad es que no me necesitas.

—¿Ah, no?

Entonces le tocó a él desviar la mirada y, cuando la fijó por encima del hombro de Edie en el intrincado diseño de la placa de hierro forjado que colgaba tras ella en la pared de caliza, recordó la noche en la que había estado a punto de morir.

—Ahí es donde te equivocas, Edie. Te necesito más de lo que puedes llegar a imaginar.

—No entiendo por qué.

—Ahora mismo eso no importa —se obligó a mirarla de nuevo—. He venido aquí para consolarte, no para que me consueles tú a mí.

Edie miró tras el, fijando la mirada en la fuente.

—Un gesto muy amable por tu parte, pero no hay nada que pueda consolarme.

—¿Estás segura? —reparó en la inexpresiva imperturbabilidad de su rostro—. ¿Estás completamente segura?

Edie se movió incómoda.

—Deberíamos marcharnos. Ya es casi la hora de cenar.

—Todavía no —contestó él cuando Edie comenzó a rodearle—. Hay otra cosa que te quiero decir —alzó la mano izquierda para enmarcarle el rostro, pero ella se apartó, evitando su contacto y recordándole con contundencia todo lo que estaba en juego.

Así que Stuart retrocedió un paso y abrió la mano ante ella, ofreciéndosela.

Edie la miró, pero no se movió para aceptarla.

—No tienes por qué darme la mano —dijo Stuart—, no tienes que besarme, ni acostarte conmigo ni hacer nada que no quieras, Edie. Solo quiero pedirte una cosa.

Edie mantenía la mirada fija en la palma de su mano.

—¿Qué es? —susurró.

—Dame una oportunidad —se interrumpió y bajó ligeramente la cabeza para que Edie pudiera mirarle a los ojos—. Danos una oportunidad. La necesito, y creo que tú también.

Esperó, y tuvo la sensación de que pasaba una eternidad antes de que Edie respondiera.

—Mañana por la mañana nos reuniremos con el señor Robson para revisar los libros de contabilidad. A las diez en punto —pasó a su lado, pero se detuvo antes de comenzar a bajar las escaleras—. En cuanto a lo otro —dijo por encima del hombro, sin mirarle—. Lo intentaré, Stuart. Durante los próximos ocho días, lo intentaré. Pero es lo único que puedo prometerte.

Stuart la observó marcharse, esperando que ocho días bastaran para conquistar toda una vida. En aquel momento, le parecía muy poco probable.

De entre todas las cosas que Edie podría haber esperado sentir si Stuart descubría alguna vez la verdad, el alivio era la última de ellas. Si alguna vez se hubiera detenido a contemplar la terrible posibilidad de que Stuart descubriera su secreto, habría predicho que el resultado sería que los sentimientos que la perseguían se harían más intensos. ¿Pero sentir alivio? No, Edie jamás lo habría imaginado.

Y, aun así, a la luz de aquella revelación, se sentía más ligera, como si le hubieran quitado un peso de los hombros, y fue entonces cuando apreció realmente lo que podía suponer la carga de un secreto cuando era soportada en soledad.

Pero aquello no hacía las cosas más fáciles. A pesar de la sensación de alivio, Edie se sentía más vulnerable y expuesta que antes y, para ella, la cena fue un episodio incómodo y violento.

Joanna, sin embargo, salvó la situación al preguntar por África, de modo que durante la velada pudieron disfrutar de descripciones sobre aquel impresionante paisaje y sus animales exóticos y oír historias sobre la vida en la selva africana. Joanna y la señora Simmons escuchaban con arrebatada atención y, aunque en cualquier otro momento Edie se habría sentido igualmente fascinada, aquella noche estaba demasiado preocupada como para que pudieran importarle las anécdotas sobre elefantes y rinocerontes.

El hecho de que Stuart quisiera continuar con ella la asombraba. Stuart ya sabía la verdad. ¿No se daba cuenta de que lo que quería era imposible?

Y, aun así, incluso mientras se hacía a sí misma esa pregunta, se sentía insegura, dudaba. ¿De verdad no habría ninguna esperanza?

Alzó la mirada del postre y estudió el rostro de Stuart a través de la mesa del comedor. Aquella era la única habitación de la casa iluminada todavía por velas y, bajo su tenue resplandor, se veían los reflejos del sol africano en el pelo oscuro de Stuart y en su piel bronceada. Las arrugas que rodeaban sus ojos y su boca se hacían más profundas mientras reía al contarle a Joanna una anécdota sobre un presumido conde italiano en un safari. Estaba espléndidamente atractivo con la chaqueta. Aunque, en realidad, siempre había sido un hombre atractivo. Y ella siempre lo había sabido.

«Si hubiera sido barrigón, de un metro y medio de altura y con una mala dentadura no creo que se te hubiera ocurrido hacerme ninguna proposición. Creo que en el momento en el que me viste, te sentiste al menos un poco atraída por mí. Y te aseguro que yo me sentí atraído por ti».

Resonaron en su cabeza las palabras que Stuart le había dicho en la habitación del Savoy y, por primera vez, se preguntó si habría algo de verdad en ellas. ¿Se le habría ocurrido la idea de casarse con él si no le hubiera encontrado tan atractivo?

Como si hubiera notado que le estaba observando, Stuart la miró y, cuando Edie vio aquellos hermosos ojos grises, experimentó la misma extraña y estremecedora sensación que había sentido la primera vez que Stuart había clavado sus ojos en ella.

En aquel entonces, estaba desesperada por hallar la manera de no tener que volver a casa, pero hasta que no se había cruzado con Stuart, no la había encontrado. Y, cuando él la había mirado con aquel ceño de perplejidad y una ligera sonrisa en los labios, Edie había sentido la atracción tirando de ella como un imán. Aquella lejana noche, estaba tan preocupada con todos los sentimientos que bullían en su interior que no la había admitido, ni siquiera había sido consciente de que estaba allí, y siempre había atribuido lo ocurrido a la casualidad, y nada más. Pero, en aquel momento, al mirar al hombre que tenía enfrente de la mesa, se dio cuenta de que Stuart tenía razón. En medio del miedo, del pánico, había surgido una atracción, una atracción siempre latente, pero que había sido reprimida e ignorada.

Y, al igual que había hecho aquella joven en la Casa Hanford, le miró y se preguntó cómo habría sido su vida si le hubiera conocido antes del episodio de Saratoga, cuando todavía era una mujer inocente, virtuosa e íntegra.

El comedor comenzó a resultarle de pronto sofocante. Edie desvió la mirada y dejó el tenedor en el plato.

—Disculpadme —dijo, y se levantó, interrumpiendo la conversación y haciendo que Stuart se levantara—. Si no os importa, voy a retirarme a mi habitación. Me duele un poco la cabeza.

—¿Quieres que te envíe unos polvos del doctor Beechum? Tengo algunos.

—No, gracias, no hace falta. Solo quiero acostarme. Buenas noches a todo el mundo.

Escapó del salón y subió escaleras arriba, pero ni siquiera el dormitorio le sirvió de refugio. Había dejado de serlo desde que Stuart había estado allí. Edie se reclinó contra el cabecero y bajó la mirada hacia el suelo, donde Stuart le había dicho que era bella cuando sonreía. Hacia el lugar en el que había descubierto su secreto, su vergüenza.

«No ha cambiado nada, Edie, para mí no».

¿Cómo podía ser cierto? ¿Cómo podía desearla después de aquello? Pero así era. Stuart la deseaba porque pensaba que podía ser una mujer normal, una mujer con deseos normales.

Alzó la mano para tocar su rostro como Stuart lo había tocado y se preguntó, durante un instante, si sería posible. Pero entonces pensó en lo que podría ocurrir después de que la acariciara y la llamara bella, pensó en la invasión de su cuerpo y la esperanza se esfumó como la llama de una vela al ser apagada.

Saratoga había sido una realidad. Ya no había vuelta atrás.

A la mañana siguiente, se reunieron con el señor Robson, tal y como habían planeado. Desde el punto de vista de Stuart, era una reunión completamente innecesaria, pues en su ausencia, el administrador había estado enviándole a Nairobi informes trimestrales sobre todas las propiedades ducales. Pero no se lo dijo a Edie porque, después del alboroto del día anterior, probablemente necesitaba a alguien que sirviera de mediador en su relación y un hombre tan seco y profesional como Robson podía serlo tan bien como cualquier otro.

Cuando Edie le pidió a Robson que informara a Stuart de la situación de las diferentes propiedades, Stuart ignoró la mirada ligeramente desconcertada del administrador y asintió en silencio, animándole a que lo hiciera. Mientras Robson enumeraba las diferentes renovaciones llevadas a cabo en las propiedades, él escuchó con absoluta atención unos datos que, en realidad, ya conocía.

Edie no dio por terminada la reunión hasta dos horas después. Farfulló después algo sobre una comida con los miembros del comité de ventas de caridad y la urgente necesidad de ir a visitar a otras damas del condado y se marchó.

Stuart comprendía que necesitara poner alguna distancia entre ellos y, la verdad fuera dicha, también a él le hacía falta.

Desde el primer momento, había sabido que Edie no era como ninguna otra mujer de las que había conocido. Mientras regresaba a su hogar, había sido consciente de que Edie no consideraría con agrado la idea de un verdadero matrimonio entre ellos. Y, cuando había hecho la apuesta, lo había hecho a sabiendas de que no sería fácil ganarse un beso. También creía conocer entonces las razones que se escondían detrás de todo ello, pero, días después, comprendía que no tenía la menor idea.

La verdad, cuando había sido descubierta, le había provocado asombro y rabia. El impacto inicial había pasado ya y la rabia había sido reducida a un sentimiento que hervía a fuego lento en lo más profundo de sus entrañas. Pero, en aquel momento, tenía que enfrentarse a algo mucho más difícil, a algo que su vasta, pero superficial, experiencia con las mujeres nunca le había enseñado.

Necesitaba despertar el placer en una mujer cuya única experiencia con las artes amatorias había sido brutal. Necesitaba resucitar el deseo que otro hombre había intentado anular. Y, cuando sopesaba la pregunta de cómo llegar a hacerlo, se sentía desesperadamente perdido. Probablemente, aquella era la primera vez en toda su vida adulta que estaba con una mujer a la que no tenía la menor idea de cómo seducir.

Y le aterraba.

¿Qué ocurriría si fracasaba? ¿Si, hiciera lo que hiciera, no era suficiente? Toda mujer merecía disfrutar de los placeres de las relaciones sexuales, no solo de los vinculados con el físico, sino también de la ternura, la intimidad y la diversión que entrañaban, y era responsabilidad de un hombre el asegurarse de que los recibiera. Si fracasaba, Edie jamás conocería todas aquellas cosas.

Todo en su interior se rebelaba contra aquella posibilidad. Edie era su esposa, se merecía disfrutar de aquellos placeres y, Dios santo, dependía de él que los tuviera, ¿pero cómo?

Lo único que tenía que hacer era ganarse un beso, pero, si presionaba en exceso o intentaba ir demasiado rápido, Edie huiría y su apuesta fracasaría. Aunque él ganara la apuesta, no tenía ninguna garantía de que ella fuera a atenerse a lo acordado. ¿Y cómo culparla si no lo hacía? Incluso en el caso de que se quedara a su lado, ¿podría hacerla feliz? La desgracia que le había ocurrido era como un muro que se interponía entre ellos. ¿Y si no era capaz de derribarlo? ¿Y si Edie decidía un buen día que no podía soportarlo y le abandonaba?

Stuart se obligó a alejarse de aquellos escenarios hipotéticos y a volver a la realidad. Tenía que ganarse un beso. Aquel era el único objetivo. En cuanto a lo demás, ya tendría tiempo de ocuparse de ello cuando llegara.

CAPÍTULO 13

Si Edie pensaba que huyendo de Highclyffe por la tarde podría escapar de Stuart, estaba tristemente equivocada.

Las damas del condado expresaron su enorme alegría por el regreso del duque, hicieron comentarios sobre lo feliz que debía de ser y aseguraron que ya no tendría que preocuparse por el satisfactorio cumplimiento de sus responsabilidades, puesto que, estando el duque de nuevo en casa, no tardaría en haber un hijo y heredero en las habitaciones de los niños.

Edie, sintiéndose acorralada por todas partes, renunció al final a las visitas y regresó a la casa, donde encontró de vital importancia renunciar al té y revisar los trasteros del ático junto a la señora Gates.

Pero no iba a poder evitar el quedarse a solas con él eternamente. A las cinco en punto, apareció una de las doncellas y le informó de que Su Excelencia había terminado el té y estaba esperándola en la terraza para que dieran juntos el paseo de la tarde.

Edie bajó a reunirse con él con una sensación de miedo, pero, para su inmenso alivio, Stuart no hizo ninguna referencia a los mortificantes acontecimientos del día anterior. Mientras sacaban a Snuffles a dar un paseo por los jardines, Edie mantuvo la conversación en un terreno seguro, neutral. Hablaron del tiempo, del calor, de los nuevos habitantes del pueblo y del estado de las hierbas que bordeaban los caminos, y Stuart pareció conformarse con aquellos temas tan prosaicos.

Después, Edie regresó a su habitación y se puso el mismo tipo de vestido suelto de tarde que se había puesto el día anterior. Al igual que había hecho entonces, conservó el corsé. Stuart podría tener razón al decir que sería mucho más fácil que le ayudara sin él puesto, pero, para Edie, cuantas más barreras se interpusieran entre ellos, mejor.

Aunque, en realidad, tampoco pareció haber mucha diferencia, porque, cuando Stuart llamó a su puerta minutos después, estaba tan tensa como un gato caminando sobre ladrillos al rojo vivo.

Al abrir, la visión de Stuart con el batín fue un contundente recuerdo de la intimidad que habían compartido el día anterior y de las dolorosas revelaciones que la habían seguido. En el momento en el que Stuart cerró la puerta tras él, el sonido de la llave en la cerradura la impulsó a alejarse hasta el otro extremo de la habitación. Cuando se quitó las zapatillas y el batín, Edie se concentró en ordenar los frascos del tocador, pero eso solo sirvió para empeorar las cosas, porque la botellita verde de linimento estaba entre ellas y era absolutamente incapaz de imaginarse estando lo suficientemente relajada en compañía de Stuart como para aplicárselo.

Cuando Stuart le preguntó si estaba preparada para empezar, Edie se levantó del tocador y se acercó hasta donde estaba él, pero no fue capaz de mirarle a los ojos.

Stuart lo notó inmediatamente.

—Edie, no tienes por qué estar nerviosa.

—No estoy nerviosa —negó ella, pero, en cuanto lo dijo, esbozó una mueca al darse cuenta de lo poco contundente que sonaba—. De acuerdo, sí —admitió—, estoy nerviosa.

—Yo también, te lo digo por si eso te hace sentirte mejor —se tumbó de espaldas y levantó la pierna—. Al fin y al cabo

—añadió mientras ella le agarraba del muslo—, aquí eres tú la que tiene todo el poder.

Como Edie jamás habría elegido estar en aquella posición, con la pierna de Stuart presionada contra su cuerpo y sintiendo cómo se extendía su calor a través del suyo, no se sentía precisamente en una posición de poder.

—¿En qué sentido?

Stuart abrió los brazos.

—Estoy a tu merced. Si me porto mal, puedes hacerme pagar por ello.

Edie no entendía cómo, puesto que ambos sabían que él podría subyugarla en el momento que lo deseara, pero no abundó en el tema y completaron todos los estiramientos sin que mediara conversación alguna. Sin embargo, la intimidad del acto de ayudarle se le hizo más aguda que el día anterior y cuando terminaron se sintió considerablemente aliviada.

—¿Está empezado a dar resultado? —le preguntó a Stuart mientras se levantaba y se alejaba de él—. ¿Están siendo útiles los paseos y los estiramientos?

—Creo que sí —torció la pierna para probarlo, se levantó y apoyó todo su peso sobre ella—. Sí, la verdad es que sí —dijo al cabo de un momento—. Todavía está un poco dolorida, pero espero que el linimento de Cahill me ayude. ¿Dónde lo dejaste?

Edie se quedó paralizada. Toda la vergüenza del día anterior regresó con una intensidad diez veces mayor.

—No puedo, Stuart —estalló, frotándose las manos con los laterales del vestido—. Esa parte no voy a poder hacerla.

Stuart no pareció sorprendido. Asintió.

—No tienes que hacerlo si no quieres, Edie.

Aquella queda aceptación de su negativa la impulsó a reiterar sus motivos.

—Quiero ayudarte —le dijo, y se acercó al tocador para tomar la botellita—, de verdad. Pero... después de... después de lo de ayer, supongo que eres consciente de que hay algunas cosas que... no puedo soportar. Toma.

Stuart tomó la botella de su mano extendida.

—Edie...

—Sé lo que quieres que haga —dijo Edie, con las mejillas cada vez más encendidas—, y, por supuesto, entiendo por qué. Quiero decir, no soy ninguna jovencita ingenua.

Por alguna extraña razón, aquello hizo sonreír a Edie.

—Pero es un paso demasiado grande, Stuart. Es demasiado... demasiado... —desvió la mirada y se obligó a decir la última palabra— intimo.

—Edie, ya basta —Stuart se guardó la botella en el bolsillo, dio un paso hacia ella y posó las manos en sus brazos—. No tienes por qué justificarte ante mí —inclinó la cabeza para poder mirar el rostro que Edie desviaba y dijo—: ¿Sabes? Creo que esto me da por fin la oportunidad que he estado esperando.

—¿La oportunidad? —repitió Edie con una voz que a ella misma le sonó muy frágil.

—Sí. Hay algo que siento que necesito decir, pero, hasta ahora, no he sabido cómo sacar el tema y eso solo indica que es un tema que tengo que abordar. Antes de que me vaya para que puedas cambiarte para la cena, ¿podemos sentarnos y hablar un momento?

Edie habría preferido poner fin a aquel interludio, pero asintió con desgana. Señaló las dos butacas forradas de terciopelo color morado que flanqueaban la chimenea, pero, aunque ella se sentó en una de ellas, Stuart no ocupó la otra. En cambio, se acercó al tocador y sacó el taburete acolchado que había debajo. Agarrándolo de una de las patas de madera, lo llevó hasta la butaca en la que Edie estaba sentada y lo colocó directamente delante de ella.

Su rodilla rozaba la de Edie cuando se sentó, pero esta sabía que habría sido absurdo protestar puesto que, solo unos minutos antes, habían estado en una mucho mayor intimidad.

Al pensar en ello, pareció aumentar el calor de la habitación y deseó que entrara algo de brisa por las ventanas abiertas. Se movió ligeramente y dobló las manos delicadamente en el regazo.

—¿De qué querías que habláramos?

—Cuando se intercambian confidencias siempre resulta embarazoso hablar después —Stuart estiró la pierna derecha ante la silla, dejó de lado el bastón y cruzó los brazos sobre la pierna izquierda—. Por favor, necesito que creas que no quiero ponerte las cosas más difíciles ni provocarte ninguna vergüenza o dolor, pero hay algo sobre lo que me revelaste ayer que necesito aclarar.

Edie miró por detrás de él hacia la puerta, sintiéndose ligeramente desesperada.

—Preferiría que no lo hicieras.

—Estoy seguro. Y no lo haría si no tuviera la sensación de que es algo absolutamente necesario. Pero también es condenadamente difícil —enmudeció, se llevó el puño a la boca y desvió la mirada durante largos segundos.

Edie esperó con los puños cada vez más apretados en el regazo, deseando que lo dijera, fuera lo que fuera.

Al final, Stuart se movió en su asiento, bajó la mano y volvió a mirarla.

—Edie, tengo la sensación de que eras completamente inocente cuando aquello ocurrió, que no tenías ninguna experiencia en absoluto. ¿Tengo razón?

«¡Oh, Dios mío!». Edie separó las manos para aferrarse a los brazos de la butaca.

—¿Por qué me preguntas eso? —susurró con dureza, volviendo la cara hacia un lado.

—Porque, si es así, entonces hay algo que quizá no sepas, algo que necesitas saber. Entre todos los animales, los humanos incluidos, hay ciertas reglas. Ya se trate de una manada de leones, una colonia de monos o un hombre o una mujer, una de las reglas básicas de cualquier sociedad es que la hembra siempre tiene derecho a rechazar los acercamientos del macho.

Edie se retorció en la silla. Estaba tan incómoda que apenas podía respirar.

—No quiero seguir hablando de esto, de verdad.

—Sé que no quieres, y siento causarte esta angustia, pero es importante que dejemos esto muy claro. Edie, por favor, mírame.

Edie se obligó a obedecerle. Stuart tenía el semblante serio y, cuando le Edie le miró a los ojos, la ternura que vio en ellos le pareció casi insoportable. Pero a pesar de lo difícil que le resultaba sostenerle la mirada, lo hizo.

—Me atrevo a decir que no crees que exista esa regla en particular —continuó Stuart—. Algunos hombres la violan, evidentemente —hizo una mueca al decirlo e hizo una pausa suficientemente larga como para respirar hondo—. Pero quiero que sepas que entre nosotros, Edie, es inviolable.

—Para un hombre es fácil decir eso, Stuart —contestó Edie con voz atragantada.

—Soy consciente de ello —respondió él con delicadeza—. Pero los dos sabemos que tengo intención de seducirte y, a pesar de lo que descubrí ayer, eso no ha cambiado. Es solo que me parece justo advertirte que intentaré hacer algunos acercamientos. Podría intentar tomar tu mano, por ejemplo.

Se inclinó hacia ella y le agarró la mano lentamente, dándole tiempo a retirarla si así lo decidía. Edie no se movió.

Stuart alzó la mano de Edie, sosteniéndosela por las yemas de los dedos sin hacer apenas fuerza.

—Puedes retirarla si quieres —le acarició los nudillos con el pulgar—. ¿Quieres?

La caricia tenía la ligereza de una pluma y le provocó un hormigueo por dentro. Un hormigueo de aprensión, pero también de algo más.

—Solo me estás dando la mano —contestó Edie, intentando mostrarse indiferente—. Me parece bastante inofensivo.

—Es verdad, pero también podría darle la vuelta —le giró la mano lentamente y le acarició la palma con el pulgar.

Le hizo cosquillas y Edie se sobresaltó por la sorpresa.

Stuart se detuvo y ella supo que estaba esperando a que tomara una decisión. Edie no se movió.

—Y podría... —Stuart se interrumpió, rodeó la mano de Edie y se la levantó. La miró a los ojos y presionó la mano contra su mejilla—, podría besarla.

Stuart volvió la cabeza, sosteniéndole todavía la mirada, y le besó la palma.

Edie sintió el beso en todo el cuerpo, y la sensación no estuvo relacionada en absoluto con el miedo. Soltó una exclamación de sorpresa y apartó la mano, pero, incluso después de haberlo hecho, siguió sintiendo el calor de los labios de Stuart contra la palma.

Resistiendo el impulso de esconder la mano en la espalda, se obligó a hablar.

—Supongo —se interrumpió, esforzándose por imprimir un deje de dureza a su voz—. Supongo que no puedes resistir la tentación de hacer esos avances.

Pero la pregunta, al salir de sus labios, fue poco más que un precipitado susurro, en absoluto tan mordiente como habría deseado.

—Me temo que no —contestó Stuart y, aunque el tono era serio, bailaba una sonrisa en la comisura de sus labios.

—Sabía que dirías eso —dijo Edie.

—Las apuestas son altas, Edie, y yo juego para ganar —desapareció su sonrisa—. Pero, si hago o intento hacer cualquier cosa que no te guste, o que no quieras que haga, no tienes por qué justificar tu objeción. Lo único que tienes que hacer es decir que no.

Edie ya no pudo seguir soportándolo.

—¡Le dije que no! —gritó con los puños apretados y a punto ya de perder el control—. Se lo dije, ¡se lo dije una y otra vez!

Stuart apretó los labios y, por un instante, Edie reconoció el dolor en su rostro. Dolor, y rabia, un rabia que, Edie comprendió, Stuart sentía en su nombre.

—Estoy seguro de que se lo dijiste, pero yo no soy él —alargó la mano y le rozó la mejilla con los dedos al retirarle un mechón de pelo—. Edie, quiero que lo recuerdes siempre, yo no soy él.

Y, tras decir aquellas palabras, miró el reloj de la repisa de la chimenea.

—Veo que he utilizado un cuarto de hora más del que me correspondía —dijo. Echó el taburete hacia atrás y agarró el bastón—. Puedes descontármelo mañana si quieres —añadió con voz alegre—. Aunque preferiría que no lo hicieras, porque estoy seguro de que tienes preparados unos planes fascinantes para mañana.

Edie tomó una profunda bocanada de aire y se levantó, agradeciendo aquella broma que la ayudó a recuperar la compostura.

—Así es tengo unos planes muy emocionantes.

—¿Unas partidas de whist con algunas de las ancianas solteronas del condado? —aventuró mientras se levantaba—. ¿O quizá unas vísperas?

—Ninguna de las dos cosas, mañana al menos. Vamos a ir a hacer compras al pueblo. Joanna y yo tenemos que ir a Miss May's.

—¿La sombrerería? —gimió—. Dime que estás de broma.

—Es mi salida y decido yo. Tú pusiste las normas, ¿recuerdas?

—Pero hay ciertos límites —gruñó Stuart—. El vicario, el señor Robson, ¿y ahora Miss May's?

—Podríamos pasar también por la mercería.

—¡Cada vez me lo pones peor! Aun sí, tus obvios intentos por aburrirme mortalmente no están teniendo éxito, porque, hagas lo que hagas, no te encuentro en absoluto aburrida. Disfruto de tu compañía, aunque sea visitando una sombrerería o una mercería. Pero —añadió mientras se volvía y comenzaba a caminar hacia la puerta—, y solo para que lo sepas, es posible que intente robarte algún beso para animar un poco la excursión.

El corazón de Edie latió con fuerza en su pecho ante la alarma despertada por aquella posibilidad, pero advirtió horrorizada que, junto a aquella sensación, experimentaba también un minúsculo, pero inconfundible, sentimiento de anticipación. El estar deseando que se diera la posibilidad de que Stuart la besara era tan sorprendente y desconcertante que él estaba ya casi en la puerta cuando se le ocurrió una respuesta acertada.

—Aunque me besaras —respondió, reuniendo toda la dignidad que podía—, no contaría.

—Es cierto —Stuart se detuvo en el marco de la puerta y le sonrió por encima del hombro—, a menos que me devolvieras el beso.

—¡Aun así no contaría!

Stuart se limitó a reír, salió y cerró la puerta tras él.

A la tarde siguiente, fueron a Miss May's, pero Edie solo obligó a Stuart a aguantar allí durante los veinte minutos que tardó en comprar el paquete de plumas que necesitaba antes de abandonar la tienda. Joanna suplicó que le permitieran ir a ver los materiales de pintura y dibujo de Fraser's y Edie aceptó, pero hizo que la acompañara la señora Simmons.

—Veo que a Joanna le gusta mucho pintar, ¿verdad? —comentó Stuart cuando Joanna y la institutriz desaparecieron en el interior de la tienda.

—Le encanta —contestó Edie—. Y es bastante buena, incluso con la pintura al óleo. Cada vez que vamos a Londres, quiere visitar museos y galerías de arte. La Exposición Real se organiza siempre cerca de la fecha de su cumpleaños, así que siempre la llevo. Adora la pintura.

—¿Ah, sí? —Stuart frunció el ceño con expresión pensativa mientras miraba por el escaparate de Fraser's—. Ese dato podría resultarme útil —musitó.

—¿En qué sentido?

Stuart volvió a mirarla.

—¡Oh, ya sabes! En Navidad, o para su cumpleaños —señaló hacia la puerta—. ¿No quieres entrar?

—No, no, todavía tengo que ir a otra tienda. La recogeremos cuando volvamos.

—¿Vamos a Whitcomb's? —aventuró Stuart mientras avanzaban por High Street—. Supongo que es allí donde nos dirigimos, ¿verdad?

Edie se echó a reír.

—¿A la mercería? No, no. No voy a hacerte sufrir más después de lo bien que te has tomado lo de ir a Miss May's.

—En ese caso, estamos de suerte los dos. Puesto que no vas a hacerme soportar el tener que contemplar montones de botones e imperdibles, dejaré de elaborar mis planes de venganza.

—¿Has estado haciendo planes?

—Sí, pero no esperes que te diga cuáles. Pretendo guardarlos en la reserva por si decides arrastrarme a alguno de tus comités de beneficencia.

—Jamás te haría una cosa así —hizo una mueca, pensando en todas las visitas que había hecho el día anterior y en el deleite que su regreso había despertado entre las damas del condado—. Si vinieras a alguna de nuestras reuniones, no trabajaríamos nada. Todas las mujeres estarían demasiado ocupadas revoloteando a tu alrededor como para concentrarse en el trabajo.

—¿Y tú te pondrías celosa?

—No —contestó inmediatamente—. Soy la única mujer de la organización que tiene menos de sesenta años.

—¡Ah! Pero ¿y si no fuera así? —le dirigió una mirada traviesa—. Si todas las mujeres fueran jóvenes y bellas, ¿entonces qué?

El impacto de los celos fue tan violento e inesperado y la pilló tan completamente desprevenida que estuvo a punto de tropezar con la acera. De pronto, le resultó imperioso fingir un enorme interés en Haversham's, la pastelería, y se detuvo, volviéndose hacia el escaparate. Se inclinó contra el cristal, enmarcando la cara con las dos manos, como si quisiera evitar el reflejo. Pero, en realidad, lo que estaba haciendo era ocultar su expresión porque temía que lo que sentía se reflejaba en todo su rostro.

Stuart se acercó a ella e inclinó la cabeza para poder mirarla por debajo del ala del sombrero.

—¿No vas a decir nada sobre ese asunto?

—No hace falta —musitó Edie, esforzándose en sonar todo lo distante e indiferente posible—. Ya te lo dije cuando nos casamos —se interrumpió, tragó saliva y terminó la frase—. Puedes acostarte con cualquier mujer que te apetezca, no me importa.

—Edie —repuso Stuart, regañándola suavemente—. Vamos, dame al menos un poquito de aliento, ¿quieres? —le hociqueó la oreja, allí mismo, en plena High Street—. Solo un poquito. Dime que la posibilidad de que esté con otras mujeres te pone un poco celosa.

Edie tenía el rostro ardiendo, sonrojado, y estaba deseando apoyar la mejilla contra el cristal.

—A lo mejor —susurró, admitiendo la triste verdad—. Solo un poquito.

Stuart se echó a reír. Fue una risa suave, contra su oído. Se apartó, aparentemente satisfecho.

—¿Quieres comprar algo de Haversham's? —le preguntó.

—Eh... no estoy segura —mintió, intentando concentrarse en las filas de pasteles y bizcochos expuestos en las vitrinas y no en el hecho de que, aunque Stuart estaba ya a casi un metro de distancia, ella todavía sentía el roce de sus labios en la oreja—, me estoy decidiendo.

—Te gustan los dulces, ¿verdad?

Lo preguntó como si fuera casi una travesura.

—Algunos, sí —contestó, y se apartó del escaparate—. Creo que voy a entrar. Normalmente, tienen unos bombones que le encantan a Joanna.

—Entonces te dejaré sola un momento. Tengo que ir a la oficina de telégrafos. No tardaré mucho.

—¿Quieres enviar un telegrama?

—Varios, en realidad —no le explicó a dónde—. Si me perdonas.

Edie le vio cruzar la calle y sacudió la cabeza. Stuart no le debía ninguna explicación sobre su correspondencia.

—Por supuesto —dijo en voz alta.

Edie se alegró de aquella separación. Para cuando Stuart regresó a buscarla, ya había pasado tiempo suficiente como para que se enfriaran sus mejillas y hubiera recuperado el aplomo.

—¿No había bombones? —preguntó Stuart al advertir que salía a la acera sin ningún paquete.

—No, hoy no —se volvió y continuó caminando por High Street—. He pedido que me los envíen.

—¿Y qué vamos a hacer después? —preguntó Stuart, caminando a su lado—. ¿O pretendes mantenerme en suspense?

—Ya hemos llegado —dijo Edie, se detuvo de nuevo dos tiendas más allá y señaló la resplandeciente puerta de color azul que tenía a su lado—. Quiero ver la tienda de antigüedades Bell's.

—¡Antigüedades, Dios mío! —Stuart emitió un sonido de

desesperación y la rodeó para abrir la puerta—. En Bell's no hay nada más antiguo que de la época de Jorge Segundo.

Edie no pudo evitar una risa al oírle, lo que hizo detenerse a Stuart cuando tenía ya la mano en el pomo de la puerta.

—¿Qué te parece tan gracioso? —le preguntó.

—Stuart, cualquier objeto de esa época tiene más años que mi país.

Stuart sonrió en respuesta.

—Es verdad —admitió, y abrió la puerta.

Una vez en el interior de la tienda, Edie se acercó a la zona de las joyas, esperando encontrar un broche o una hebilla para el sombrero que se estaba haciendo, pero apenas acababa de inclinarse sobre uno de los aparadores de cristal cuando Stuart la llamó para que se acercara a otra de las habitaciones.

—¡Edie, ven a ver esto!

Edie miró en su dirección, pero lo que quiera que Stuart estuviera viendo quedaba oculto por un armario oriental lacado en rojo. Edie lo rodeó y, cuando se colocó al lado de Stuart, vio que lo que había cautivado su atención era una enorme caja de música hecha de madera de nogal barnizada, manivela de cobre y una madreperla incrustada en la parte superior. Expuesta sobre una mesa a juego, era una pieza de gran belleza.

El señor Bell, siempre rápido a la hora de adivinar el interés de un cliente, se acercó alabando la pieza.

—Es una caja de música Paillard, Su Excelencia. El mecanismo es suizo, por supuesto, y tiene un teclado de veintitrés teclas y tres cilindros.

—Teniendo en cuenta el nivel de sofisticación, debe de ser de reciente manufactura.

—¡Oh, sí, es bastante nueva! Perteneció a la señora Mullins, de Prior's Lodge. La hizo mandar desde Zurich el año pasado, pero ella murió poco después. Su hija vive en el extranjero y no la quería, así que sus abogados me pidieron que la vendiera en su nombre.

—¿La señora Mullins murió? —Stuart alzó la mirada, momentáneamente distraído—. ¡Qué lástima!

—Sí, sí, pero ya tenía noventa años, ¿sabe?

—Desde luego —deslizó la mano por la tapa de la caja—. ¿Puedo abrirla?

—Por supuesto.

Stuart la abrió y, cuando lo hizo, el señor Bell señaló un pequeño pomo en un lateral.

—Hace falta girarlo para que empiece la música. Permítame enseñárselo —lo hizo e, inmediatamente, comenzó a sonar la melodía de un vals.

Edie estaba observando a Stuart y vio la sonrisa que curvaba sus labios.

—Strauss —musitó Stuart—. Es una pena que sea *Sangre vienesa*. Me gusta más *Voces de primavera*.

La miró, y la mente de Edie regresó hasta la puerta de salón de baile de la Casa Hanford, a los hermosos ojos de Stuart mirándola, la melodía de *Voces de primavera* y el destino arrastrándola hacia Stuart como si fuera un imán.

—Lo recuerdas —musitó.

El señor Bell tosió suavemente.

—Hay un cilindro para *Voces de primavera* —explicó, y abrió el cajón de la mesa en la que descansaba la caja—. Aquí está.

Stuart no se molestó en mirar. Hizo un gesto con la mano en la dirección del señor Bell para que se retirara, pero sus ojos continuaban prendidos de los de Edie mientras el vendedor desaparecía discretamente.

—Recuerdo cada detalle de aquella noche, Edie.

—Yo también —Edie se sonrojó inmediatamente, pero no desvió la mirada, e incluso sonrió ligeramente—. Llevabas la corbata desabrochada.

Stuart sonrió.

—¿De verdad? No me sorprende, aunque me atrevería a decir que sí sorprendí a todos los que estaban en el salón apareciendo de esa guisa —se desvaneció su sonrisa—. ¿Sabes? Cuando te vi aquella noche, pensé en pedirte que bailaras conmigo, pero no te conocía, ni conocía a nadie que estuviera cerca de ti, y pensé que no tenía mucho sentido pedir una presentación, puesto que iba a marcharme al cabo de unos días. Pero, ahora, me gustaría haberlo hecho, Edie. ¡Dios mío! Me gustaría haberte levantado en brazos y haberte llevado a la pista de baile, mandando a paseo todas las formalidades —bajó la mirada hacia el bastón—. Me gustaría haber sabido entonces que ya nunca podría volver a bailar. Me gustaría haber disfrutado contigo mi último baile.

A Edie se le desgarró el corazón. Sintió su dolor, y también ella sufrió. Miró su cabeza inclinada durante unos segundos y dijo:

—Aprecio el sentimiento romántico, pero te habrías arrepentido inmediatamente. No sé bailar.

—¿Qué? —Stuart alzó la cabeza y soltó un sonido de incredulidad—. Tonterías, todas las mujeres saben bailar.

—Yo no. Soy terrible. Como soy tan alta, para mis parejas es un tanto embarazoso. Y —añadió con un gesto de disculpa— siempre intento dirigir yo el baile.

Stuart rio y, para alivio de Edie, aquella pareció acabar con su repentina melancolía.

—Eso sí que me lo creo.

—Cada vez que bailaba, las consecuencias eran siempre dolorosamente patéticas para el pobre hombre en cuestión: pies pisoteados, tobillos torcidos y el orgullo herido.

—Si ese era el resultado, se lo merecía. Ningún hombre que sepa bailar permite que le dirija su pareja —se interrumpió y entrecerró los ojos—. Por lo menos, en la pista de baile.

La recorrió con la mirada, caldeando cada centímetro que con ella acariciaba. Para cuando llegó de nuevo a sus ojos, Edie se sentía como si fuera a derretirse y a convertirse en un charco delante de él.

Si Stuart percibió sus sentimientos, no lo demostró. En cambio, se volvió y cerró delicadamente la caja de música.

Aquel gesto la sorprendió.

—¿No quieres comprarla? —le preguntó.

—No —no la miró, pero su voz llegaba flotando hasta ella mientras se alejaba—. Hay oportunidades que no se repiten.

CAPÍTULO 14

En cuanto llegaron, tomaron el té en la terraza y, después, Stuart expresó su deseo de dar un paseo por las cabañas, así que agarraron a Snuffles y se encaminaron en aquella dirección para dar el paseo de la tarde.

De vuelta hacia la casa, pasaron por la rosaleda y Stuart aminoró el paso al llegar a un rosal de un intenso color lavanda en el que quedaban ya muy pocos capullos.

—Esta es una rosa muy bonita —comentó, y se detuvo.

Sorprendida, Edie se detuvo tras él y le miró dubitativa mientras Stuart posaba la mano bajo uno de los capullos e inhalaba su esencia.

Stuart la miro y se echó a reír al ver su expresión.

—Me miras como si acabara de decir que el cielo tiene un color verde precioso —dijo, y soltó la flor.

—Jamás habría imaginado que eras un hombre al que le gustaran las flores.

—¿No? Bueno, en realidad todavía no me conoces suficientemente bien como para juzgarlo, ¿no te parece? ¿Cómo se llama esta rosa, por cierto?

—Todavía no le he puesto nombre.

—¿Es un injerto tuyo? —formuló la pregunta en tal tono de inocencia que Edie receló al instante.

—Sí —le miró con los ojos entrecerrados—. ¿Y por qué tengo la sensación de que ya lo sabías?

Stuart sonrió.

—Eres demasiado inteligente para mí. Muy bien, admitiré la verdad. Tuve una larga conversación con Blake después de la reunión con Robson de ayer.

—¿Ah, sí?

—Sí, ya te dije que no tardaría en tener a los sirvientes de mi lado —añadió, y ensanchó su sonrisa—. Blake, siento decírtelo, me habló de tu pasión por el cultivo de las rosas y estuvo más que dispuesto a enseñarme tus últimas creaciones. ¿Me enseñarás otro día tus otros injertos?

Edie tomó aire por la nariz y desvió la mirada.

—Como si te importaran algo mis rosas.

—Claro que me importan. Me interesan porque son algo que tú amas y quiero saber más sobre las cosas que amas.

—Sospecho que la mayoría de ellas te parecerían aburridas.

—¿Tú crees? ¿Qué te hace decir eso?

—¿Injertar rosas? ¿Alguna vez te ha parecido interesante?

—No lo sé, es posible.

Edie sacudió la cabeza, incapaz de creérselo.

—Has viajado por África, has visto elefantes, rinocerontes, leones... —se interrumpió al pensar en su herida—. La cuestión es que, después de todo eso, la jardinería debe de parecerle insignificante a un hombre como tú.

—Un hombre como yo —Stuart permaneció en silencio, mirando a Snuffles, que estaba escarbando entre dos setos de boj que bordeaban el camino—. Creo que te refieres al hombre que yo era —dijo al cabo de un momento.

—Lo siento —se disculpó Edie afligida, recordando la conversación que habían mantenido en la tienda del señor Bell—. No pretendía recordarte algo tan doloroso.

—¿Por qué no vamos a poder hablar de ello? —se encogió

de hombros, como si no tuviera importancia—. No soy el mismo hombre que era y no voy a negarlo. Y no solo me refiero a esto —continuó, señalando la pierna—. Yo era un hombre temerario, es cierto, y en los safaris me sentía como un pez en el agua. Me encantaba preguntarme por lo que iba a encontrarme tras la próxima colina y me encantaba descubrirlo. Pero lo que no comprendí hasta que me sucedió esto fue que, si uno está descubriendo constantemente nuevos lugares, nunca se detiene el tiempo suficiente como para reconocer la belleza de los que ya conoce —miró a su alrededor—. Highclyffe, por ejemplo. Es un lugar en el que he estado mucho tiempo a lo largo de mi vida, pero jamás había sido consciente de cuánto lo amaba. Ahora soy capaz de apreciarlo mucho mejor que cuando me fui.

Edie pensó en ello.

—Supongo —reflexionó al cabo de un momento—, que si uno se enfrenta a la muerte, una de las consecuencias es que cambia la perspectiva que se tiene sobre todo lo demás.

—Sí, eso también. Pero hay algo todavía más sencillo. La herida me obligó a tomarme las cosas con calma. Ya no podía salir corriendo a la menor oportunidad. Me sentí obligado a enfrentarme a la vida a un ritmo mucho más lento.

—Supongo que te resultó terrible.

—Al principio, sí. Fue un infierno. Pero, al cabo de algún tiempo, comencé a ser consciente de cosas en las que no había reparado hasta entonces. Solía ser de esa clase de hombres que necesitan que algo les impacte intensamente para fijarse en ello —se interrumpió—. Por eso me fijé en ti.

—Bueno, no es difícil fijarse en una mujer que mide casi un metro ochenta —contestó Edie, riendo, e intentando tomarse con humor aquel defecto—. Y resulta imposible no reparar en ella cuando te persigue por un jardín y te propone matrimonio.

—¡No, no! —respondió Stuart, sacudiendo la cabeza—. No me refería a eso —se acercó a ella lo suficiente como para que las chorreras onduladas del vestido de tarde le rozaran el pecho—. Para empezar, no eres más alta que yo —susurró, y posó un dedo bajo su barbilla para elevarle el rostro—. ¿Lo ves?

Edie se quedó paralizada bajo aquel ligero contacto, no fue capaz de retroceder. No podía desviar la mirada de aquellos ojos grises oscurecidos hasta adquirir el color del humo.

—En cuanto a los demás, ¿quieres que te diga por qué me fijé realmente en ti? —no esperó a que respondiera—. Me estabas mirando fijamente, con una mirada decidida, intensa, y no podía imaginar por qué.

Edie se obligó a decir algo.

—Qué terriblemente grosero por mi parte.

—Fue fascinante. Me sentí como si acabaran de clavarme una flecha —rio ligeramente—. Posiblemente, la flecha de Cupido.

Edie frunció el ceño, sintiéndose de pronto insegura.

—¿Estás coqueteando conmigo?

Stuart recorrió su rostro con una abierta e inquietante mirada y, Edie deseó desviar de pronto la suya. Pero no lo hizo.

—No, Edie. Soy un hombre aficionado al flirteo, lo sé. Siempre lo he sido. Pero, en este caso, estoy hablando completamente en serio. La primera vez que te vi, me sentí como si acabara de toparme con algo completamente ajeno a mi experiencia. No te parecías a ninguna de las mujeres que había conocido hasta entonces. Tu forma de mirarme no entrañaba coquetería alguna, ni una pizca. Pero tampoco me mirabas con desinterés. No sabía lo que era. Ni siquiera ahora estoy seguro de cómo describirlo.

Edie no tenía la menor intención de ayudarle en aquel aspecto. Bajo ningún concepto iba a admitir que su primera impresión de Stuart había sido igualmente devastadora. Quizá no hubiera habido flechas de Cupido, pero la fascinación había sido idéntica.

—En cualquier caso —continuó Stuart—, yo amaba África

porque era un lugar atractivo para el hombre que era entonces. Es un continente de enormes magnitudes: elefantes, planicies que se alargan más allá de donde alcanza el ojo humano y puestas de sol imponentes en las que parece que el cielo se estuviera incendiando. Pero ya no soy ese hombre. Ahora mismo, aprecio mucho más cosas tan sencillas como un paseo por el jardín o la belleza de una rosa.

Dejó el bastón en el suelo y arrancó una rosa del rosal. Después, ignorando las protestas de Edie, le desató el sombrero y se lo quitó.

—Aguántame esto —le ordenó, tendiéndole el sombrero a Edie.

Deslizó la mano por el corto tallo para asegurarse de que no tuviera espinas y se inclinó hacia un lado, le colocó la rosa en el pelo, sujetándola detrás de la oreja, y se enderezó para admirar el efecto.

—Ya está —musitó—. Esa es una imagen que cualquier hombre admiraría.

—Le dirías lo mismo a cualquier mujer a la que pretendieras seducir.

—Esto es más que un intento de seducción. Es un cortejo.

—No entiendo la diferencia —contestó Edie, riendo ligeramente y bajando la mirada hacia el sombrero—. Nunca he conocido ninguna de las dos cosas.

Stuart no contestó y cuando Edie volvió a alzar la mirada, le descubrió mirándola de una forma que la dejó sin respiración.

—Te mereces ambas, Edie —aseveró—. Y pretendo asegurarme de que las disfrutes.

Había estado bien hablar sobre el cortejo, pero, más tarde, estando en el dormitorio de Edie y teniéndola abrazada a su pierna, Stuart no pudo evitar pensar que la seducción le resultaba mucho más atractiva.

La primera vez que Edie le había estirado la pierna, el dolor había sido suficientemente severo como para reprimir el deseo y tenerlo bajo control y la posterior revelación de Edie le había impactado lo suficiente como para mantenerlo a distancia.

Pero, en aquel momento, ni siquiera el saber la espantosa experiencia por la que había pasado bastaba para evitar que se excitara cada vez que le tocaba. Continuaba recordándose a sí mismo lo que Edie se había visto obligada a soportar en manos de otro hombre, pero su imaginación masculina se resistía obstinadamente a tan caballerosas consideraciones.

El día anterior, cuando le había dado el beso en la mano, había nacido una ligera esperanza, y también había crecido la esperanza aquella misma mañana, cuando Edie había admitido que la idea de que estuviera con otra mujer despertaba sus celos. Dos indicaciones de que no era indiferente a él y de que, incluso, podría encontrarle atractivo. Pero, desgraciadamente, en la realidad tenía que proceder mucho más lentamente que en su imaginación, e intentó recordarse que, especulando con la posibilidad de quitarle la ropa o besar aquella hermosa piel, lo único que hacía era torturarse a sí mismo, porque, probablemente, ambas cosas estaban todavía muy lejanas. Pero eso tampoco le ayudaba mucho y lo único que pudo concluir fue que le encantaba flagelarse.

Pero, en medio del segundo ejercicio, cuando tenía a Edie detrás, presionando con todo su peso, se descubrió pensando en lo delicioso que sería poder intercambiar las posturas y comprendió que tenía que detener aquello si no quería volverse loco.

Obviamente, Edie no estaba fantaseando con la posibilidad de desnudarle o besarle, y aquella era la clave del problema. No sabía qué hacer al respecto. ¿Cómo podía un hombre seducir a una mujer en aquellas circunstancias? ¿Cómo podía hacerla desear algo que solo le había causado dolor?

—Estás muy callado —comentó Edie mientras se apartaba.

—¿Ah, sí?

Estiró la pierna, la movió un poco para liberarse de la tensión muscular, la dobló otra vez para que Edie pudiera comenzar con el tercer estiramiento del cuádriceps y alargó la mano hacia el reloj.

—Sí.

Edie se inclinó hacia él con una mano presionada contra su espalda, otra alrededor de sus gemelos y su pecho contra su... ¡Dios santo! Tenía que dejar de pensar en aquellas cosas.

—¿Te ocurre algo? —preguntó Edie—. ¿Te está doliendo mucho hoy?

—No precisamente —Stuart parpadeó e intentó fijar su atención en el reloj que tenía en la mano, pero cada segundo que pasaba le parecía una hora—. No tengo muchas ganas de hablar.

Y, tras pronunciar aquellas pesarosas palabras, se preguntó si habría encontrado ya la manera correcta de proceder.

Sabía que, cuando la había besado o le había tomado la mano, ella había encontrado placer en ambos gestos. Pero había apartado la mano inmediatamente, demasiado mediatizada por sus aprensiones como para permitirse disfrutar de aquel placer. Las palabras eran mucho menos amenazadoras y podían ser igualmente seductoras. Y no se refería a halagos o bonitos cumplidos, sino a algo completamente distinto.

—Treinta segundos —le dijo y, cuando Edie se apartó, dejó el reloj a un lado y se dio la vuelta—. No estoy hablando mucho porque las cosas que estoy pensando ahora son cosas de las que no estoy seguro que pueda hablar contigo.

Se interrumpió, la recorrió con la mirada y la vio tensarse y apoyar las manos en el suelo, como si pretendiera levantarse. La gacela a punto de huir.

—Por ejemplo —musitó—, estoy pensando en lo mucho que me gusta que vistas de blanco.

—¡Ah!

Fue un sonido de sorpresa, mezclado quizá con una nota de alivio. Se llevó la mano al alto y ondulado cuello del vestido, el mismo vestido que llevaba en la terraza.

—La modista me dijo que me sienta bien este color. Que realza mi piel y mi pelo.

—Y yo diría que es cierto, pero no es esa la única razón por la que me gusta.

Stuart se sentó y ella se tensó. Alzó las rodillas como si fuera a levantarse, pero se limitó a reclinarse hacia atrás para apoyar el peso sobre sus brazos y volvió a relajarse, sentándose sobre los talones. Stuart esperó y, al cabo de unos segundos, a Edie le pudo la curiosidad.

—¿Entonces el blanco es tu color favorito?

—En realidad, no. Mi color favorito siempre ha sido el azul. Pero ahora también me gusta el blanco. Me gusta desde que hace cinco años estuvimos sentados juntos en la terraza.

Edie se movió inquieta, alimentando las esperanzas de Stuart al hacerlo.

—Te gusta recordar ese día.

—Es el día que más me gusta recordar. Llevabas un vestido blanco, y me gustó el vestido porque conjuró imágenes deliciosas en mi mente. Imágenes de tu cuerpo desnudo en mi cama. Como muy bien sabes, las sábanas son blancas.

El color encendió las mejillas de Edie. Tensó las manos alrededor del cuello del vestido y frotó con el pulgar el camafeo azul que llevaba colgado al cuello.

—No deberías decir esas cosas —susurró Edie—. Es indecoroso.

—Es honesto.

—Me resulta muy violento.

—Sí, lo sé —se sentó, pero no la tocó—. No obstante, me

temo que eso no es suficiente para disuadirme, Edie. Porque, cuando digo cosas de ese tipo, tengo la esperanza de que te excites, y yo quiero que estés excitada.

El color rosado que teñía las mejillas de Edie se hizo más intenso, haciéndole pensar a Stuart que podía estar funcionando. Edie entreabrió los labios, pero no dijo nada, y Stuart decidió aprovechar su silencio.

—Te imaginé en medio de las sábanas, con el tu pelo cobrizo alrededor de los hombros y esa sonrisa tan maravillosa, y me quedé sin aliento. Y miré después esas preciosas pecas doradas... —se interrumpió para rozarla apenas con las yemas de los dedos la nariz y el cuello.

—No te burles de mis pecas —le pidió Edie con la voz atragantada, y le apartó la mano.

—No me estoy burlando. Las miré, y me pregunté si cubrirían todo tu cuerpo, y comencé a calcular cuánto tardaría en besarlas todas. Es un tema en el que pensaba en muchas ocasiones cuando estaba lejos.

Edie permanecía en completo silencio, pero su respiración se había acelerado y Stuart dedujo que, por lo menos, había dado con algo que podía acercar lo suficiente a la gacela como para atraparla.

—Y el otro día, cuando apareciste a la terraza con esto —señaló los pliegues de la falda extendidos alrededor de Edie sobre la alfombra—, tenías el sol detrás, y me gustó distinguir la silueta de tu cuerpo bajo la tela. Era una línea casi imperceptible, se adivinaba la curva de tus caderas y tus larguísimas piernas, pero fue más que suficiente para poner mi imaginación a trabajar —se interrumpió. Tampoco su respiración parecía demasiado firme mientras la miraba a los ojos—. ¿Ves? Por eso me gusta que te vistas de blanco.

—¡Dios mío! —Edie desvió la mirada y se llevó la mano a la garganta—. ¡Si llevaba tres combinaciones!

Stuart comprendió que estaba excitada por las cosas que

le había dicho, pero también intensamente avergonzada, y decidió que era preferible replegarse. En la danza del cortejo siempre había habido avances y retrocesos.

—Sí, bueno, los hombres tenemos mucha imaginación —respondió Stuart a modo de broma—. ¿Por qué crees que nos gusta ver a las mujeres jugar al tenis?

Edie soltó un sonido atragantado, una risa ahogada.

—¡Oh, Dios mío! Si las damas descubrieran ese secreto, me temo que ninguna de nosotras se atrevería a vestir de blanco fuera de casa.

—Espero que no me traiciones, Edie, o sería objeto del resentimiento de todo el género masculino. No me afectaría por supuesto, porque, en mi caso, el daño ya está hecho. Esas imágenes de tus piernas largas y adorables están grabadas en mi cerebro y no puedo deshacerme de ellas —y, sin más miró el reloj—. ¡Ah! Veo que han pasado ya mis dos horas. Será mejor que nos cambiemos o llegaremos tarde a la cena y Wellesley se pondrá a cacarear como una gallina.

Stuart se agarró a los pies de la cama, se levantó y le tendió la mano para ayudarla a incorporarse. Cuando Edie se levantó, Stuart retuvo su mano en la suya durante el tiempo suficiente como para darle un beso rápido, pero la soltó rápidamente, decidiendo que era mejor no tentar a la suerte. La anticipación formaba parte de aquel juego y, como le había dicho a Edie el día anterior, estaba jugando a ganar.

CAPÍTULO 15

Cuando estaban solo Edie, Joanna y la señora Simmons en la residencia, la cena en Highclyffe normalmente consistía en unos cinco platos sencillos, a no ser que Edie tuviera invitados a los que agasajar. Sin embargo, desde que Stuart había regresado, la señora Bigelow y Wellesley habían estado presionándola para que se prepararan menús más elaborados. Como había estado preocupada por otros asuntos desde la llegada de su marido, Edie no había tenido tiempo de atender aquella cuestión. Pero aquella noche, aparentemente, la cocinera y el mayordomo habían decidido tomar cartas en el asunto.

Canapés, sopa, pescado, costillas de cordero y fuentes de champiñones iban y venían y, cuando el mayordomo llegó con un redondo de ternera y una fuente de patatas gratinadas, Edie se vio obligada a indagar sobre aquel cambio.

—Dios mío, la señora Bigelow está siendo bastante ambiciosa esta noche, Wellesley. ¿Cuántos platos ha preparado?

—Diez, Su Excelencia.

—¿Diez platos para cuatro personas?

—La señora Bigelow considera, y yo estoy de acuerdo con ella, Su Excelencia, que el retorno de Su Excelencia el duque requería al menos de un redondo de ternera, algo de caza, un segundo plato de verduras, un postre más elaborado y un queso fuerte, además de los platos habituales.

—Ya veo —miró a su marido a través de la mesa y él se limitó a sonreírle apenas—. Está muy lejos de mi intención cuestionar lo que el duque necesita para su sustento —musitó, pero, en el momento en el que Wellesley llegó con otra botella de vino, miró a Stuart—. ¿Has pedido tú toda esa comida?

—¿Y usurpar tus obligaciones a la hora de seleccionar el menú, duquesa? Jamás. Pero no me quejo. Después de haber pasado años alimentándome principalmente con latas y comida envasada, una comida de diez platos es algo digno de mención.

—Bueno, espero que la señora Bigelow encuentre un buen uso para las sobras. Diez platos nada menos.

—Creo que nunca hemos disfrutado de una comida de diez platos —dijo Joanna maravillada—. Por lo menos para nosotras solas. ¡Es maravilloso!

A pesar de su entusiasmo, para cuando llegó el postre, Joanna ya estaba bostezando, como consecuencia de aquella copiosa y sabrosa comida, y Edie decidió que ya era suficiente. Apenas acababan de retirar los platos cuando se levantó.

—Creo que nos retiraremos y dejaremos a Stuart disfrutando del oporto y el puro.

Stuart rechazó el seguir aquella costumbre varonil de tomar un licor en el comedor con una risa.

—No, Edie, volver a la civilización está muy bien, pero me retiraré contigo y tomaré el oporto en el salón. No fumo y no tengo ganas de quedarme aquí, bebiendo solo en mi ducal esplendor. Wellesley. ¿te importaría pedirle a la señora Bigelow que enviara la fruta al salón junto con el oporto?

Si Edie le hubiera dado una orden tan poco ortodoxa a Wellesley, lo menos que habría hecho este habría sido arquear una ceja con un gesto de desaprobación. Pero, en el caso de Stuart, se limitó a inclinar la cabeza y musitar:

—Por supuesto, Su Excelencia —y salió del comedor para seguir sus instrucciones, seguido por el lacayo.

Edie soltó un sonido de exasperación.

—De verdad, lo de ese hombre es increíble —le susurró a Stuart mientras se dirigían hacia el salón—. Nunca cuestiona nada de lo que dices —añadió en tono acusador.

—Por supuesto que no, Edie, yo soy el duque.

A Edie se le ocurrió pensar entonces que, si alguna vez perdía la cabeza y decidía vivir con su marido para siempre, la cuestión de Wellesley podría llegar a convertirse en una situación exasperante.

—Y yo soy la duquesa. Pero, en el caso de Wellesley, eso no parece tener el menor efecto.

Stuart se limitó a echarse a reír.

—Al final, siempre consigues que se hagan las cosas que tú quieres.

—Pero siempre librando una batalla.

—Eso es solo porque eres norteamericana. Desgraciadamente, Wellesley es un esnob del más alto grado.

—Si estuviéramos en los Estados Unidos, le habría despedido hace años.

—Pero no estás en los Estados Unidos, así que no puedes. Wellesley es tan parte de Highclyffe como estas paredes.

—Un hecho que parece producirte un enorme deleite —observó Edie al ver su expresión de júbilo.

—Se parece un poco a lo del vicario, querida —la contradijo Stuart con expresión traviesa y una sonrisa—. Así es como tienen que ser las cosas.

Se detuvo fuera del salón y se volvió hacia Joanna y la señora Simmons.

—¿Echamos una partida de whist, señoras? Somos cuatro.

Joanna sacudió al cabeza con un enorme bostezo.

—Estoy cansadísima. Creo que me voy a ir a la cama. Buenas noches a todo el mundo.

—Y yo creo que te acompañaré, Joanna —se sumó la señora Simmons. Se volvió hacia Stuart e inclinó la cabeza—. Buenas noches, Su Excelencia.

Edie sintió una punzada de desesperación.

—Sabes que no tienes que marcharte solo porque se vaya Joanna —le aseguró a la institutriz—. Puedes quedarte si así lo deseas. Estoy segura de que a Su Excelencia no le importará. Si somos tres, podemos jugar al piquet.

La señora Simmons no mostró ningún deseo de colaborar con aquel plan.

—Gracias, pero creo que este sería un momento excelente para escribir algunas cartas. Llevo mucho retraso en mi correspondencia últimamente y me temo que, debido a ello, mi familia está empezando a sentirse abandonada, de modo que si no le importa...

Edie se plantó una sonrisa en la cara y reprimió el desesperado impulso de señalar que tenía pluma y papel en el salón.

—Por supuesto, buenas noches.

—Buenas noches, Su Excelencia.

Con la marcha de su hermana y de la institutriz, Edie se sintió repentinamente insegura, en parte, por culpa de las ardientes confesiones que le había hecho Stuart horas antes en el dormitorio. Incluso en aquel momento, al pensar en ello, sintió el rubor cubriendo su rostro.

—Creo que yo también voy a acostarme. Son las once.

—¿Por qué no te quedas un rato conmigo? Podemos hablar, o leer —señaló la mesa de juegos que tenía al lado—. O podríamos jugar a algo.

—Eso depende —contestó Edie con ironía— de la clase de juego que tengas en mente. ¿Has organizado todo esto a propósito? ¿Joanna y la señora Simmons se han ido para dejarnos a solas?

—Te doy mi palabra de que no ha sido así. Si prefieres irte a la cama, no te presionaré. Pero me gustaría que te quedaras.

Edie tomó aire.

—¿Pretendes hacer algún acercamiento íntimo?

—Bueno, me gustaría —admitió, dirigiéndole una provocadora sonrisa—. Pero solo si me das oportunidad.

—No te la daré.

—Entonces no tienes nada de lo que preocuparte, ¿verdad? —se acercó a la mesa de juegos y abrió un cajón—. ¿Quieres jugar a las cartas? —preguntó, alzando la baraja—. ¿Al backgammon? ¿Al ajedrez?

Edie pensó en el juego en el que tenía más probabilidades de ganar.

—Al ajedrez.

La mueca de Stuart le pareció tranquilizadora.

—De acuerdo —contestó Stuart mientras guardaba la baraja de nuevo en el cajón y lo cerraba—. Pero me dijiste que juegas muy bien, así que a lo mejor no represento un desafío suficiente para ti. No juego al ajedrez muy a menudo.

—En ese caso, mejor para mí —respondió Edie, y se sentó en la silla que Stuart había sacado para ella.

Stuart se sentó frente a ella en aquella minúscula mesa y abrieron los cajones para sacar las piezas de ajedrez y colocarlas sobre el tablero. Pero, cuando Edie comenzó a ordenar las piezas blancas delante de ella, Stuart la detuvo.

—No, no. Antes tenemos que elegir el color —tomó un peón de cada color y los escondió en la espalda.

—Un caballero normalmente deja que empiece la dama —le recordó Edie.

—Normalmente —contestó Stuart, tendiéndole los dos puños cerrados—. Pero no creo que necesites esa clase de ventaja.

—No la necesito —le aseguró ella, y señaló una de las manos. Pero, cuando Stuart abrió la mano y le mostró un peón blanco, no pudo evitar una sonrisa—. Aun así, me alegro de poder empezar yo de todas formas.

—Hum. Joanna me advirtió que eres implacable en el juego —dijo mientras colocaban las piezas—. También me dijo que nunca le dejas ganar, ni siquiera le dejabas cuando era pequeña.

—Y tampoco voy a dejarte ganar a ti porque seas un hombre —le advirtió, e hizo el primer movimiento, deslizando un peón hacia la reina.

—Espero que no —Stuart sacó otro de los peones—, porque, si gano, pienso reclamarte un beso y, siendo un hombre de honor, no podré reclamarlo si no lo gano honestamente.

Sus palabras y la grave intensidad de su voz le hicieron alzar la mirada. Y, al hacerlo, supo que Stuart estaba hablando en serio. Stuart bajó la mirada hacia su boca y Edie sintió que comenzaban a cosquillearle los labios. Tembló por dentro. Intentó pensar en una respuesta inteligente, pero no se le ocurrió ninguna.

Gracias a Dios, Wellesley eligió aquel momento para entrar en el salón, ahorrándole la necesidad de contestar.

—Su oporto, Su Excelencia —anunció mientras entraba en la habitación con la bandeja—, y la fruta.

—Excelente —Stuart señaló con la cabeza una mesa cercana—. Déjala allí, pero, después, acerca la mesa. Y sírvenos un oporto a cada uno, a no ser que la duquesa prefiera otra cosa.

—No, no, un oporto me parece estupendo. Gracias, Wellesley.

El mayordomo sirvió dos copas, aunque Edie sospechaba que se moría de ganas de señalar que aquella bebida estaba reservada para los caballeros y se suponía que las damas debían beber jerez o vino de Madeira.

—¿No necesita nada más, Su Excelencia?

—No, gracias Wellesley —contestó, y volvió a concentrarse en el tablero—. Puedes marcharte. Si necesitamos cualquier cosa, te llamaremos.

—Sí, Su Excelencia —inclinó la cabeza y comenzó a caminar para marcharse.

—Y cierra la puerta —le pidió Stuart justo en el momento en el que estaba llegando a ella.

—¿Era necesario? —preguntó Edie en el instante en el que el mayordomo obedeció y oyó cerrarse la puerta tras él.

—He pensado que era preferible tener cierta privacidad.

Edie movió el caballo.

—Querrás decir que tienes la esperanza de que necesitemos cierta privacidad.

Stuart sonrió sin el menor arrepentimiento.

—Bueno, sí, eso también. Pero tú podrías haber protestado.

Aquella, comprendió Edie disgustada, era una verdad irrefutable. Inventó precipitadamente una razón para su aquiescencia.

—No sé lo que pretendes decir o hacer. Quizá pretendas tomarme la mano otra vez o... o cualquier otra cosa. Así que es preferible que no anden por aquí los sirvientes. Podría resultarles embarazoso un despliegue de ese tipo.

—¡Ah, ya entiendo! Estás preocupada por los sirvientes —movió otro peón—. Me alegro de saber que puedo disfrutar contigo en privado sin miedo a que pueda resultarte embarazoso.

—¡No, no puedes! —gritó, reparando cuando ya era demasiado tarde en la sonrisa que bailaba en las comisuras de sus labios—. No es eso lo que pretendía decir y lo sabes. Deja de burlarte de mí.

—Pero, Edie, esto es importante. No sé qué tipo de avances serían bienvenidos y cuáles rechazados, así que intento tantear mis posibilidades en cuanto tengo una oportunidad.

—No sé por qué, cuando sabes que pienso rechazar todos ellos.

—¡Ah! ¿Pero los vas a rechazar? Sé que no te soy indiferente o, en caso contrario, le habrías pedido a Wellesley que dejara la puerta abierta. Y esta misma mañana has reconocido que la idea de que esté con otra mujer te pone celosa.

¡Oh, Dios! Tenía que sacar aquel tema. Edie clavó la mirada en el tablero, sintiéndose arder de vergüenza. Ya era demasiado tarde para retirar aquella humillante admisión, pero no pudo evitar corregirle.

—He dicho que me pondría un poco celosa.

—Es cierto.

—Y, en cualquier caso, esa me parece una prueba muy débil.

—Posiblemente, pero sé lo que pasó entre nosotros en esa terraza cinco años atrás, y sé también lo que sentiste entonces porque lo vi en tu rostro.

—Tienes una vívida imaginación.

—Sí, bueno —Stuart sonrió de oreja a oreja—. Creo que esta tarde ya lo he admitido.

Edie se removió incómoda. Sintió un calor más intenso incluso ante la mención de la conversación que habían mantenido.

—Pero —añadió Stuart— no necesito de mi imaginación para saber cuándo una mujer es verdaderamente indiferente a mí y cuándo no.

Edie quería mostrar ante Stuart una fachada de indiferencia para que renunciara a conquistarla, pero no era capaz. Stuart continuaba derribando sus defensas como no había sabido hacerlo cinco años atrás y Edie no comprendía por qué. Quería mostrarse fría porque así ambos podrían estar de acuerdo en que la separación era lo mejor para los dos, pero le resultaba difícil mostrar frialdad alguna cuando Stuart le hablaba de lo que imaginaba cuando se ponía un vestido blanco.

—Si quieres que te diga lo que pienso, sabes demasiado sobre mujeres —musitó.

—Tengo ciertos conocimientos —admitió—. Fui un hombre aficionado a las damas en mis años mozos.

Edie no le contó que su amiga Leonie había mencionado todos los corazones rotos que había dejado al marcharse a África por primera vez, ni tampoco le dijo que ella no había tenido ningún problema en creerlo. Aquellos ojos grises resplandecientes de buen humor, la perfecta simetría de su rostro, su radiante sonrisa, la fortaleza de su cuerpo, su rápido ingenio y, sobre todo, aquella instintiva comprensión de lo que sentían las mujeres debían de haber embelesado a muchas damas en lo que él llamaba sus años mozos. Edie volvió a prestar atención al tablero e intentó concentrarse en la partida.

—Desgraciadamente, eso no me ha servido de nada contigo, puesto que me cortas las alas despiadadamente a la menor oportunidad —se lamentó Stuart.

Edie no contestó. Movió el caballo y le comió el alfil.

—Eso demuestra lo que estoy diciendo —susurró Stuart—. Pero yo también puedo ser despiadado —añadió mientras tomaba la torre y sacaba el alfil de Edie del tablero—. Jaque.

Edie bufó enfadada.

—¡Me has dicho que no jugabas bien!

—He dicho que no jugaba muy a menudo, no que no jugaba bien.

Edie esbozó una mueca.

—Si tan bueno eres al ajedrez, ¿por qué has estado intentando distraerme?

—¿Porque es una estrategia fundamental en el ajedrez? —Stuart apoyó el codo en la mesa y la barbilla en la mano—. En serio, no he estado intentando distraerte porque quiera ganarte una partida. Quiero saber algo más sobre ti.

Edie no contestó y su silencio hizo suspirar a Stuart con tristeza.

—De verdad, Edie, eres exasperantemente cautelosa. No quiero limitarme a sentarme aquí para jugar al ajedrez contigo. Quiero saber las cosas que te interesan, las cosas que te gustan y te hacen reír. Quiero... —se interrumpió y esperó hasta que la curiosidad la pudo y alzó la mirada—. Edie, quiero saber qué cosas te causan placer.

Al oír aquellas palabras y mirarle a los ojos, Edie sintió una débil emoción.

—¿Qué te parece si hacemos esto? —Stuart se inclinó hacia delante y le tomó la mano—. Tú me dices lo que te gusta y yo te digo lo que me gusta a mí.

Edie sentía el calor de la mano de Stuart sobre la suya. Pensó en el día anterior, cuando Stuart le había besado la palma, y en aquella tarde, cuando había hablado de lo mucho que le gustaba vestida de blanco, y en la sensación de estar derritiéndose que se había convertido en algo ya familiar durante los días anteriores y comenzaba a apoderarse nuevamente de ella. Pero se recordó a sí misma cuáles eran sus más profundos deseos y qué era lo que estaba en juego, y sofocó aquella emoción.

—Creo que ya tengo una idea bastante precisa de lo que te gustaría —dijo con aspereza, y apartó la mano.

—¿Y qué es, exactamente?

Stuart esperó, observándola al tiempo que arqueaba las cejas con expresión interrogante como si no supiera perfectamente a qué se refería cuando ambos lo sabían. Como si de verdad esperara que contestara. Como si pudiera ofrecerle descripciones precisas de lo que era el deseo masculino.

Edie se sonrojó y desvió la mirada.

—No deberíamos hablar de estas cosas.

—¿Por qué no? Cualquier matrimonio que merezca ese nombre tiene que ser sincero, así que no nos andemos con rodeos sobre el punto al que quieres llegar. Dilo abiertamente. ¿Qué crees que me gustaría?

Un destello de lo ocurrido en Saratoga cruzó la mente de Edie, pero, en vez de apartarlo como hacía normalmente, lo utilizó como escudo.

—Te gustaría —dijo con voz dura—, fornicar conmigo.

Hubo un momento de silencio antes de que Stuart contestara.

—Cuando estés hablando de él —respondió Stuart con idéntica dureza—, mírame. Mírame a los ojos. De esa manera, empezarás a reconocer la diferencia.

Edie se enderezó en la silla y volvió la cabeza para mirarle abiertamente. Y vio el enfado centelleando en las plateadas profundidades de sus ojos.

—¿Me equivoco entonces?

—Sí, te equivocas. En realidad, te equivocas completamente. No quiero fornicar contigo. Quiero hacer el amor contigo.

Se interrumpió. El enfado que habitaba sus ojos se desvaneció y dio paso a algo diferente, a algo mucho más cálido.

—Hay todo un mundo de diferencias entre las dos cosas, Edie, y ese es el dilema al que yo me enfrento. ¿Cómo hacerte comprender la diferencia?

Edie le miró con impotencia; el escudo comenzó a quebrarse.

—No lo sé, Stuart.

—Sé que tienes miedo. Sé lo que has sufrido —se interrumpió, cerró el puño y se lo llevó a la boca, como si estuviera intentando controlarse—. Me gustaría borrarlo si pudiera —dijo al cabo de un momento—, pero no puedo. Así que lo único que puedo hacer es encontrar formas de hacerte sentir la otra cara de las relaciones, una cara que es buena, amable y bella. Eso es lo que quiero.

Edie sintió renacer su esperanza, una pequeña chispa en medio de una larga y fría oscuridad. Alargó la mano hacia el oporto y bebió un buen trago.

—Quieres algo que no puedo darte.

—No creo, pero entiendo que tú lo veas de otra manera. Admito —añadió al ver que ella no contestaba— que deseo besarte, tocarte y hacer el amor contigo. Por supuesto que sí. Quiero complacerte. Sé que no crees que pueda encontrarse placer en el acto amoroso, pero lo hay, Edie. Un placer muy, muy dulce. Quiero que lo disfrutes conmigo. Lo deseo más que nada en el mundo.

Su voz baja y vibrante despertó sentimientos en Edie que ella ni siquiera sabía que existían. Lenguas de calor se arremolinaron en su vientre y cerró los dedos con fuerza alrededor del peón mientras intentaba extinguirlas.

—Hoy te estás mostrando muy apasionado. Primero me hablas de cómo me sienta el color blanco y ahora esto. ¿Pretendes hacer el amor conmigo a través de las palabras?

—Hasta que no pueda hacerlo con mi cuerpo, sí. ¿Qué otra opción me queda?

Stuart parecía tener un talento especial para hacer preguntas para las que Edie no tenía respuesta.

—Lo cual nos lleva de nuevo a lo de antes —continuó Stuart con ligereza—, al mismo punto en el que estábamos, a hablar de lo que te gusta a ti y de lo que me gusta a mí y a intentar encontrar un terreno común —tomó un melocotón del cuenco de la mesita del té que les habían acercado a la mesa de juego y alargó la mano hacia el cuchillo de la fruta—. Por ejemplo, a mí me gusta el melocotón, ¿y a ti?

Era una pregunta completamente inocua y, aun así, Edie sintió una extraña reluctancia a la hora de contestar porque tenía la sensación de que Stuart estaba planteando un juego cuyas reglas desconocía.

—Creo que ya sabes que me gusta el melocotón —contestó por fin, mirándole con recelo—. Probablemente has hablado con la señora Bigelow en la cocina, o se lo has preguntado a Reeves o a Joanna. Y por eso Wellesley ha traído melocotones esta noche en vez de arándanos o frambuesa.

Stuart sonrió.

—Ya te advertí que les involucraría en mis planes nefandos. Pero eso no cambia el hecho de que a mí también me encantan los melocotones —apoyó los codos en la mesa de juego, hundió el cuchillo en la fruta y cortó un pedazo—. ¿Quieres un poco?

En cualquier otro contexto, Edie habría tomado aquellas palabras literalmente, pero la expresión traviesa de Stuart la hizo recelar. Aun así, sentía curiosidad. Y, al final, le pudo la curiosidad.

—De acuerdo —contestó, y alargó la mano—, sí.

Pero Stuart no le tendió el melocotón. En cambio, cambió el cuchillo de mano para dejarlo en su izquierda, junto al melocotón, alzó la porción de fruta con la derecha y se la acercó a los labios.

Edie bajó la mirada hacia el pedazo de melocotón que tenía ante ella y después la alzó de nuevo hacia Stuart.

—No soy una niña. No necesito que me den de comer —intentó arrebatarle el pedazo, pero él apartó la mano.

—Pero a mí me gustaría darte de comer —replicó Stuart—. ¿Qué te parecería?

—Una tontería.

—¿No te gustaría?

—¿Por qué iba a gustarme?

Stuart se echó a reír y Edie no tenía la menor idea de por qué se estaba riendo.

—Son muchas las cosas que desconoces, Edie. Estoy deseando disponer de toda una vida para poder enseñarte toda clase de juegos eróticos.

Edie no se molestó en señalar que no tenía intención de quedarse toda una vida a su lado, ni para que le enseñara juegos eróticos ni para ninguna otra cosa. Sabía que discutir con él sobre el tema era una pérdida de tiempo, de modo que se limitó a contestar con un indiferente resoplido.

—Es un pedazo de fruta. No sé qué puede haber de erótico en él.

—Solo hay una manera de averiguarlo —una vez más, le tendió el trozo de fruta y, en aquella ocasión, Edie abrió la boca.

La fruta se deslizó entre sus labios, resbaladiza, húmeda y dulce. Masticó y tragó mientras Stuart bajaba la mano para hundir de nuevo el cuchillo en el melocotón. En aquella ocasión, Stuart no le ofreció el pedazo, sino que le tendió el melocotón para que fuera ella la que lo agarrara.

—Cuidado —le advirtió mientras Edie alargaba la mano para despegar el pedazo de melocotón del cuchillo.

Edie prestó atención a su consejo mientras separaba el pedazo de fruta, pero, cuando estaba a punto de comérselo, Stuart la detuvo:

—¿No piensas compartirlo?

Edie se interrumpió con el pedazo de melocotón a medio camino de la boca y, cuando sus miradas se encontraron sobre la mesa, comprendió lo que Stuart estaba intentando decirle. Se puso tan nerviosa que el estómago le dio un vuelco. Lentamente, sintiéndose terriblemente cohibida, acercó la fruta a la boca de Stuart.

Este la comió de sus dedos y después preparó otro pedazo para ella. Pero en aquella ocasión, permitió que sus dedos se posaran durante unos instantes en sus labios. El corazón de Edie dejó de latir durante unos segundos, pero volvió a hacerlo en cuanto Stuart apartó la mano.

Stuart la observaba con una ligera sonrisa y Edie se sintió obligada a decir algo.

—Esto me recuerda a cuando era niña y estaba aprendiendo a patinar sobre hielo —soltó.

Stuart frunció el ceño con aquella divertida expresión de perplejidad que Edie recordaba del baile de los Hanford.

—No sé si soy capaz de encontrar alguna similitud —contestó mientras hundía de nuevo el cuchillo en la fruta y después se la tendía.

Edie tomó el pedazo de melocotón.

—Me hace sentirme exactamente igual.

—¿Ah, sí? ¿Y cómo te hace sentirte?

—Nerviosa —admitió—. Emocionada —se interrumpió para buscar adjetivos más precisos—, y feliz —susurró.

Aquello le complació. Esbozó una ligera sonrisa que marcó las arrugas de alrededor de sus ojos.

—Estupendo.

—Y —añadió Edie mientras llevaba el trozo de fruta a los labios de Stuart— también tengo la seguridad de que me caeré y me haré daño.

—No te dejaré caer —tomó la fruta con los labios y le succionó suavemente los dedos.

El placer fluyó a través de Edie como una ola ardiente y oscura. Fue una sensación tan intensa que soltó una exclamación, impactada. Se echó bruscamente hacia atrás y se levantó, tirando la silla en el proceso.

Stuart se levantó inmediatamente y dejó a un lado el cuchillo y la fruta.

—Edie...

—Es tarde —le interrumpió ella, desesperada por acabar con aquel juego que Stuart había comenzado y maldiciéndose a sí misma por haber querido aprender qué podía haber de erótico en una fruta.

—Mi gacela huye corriendo otra vez —musitó Stuart. Comenzó a rodear la mesa—. Edie, cuéntame lo que te pasa.

—Nada —mintió Edie, anhelando encontrar la calma en medio de aquel tumulto de sentimientos.

—Te tiemblan las manos.

—¿De verdad? —giró avergonzada y alargó la mano hacia una servilleta—. Dios mío.

—No pretendía asustarte, y tampoco ofenderte.

—No lo has hecho.

Estaba aterrorizada, pero no por Stuart, sino por lo que la

había hecho sentir. Era algo salvaje, aterrador, demencial, y no lo comprendía. Jamás en su vida había sentido nada parecido.

—Siento comportarme como un conejo asustado. Es solo que no...no estoy acostumbrada a que me toquen... ni a que me besen la mano —aunque lo que había hecho Stuart no era exactamente besarle la mano—. No me gusta que me toquen.

—Ayer te toqué —le recordó Stuart suavemente—. Y te besé la mano, ¿recuerdas?

¿Cómo iba a poder olvidarlo? Aquel beso continuaba presionando la palma de su mano como si la hubiera marcado con hierro. Sin mirar a Stuart, metió la esquina de la servilleta en el cuenco del agua y se limpió los restos pegajosos de zumo de melocotón que le habían quedado en la barbilla y en los dedos, pero se temía que no iba a ser tan fácil eliminar el recuerdo de sus caricias.

—Me ha sorprendido, eso es todo. No esperaba...

—¿Qué? —la urgió Stuart cuando se quedó callada—. ¿No esperabas que te excitara?

Edie cambió el peso de su cuerpo de un pie a otro. Estaba sofocada, incómoda, y tensaba los dedos con fuerza alrededor de la servilleta.

—No, pero apuesto a que tú sabías lo que iba a pasar —farfulló.

—Sentir deseo no tiene nada de malo, Edie.

¿Era deseo lo que había sentido? Edie dejó la servilleta y prefirió no hacer la pregunta.

—Lo siento —dijo en cambio—, pero me temo que tendremos que terminar el juego en otro momento. Me voy a la cama.

—Por supuesto —alargó la mano hacia su bastón—. Te acompaño.

—No, por favor, no te molestes.

—No es ninguna molestia —respondió, acercándose a la puerta—. Al fin y al cabo, nuestras habitaciones no están en los extremos opuestos de la casa. Están la una al lado de la otra. Y tienes razón, es tarde. Será mejor que nos acostemos.

Se detuvieron al lado de la puerta cerrada y Edie alargó la mano para abrirla, pero Stuart la detuvo cuando estaba agarrando ya el pomo.

—Hablando de lo tarde que es —susurró—. ¿Qué posibilidades hay de que el portero se haya quedado dormido? ¿Quieres que lo comprobemos?

Abrió la puerta sigilosamente y se asomó por la ranura. Después, miró a Edie y asintió.

—Realmente, duquesa, sorprende tamaña laxitud entre los miembros del servicio —susurró en tono de desaprobación—. Wellesley se horrorizaría si lo supiera.

Edie estaba comenzando a comprender la faceta más bromista de Stuart. Cuando se sentía incómoda o avergonzada, él a menudo bromeaba o se burlaba sin mala intención de ella. Era una técnica efectiva, no le quedó más remedio que admitirlo, porque pudo sentir cómo iban cediendo sus recelos.

—Bueno, no se lo digas a Wellesley —susurró en respuesta—. Probablemente, el pobre chico está agotado. Son más de las doce.

—¿Delatarle delante de Wellesley? Jamás se me ocurriría. Tiene una opinión demasiado alta de sí mismo como para hacer algo así. Aun así, no podemos pasar de puntillas delante de él y dejar que las criadas le encuentren en ese estado por la mañana.

Y, sin más, abrió la puerta y la volvió a cerrar, haciendo un ruido enorme en el proceso.

El mozo se levantó de la silla de un salto, parpadeó somnoliento e intentó disimular.

—Su Excelencia...

Edie apretó los labios con fuerza. Si sonreía en un momento como aquel, podría avergonzar al chico y traicionarse. Agachó la cabeza y cruzó la puerta sin mirarle.

—Nos vamos a acostar, Jimmy —le dijo Stuart mientras la seguía hacia las escaleras—. Apaga las luces del salón, ¿quieres?

—Sí, Su Excelencia.

—Veo que conoces los nombres de los criados —comentó Edie mientras comenzaban a subir al segundo piso—. Supongo que ahora ya tienes de tu lado hasta a los porteros y las criadas de la cocina.

—Sally, la fregona, me sugirió que visitara a la señora McGillicuddy.

—¿A la bruja del pueblo? ¿Y para qué?

—Para que me diera una poción amorosa, por supuesto. Y te hiciera estar más receptiva a mí.

—Encantador —Edie gimió—. ¿Así que todo el servicio cree que eres un pobre marido rechazado y yo una esposa implacable?

—No, creen que me está costando conquistarte porque he estado fuera mucho tiempo.

Edie pensó que probablemente estaba edulcorando un poco las cosas, pero no insistió en ello mientras se dirigían hacia sus habitaciones. Una vez en la puerta de su dormitorio, se volvió para desearle a Stuart buenas noches, pero él habló antes de que lo hiciera ella.

—¿Qué planes emocionantes nos tienes preparados para mañana?

—Me alegro de que lo menciones. Me gustaría llevar a Joanna de picnic al estuario. Le gusta pintar allí y, probablemente, no tenga muchas más oportunidades de hacerlo antes de que... —Edie se interrumpió, intentando ignorar una ligera punzada de tristeza en el corazón—, antes de que nos vayamos.

—Edie, incluso en el caso de que te fueras, algo que todavía no estoy dispuesto a aceptar, tanto tú como Joanna seréis siempre bienvenidas en esta casa. Es posible que Joanna termine yendo a Willowbank. Es un buen colegio. Y tú podrías vivir... —se interrumpió para tomar aire— podrías vivir en Londres y traerla aquí a pasar las vacaciones.

El dolor que Edie sentía en el pecho se hizo más profundo.

—No creo que sea una buena idea, Stuart. Sería muy duro para ella y my doloroso para mí.

—¿Sería doloroso? ¿Entonces por qué marcharte?

—¿No crees que lo que ha ocurrido esta noche explica por qué?

—No. Lo que creo es lo que lo que ha pasado esta noche demuestra que eres una mujer vibrante y capaz de sentir pasiones profundas a pesar de lo que te ocurrió. También eres mi esposa, y siempre lo serás. Eso es algo que ni siquiera una separación legal puede cambiar. Suceda lo que suceda entre nosotros, eres libre de venir a Highclyffe en cualquier momento que lo desees. Esta es tu casa y, por lo que a mí respecta, siempre lo será.

Edie prefirió no señalar que para ella sería imposible ir y venir de un lugar al que tanto quería cuando ya no formara parte de él.

—Sí, bueno —contestó, desesperada por cambiar de tema—. Mañana pasaremos todo el día en Wash, así que me temo que no podremos dar nuestro paseo por el jardín. Para cuando terminemos de cenar, ya será de noche y, estando en luna nueva, habrá tan poca luz que no podremos salir a pasear. Pero, aun así, podremos hacer los ejercicios después de la cena. ¿Te parece bien?

—Eso depende. ¿Estoy invitado al picnic?

—Por supuesto. He pensado que mis dos horas podrían formar parte de él.

—Sí, pero esas dos horas son obligatorias. Lo que quiero

saber es si de verdad quieres que vaya. ¿Te apetece que os acompañe?

Edie se encogió de hombros, intentando restarle importancia.

—Podría ser agradable. A Joanna le caes muy bien, y tienes un gusto excelente para las cestas de picnic.

—En ese caso, acepto la invitación. Y como tienes tanta fe en mi talento, organizaré el menú con la señora Bigelow.

Sonrió y recorrió el rostro de Edie con la mirada. Después, levantó la mano como si quisiera acariciarla, pero la dejó caer.

Edie respiró hondo.

—De acuerdo, entonces. Te veré mañana. Saldremos a las nueve en punto.

—No te vayas todavía. Quédate un poco más —al ver que Edie vacilaba, volvió a hablar—. Esconderé las manos detrás de la espalda, te lo prometo.

Dejó el bastón y colocó las manos tras la espalda, pero, al hacer aquel movimiento, se acercó todavía más a Edie.

—Como esta noche hemos estado hablando de lo que nos gusta y de lo que no nos gusta, hay una cosa más que me gustaría decirte antes de que nos separemos.

El corazón de Edie latía violentamente contra sus costillas. Cerró la mano alrededor del pomo de la puerta con tanta fuerza que le dolió, pero no la abrió para huir al interior de la habitación.

—¿Y qué es?

—Me gustaría darte un beso de buenas noches.

El corazón comenzó a latirle con más fuerza todavía, y también con más dolor, la expectación se sumaba al miedo, a la sensación de alerta y a todas las emociones que había experimentado aquel día.

—No hemos terminado la partida de ajedrez. No puedes reclamarme un beso por la partida.

Stuart se echó a reír.

—Quizá no. Pero me gustaría besarte de todas maneras —se interrumpió y dijo suavemente—. ¿Te parecería bien?

—No... —se interrumpió cuando estaba a punto de rechazarlo de manera automática, pero comprendió después que no tenía ningún motivo para hacerlo y corrigió su respuesta—. No lo sé.

—¿Quieres que lo averigüemos?

Inclinó la cabeza, acercándose milímetro a milímetro, dándole tiempo para volver el rostro y rechazarle. Pero Edie no se movió. Y tampoco se negó.

—Aunque me beses —susurró en cambio—, este beso no cuenta.

—Lo sé —respondió Stuart, y presionó sus labios.

Edie se quedó paralizada ante aquel contacto, con la espalda apoyada en la puerta. El nudo de miedo que le presionaba el pecho estaba cada vez más tenso. Ardía. Con los ojos completamente abiertos, le vio acercarse, le vio bajar los párpados, bajando al mismo tiempo aquellas pestañas oscuras contra su piel bronceada. Y cuando posó los labios sobre los suyos, inhaló y atrapó la fragancia del jabón de sándalo.

«Stuart», pensó, y el nudo tenso y rígido de su pecho se aflojó ligeramente, como si fuera un puño abriéndose. Aflojó también la mano con la que se aferraba a la puerta y la dejó caer a un lado. El pánico cedió lo suficiente como para que ocupara su lugar una nueva conciencia.

El beso fue sorprendentemente ligero. No hubo fuerza alguna en él, ni presión de ningún tipo, ni demanda. Fue una cálida caricia contra sus labios. Cerró los ojos y todos sus sentidos parecieron activarse. Solo se rozaban sus labios, pero podía sentir el calor de su cuerpo como una huella, como si se estuviera presionando contra ella. Bajo el olor del sándalo, detectó también otras esencias, esencias más terrenales y profundas, exclusivas de Stuart. Oyó el crujido de la seda del vestido y el duro latir de su propio corazón y se movió contra la puerta.

Stuart rozó con la lengua la comisura cerrada de sus labios. Inmediatamente, Edie alzó las manos entre ellos en un acto reflejo. Posó las palmas contra su pecho y le empujó. Stuart se detuvo y retrocedió ligeramente. Edie sintió la suavidad del grueso satén de su chaleco contra sus manos. Bajo ellas, pudo sentir también el pecho de Stuart elevándose y descendiendo al ritmo de su respiración, y también la fuerza de sus músculos.

—Me gustaría besarte otra vez, Edie —dijo, rozándole los labios mientras hablaba—. ¿Te gustaría que lo hiciera?

Edie permaneció en silencio, atrapada entre fuerzas incompatibles entre sí, pero igualmente poderosas. Permaneció allí durante lo que le pareció una eternidad mientras él esperaba sin moverse y ella sentía el calor de su aliento en el rostro. En realidad, no sabía si le gustaría que le diera otro beso, pero sabía que no quería tener miedo de sus besos. Asintió con un tenso y brusco movimiento de cabeza.

Stuart sonrió contra sus labios, inclinó la cabeza y volvió a besarla. El placer vibró por los brazos de Edie, inundándola de calor.

Stuart volvió a acariciar sus labios con la lengua y Edie supo entonces lo que quería. Abrió la boca. Stuart sabía deliciosamente, a melocotón y a oporto y cuando le acarició la lengua con la suya, Edie oyó un gemido escapando de su propia garganta. Un gemido que no era una protesta de ninguna clase y no se parecía a ningún sonido que hubiera emitido nunca.

Stuart se retorció ligeramente en respuesta y, durante un breve instante, se presionó contra ella. Pero, en cuanto Edie se tensó, retrocedió y tomó el labio inferior de Edie entre los suyos. Succionó delicadamente, como si el labio de Edie fuera un dulce. Al hacerlo, evocó en ella la misma sensación que había experimentado cuando le había succionado los dedos: parecía estar tirando de cada parte de su cuerpo, de las piernas, la espalda y el vientre. Gimió de nuevo y, sobrecogida por aquellas sensaciones, se arqueó contra él. Pero entonces, rozó con las caderas la dureza de su excitación y regresó bruscamente a la realidad. Apartó la boca de sus labios y sacudió la cabeza violentamente, al tiempo que se apretaba contra la puerta y le empujaba.

—¡Para! —gimió—. ¡Para, para!

Stuart retrocedió al instante y se separó de ella. Sus respiraciones, aceleradas y ardientes, se fundían en el silencio del pasillo. Los ojos de Stuart adquirieron el color del humo bajo aquella tenue luz y, cuando se enfrentó a ellos, Edie reconoció el deseo en sus profundidades.

Le devolvió la mirada sin decir una sola palabra, con todos los sentidos desbocados. Le cosquilleaban los labios. Sentía alegría, miedo, felicidad y tristeza al mismo tiempo. Y no era capaz de recuperar el ritmo normal de la respiración.

—Buenas noches, Edie —Stuart se inclinó hacia ella, le dio un beso en la frente y se volvió.

Tomó el bastón y comenzó a dirigirse hacia su habitación.

Edie no giró para verle marchar. Se llevó la mano a la boca y cerró los ojos mientras oía sus pasos y el repiqueteo de bastón contra el suelo. Le oyó abrir la puerta, pero, para cuando se volvió para mirarle, ya había desaparecido, cerrándola suavemente tras él.

Edie no entró en el dormitorio. Permaneció en la puerta durante un rato, con la mano contra su boca, preguntándose si se suponía que eran así todos los besos.

CAPÍTULO 16

Si alguien le hubiera preguntado a Stuart a cuántas mujeres había besado a lo largo de su vida, podría haber intentado hacer una estimación, pero lo cierto era que había besado a muchas, de modo que la precisión de tal listado habría sido dudosa. Y, si le hubieran pedido que proporcionara detalles sobre cualquiera de aquellos besos, los habría descrito a todos de la misma manera: como un preludio de cosas mejores.

Sin embargo, besar a Edie había sido algo que recordaría durante el resto de su vida. El primer roce de sus labios, aparentemente tan casto, había hecho palpitar la excitación por todo su cuerpo de forma instantánea. El hecho de tener las manos en la espalda había sido tan condenadamente frustrante, y, al mismo tiempo tan erótico, que le había dejado aturdido. El sabor de Edie, tan dulce, le había hecho pensar que, sin el acompañamiento de sus besos, el sabor del oporto y los melocotones no volvería a ser nunca el mismo.

Era consciente de que no estaba besando a una mujer virgen en un sentido literal, pero sabía que había sido su beso el que había despertado la carnalidad en Edie por primera vez en su vida. Ella, que solo había experimentado su cara más sórdida, estaba comenzando a conocer el lado más placentero del sexo gracias a él. Aquel había sido el objetivo de Stuart durante todo aquel tiempo, y se había convertido en una obsesión desde que estaba enterado de la brutalidad que habían cometido con ella. Pero, en aquel momento, una vez conseguido el objetivo, estaba atónito por las consecuencias. De hecho, estaba tan asombrado como la primera vez que había visto una puesta de sol en África o había observado a una gacela corriendo por la llanura.

Mientras estaba tumbado en la cama con la mirada clavada en el techo después de aquel interludio, recordaba la fragancia de su pelo y su piel con cada respiración. Cada vez que se humedecía los labios, saboreaba el melocotón y el oporto. Cada vez que cerraba los ojos, veía su rostro, sus labios hinchados por los besos y los ojos abiertos por el asombro. Y cada vez que evocaba aquella imagen, se sentía atrapado por ella. Y entonces lo supo. Aquello era lo que había estado intentando mostrarle el destino cinco años atrás.

Él no se esperaba nada parecido. Había vuelto a su hogar pensando únicamente en iniciar una vida en común con la mujer con la que se había casado y, durante el trayecto de regreso al hogar, había albergado la esperanza de que el suyo fuera un matrimonio feliz, con dulces sesiones amorosas y los niños que habitualmente llegaban tras ellas. Pero aquello había trascendido todas sus expectativas. Obviamente, se había sentido salvajemente atraído por ella desde el primer momento, sobre eso no había ninguna duda, pero no le habían permitido profundizar en aquella atracción y había pasado casi media década sin conocer realmente lo que se estaba perdiendo. Después de aquel beso lo sabía y era tan devastador que aquella noche no consiguió dormir.

A la mañana siguiente, su mente había grabado cada exquisito detalle de lo ocurrido en su memoria, su cuerpo ardía de deseo insatisfecho y comenzaba a temer incluso que su corazón pudiera estar en peligro.

No estaba seguro de si los seis días que quedaban le llevarían al infierno o al paraíso, pero tenía la sensación de que podría alcanzar ambos antes de que todo aquello hubiera terminado.

Tal y como Edie había dejado establecido, al día siguiente fueron al estuario y Stuart se alegró de que les acompañaran Joanna y la señora Simmons, porque necesitaba desesperadamente su presencia para recuperar el equilibrio.

Toda una ironía. Tanto Edie como él habían asumido que Joanna le serviría a la primera para protegerse contra él, y no al contrario. Pero Stuart sabía que un beso no bastaba para que Edie cayera rendida en sus brazos, ni mucho menos. E, incluso en el caso de que aquel feliz acontecimiento tuviera lugar en el curso de los cinco días que restaban, su deseo por Edie continuaría insatisfecho durante mucho más tiempo. Stuart era consciente de que necesitaba de toda la capacidad de control que pudiera reunir. Y nada como la presencia de una jovencita de quince años y su institutriz para hacer que un hombre recordara cómo debía comportarse.

Colocaron las mantas y un toldo en una agradable pradera situada a lo largo del acantilado, sobre la orilla, y Stuart también lo agradeció. Estando al aire libre, quedaba poco espacio para los besos robados. Aunque nadie podía verles desde la playa, los montículos de hierba que les rodeaban apenas les protegían de las miradas de cualquiera que bajara hasta la orilla desde los campos o el pueblo. Aquellas tierras pertenecían a los Margrave, pero los habitantes de la localidad podían acercarse libremente a pescar, bañarse o montar en barca y, aunque a Stuart no le importaba que le vieran besar a su esposa en sus propias tierras, sospechaba que Edie jamás estaría suficientemente relajada en una situación como aquella como para darle siquiera la posibilidad de intentarlo.

Aun así, si creía que iba a poder pasar todo un día con ella sin que se viera comprometida su resolución, estaba equivocado. Acababan de almorzar y Joanna, que había pasado la mayor parte de la mañana pintando, decidió que quería pasar la tarde haciendo algo diferente.

—Quiero bajar a la orilla a buscar caracolas —anunció—. ¿Vamos?

—¿Podríamos ir, por favor? —la corrigieron la señora Simmons y Edie al unísono, haciendo que Joanna soltara un muy sufrido suspiro.

—En ese caso, ¿podríamos ir, por favor? —preguntó y, cuando Edie asintió, Joanna se levantó y se volvió hacia Stuart—. Stuart, tú también vendrás, ¿no?

Pero Stuart negó con la cabeza.

—Me temo que no, cariño. Me resulta muy difícil caminar por la arena.

—¡Oh, lo siento! —le dirigió una sonrisa de disculpa—. Lo había olvidado. Bueno, si no puedes venir, Edie tendrá que quedarse a hacerte compañía.

Stuart estuvo a punto de sonreír cuando Joanna le guiñó el ojo con un gesto de conspiración, pero no estaba seguro de que apreciara en aquel momento su ayuda. Al fin y al cabo, estaba intentando resistirse a la tentación. Aun así, seguramente Edie decidiría acompañar a su hermana, de modo que suponía que no iba a tener que luchar contra ella.

Sin embargo, su esposa le sorprendió al responder:

—Tienes razón, Joanna, creo que me quedaré con Stuart. Señora Simmons, ¿puede acompañarla? Y llevarse a Snuffles también —añadió.

—Por supuesto —contestó la institutriz, y comenzó a moverse con intención de levantarse.

Stuart dejó la copa de vino en la bandeja que tenía al lado y se levantó para ayudar a la institutriz. Esperó hasta que la señora Simmons, Joanna y el perro desaparecieron tras uno de los montículos de hierba que se alineaban en la orilla para sentarse de nuevo frente a su esposa.

—Bueno, aquí estamos —se reclinó hacia atrás, apoyando el peso en los brazos, y miró exageradamente a su alrededor—, completamente solos.

Edie bebió un sorbo de vino. Por debajo del ala de su sombrero de paja, miró hacia Edward, que permanecía cerca de ellos con sus manos enguantadas en blanco y presto a obedecer, y después por detrás de él, donde descansaba Roberts en el landó.

—Pero si no estamos solos.

En aquel momento, Stuart demostró su completa falta de voluntad en lo referente a su esposa.

—¿Edward? —llamó, sin apartar la mirada de Edie.

El lacayo se acercó inmediatamente a él.

—¿Su Excelencia?

—¿Por qué no te vas a dar un paseo con Roberts? —sugirió, sonriendo al ver una sombra rosada tiñendo las mejillas de Edie—. Tómate una hora, no, mejor dos, y disfruta un poco del campo. Hace un día estupendo y son pocas las oportunidades que tenéis de disfrutar de una tarde libre.

—Sí, Su Excelencia. Gracias, Su Excelencia.

Edie se movió inquieta mientras observaba al lacayo y al conductor bajar hacia la playa y desaparecer de su vista.

—No hacía falta que les pidieras que se marcharan. No pretendía insinuar nada quedándome aquí contigo Sencillamente, he pensado que podríamos hablar un poco, eso es todo.

—Sí, bueno, ya sabes que soy un tipo bastante optimista.

Se acercó un par de centímetros a ella, rozando con la pierna izquierda la de Edie. Al hacer aquel movimiento, levantó la falda verde sauce de Edie y aunque no reveló nada a su mirada, salvo algunos centímetros del botín, aquello no impidió que su mente conjugara la imagen de los bonitos tobillos que se ocultaban bajo el cuero beige.

—Esperaba algo más que conversación.

Edie bajó la mirada hacia la copa de vino que tenía en la mano.

—Presumes demasiado.

—He dicho que esperaba algo más, Edie —contestó con delicadeza—, no presumo que vaya a conseguirlo.

—Aun así, estás muy seguro de ti mismo en lo que se refiere a las mujeres.

Stuart no pudo evitar una carcajada.

—¿Qué es lo que te parece tan gracioso?

—Contigo nunca estoy seguro de nada —confesó—. ¡Oh! Me atrevería a decir que lo disimulo bastante bien. Al fin y al cabo, todo hombre tiene su orgullo. Pero contigo nunca me he sentido seguro, sobre todo, después de que me destrozaras en el baile de los Hanford y me dijeras que no me encontrabas en absoluto atractivo. Ya lo tienes —añadió con expresión irónica mientras alargaba la mano hacia la copa y bebía un sorbo de vino—. ¿Eso te hace sentirte mejor?

—Pues la verdad es que no. Porque, incluso en el caso de que te creyera, cosa que no hago, aun así irías muy por delante de mí. Yo no tengo ninguna experiencia con los hombres. Por lo menos —continuó con una mueca—, no tengo buenas experiencias.

Stuart tragó saliva al recordarlo, pero Edie volvió a hablar antes de que él hubiera podido contestar.

—No pretendía sacar ese tema —dijo con un suspiro—. Lo que quiero decir es que no siento que estemos al mismo nivel.

—Porque no lo estamos —Stuart se sentó, dejó la copa a un lado y extendió los brazos—. Estoy completamente a tu merced.

—¿Ves? Eso es justo lo que quiero decir —musitó—. Tú siempre eres capaz de decir cosas encantadoras.

—Solo las digo si son ciertas, Edie.

Edie desvió la mirada y sacudió la cabeza.

—Eso que acabas de decir es absurdo. No entiendo de qué manera puedes estar a mi merced.

Stuart habría estado encantado de explicárselo con todo lujo de detalles, pero Edie le miró y volvió a hablar antes de que tuviera oportunidad de hacerlo.

—Stuart, ¿puedo preguntarte algo?

La repentina intensidad de su voz le sorprendió.

—Por supuesto —contestó, incapaz de imaginar lo que le iba a preguntar.

Tratándose de Edie, podía esperar cualquier cosa.

—¿Estuviste...? —se interrumpió y bebió un sorbo de vino, como si lo necesitara para poder continuar—. ¿Estuviste con muchas mujeres cuando estabas en África?

Aquella nueva aparición de los celos le hizo sonreír. Como Stuart le había dicho la noche anterior, si estaba celosa era porque no le era indiferente y eso suponía una gran diferencia.

Comprendió la razón de su sonrisa al instante, alzó la barbilla y volvió a desviar la mirada.

—No importa —se contestó ella misma—. No es asunto mío.

—Claro que es asunto mío. Eres mi esposa.

—Aun así, llegamos a un acuerdo sobre tu posible relación con otras mujeres —bebió otro sorbo de vino, dejó la copa a un lado y comenzó a sacudirse la arena de la falda—, así que, en realidad, no tengo ningún derecho a hacer esa pregunta.

Stuart la vio inclinar la cabeza y la diversión desapareció al pensar en la pregunta y comprender lo que debía responder.

—Tienes derecho a preguntarme lo que quieras, en el momento que te apetezca y sobre cualquier tema. Yo te contestaré. Es posible que no siempre te guste la respuesta, pero siempre te diré la verdad. Si de verdad quieres que conteste a esa pregunta, lo haré.

Stuart esperó y, al cabo de unos segundos, la curiosidad la impulsó a preguntar en un susurro:

—¿Estuviste con otras mujeres?

—No, Edie. No estuve con otras mujeres en África. Eso no quiere decir que haya sido célibe —añadió inmediatamente para dejar las cosas claras—. No lo he sido. He estado con otras mujeres, sí, pero no en África. Y la razón es que... —se interrumpió al sentirse de pronto terriblemente avergonzado, pero había prometido decir la verdad— allí la sífilis es una enfermedad muy común. No quería contagiarme.

El rubor cubrió las mejillas de Edie.

—¡Ah!

—Normalmente, me resultaba fácil evitar la compañía femenina, pero, cuando la situación comenzaba a ser desesperada, viajaba París.

—¿Entonces tenías una amante en París? —se encogió tímidamente de hombros, como si no le importara, pero Stuart sabía que sí tenía importancia para ella.

—No, Edie, no tuve amantes ni nada parecido. Solo estuve con cortesanas y ninguna significó nada para mí. Era solo una necesidad básica, una liberación física...

Se interrumpió y esbozó una mueca. Aquella conversación le estaba resultando cada vez más violenta.

Edie se mordió el labio y permaneció en silencio durante algunos segundos. Stuart no tenía la menor idea de lo que estaba pensando.

—Me parece un viaje muy largo solo para estar con una cortesana.

Stuart tomó aire y le explicó el motivo.

—Si un hombre busca ese tipo de cosas, París es el lugar ideal. Es fácil encontrar preservativos y mujeres que están... —se interrumpió de nuevo y, en aquella ocasión, fue a él al que le tocó desviar la mirada—. ¡Dios mío! —musitó. Se frotó la cara y forzó una risa—. Esta no es la clase de conversación que se mantiene normalmente con una esposa.

—No, supongo que no.

Stuart decidió desviar la conversación hacia aspectos de París de los que le resultara más fácil hablar.

—Pero no iba a París solo por las mujeres. También tenía amigos allí. Trubridge vivía allí por aquel entonces, compartía casa con Jack Featherstone. Ambos son buenos amigos míos desde la época de Eton. Salíamos de juerga, bebíamos y, sí, nos divertíamos con mujeres —se interrumpió y añadió—: Es posible que no te creas lo que te voy a decir, pero, cada vez que iba a París, pensaba en regresar a casa. Pero, estando las cosas como estaban, no le veía sentido.

—No —se mostró de acuerdo Edie—, no habría tenido ningún sentido. Y gracias por ser sincero conmigo en lo de las otras mujeres. Soy consciente de que es un tema difícil.

Stuart se sintió obligado a aligerar la gravedad de la conversación.

—Sí, bueno, a este paso, terminarás preguntándome qué es un preservativo y me pondrás en un auténtico aprieto.

—¡Dios mío, no! —hizo un gesto con la mano, negando aquella posibilidad—. Ya sé lo que es un preservativo.

—¿De verdad? —aquello le pilló desprevenido—. Caramba, Edie, ni siquiera sabías lo que era una lesbiana hasta que yo te lo dije, ¿cómo demonios sabes lo que es un preservativo?

—Soy una mujer casada, Stuart. Las mujeres casadas hablan de esas cosas.

—Ya entiendo.

—Mis amigas me explicaron todo sobre los preservativos hace siglos. Un par de ellas incluso me sugirieron que podría llegar a necesitarlos y se ofrecieron a conseguírmelos. Estando tú fuera y todas esas cosas, pensaron que podría necesitar compañía masculina.

—¿De verdad? —Stuart comenzó a sentirse un poco molesto—. ¿Y quiénes eran esas amigas? No sé si deberías relacionarte con ellas, Edie. ¿Y tenían pensado algunos hombres en concreto para que te hicieran compañía?

Stuart percibió el deje malhumorado de su propia voz. Edie también lo notó y se precipitó a señalarlo.

—Ahora eres tú el que está celoso.

—No es verdad —negó Stuart inmediatamente.

—¡Claro que sí! —Edie rio asombrada—. Estás celoso.

—De acuerdo, sí, un poco. Ya está —añadió mientras Edie volvía a reír—. ¿Satisfecha? ¿Sientes que me has hecho beber de mi propia medicina? ¿Que ya estamos empatados?

—Si —confesó Edie con una sonrisa radiante que a Stuart le encantó—. Desde luego.

—Bueno, pues ahora que he contestado a tus preguntas, hay algo que quiero que sepas —se acercó a ella en la manta y la sonrisa de Edie desapareció, pero Stuart decidió que el sacrificio merecía la pena cuando se acercó lo suficiente como para rozarle la cadera con la rodilla y su cuerpo comenzó a arder—. Quiero saber si esas amigas te hablaron de las cosas realmente importantes. Como de lo placentero que puede llegar a ser hacer el amor si se hace con propiedad.

El sonrojo de Edie se intensificó. Bajó la mirada, aparentemente, demasiado avergonzada como para sostenérsela. Sin embargo, para sorpresa de Stuart, contestó a la pregunta.

—Por su forma de hablar, comprendí que era algo agradable.

—¿Agradable? —repitió Stuart con incredulidad—. ¿Eso es lo único que te dijeron?

—La mayoría parecía pensar que era algo muy agradable.

—Más o menos, como una bolsa de agua caliente en los pies —reflexionó Stuart.

Edie no pareció percibir su sarcasmo.

—Algunas decían que era algo muy divertido. Yo no comprendía cómo era posible, pero jamás dije nada.

—¿Y ahora? Después de lo de anoche, ¿crees que podrías llegar a comprender su punto de vista?

—¿Lo de anoche? —musitó, intentando fingir que no sabía a qué se refería. Pero no se atrevía a mirarle y aparentó un inusitado interés por quitarse las briznas de hierba de la falda—. ¿Ocurrió algo especial anoche?

—¿Y dices que tú no sabes flirtear? Edie, ahora mismo lo estás haciendo —dobló la rodilla, frotándole deliberadamente la cadera, saboreando el despertar de su propio deseo y sabiendo que estaba jugando con fuego—. Sigue hablándome de lo que te contaron tus amigas sobre hacer el amor, porque me niego a creer que se limitaran a describirlo como algo agradable y placentero —se inclinó hasta tocar con la frente el ala del sombrero—. ¿Te contaron lo maravilloso que es ser besada y acariciada?

Solo era visible la parte inferior del rostro de Edie, de modo que no podía verle los ojos, pero sí vio sus labios entreabiertos y temblando ligeramente, y ya no necesitó más aliento. Continuó presionando, bromeando con ella y torturándose.

—¿Te contaron que tienes la capacidad de llevar a un hombre al éxtasis o de hundirle en la desesperación? ¿Que puedes transformarle en un mendigo o hacerle sentir como un rey? —agachó la cabeza bajo el sombrero de Edie para poder mirarla a los ojos—. Edie, si quisieras, podrías hacerme tú eso a mí. Por eso estoy a tu merced.

Oyó que contenía la respiración. Su rostro mostraba el recelo al que Stuart estaba acostumbrado, pero, junto a él, había algo más, algo que no había visto jamás. Una incipiente conciencia, quizá, de su propio poder.

—Bueno, ahora ya está hecho —se relajó contra ella y le rozó la cadera con la muñeca al hundir los dedos en la hierba que había al borde de la manta—. Me temo que, a partir de ahora, seré como masilla entre tus dedos.

El deseo que había intentando mantener bajo control durante todo el día comenzaba a superarle, era un deseo espeso y ardiente, pero ya no hizo nada para detenerlo. Sabía que tenía que besarla otra vez. Allí, en ese preciso instante. Se inclinó hacia ella.

—¡Edie!

Aquel grito les hizo volver la cabeza a los dos y vieron a Joanna subir acercándose por un montículo de hierba y arena con un pedazo de madera retorcida dejado en la arena por la marea.

—¡Mira lo que he encontrado! ¿No crees que sería genial para un bodegón?

Stuart gimió y se tumbó de espaldas.

—Al colegio, Edie —musitó—. Esta niña necesita ir al colegio.

Para cuando terminaron de recoger las cosas y regresaron a Highclyffe, ya estaba oscureciendo. Joanna no paró de hablar durante el trayecto, algo que Edie agradeció, porque no estaba en condiciones de mantener una conversación normal. En su interior se agolpaban todo tipo de sentimientos confusos y contradictorios.

Sentía miedo, por supuesto. El miedo siempre la acompañaba; era algo que había aceptado y con lo que había aprendido a vivir desde hacía mucho tiempo. Pero, junto a él, comenzaban a aflorar otras emociones, emociones que pugnaban por salir a la luz. Sentimientos como la excitación, el deseo, el anhelo y la esperanza. El dolor y la inseguridad. Sentimientos que la hacían percibir el miedo como algo cómodo, como un par de zapatos de cuero viejos o unos guantes perfectamente adaptados. Por lo menos, el miedo le resultaba familiar.

Podía sentir a Stuart observándola, mirándola de reojo, pero, afortunadamente no hizo ninguna pregunta sobre su pensativo silencio. No habló con ella, de hecho, excepto para preguntarle educadamente si estaba cómoda o no y si prefería ir en la parte superior del landó en vez de en la de abajo. Salvo por ello, estuvo hablando principalmente con Joanna, bromeando a costa del enorme pedazo de madera que ocupaba la mayor parte del suelo del landó y alabando sin recato las dos acuarelas que había pintado de la costa aquella mañana.

Cuando llegaron a casa, ya era casi de noche. Enviaron a Snuffles abajo para que le dieran un baño y todo el mundo se dirigió a sus habitaciones para cambiarse para la cena. Pero, si Edie pensó en algún momento que el dormitorio le proporcionaría refugio, estaba equivocada. Mientras permanecía frente al espejo de cuerpo entero y Reeves le ataba el corsé, las palabras que Stuart había pronunciado horas antes volvieron a ella.

«Puedes transformarle en un mendigo o hacerle sentirse como un rey».

No lo entendía. Lo intentó mientras estudiaba su reflejo en el espejo, pero sabía que el suyo no era un rostro que fuera a provocar una guerra o derribar un reino. Edie solo pudo concluir que o bien solo estaba intentando halagarla, o bien Stuart estaba ciego. Porque lo único que ella veía cuando se miraba al espejo era una mujer sin ningún atractivo, con un mata de pelo rizado y cobrizo, una mandíbula fuerte y un cutis pálido salpicado de pecas.

«Las miré, y me pregunté si cubrirían todo tu cuerpo, y comencé a calcular cuánto tardaría en besarlas todas».

Edie se llevó la mano al esternón y acaricio los delicados puntos dorados.

«Necesitarías mucho tiempo, Stuart», pensó, «y serían muchos besos».Y le bastó pensarlo para que el calor comenzara a extenderse por todo su cuerpo.

Su cuerpo. Bueno, aquella era una cuestión completamente distinta, ¿verdad? Edie suspiró, y el fogonazo de deseo murió al despertar a la cruda realidad. En la mujer que reflejaba el espejo vio a la joven que sobrepasaba en altura a sus parejas de baile, la joven que había sufrido las burlas más crueles por sus pecas y sus dientes y que tenía uno de los traseros menos impresionantes de Nueva York.

«Se adivinaba la curva de tus caderas y tus larguísimas piernas».

Quizá, pensó Edie con tristeza, tuviera unas piernas bonitas. Pero aquello no era suficiente para llevar a un hombre al éxtasis o hundirle en la desesperación. ¿Qué veía Stuart en ella que ella no era capaz de ver?

No estaba segura de que quisiera saberlo.

Era una pregunta, pensó con dolor, bastante parecida a la que se había hecho después de lo ocurrido en Saratoga. ¿Qué tenía ella para que Frederick Van Hausen se hubiera transformado de caballero en animal? ¿Qué le había llevado a empujarla sobre un tablón de madera astillada, rasgarle las bragas y cubrir su cuerpo con el suyo, colocándose encima de ella con tanta fuerza que ni siquiera podía respirar y...?

Su brusca aspiración hizo que Reeves se detuviera y dejara de atarle el corsé.

—¿Está demasiado tenso, Su Excelencia?

Edie fingió una sonrisa.

—Quizá un poco —mintió.

—Lo siento, Su Excelencia. Es que para el vestido de noche necesito apretarlo un poco más.

Terminó de atar el corsé a la altura del coxis de Edie y de meter los cordones, la ayudó después a ponerse el cubrecorsé y las enaguas y se volvió después hacia la cama, en la que había dejado el vestido rosa pálido de tarde que Edie había llevado durante el día.

—Voy a buscar un vestido de noche. ¿Pero está segura? —

añadió, y se detuvo con el vestido de seda rosa pálido en el brazo—. No suele ponerse vestidos de noche en casa.

—Esta noche lo prefiero —no dio explicaciones.

Las duquesas no tenían que darlas nunca. Excepto, quizá, al duque.

Reeves asintió, parecía complacida.

—¿Y qué vestido traigo? El de seda azul real siempre queda precioso. ¿O quizá el verde Nilo? ¿O el morado?

—No —Edie sacudió la cabeza, rechazando aquellas opciones—. Trae el marrón.

—¡Oh, no, Su Excelencia! —gimió Reeves—. El marrón, no.

Edie se volvió sorprendida, porque la doncella era siempre muy y correcta y jamás había cometido la impertinencia de contradecirla.

—Reeves, ¿qué te ocurre?

La doncella se sonrojó inmediatamente y la miró contrita.

—Le suplico que me perdone, Su Excelencia, es solo que el marrón... —se interrumpió, suspiró y tragó saliva— es un poco severo. Demasiado sobrio.

—Sí, exactamente —Edie asintió, porque con un estilo sobrio y severo se sentía mucho más segura—. Quizá algunos lo describirían como sin gracia.

—¿No preferiría algo más bonito? El azul real queda perfecto con su pelo. Y el escote es más pronunciado.

Edie hizo una mueca de pesar mientras miraba su reflejo.

—Como si eso pudiera tener alguna importancia en mi caso.

—Podemos añadir un poco de relleno —Reeves miró el reloj—. Tenemos tiempo de sobra.

Edie desvió la mirada de su propio reflejo hacia el de la doncella.

—¿Y por qué iba a querer hacer algo así? —preguntó en un tono que a ella misma le pareció repentinamente crispado.

—Bueno… —Reeves se interrumpió—. Es solo que, el duque está de nuevo en casa —dijo al cabo de un momento—. Estoy segura de que le gustaría disfrutar de una vista atractiva en el otro extremo de la mesa después de haber estado en un mundo salvaje durante tanto tiempo y…. y… —estudió el rostro de Edie, suspiró y renunció—. Voy a buscar el vestido marrón.

Reeves desapareció en el vestidor y Edie volvió a mirar su reflejo en el espejo.

—Relleno, nada menos —musitó para sí. Alisó el cubrecorsé por encima de su poco pronunciado pecho—. No he vuelto a ponerme relleno desde que tenía dieciocho años.

La joven que era antes del desgraciado incidente de Saratoga estaba encantada de ponerse relleno y cualquier otra cosa que pudiera mejorar su imagen bajo la ropa. Se frotaba las mejillas y la boca con zumo de cereza y se atrevía a soñar que cierto caballero del otro extremo de Madison Avenue podría enamorarse de ella. Pero aquel suceso había destrozado todos aquellos sueños románticos, había sofocado la pasión antes incluso de que hubiera tenido oportunidad de descubrir lo que era.

Ya era demasiado tarde, ¿o no?

Edie se mordió el labio y fijó la mirada en su reflejo al tiempo que recordaba el rostro de Stuart, sus ojos desafiándola a descubrir el placer de ser besada y acariciada.

¿Qué quería, exactamente?

Aquella habría sido una pregunta fácil de contestar una semana atrás. Entonces habría contestado que quería lo que tenía, que su vida era perfecta. Jamás se habría atrevido a preguntarse si se estaba perdiendo algo.

Podía oír la voz de Stuart asegurándole que era una mujer apasionada. ¿De verdad lo era?

Desde luego, se sentía removida por dentro desde que Stuart había regresado. Si la pasión era estar en un estado permanente de agonizante inseguridad, si era estar atrapada entre la emoción y el miedo, entonces Stuart tenía razón. Si la pasión era alegría y puro terror, y ser presa de pensamientos confusos, suponía que era una mujer apasionada. Si Stuart había sido capaz de hacer semejantes estragos en ella en solo una semana, ¿qué sucedería si le concedía toda una vida?

Pensó en el rostro de Stuart, más serio en aquel momento que cuando lo había visto por primera vez en el salón de baile, un poco más maduro, ligeramente agobiado por las preocupaciones, pero, aun así, tan devastadoramente atractivo, con aquellos ojos como la plata ahumada. Era un hombre que, como él mismo había admitido, había conocido muchas mujeres, sabía por qué los melocotones podían ser una fruta erótica y qué palabras decir para hacer que el corazón de una joven sin experiencia se retorciera en el interior de su pecho. ¿Cuántos corazones se habrían retorcido como el suyo? Probablemente, demasiados como para llevar la cuenta.

Por supuesto, estaban casados, ¿pero eso qué significaba? ¿Podía un hombre como Stuart atarse a una mujer como ella? ¿De verdad podía quererla, amarla y serle fiel?

¡Dios mío!, pensó sobrecogida. Estaba acumulando expectativas románticas a más velocidad que una jovencita de dieciocho años.

¿Era eso lo que quería? ¿Sentirse como se había sentido entonces? ¿Volver a ser la que era antes de lo de Saratoga? ¿Borrar aquel suceso como si nunca hubiera ocurrido? ¿Sería posible?

Desolada, Edie se llevó las manos a sus sonrojadas mejillas. ¿Dónde estaba aquella duquesa segura de sí misma que había llevado cinco propiedades por sus propios medios, había criado a una hermana pequeña, había dirigido doce importantes organizaciones benéficas y había organizado algunas de las tardes más populares en su casa durante la temporada de Londres? Había llegado a creer que se había convertido en una mujer segura de sí misma e independiente, pero comprendió de pronto que lo único que había hecho había sido refugiarse en un rincón seguro, en el que nadie podía cuestionar su seguridad, poner a prueba su confianza o desafiar su independencia.

No había habido ningún hombre que la subyugara, la degradara o la forzara. Eso era cierto.

Pero tampoco ningún hombre que la besara con una ternura que hiciera volar su corazón.

Edie se llevó la mano a los labios y fijó la mirada en su reflejo. Todavía necesitaba tomar una decisión sobre lo que iba a hacer durante el resto de su vida. Siempre y cuando no le besara, tenía cinco días antes de llegar a tomarla. Y, mientras tanto, a lo mejor lo único que tenía que hacer era... disfrutar siendo una mujer. Y dejar que fuera él el que la besara.

Llegó en aquel momento la doncella desde el vestidor y Edie se volvió.

—He cambiado de opinión, trae el azul.

Reeves, aquella mujer madura y de semblante serio, la doncella perfecta para una dama, dio un salto de alegría y sonrió como una niña.

—¿Puedo arreglarle el pelo con las pinzas? Así podría eliminar el encrespamiento dejado por la brisa.

—¡Oh, muy bien! —respondió Edie mientras la doncella desaparecía en el vestidor—. ¡Pero no pienso ponerme relleno!

Edie volvió a fijar la mirada en el espejo y se apartó algunos rizos encrespados de la frente.

—No hace falta llevar las cosas tan lejos.

CAPÍTULO 17

Cuando Edie bajó, Stuart era el único que estaba en el salón. Estaba saboreando una copa de jerez y analizando las acuarelas que había pintado Joanna durante la mañana, dispuestas sobre la mesa de al lado del piano.

Alzó la mirada al oírla entrar y sonrió inmediatamente.

—¡Qué guapa estás!

Edie se detuvo en la puerta y agachó la cabeza, sintiéndose repentinamente cohibida.

—Ha sido cosa de Reeves —dijo, y jugueteó nerviosa con la falda brillante del vestido azul—. Al parecer, piensa que un duque que vuelve a casa desde las entrañas de la salvaje África se merece disfrutar de la visión de una esposa atractiva al otro lado de la mesa.

Stuart soltó una carcajada.

—Y yo lo comparto de todo corazón. Deberíamos subirle el sueldo a esa mujer.

A Edie se le ocurrió entonces algo y alzó la mirada con recelo.

—No se lo habrás sugerido tú, ¿verdad?

—¿El qué? ¿Que te pusieras un vestido bonito con un escote deliciosamente bajo? —sonrió—. No, pero, ¡qué diantre!, me gustaría haberlo hecho. Aunque, pensándolo bien —añadió, inclinando la cabeza para estudiarla mientras Edie cruzaba la habitación para acercarse a él—, quizá no. Me temo que ese escote va a resultar demasiado provocador para mi paz mental.

—Si Reeves se hubiera salido con la suya, estarías en lo cierto —le miró con ironía mientras se detenía a su lado—. Ha sugerido que debería ponerme relleno.

—¿Ah, sí? —Stuart bebió un sorbo de jerez y se volvió hacia ella—. ¿Para qué?

—Para excitarte, por supuesto.

Stuart la recorrió de arriba a abajo con la mirada.

—No necesitas ponerte relleno para eso, Edie.

—Bueno, en cualquier caso, yo la he dicho que no, así que ya está —señaló la mesa, decidida a desviar la conversación hacia un tema más seguro que su pecho—. Veo que estás viendo las acuarelas de Joanna.

—Si quieres excitarme, Edie —susurró Stuart—, te puedo enseñar maneras más efectivas de hacerlo que meterte relleno en los senos.

Un cosquilleo de excitación recorrió el cuerpo de Edie: subió por las piernas, continuó a lo largo de la columna vertebral y terminó en la nuca. Fue una sensación intensa. Edie se estremeció por dentro, pero no de miedo. Al contrario, se sentía como si estuvieran revoloteando cientos de mariposas en su estómago. Desesperada, se obligó a decir algo.

—No me gustaría parecer provocativa. Ni alentarte.

Stuart sonrió.

—Ese es mi problema, no el tuyo.

Edie pensó en ello con expresión dubitativa.

—Algunos hombres no estarían de acuerdo con eso.

La sonrisa de Edie desapareció.

—Entonces es que son unos perros despreciables, no son hombres.

Edie le miró a los ojos, vio la ternura que había en ellos y un repentino sollozo de emoción se elevó en su pecho. Lo reprimió. «Qué absurdo», pensó desesperada, «querer llorar en un momento como este».

—Sí —consiguió decir—, lo son.

Stuart tomó aire y señaló la copa que tenía en la mano.

—Estoy tomando un jerez, ¿te apetece uno?

Edie se aferró a aquel cambio de tema y al ofrecimiento de la copa al mismo tiempo, sintiendo la necesidad de ambas cosas.

—Sí, gracias.

Stuart volvió a fijar la atención en las acuarelas mientras le servía el jerez.

—Tu hermana tiene mucho talento —comentó mientras se las enseñaba.

—Sí —Edie tomó la copa que le ofrecía y señaló hacia la pared—. Ya habías visto la acuarela de tu mariposa.

—Sí, por supuesto. Creo que a estas alturas ya me ha enseñado todos sus cuadros. Sería interesante ver cómo va a pintar ese resto de madera que ha traído hoy a casa.

—Seguro que hará algo brillante. Aunque, por supuesto, la que habla es una hermana orgullosa.

—No, creo que hablas como una sagaz crítica de arte.

Ambos se echaron a reír mientras estudiaban las acuarelas.

—Willowbank es una muy buena escuela de arte, Edie —dijo al cabo de un momento—. Sin lugar a dudas, esa es la razón por la que la elegiste. Y creo que Joanna debería ir.

Edie fijó la mirada en las acuarelas, fijándose en las exquisitas líneas de la arena y la hierba y en una perspectiva del cielo que parecía llevar la firma de Joanna.

—Ella no quiere ir.

—Pero tiene que ir. Lo sabes tan bien como yo. Estabas dispuesta a enviarla y soy consciente de que yo soy el motivo de que no lo hayas hecho.

—No, tú solo fuiste la excusa —suspiró—. La verdad es

que, en realidad, nunca he querido enviarla. Lo he retrasado durante demasiado tiempo, lo sé, pero nunca hemos estado separadas, salvo durante el mes posterior a nuestra boda, cuando mi padre se la llevó a París. Y odio la idea de no poder verla. Si le ocurriera algo...

—Estará controlada cada minuto, Edie.

—Lo sé, lo sé. Y tienes razón. El día que llegaste de África, por fin había conseguido reunir el valor que necesitaba para mandarla fuera. Cuando saltó del tren y volvió a casa, sentí un enorme alivio al poder olvidarme de ese asunto y mantenerla conmigo durante algún tiempo más.

—La echarás muchísimo de menos, sin duda alguna, pero para eso están las vacaciones escolares.

Mientras hablaba, Edie se dio cuenta de que lo que yacía bajo sus pocas ganas de enviarla a un internado no solo era el miedo a echar de menos a Joanna y la necesidad de vigilarla. Era también la idea de quedarse sola en Highclyffe la que siempre lo había hecho tan difícil. La ausencia de Joanna habría llevado la soledad a su vida. La soledad de una mujer independiente que dirigía organizaciones benéficas y construía jardines para mantenerse ocupada, que sabía que, a no ser que tuviera invitados, tendría que disfrutar de solitarias comidas en el comedor y de almuerzos campestres sin compañía alguna.

Todo había cambiado, por supuesto. Pasara lo que pasara durante los cinco días siguientes, jamás viviría sola en Highclyffe. Podría vivir sola en cualquier otra parte, pero no allí.

—No sé si quiero que Joanna vaya a Willowbank. No... no sé donde viviré, y quiero estar cerca de ella. Hasta que no se aclaren las cosas entre nosotros, creo que no debería matricularla en ninguna escuela en concreto.

Stuart se quedó un momento en silencio, después asintió y tosió suavemente.

—Sí, por supuesto. Aun así, Willowbank está en Kent, así que... es fácil llegar hasta allí... desde Londres. Y también desde Europa si al final... decides vivir allí.

Hablaba lentamente, sus frecuentes pausas parecían indicar que tenía dificultades para expresarse con palabras. Desvió la mirada.

—Si decidieras volver a Nueva York —continuó diciendo con la voz convertida en un tenso susurro—, sería diferente. Está muy lejos.

La echaría de menos, pensó Edie. Él quería una verdadera esposa, e hijos, por supuesto. También la necesitaba a ella, lo sabía. Pero la idea de que pudiera desear realmente su compañía, de que pudiera echarla de menos si se fuera, fue una repentina y sorprendente revelación.

—No voy a volver nunca Nueva York —soltó de pronto—. Eso fue solo una mentira para despistarte si decidía huir.

—¿Qué? —Stuart volvió la cabeza y se la quedó mirando fijamente, claramente sorprendido—. Una mentira muy convincente —susurró al cabo de un momento, estudiando su rostro—. Compraste los billetes, si no recuerdo mal.

Edie se encogió de hombros.

—Sí, bueno, tenía que ser una mentira convincente. Y yo podía permitírmelo.

—Eres la mujer más increíble que he conocido nunca, Edie. Cada vez que creo conocerte, vuelves a sorprenderme con algo nuevo.

—Estaba aterrada. No sabía lo que pretendías hacer. No sabía si ibas a... a forzarme, a arrastrarme a casa o... —en aquel momento, fue ella la que tuvo dificultades para expresarse. Tomó una profunda bocanada de aire—. Pero jamás volvería a Nueva York. Jamás. No podría. Tendría que ver... ver esa repugnante sonrisa en su rostro...

Se interrumpió bruscamente al ver que Stuart tensaba la boca en una dura y sombría línea.

—Pagará por lo que te hizo, Edie. Te lo prometo, pagará por ello.

Edie sonrió ligeramente.

—Una vez más, es muy caballeroso por tu parte el querer vengarte en mi nombre. Pero ya no importa. El daño ya está hecho. Ya está todo acabado.

—¿De verdad? Podría ser... —se interrumpió de pronto y sacudió la cabeza—. ¿Cómo hemos terminado hablando de un tema tan desagradable? Estábamos hablando de Joanna y de arte —tomó aire—. Como te estaba diciendo, Willowbank está ubicado en un lugar muy conveniente y es el colegio indicado para el talento de tu hermana. Si no pretendes regresar a Nueva York, es la mejor escuela para ella, por lo menos en Inglaterra. Y suceda lo que suceda entre nosotros, no hay ningún motivo por el que no puedas quedarte en Inglaterra. No tienes que huir a Francia o a Italia para escapar de mí.

—Lo sé. Y preferiría quedarme en Inglaterra. Ahora es mi casa. En cuanto a Joanna... —se interrumpió y tomó aire—. Tienes razón, por supuesto. Yo... lo hablaré con ella después de la cena.

Comenzó a dar media vuelta, pero Stuart la detuvo.

—No hables con ella todavía. En vez de ordenarle que se vaya, sería mejor que fuera ella la que deseara ir, ¿no te parece? —sonrió—. De esa forma, evitaremos que salte del tren en el último momento, que se niegue a escribirte o que se dedique a fumar cigarrillos o a causar problemas para que la echen del colegio.

Edie se echó a reír.

—Tienes razón. Oíste toda la conversación que mantuvimos en el andén, lo había olvidado.

—¿Estás de acuerdo?

—Por supuesto, pero se opone completamente a ir. ¿Cómo vas a persuadirla?

—Déjame eso a mí. Empezaré mi campaña durante la cena.

Si Edie tenía alguna duda sobre la capacidad de Stuart para hacer cambiar de opinión a Joanna sobre el colegio, para el final de la cena, las dudas habían desaparecido por completo. Las mujeres, y a esas alturas ya debería saberlo, eran como la cera entre sus manos.

Stuart comenzó hablándole a la señora Simmons del viaje que había hecho a Italia cuando tenía veintiún años. La señora Simmons, una gran amante del arte, también había estado en Italia y, durante los seis primeros platos de la comida, los dos estuvieron hablando de las pinturas exquisitas de la Capilla Sixtina del Vaticano, de los canales de Venecia, del puente Vecchio en Florencia, del palacio Pitti y de la estremecedora belleza del campo en la Toscana. Joanna les escuchó con ávido interés y formuló docenas de preguntas, pero como Willowbank estaba en Kent y no en Italia, Edie no terminaba de entender qué sentido tenía sacar a colación aquel viaje.

Hasta que llegó la hora del postre.

—¡Me encantaría ir a Italia! —Joanna se reclinó en la silla y suspiró con expresión soñadora.

—¿De verdad? —Stuart se volvió hacia ella con aparente sorpresa—. Jamás habría imaginado que querías ir allí, Joanna.

—¿Estás de broma? —la joven le miró como si fuera la persona más estúpida del mundo—. Sería como un sueño hecho realidad. ¡Imagínate los paisajes que podría pintar allí! ¿Cómo has podido pensar que no querría ir a Italia?

—Porque no quieres ir a Willowbank, por supuesto —Stuart se interrumpió y frunció el ceño, como si no lo comprendiera—. Di por sentado que tampoco querrías ir a Italia.

Joanna no fue la única que se mostró desconcertada. La señora Simmons parecía igualmente confundida e incluso

Edie, que estaba al tanto de sus intenciones, estaba perpleja.

—¿Qué tiene que ver Willowbank con Italia? —preguntó Joanna.

—No tiene ninguna importancia, puesto que no piensas ir —Stuart se interrumpió para beber un sorbo de vino—. Pero la señora Calloway está intentando formar un grupo con las alumnas de más talento del segundo curso para organizar un viaje a Italia durante el próximo otoño.

—¿Qué? —Joanna estaba escandalizada.

Y no era la única.

—No sabía nada de ese viaje —dijo Edie, y miró a la señora Simmons—. ¿Y usted?

—Desde luego que no —contestó la institutriz—. La señora Calloway es una gran admiradora de los grandes maestros, por supuesto, y todas las chicas que estudian en Willowbank aprenden sus técnicas, pero no sabía nada de ese viaje.

—Al parecer, lleva años queriendo organizarlo —les explicó Stuart—, pero necesitaban un patrocinador. Se enteró de que había regresado a casa y me escribió preguntándome si estaría dispuesto a serlo yo. Por lo visto, piensa que un duque puede darle cierto prestigio a toda la cuestión y, como Joanna iba a ir al internado, pensó que sería posible llevarlo a cabo. Yo estaré encantado de patrocinar el viaje, por supuesto.

—¡Pero no puedes! —gritó Joanna, haciendo repiquetear el tenedor en el plato—. No puedes patrocinar el viaje de otras chicas a Italia y no el mío.

—¡Joanna! —la reprendió Edie—. No hace falta hacer tanto ruido con el tenedor, y tampoco ser impertinente.

—No te preocupes, Edie —le dijo Stuart—. Supongo que es desolador saber que otras chicas ocuparán su lugar en ese viaje —se volvió hacia Joanna—. Cariño, siento que no vayas a ir, pero no veo ningún motivo para privar a otras jóvenes damas con talento de la oportunidad de pintar el paisaje de la Toscana y estudiar las obras de Miguel Ángel porque tú no quieras hacerlo.

Bebió un sorbo de vino y tomó una cucharada de tarta de arándanos y nata.

—Pero... pero... pero... —Joanna fue perdiendo la voz hasta enmudecer y Edie casi la compadeció.

No había visto a Joanna con tantas ganas de llorar desde que era una niña.

Edie continuó comiendo el postre, pero observaba a Joanna por el rabillo del ojo y, cuando la vio morderse el labio como hacía siempre que se encontraba angustiosamente indecisa, supo que estaba cediendo y no se sorprendió cuando Joanna se volvió hacia ella.

—Edie, ¿es demasiado tarde para que vaya Willowbank?

—No —Edie miró a Stuart, que, sentado enfrente de ella, se reclinó en su asiento y le guiñó el ojo por encima del borde de la copa—. Claro que no es demasiado tarde.

Las azucenas de agosto estaban floreciendo. Edie lo supo porque el fragante aroma de las flores penetró por las puertas francesas del pasillo mientras se dirigía junto a los demás al salón de música después de la cena, y casi se arrepintió de que el día que habían pasado en el estuario la hubiera privado de su habitual paseo vespertino con Stuart. Los jardines olían maravillosamente.

Stuart pareció leerle el pensamiento.

—Una noche adorable —observó—. Perfecta para pasear.

—Sí —se mostró de acuerdo Edie. Le sonrió por encima del hombro mientras cruzaban la puerta del salón de música—. Es una pena que no haya luna llena.

Pero, en el instante en el que entraron en el salón de baile, Edie comprendió que si querían salir a dar un paseo, la luz de la luna no sería necesaria. A través de las puertas francesas, pudo ver faroles, docenas de faroles de luz tintineante alineados a lo largo de la terraza y formando una serpentina que corría por los jardines de debajo. Se detuvo ante la puerta y exclamó maravillada:

—¡Stuart!

Stuart se detuvo tras ella.

—¿Quién necesita una luna llena? —susurró—. Esta mañana, antes de irme, le di instrucciones a Wellesley para que lo preparara. ¿Te gusta?

—¿Que si me gusta? —Edie rio encantada y volvió a mirarle otra vez por encima del hombro—. ¡Es maravilloso!

Stuart no sonrió, pero no hizo falta que lo hiciera para que Edie supiera que le había complacido. Podía verlo en sus ojos.

—¿Qué es lo que te parece maravilloso? —preguntó Joanna tras ellos—. ¿Y por qué estáis bloqueando la puerta?

Edie entró entonces en el salón, permitiendo que Joanna y la señora Simmons vieran también lo que había hecho Stuart. Después, comenzó a salir a la terraza con Stuart a su lado.

—¡Oohh! —exclamó Joanna, siguiéndoles fuera—. Parece un escenario mágico, ¿verdad? Como salido de un cuento de hadas.

—Sí, desde luego —Edie rio otra vez y miró a Stuart—. Al final, vamos a poder salir a dar nuestro paseo.

Stuart señaló los escalones de piedra que descendían desde la terraza.

—¿Vamos, Edie? —preguntó.

Y la delicadeza de la pregunta y la expresión de sus ojos mientras la formulaba hicieron que Edie contuviera la respiración.

—Sí —contestó, y se acercó a él—. Vamos.

—¿Puedo ir yo también? —preguntó Joanna.

—No —contestaron Stuart y Edie al unísono.

Edie sabía que los dos tenían la misma razón para negarse. Dejando a Joanna mirándoles con pesar, comenzaron a bajar hacia aquel camino iluminado por faroles.

—Nos hemos olvidado de Snuffles —observó Stuart cuando entraron en la rosaleda—. Todavía está abajo.

—Por una vez, puede quedarse sin paseo —Edie miró a su alrededor—. Joanna tiene razón. Las luces hacen que parezca un lugar mágico.

—Pobrecilla —la compadeció Stuart, riendo—. ¿Has visto la cara que ha puesto cuando le hemos dicho que no podía venir con nosotros? Parecía un cachorrito herido.

—Pero lo otro ha sido peor —le recordó Edie—, cuando se ha enterado de que no iba a poder ir a Italia porque no estaba en Willowbank. En serio, Stuart —añadió, intentando parecer severa, pero fracasando estrepitosamente—. ¡Decirle que la señora Calloway está pensando en llevar a sus alumnas a Italia! Y no me digas que te ha escrito porque no me lo pienso creer.

—No, no me ha escrito —esbozó una sonrisa ladeada—. Pero no te atrevas a traicionarme.

—No lo haré, ¿pero qué piensas hacer con lo de Italia?

—Es evidente, ¿no? Tendrán que ir.

—¡Y todo eso para convencer a mi hermana de que tiene que ir al colegio! Eres realmente original.

—Pero te gusta, Edie. Admite que te gusta.

—Supongo que sí. A lo mejor, como yo nunca he hecho nada excéntrico, me gusta que lo hagas tú.

Entraron en el Jardín Secreto y Edie descubrió que su descripción de Stuart como una persona excéntrica demostró ser cierta otra vez: habían colocado faroles alrededor de la fuente, dando a la estatua de mármol blanco de las tres Gracias y al agua que de ella manaba un resplandor mágico.

—¿Lo ves? —dijo riendo—. Es justo a esto a lo que me refería. Supongo que le pediste a Wellesley que enviara al lacayo a colocar las luces para que iluminaran perfectamente la fuente.

—Pues sí —se detuvo al lado de la fuente.

Cuando Edie se paró a su lado, Stuart se volvió hacia ella y alargó la mano para tocar el pliegue de la falda, deslizando el azul reluciente de la seda entre sus dedos.

—Me gusta ese vestido. O, mejor dicho, me gustas con ese vestido.

—¿De verdad?

—Sí, de verdad. ¿Te has puesto el vestido azul porque es mi color favorito? Dime que sí —le suplicó con una ligera sonrisa al verla vacilar—. Concédeme eso al menos.

Edie rio.

—De acuerdo, sí —admitió—. Ha sido por eso.

La sonrisa de Stuart se desvaneció y soltó la tela. Alzó la mano hacia la piel que quedaba expuesta sobre el borde del escote, pero no tocó a Edie. Se detuvo con las yemas de los dedos a solo un milímetro de su piel y la miró a los ojos.

—Ahora mismo estoy pensando en lo mucho que deseo acariciarte —se interrumpió—. Si lo hiciera, ¿te parecería bien?

Edie lo pensó en silencio y asintió.

—Sí.

Stuart posó el dedo índice en un lateral de su cuello. Edie tomó aire con fuerza y lo soltó lentamente mientras él deslizaba el dedo por la columna de su cuello. Ella se quedó completamente quieta, pero el corazón comenzó a latirle a toda velocidad antes de que Stuart hubiera llegado siquiera a la clavícula.

Stuart posó la yema de su dedo allí, en la hendidura del centro de la clavícula, y comenzó a moverlo en pequeños círculos alrededor de la base del cuello.

—Yo...

Edie se interrumpió. De repente, se había olvidado por

completo de lo que pretendía decir, porque la delicada y lenta caricia de su dedo estaba expandiendo el calor a lo largo de todo su cuerpo y arrebatándole el ingenio. Sintió que se le debilitaban las rodillas y, cuando Stuart le rodeó la cintura con su brazo libre, lo agradeció, porque de esa forma la ayudaba a mantenerse en pie.

—Voy a besarte.

No preguntó que si le parecía bien. No esperó la respuesta. Se limitó a hacerlo, a capturar sus labios con los suyos en un delicioso beso con los labios entreabiertos. Fue un beso tierno, sí, pero también más profundo, más completo, hubo algo nuevo en él... una urgencia que la pilló por sorpresa.

Pero, aun así, no le detuvo y, cuando tensó el brazo para acercarla a él, cedió sin resistencia. Stuart sintió su rendición y Edie supo que aquello le excitó, porque se retorció suavemente contra ella.

Edie alzó la mano, le rodeó la nuca y hundió los dedos en su pelo. Stuart le acarició la lengua con la suya, dispuesta y ardiente y, durante un instante resplandeciente, aquello fue glorioso.

Stuart emitió un sonido amortiguado y, sin previa advertencia, la agarró por los brazos y la apartó, alejándola de él. Después, dejó caer las manos a ambos lados de su cuerpo.

Se quedaron mirándose fijamente, respirando ambos con dificultad.

—Yo no te he detenido —dijo Edie, jadeante mientras intentaba despejar sus aturdidos sentidos—. ¿Por qué lo has hecho?

—Lo he hecho para protegerme —respondió Stuart con la respiración entrecortada y frotándose la cara con las manos—. Si hubiera seguido durante más tiempo, detenerme habría sido una tortura —se interrumpió y la miró a los ojos—. Pero, incluso así, me habría detenido, Edie. Habría parado.

Edie asintió.

—Te creo.

—Será mejor que volvamos —propuso Stuart, y se inclinó para recuperar el bastón.

Edie advirtió entonces que ni siquiera se había dado cuenta de cuándo lo había soltado.

Ninguno de los dos habló durante el camino de regreso a la casa. Edie no podía, porque estaba demasiado aturdida, demasiado sobrecogida por su propia respuesta como para poder mantener una conversación. Y no podía menos que pensar que Stuart se sentiría igual.

Sabía también que él estaba excitado, lo había sentido cuando había presionado su cuerpo contra el suyo. No era miedo lo que sentía exactamente ante su excitación. Pero no podía imaginar lo que pasaría cuando estuvieran en su dormitorio y le ayudara a hacer los ejercicios. ¿Volvería a besarla?, se preguntó espantada. ¿Cómo no iba a hacerlo? ¿Intentaría hacer el amor con ella? ¿Y qué ocurriría si lo hacía?

Llegaron al dormitorio y abrió la puerta, pero, cuando cruzó el umbral, Stuart no la siguió. Extrañada, Edie se detuvo y se volvió hacia él.

—¿Stuart?

—Creo que será mejor que esta noche nos olvidemos de los ejercicios.

Edie sintió un ligero alivio y, aun así, al mismo tiempo, sintió una punzada de decepción ante la brusquedad con la que iban a poner fin a la velada. Pero hizo un esfuerzo para que su rostro no lo expresara.

—Por supuesto. ¿Estás seguro?

—Sí, estoy seguro. Es tarde y mañana me voy a primera hora de la mañana.

—¿Te vas? —repitió Edie desconcertada.

—Sí, creo que me iré en el tren lechero. Sale bastante temprano.

Edie sacudió la cabeza, estaba perpleja.

—¿Pero adónde vas?

Stuart pareció sorprendido por la pregunta.

—A Kent, por supuesto. Ahora que hemos conseguido convencer a Joanna de que vaya a Willowbank, tengo que adelantarme a ella e ir a ver a la señora Calloway. Tendré que encontrar la manera de convencer a esa buena dama, a la que no he visto en mi vida, de que se lleve a un grupo de colegialas a nuestras expensas y haga creer a las chicas que la idea ha sido suya.

Edie se llevó la mano al cuello, al lugar en el que Stuart la había tocado, y tuvo la plena seguridad de que Stuart no tendría el menor problema a la hora de convencer a la señora Calloway. Ni siquiera una imponente y racional directora de un colegio femenino sería inmune a sus encantos. Desde luego, ella no lo era.

—Estoy segura de que encontrarás la forma de convencerla.

—Eso espero, o tendré serios problemas con Joanna.

—¿Cuándo vuelves?

—Pasado mañana por la tarde, supongo. Me detendré en Londres de camino a Kent. Quiero ver al doctor Cahill y conocer su valoración sobre la evolución de la pierna. Y tengo otros asuntos de los que ocuparme. De modo que me quedaré en el club esa noche e iré temprano a Kent para ver a la señora Calloway. Creo que estaré aquí para la hora del té.

—¿Entonces quieres que espere a tu vuelta antes de enviar a Joanna al colegio?

—Sí, me gustaría poder despedirme de ella antes de que se vaya, si te parece bien.

—Por supuesto —Edie se interrumpió y se aclaró la garganta—. Bueno, buenas noches, entonces.

Stuart sonrió ligeramente y se acercó a ella, bajando los párpados. Edie sabía lo que pretendía y, en aquella ocasión, salió a su encuentro.

En el momento en el que Stuart rozó sus labios, las intensas emociones que había despertado Stuart en el jardín regresaron precipitadamente, pero Edie apenas tuvo tiempo de saborearlos antes de que Stuart la apartara.

—Buenas noches, Edie.

Edie tardó unos segundos en abrir los ojos y, cuando lo hizo, Stuart ya se había marchado.

Estuvo a punto de alargar la mano para tocarle con la esperanza de que pudiera quedarse un poco más. Y, aunque consiguió controlar el impulso, permaneció en el marco de la puerta de su habitación, presa de un aturdido asombro. Mientras le veía alejarse por el pasillo hacia su propia habitación, se preguntó de pronto si podría estar en peligro de perder la apuesta que habían hecho.

Al fin y al cabo, si alguien le hubiera dicho una semana atrás que iba a descubrirse en la puerta de su dormitorio, excitada y abatida porque su marido no había entrado con ella en el dormitorio, frustrada porque su beso de buenas noches había sido demasiado corto y profundamente deprimida porque iba a dejarla durante dos días enteros, le habría acusado de estar completamente loco.

Stuart sabía que, a veces, en el juego del amor, se requerían retiradas estratégicas. Normalmente, se traducían en un acto deliberadamente diseñado para provocar que la otra persona se mostrara más receptiva. En su caso, sin embargo, era más una cuestión de ganar una distancia que le permitiera recuperar el equilibrio.

Aquello significaba renunciar a sus preciosos diez días, pero no tenía otra opción. Necesitaba distancia y tiempo porque tenía que recuperar el control. Había estado a punto de perder la cabeza en el jardín, por no mencionar fuera del dormitorio de Edie, cuando esta había abierto la puerta. Y no quería arriesgarse a más tentaciones de ese tipo. No podía. Tenía que mantener la cabeza fría.

Estar con Edie en el jardín, con su boca bajo la suya, abierta y dispuesta, había sido maravilloso, y ella se había arrojado a sus brazos sin resistencia, pero la intuición le decía a Stuart que todavía no estaba preparada. Al menos, no para lo que él quería.

La deseaba tanto que le dolía. Ardía de deseo. La noche anterior, había deseado levantar la falda de aquel resplandeciente vestido azul y tumbarla allí mismo, en el jardín. Cuando la había apartado de él, se había sentido como si estuvieran partiéndole en dos.

Y después, estando en la puerta del dormitorio con la invitación a entrar flotando en el aire, se había sentido como si le estuvieran invitando a hundirse en el infierno. Sentir las manos de Edie sobre él en aquel momento habría sido una tortura y, posiblemente, también una condena, porque ni siquiera él estaba completamente seguro de lo que habría llegado a hacer después.

No, era preferible que hubiera conseguido resistir, aunque fuera lo más difícil que había hecho nunca. Después, se había aferrado a la excusa de ir a Londres y a Kent como a una tabla salvavidas.

Tal y como le había dicho a Edie, tenía asuntos que atender allí, asuntos que le ayudarían a recordar sus prioridades. Sus necesidades no eran una prioridad. Y estando su cuerpo en tan desesperado estado, necesitaba ocupar su mente con algo útil.

Como había viajado en el tren lechero, llegó a Londres a media mañana. Se detuvo en el club y, tal y como esperaba, encontró cartas esperándole allí de Trubridge, Featherstone y otros dos amigos íntimos, el vizconde Somerton y el conde de Hayward. Todos ellos habían recibido los telegramas que había enviado el día que había salido de compras con Edie por

High Street y todos ellos se mostraron dispuestos a organizar un encuentro en Londres para celebrar su regreso. Lo único que tenía que hacer era decidir el día y los cuatro se comprometían a estar allí. Tenía una quinta carta esperando, era la respuesta a otro de los telegramas, una carta que en realidad no esperaba y que le hizo pensar que quizá Pinkerton's se merecía su reputación como la mejor agencia de detectives del mundo. Eran realmente eficientes.

En respuesta, envió rápidamente a un mozo al otro extremo de la ciudad, solicitando una cita inmediata. Después, subió al piso de arriba para darse un baño, afeitarse y pedir que le plancharan en la lavandería del club el traje de mañana que se había llevado. Convenientemente arreglado para moverse por Londres, bajó al comedor a almorzar mientras esperaba una respuesta a su petición.

Llegó a la una y media, y, a las dos de la tarde, un cabriolé le estaba dejando fuera de las oficinas de Pinkerton's. Inmediatamente le guiaron al interior del lujoso despacho del señor Duncan Ashe, el director de la agencia de detectives.

—Su Excelencia —Ashe, un hombre alto de su misma edad, pelo castaño rojizo, rostro agradable y muy bien afeitado señaló la butaca de cuero que tenía enfrente del escritorio—. Por favor, siéntese.

—Gracias —aceptó la invitación—. Y gracias también por concederme su tiempo. Estoy seguro de que es usted un hombre ocupado.

—En absoluto. Nos honra tener a Su Excelencia como cliente y estamos encantados de poder atenderle en cualquier momento.

Stuart sonrió. El rango tenía sus privilegios.

—En su carta me indicó que tiene parte de la información que solicité.

—Sí, parte. Solo hemos tenido dos días, de modo que toda la información que recibimos de Nueva York ha tenido que ser transmitida a través de telegramas —se interrumpió—. El gasto por los envíos de telegramas de Nueva York a Londres es bastante elevado, me temo.

Stuart hizo un gesto con la mano, quitándole importancia a aquella insignificancia.

—No importa. El dinero no es un problema.

—Me tomé la libertad de asumirlo por la urgencia que se desprendía de su telegrama. He complementado la información de nuestro agente de Nueva York con la que he podido reunir de los periódicos que tenemos aquí, archivados en Londres. La mayoría de ellos dedicados a escándalos norteamericanos y británicos. No es mucho, como he dicho, pero espero tener un informe completo para la semana que viene. Hasta entonces, he pensado que le gustaría conocer los datos que hemos reunido.

—Soy todo oídos.

Ashe abrió entonces la carpeta que tenía sobre el escritorio, delante de él.

—Frederick Van Hausen. Nacido en la ciudad de Nueva York, treinta y un años de edad, único hijo varón, único hijo en realidad, de Albert y Lydia Van Hausen. Educado en Harvard. Allí estuvo involucrado en varios escándalos, algunos ilegales, pero no fue procesado por ello. Aparentemente, su padre consiguió acallarlos. No tengo más detalles, pero probablemente pueda obtenerlos si así lo desea.

—Sí, me gustaría. Averigüe todo lo que pueda. Continué.

—No está casado. El año pasado estuvo prometido durante un breve periodo de tiempo con la señorita Susan Avermore, perteneciente también a una importante familia de Nueva York, pero no llegó a celebrarse el matrimonio. Hay quien dice que es porque él esperaba que la señorita Avermore contara con unos ingresos fijos proporcionados por su padre cuando se casaran y el padre de su prometida se negó tajantemente. Pero no hemos tenido tiempo de verificar esa información. Los padres de Van Hausen tienen una casa en Madison Avenue, pero él ya no vive con ellos. Es propietario de una casa de ladrillo visto junto a Central Park. También tiene una casa de verano en Newport. Van Hausen es un hombre muy deportista, juega al tenis, al golf, navega en yate y es propietario de varios caballos de carreras.

—¿Caballos de carreras? —Stuart frunció el ceño, pensando en la seca y tensa respuesta de Edie cuando le había preguntado si su padre tenía caballos de carreras.

—¿Su Excelencia?

Stuart sacudió la cabeza.

—Lo siento, estaba distraído.

—La familia Van Hausen es una de las familias más ricas y de mayor abolengo de los Estados Unidos. «*Knickerbockers*», Su Excelencia, no sé si está familiarizado con el término.

—Sí, lo estoy —susurró—. El propio Van Hausen se considera a sí mismo un aristócrata, ¿no es cierto?

—Sí, toda la familia. Y así es como los ven sus compatriotas. Más o menos, de la misma manera que los hombres de mi clase en Inglaterra contemplan a un hombre como usted. Aunque, por supuesto, no tiene nada que ver con un duque —se precipitó a añadir, parecía un poco avergonzado.

Stuart le tranquilizó con una sonrisa.

—No me ofende, Ashe, continúe.

El detective pasó la hoja.

—El padre es propietario de una compañía naviera de mucho éxito, y muy rica. Van Hausen recibió una considerable cantidad de dinero de parte de su padre cuando llegó a la mayoría de edad, pero de los hombres estadounidenses se espera que sean capaces de labrarse una profesión que les permita ganarse la vida. De hecho, la presión para que lo hagan es enorme.

—¡Ah! Así que ha tenido que montarse su propio negocio ¿verdad? —musitó Stuart—. ¿Y qué tal se le está dando?

—No muy bien. Probó suerte con un bar, pero fracasó. Después, decidió dedicarse al negocio de las inversiones y se dedicó a especular con su dinero, pero perdió una gran cantidad. Las carreras de caballos, por ejemplo, le han costado un dineral. Le gustan las inversiones arriesgadas que prometen grandes beneficios.

—De modo que es un jugador —reflexionó Stuart—. Un temerario. Un hombre dispuesto a dejar su impronta en el mundo y a hacerlo rápidamente. Un hombre al que le importa lo que piensen de él los demás.

—Ciertamente, eso es lo que parece.

La cosa iba bien. Stuart se reclinó en la silla, se llevó la mano a los labios y fijó la mirada en el cuadro del Támesis que colgaba de la pared que tenía el detective tras él, intentando desplazarse mentalmente a Nueva York y meterse en la cabeza de aquel hombre al que pretendía destrozar.

—Es la clase de hombre que quiere poder —aventuró—. No lo tiene, pero cree que tiene derecho a él en virtud de su nacimiento. Es incapaz de ganarse lo que quiere, así que quiere lo que no es capaz de conquistar. La clase de hombre que, si quiere algo, se cree con derecho a tomarlo.

—Posiblemente, pero todavía no puedo asegurarlo —contestó el detective.

—Yo sí puedo asegurarlo —Stuart le miró a los ojos por encima de la mesa—. Por supuesto que puedo asegurarlo.

Permaneció pensando en silencio durante unos segundos.

—¿Algún otro escándalo, Ashe? ¿Algún escándalo relacionado con mujeres?

El detective vaciló un instante mientras jugueteaba con el lápiz que tenía en la mano.

—¿Además del de su esposa, quiere decir?

—Puede incluir a mi esposa, y no tiene que preocuparse por ahorrarme sentimientos desagradables al respecto.

—Si está solicitando esta información sobre el anterior

amante de su esposa porque cree que quizá sigan manteniendo algún tipo de relación y necesita motivos que justifiquen un divorcio, no puedo ayudarle. En Pinkerton's no nos dedicamos a ese tipo de cosas. Tenemos ciertas fronteras éticas que no estamos dispuestos a traspasar.

—Puedo asegurarle que jamás he tenido intención de divorciarme de mi esposa. Y conozco toda la verdad sobre... sobre el incidente que arruinó su reputación, pero deseo oír los rumores que corren al respecto por razones que solo me conciernen a mí. No violaré sus códigos éticos.

Ashe asintió satisfecho.

—Excepto por lo ocurrido con la duquesa, no tenemos ninguna otra información relativa a mujeres. El incidente en el que se vio involucrada la señorita Edith Ann Jewell, que era como se llamaba ella entonces, tuvo lugar en Saratoga.

—¿En Saratoga Springs, en Nueva York?

—Sí, allí se celebran los encuentros ecuestres. Fue hace tres años, durante los Travers Stakes. Los Travers Stakes son parecidos al Derby de Epsom.

—Sí, ya sé lo que son. Continúe.

—Tanto su suegro como Van Hausen tenían caballos que corrían en las carreras de aquel año. Lo que se cuenta es que la señorita Jewell acorraló a Van Hausen en una residencia de verano situada cerca de la pista. Se les vio a los dos dirigiéndose hacia allí, primero a él y después a ella. Van Hausen salió quince minutos después de que ella hubiera llegado.

¿Quince minutos? ¿Solo quince minutos? Dios, aquel canalla debía de haberse abalanzado sobre ella en cuanto había cruzado la puerta. Stuart se frotó la cara. Destrozaría a aquel hombre. Le reduciría a pedazos.

—Siga.

—Ella salió un poco después. Su... —Ashe se interrumpió.

—Siga —repitió Stuart con voz dura.

—Su ropa estaba bastante arrugada, el sombrero torcido, haciendo parecer... —se interrumpió y tosió suavemente—. Por supuesto, rápidamente se corrió la voz y se convirtió en un gran escándalo. El padre de la señorita Jewell exigió que el honor de su hija fuera reparado, pero Van Hausen se negó tajantemente a casarse con ella. La consideraba una recién llegada al mundo del dinero, no pertenecía a su misma clase y se justificó arguyendo que él era la parte inocente y que ella pretendía comprometerle y ascender de clase obligándole a casarse con ella. Fue su historia la que terminaron creyendo. Aunque, por supuesto, eso ahora no importa.

—Solo porque está casada conmigo —Stuart se irguió en la silla—. ¿Entonces qué tenemos hasta ahora? Un hombre avaricioso, consentido y ansioso de poder, desconsiderado, sin escrúpulos, aficionado al juego y, claramente, un canalla.

—Sí, basándonos en lo que sabemos hasta ahora, ese sería un resumen muy preciso.

Stuart sonrió, complacido por las muchas posibilidades que un perfil como aquel le ofrecía. Aunque, en realidad, siempre había sabido que tendría muchas probabilidades de vengarse. Era fácil que un hombre que violaba a una mujer en contra de su voluntad proporcionara a sus enemigos suficiente munición contra él, aunque el propio Van Hausen no lo supiera. Y, definitivamente, Stuart era su enemigo.

—Excelente trabajo, Ashe. Estoy impresionado.

—Muchas gracias, Su Excelencia.

—Pero necesito más. Más, mucho más. Volveremos a vernos otra vez cuando tenga ese informe en el que está trabajando, pero estoy seguro de que ni con eso será suficiente. Quiero saber todo lo que sea necesario sobre ese hombre, sobre sus padres, sus amigos, sus socios en los negocios, sus amantes, todo. Continúe investigando hasta que haya descubierto todos los secretos de su vida, desde su nacimiento hasta ahora —se levantó, haciendo que también su interlocutor se incorporara—. Utilice a cuantos hombres necesite. No escatime en gastos. Quiero hasta el último detalle que pueda descubrir, desde la tela que prefiere para su ropa interior hasta lo que desayuna.

—Sí, Su Excelencia.

Y, sin más, Stuart salió para regresar al club, deteniéndose únicamente el tiempo suficiente como para enviar otro telegrama, en aquella ocasión, al padre de Edie. Cuando llegó de nuevo al White's, se dirigió directamente al bar y pidió una copa.

Stuart estuvo dos días fuera. Llegó a casa a la hora del té, tal y como había prometido. Aunque Edie estaba enfrascada en un partido de croquet con Joanna, estuvo pendiente en todo momento de él, esperando que saliera para saludarlas.

Así lo hizo Stuart y, cuando Edie le vio cruzando el césped para dirigirse hacia ella, la alegría se elevó en su pecho como un pájaro volando hacia el cielo.

Snuffles le vio al mismo tiempo que ella y salió corriendo hacia él. Edie necesitó de toda su fuerza de voluntad para caminar a paso tranquilo y, cuando se encontraron a medio camino, agarró el mazo con fuerza, luchando contra las ganas de tirarlo, rodearle a Stuart el cuello con los brazos y besarle en los labios.

—Has vuelto —dijo.

Stuart, que estaba acariciando al terrier, se enderezó y le sonrió.

—¿Me has echado de menos?

«Con locura».

No lo dijo. Se limitó a encogerse de hombros.

—Un poco.

—¿Solo un poco? —Stuart sacudió la cabeza y suspiró—.

No tienes corazón, Edie. Aun así, vas vestida de blanco, así que no puedo quejarme.

Edie alargó la mano, señalando el cuello del vestido.

—Solo la blusa —se sintió obligada a señalar—. La falda no es blanca.

Stuart bajó la mirada y después la alzó.

—Es una pena.

Como siempre que Stuart decía cosas de ese tipo, a Edie le dio un vuelco el corazón. Intentó aferrarse a un tema más neutral.

—Hace mucho calor.

—Sí —se mostró de acuerdo Stuart—. Hace calor.

Un comentario absolutamente normal, y, aun así, lo dijo de tal manera que por todo el cuerpo de Edie comenzó a extenderse un calor que no tenía nada que ver con el tiempo.

—¡Stuart!

El alegre recibimiento de Joanna evitó que Edie tuviera que pensar una réplica. Su hermana se detuvo a su lado, respirando con fuerza tras haber cruzado el césped corriendo. Y no mostró la penosa timidez de Edie con Stuart.

—¡Has vuelto!

—¡Hola, preciosa! —le sonrió y miró a Edie—. Espero que tú si me hayas echado de menos.

Joanna le devolvió la sonrisa.

—Eso depende de ti. ¿Sabes jugar al croquet?

—Sí.

—¿Pero eres bueno?

—Lo era, pero hace años que no juego.

—En cualquier caso, seguro que eres mejor que yo, así que tienes que ayudarme. Edie ya me ha ganado tres veces y estoy a punto de perder otra vez porque me toca un disparo muy difícil y no creo que sepa capaz de conseguirlo. Tú puedes tirar por mí.

—¡No, no puede! —protestó Edie indignada—. Eso es trampa.

—Edie, Edie —la regañó Stuart, riendo—. Eres despiadada en los juegos.

—Es verdad —intervino Joanna antes de que ella pudiera contestar—. Ni siquiera sé por qué juego con ella. Y es muy buena. Por favor, ayúdame, Stuart

—Te ayudaré, pero tendrá que ser en otro momento. Ahora voy a cambiarme y después quiero tomar el té en la terraza. He pasado toda la tarde en un tren sofocante y repleto de gente.

—¿Y después jugarás?

—No, hoy no. Después del té, quiero pasar un rato con tu hermana —miró a Edie—, a solas.

—¡Oh, muy bien! —gruñó Joanna—. Para variar, tenía una oportunidad perfecta para ganar —añadió para sí y se volvió— y tampoco me sale bien. No voy a ganarla nunca.

—De verdad, Edie —susurró Stuart cuando Joanna se marchó ofendida a hacer su disparo—. ¿Cuatro juegos en una sola ronda? Ten espíritu deportivo y déjale ganar uno.

Edie le miró, vio su persuasiva sonrisa y cedió.

—¡Oh, de acuerdo! Debo de estar ablandándome —añadió, haciéndolo parecer como una acusación.

—Dios mío, eso espero —Stuart agachó la cabeza bajo el sombrero de paja y le dio un beso en los labios—. Ciertamente, eso espero.

Después del té, dieron su paseo habitual. Sin embargo, en vez de dirigirse hacia los jardines, Stuart expresó su deseo de dar una vuelta por la zona de la granja. De modo que hacia allí se dirigieron, cruzando la pradera y avanzando por la carretera.

Mientras caminaban, Edie no pudo evitar darse cuenta de que Edie caminaba despacio.

—¿Te duele la pierna? —le preguntó.

—Un poco —admitió Stuart—. El tren venía abarrotado, así que el viaje ha sido difícil. Y no he podido contar con tu ayuda para hacer los estiramientos estos dos días.

—Podemos hacerlos antes de cenar.

—Me encantaría —dijo Stuart inmediatamente, y una vez más, Edie sintió una absurda oleada de júbilo.

—¿Qué tal te fue en Londres? —le preguntó—. ¿Fuiste al médico?

—Sí. Se alegró al ver que estaba mejorando y me ha explicado unos ejercicios adicionales para añadirlos a los que estamos haciendo hasta ahora. También estuve con la señora Calloway y está encantada con la idea del viaje a Italia para el año que viene.

La alegría de Edie disminuyó un poco al acordarse de la próxima partida de Joanna.

—Yo también la echaré de menos, Edie —dijo Stuart, interpretando correctamente su repentino silencio.

Aquello no la hizo sentirse mejor, pero asintió.

—Lo sé, Stuart.

De pronto, Stuart se detuvo.

—Mira dónde estamos.

Edie también se detuvo y miró a su alrededor.

—Estamos al lado de los gallineros.

—Sí, exactamente —Stuart miró a su alrededor y le agarró la mano—. ¡Vamos!

Edie soltó una carcajada y dejó que tirara de ella y de Snuffles.

—¿Quieres ir a ver las gallinas? A Snuffles le encantará.

Stuart la miró como si fuera desesperadamente obtusa.

—Las gallinas no, querida. Las plumas.

—¿Las plumas? ¿Y para qué?

Stuart no se lo explicó. Cuando hizo pasar a Edie y a Snuffles por delante del gallinero, el perro ladró y gruñó, haciendo que las gallinas que había tras la verja comenzaran a revolotear asustadas y desaparecieran en el interior.

—Estamos asustando a las gallinas —le advirtió Edie—. Si mañana nos quedamos sin huevos, le diré a la señora Bigelow que la culpa es tuya.

Pero aquello no disuadió a Stuart. Hizo rodear a Edie el gallinero para dirigirse hacia el almacén de plumas, situado a varios metros de distancia. Una vez allí, le quitó a Edie la correa de Snuffles y ató al perro al poste más cercano. Después, abrió la puerta del almacén, metió a Edie dentro y cerró la puerta tras ellos. Edie parpadeó, porque, aunque el edificio tenía ventanas, el interior parecía sombrío frente al sol radiante de fuera y ella tardó varios minutos en acostumbrarse a la oscuridad.

—¿Por qué hemos venido aquí? —preguntó.

Miró a su alrededor, a las estanterías con repisas de madera en las que se almacenaban las plumas después de haber sido lavadas y secadas.

Stuart no contestó. Tiró el bastón en el interior de uno de los cubículos de madera en los que es almacenaban las plumas, se volvió y se reclinó contra los listones de madera que tenía tras él. Apoyó las manos en el más alto y se alzó para sentarse en el borde.

Sonrió a Edie.

—Me miras como si hubiera perdido el juicio.

—Bueno... —comenzó a decir ella.

Stuart ensanchó la sonrisa.

—Oh, vamos, no me digas que nunca has querido hacerlo.

Edie frunció el ceño.

—¿Nunca he querido hacer qué?

En vez de contestar, Stuart se echó hacia atrás y cayó directamente sobre las plumas. Edie se echó a reír mientras las plumas diminutas y las pelusas flotaban elevándose hacia el techo. Después, se inclinó hacia delante para mirar el rostro sonriente de Stuart.

—¿Para eso querías que viniéramos?

—Por supuesto. Yo y mis amigos solíamos jugar aquí. El bueno de Treves se enfadaba porque le revolvíamos las plumas, pero a nosotros jamás nos lo dijo. Ni una sola vez.

Se echó a reír y alzó la mirada hacia Edie, que le miraba con expresión escéptica.

—Es evidente que no creciste en el campo —dijo Stuart.

—No, crecí en una casa enorme situada en medio de Manhattan, con todas las comodidades de la vida moderna. Las plumas de nuestras camas y de nuestras almohadas procedían de una tienda.

—¿Entonces no has jugado nunca con plumas? Pues te privaron de una de las mayores alegrías de la infancia.

Edie miró a ambos lados de aquel cercado de un metro de altura.

—¿Crees que vas a poder salir?

—Diablos, ¡ni siquiera he pensado en eso! —se echó a reír—. Bueno, ya me preocuparé por eso más tarde —se deslizó hacia atrás, todo su cuerpo estaba dentro del receptáculo—. Bueno, vamos —la urgió—, ¿a qué estás esperando?

Edie se quitó el sombrero, lo tiró a un lado, dio media vuelta, se sentó en borde y, tras mirar hacia atrás para asegurarse de que no iba a chocar contra Stuart, se tiró hacia atrás. Estaba riendo incluso antes de aterrizar junto a él envuelta en una nube blanca.

—Es divertido, ¿verdad? —preguntó Stuart.

Edie asintió con la mirada clavada en el techo de madera, que era el suelo del almacén superior.

—Así que no te dejaban jugar aquí.

—¡Dios mío, no! Estas plumas son para las almohadas y los colchones de la casa, no para jugar. Mi padre me hubiera dado una buena paliza si se hubiera enterado.

—¿Una paliza? —Edie volvió la cabeza y le miró—. ¡Qué horror! Tu padre debía de ser un tirano.

—Sí, lo era. Pero... —Stuart se interrumpió y se encogió de hombros—. Pero se preocupaba tan poco de nosotros que tampoco importaba. Casi nunca le veíamos.

La actitud displicente con la que hablaba de su padre la sorprendió. Pensó en la madre de Stuart, en su fría altivez, y no supo qué decir.

—Es una lástima —dijo por fin—. Mis padres siempre estuvieron muy pendientes de mi hermana y de mí. Por lo menos hasta que mi madre murió. Creo que eso fue lo que le hizo cambiar a mi padre. Sin mi madre, no sabía qué hacer con dos hijas. Estaba un poco perdido.

Stuart se volvió hacia ella mientras se frotaba la cabeza para sacudirse las plumas y las pelusas del pelo, después, se apoyó sobre el codo, apoyó la mejilla en la mano y la miró.

—Así que tuviste que hacer de madre y de hermana para Joanna.

—Sí, exactamente. Tenía diecisiete años cuando mi madre murió. Joanna solo tenía ocho años. Sentí que tenía que hacerme cargo de ella.

—Lo comprendo. Nadine y yo nos llevamos exactamente los mismos años. Sin embargo, cuando mi padre murió, mi hermana tenía ya dieciséis años. Pero, si hubiera sido una niña pequeña, yo habría sido como un padre y un hermano para ella. Casi me entran ganas de que hubiera sido así. Podría haber evitado que fuera tan atolondrada.

—Lo dudo. No me gusta hablar mal de tu familia, Stuart, pero no puede decirse que tu hermana sea particularmente brillante.

—No, ¿verdad? —se mostró de acuerdo Stuart.

—¿Entonces tus amigos y tú jugabais aquí? —se acurrucó más profundamente entre las plumas, le gustaba sentirlas debajo de ella—. ¿Qué hacíais?

—Peleas de plumas, por supuesto. ¿Tus amigas y tú no hacíais peleas de almohadas?

—Sí, pero nunca teníamos tantas plumas sueltas como aquí.

—Entonces no cuentan.

—¿Qué? ¿Por qué no? —preguntó, sintiéndose ligeramente indignada.

—De verdad, Edie. Si no golpeas a tu oponente con suficiente fuerza como para que se abra la almohada y salgan volando las plumas por todas partes, entonces no es una auténtica pelea de almohadas.

Edie observó a Stuart mientras este tomaba un puñado de plumas.

—Stuart —le advirtió.

Pero Stuart no se lo lanzó. En cambio, seleccionó una de ellas, tiró las otras y le acarició la barbilla con ella.

Edie sacudió la cabeza, riendo.

—¡Tienes cosquillas! —observó Stuart, y parecía peligrosamente encantado al descubrirlo.

—No, no tengo cosquillas —pero mientras lo negaba, reía cada vez con más fuerza, apretaba los ojos y se retorcía mientras él continuaba acariciándole la mandíbula.

—Edie, no sabía eso de ti —bromeó—. Creo que cada vez empezamos a estar al mismo nivel.

Edie sintió la mano de Stuart alrededor de su cadera.

—No, no es verdad —gritó sin dejar de reír—. ¡No me hagas cosquillas!

Dejó de hacérselas. Por ninguna razón en particular, se detuvo y, cuando Edie abrió los ojos, le descubrió mirándola fijamente, con el semblante serio y los ojos oscurecidos, del color del humo.

Edie tragó con fuerza.

—¿En qué estás pensando? —susurró, pero conocía la respuesta incluso antes de formular la pregunta.

—Estoy pensando que esto no estaba previsto —musitó mientras le quitaba una pelusa del pelo—. Pero lo haré.

Stuart inclinó la cabeza y la besó. Fue un beso más parecido al que le había dado la noche del jardín que a los tiernos besos con los que la despedía en la puerta del dormitorio. Familiarizado ya con aquellas caricias, el cuerpo de Edie respondió casi al mismo tiempo, relajándose, ablandándose, abriéndose a él.

Stuart exploró su boca, acarició su lengua con la suya y después retrocedió, invitándola a devolvérselo. Al cabo de unos segundos, Stuart interrumpió el beso, pero Edie apenas tuvo tiempo de tomar aire antes de que volviera a besarla. Fue un beso más intenso y el calor en Edie también se intensificó, haciéndose más ardiente y centrándose en sus senos, en su vientre y entre sus piernas. Edie gimió contra su boca.

Stuart volvió a detenerse y Edie le sintió echarse hacia atrás, como si se estuviera retirando. En aquella ocasión, en vez de dejarle marchar, le agarró de las sisas del chaleco para retenerle. No quería que los besos terminaran, todavía no.

—¿Edie?

Edie sabía lo que le estaba preguntando y abrió los ojos.

—Me dijiste que ser besada y acariciada era un placer, ¿verdad? Pues ahora tienes la oportunidad de demostrarlo.

Stuart sonrió ligeramente. Bajó la mirada hacia su mano y la posó en su cintura. Lentamente, comenzó a acariciarle las costillas y los senos. Edie aspiró con fuerza y Stuart se detuvo para mirarla a los ojos. Había una pregunta en su mirada.

Edie asintió.

La palma de la mano de Stuart ardía a través de las cuatro capas de tela que cubrían el cuerpo de Edie, abrasaba su piel desnuda y, aun así, se estremeció. Stuart fijó los ojos en los de Edie, tomó su seno, acunándolo con una mano, lo aplastó y volvió a acunarlo después, modelando el pequeño montículo dentro de los confines del corsé.

Edie respondió, movió las caderas contra las plumas, dobló las piernas y las tensó de nuevo al tiempo que arqueaba la es-

palda para aumentar la presión de la mano de Stuart sobre su
seno. Se sentía extraña, inquieta, como si todas las partes de
su cuerpo necesitaran moverse.

Pero Stuart no prolongó aquellas caricias. Continuó des-
plazando la mano, en aquella ocasión, por el cuello de la blusa.
Buscó con los dedos entre los volantes y encontró un botón.
Edie notó cómo lo desabrochaba.

Stuart continuó desabrochándole los botones lentamente.
Para cuando llegó a la cintura, Edie ya estaba temblando por
dentro. Observó la mano de Stuart mientras este retiraba la
trabilla, su mano de piel bronceada, oscura, contra el color
blanco de la blusa y el rosa pálido del corsé. Una mano tan
manifiestamente masculina junto a la seda y el encaje. Stuart
apartó la mano y Edie le observó mientras inclinaba la cabeza
y besaba la parte superior de sus senos, justo por encima del
cubrecorsé.

Edie jadeó con el cuerpo de nuevo anhelante. Apartó las
manos de las plumas para tomar la cabeza de Stuart y acariciar
su pelo mientras él le besaba los senos, la clavícula y el hombro desnudo.

La respiración de Edie, cada vez más rápida, transportaba
la fragancia del sándalo mientras Stuart la acariciaba con la
lengua y la saboreaba. Una vez más, volvió a tomar su seno y
Edie no pudo evitar arquearse contra él, saliendo al encuentro
de aquella caricia. Quería muchas más.

Stuart deslizó el dedo por el borde del corsé, intentando
empujar la ropa interior. El dorso de su mano abrasaba la piel
desnuda de Edie. Stuart continuó descendiendo dentro de los
confines de la prenda que cubría su seno, lo suficiente como
para poder tocar el pezón con las yemas de los dedos.

Fue una sensación intensa, eléctrica, que se extendió por
todo el cuerpo de Edie. Le resultó casi insoportable y gritó
al tiempo que alzaba las caderas.

Stuart retrocedió y apartó la mano. La besó en los labios,

las mejillas, la mandíbula y las orejas. Bajó la mano hacia su cadera y comenzó a subirle la falda.

Edie sintió un sobresalto causado por el pánico.

—¿Stuart?

Stuart se detuvo.

—¿Quieres que me detenga? —le preguntó.

Con la respiración agitada, entrecortada, le besó el lóbulo de la oreja mostrando una extrema delicadeza.

Edie tragó saliva, intentando ahogar el pánico. Aquel era Stuart, se recordó a sí misma. Stuart. Siempre y, cuando pudiera ver que era él, no pasaría nada. Mirándole a los ojos podría recordar la diferencia.

—No, no te detengas —consiguió decir—. Pero mírame. Mírame mientras... mientras me acaricias.

Stuart alzó la cabeza mientras su mano trabajaba bajo la falda y las enaguas para buscar las bragas. Pero, aunque Edie podía verle la cara, aunque estaba mirando sus hermosos ojos, cuando Stuart deslizó la mano entre sus muslos, se quedó paralizada. Había vuelto a sentir el nudo del miedo en el pecho. Se quedó muy rígida y apretó las piernas con fuerza.

Stuart se detuvo, a la espera.

Edie volvió a sentirse una vez más suspendida entre el miedo y el deseo, en medio de aquella contradicción imposible. Comenzó a perder el valor.

—Di mi nombre —le pidió Stuart.

—Stuart.

Abrió ligeramente las piernas mientras lo decía y Stuart deslizó la mano entre ellas.

—Stuart —acompañó su nombre de un suave gemido en aquella ocasión, haciéndole sonreír, y relajó las piernas un poco más.

Stuart acarició la parte interior de sus muslos. Los callos de la palma rozaron la delicada muselina de la ropa interior mientras iba subiendo la mano. Alcanzó el vértice de sus piernas y encontró la apertura de las bragas. Después, giró la mano y acarició con la yema de los dedos el más íntimo rincón de Edie y ella gritó.

—¡Stuart!

El miedo se transformó en algo más, algo que la hizo gritar otra vez, algo que no era miedo, sino placer. Edie movió el dedo, deslizándolo sobre ella, acariciándola en círculos diminutos con una exquisita provocación que la hizo estremecerse, gemir y cerrar los ojos. Era a aquello a o que se refería Stuart cuando le había hablado del placer. Era a aquello.

Stuart profundizó la caricia, acercó un dedo a los pliegues de su femenina apertura y se deslizó dentro de ella. Edie gritó de nuevo, recordando una desagradable invasión. Se alzó sobre los codos y abrió los ojos, temiendo dolor y preparándose para luchar. Pero no hubo dolor.

Miró el rostro de Stuart, que estaba muy cerca del suyo. Tenía los ojos cerrados en aquel momento, pero ella podía continuar viendo su rostro mientras la acariciaba.

Con cada caricia de su dedo, su cuerpo se tensaba en respuesta. Cada una de sus respiraciones era un jadeo. El placer se hizo más voraz y terminó convertido en un crudo deseo. Creció dentro de ella, rodó por su cuerpo, cada vez más profundo, más fuerte, más intenso hasta que, sin previa advertencia, se abrió dentro de ella. Fue una sensación tan maravillosa que la hizo sollozar su nombre. Stuart la besó con fuerza, acallando su sollozante grito con su boca. Continuó acariciándola con los dedos y con cada una de aquellas rápidas y deliciosas caricias, fue renovándose el deseo, hasta que Edie volvió a sentir aquella deliciosa explosión dentro de ella. Edie comprendió que había estado completamente equivocada mientras se dejaba caer jadeante sobre las plumas. Sí, aquello era una bendición. Cerró de nuevo los ojos.

—Stuart.

Fue un suspiro. Y lo único que fue capaz de decir. No hubo más palabras.

Stuart apenas la oyó suspirar su nombre sobre el fuerte latido de su corazón, pero supo que aquel susurro se le repetiría en sueños durante el resto de su vida. Nada sería igual a partir de entonces.

—Lo sé, querida —le dijo, y volvió a besarla—. Lo sé.

Deseó poder hacerlo otra vez, poder llevarla al límite, contemplarla en el clímax, oír aquel suave y susurrante suspiro, pero sabía que ya no tenía tiempo. Estaba perdiendo irremediablemente el control, su cuerpo ardía y el deseo se aferraba a sus entrañas.

Stuart la deseaba tan intensamente que le temblaba la mano mientras se desabrochaba los botones del pantalón. Pronunció el nombre de Edie y la besó en la boca mientras se bajaba los pantalones. Y, para cuando llegó el momento en el que los tuvo por debajo de las rodillas, estaba tan excitado y desesperado como un chico de catorce años.

Pero sabía que no podía tomarla de aquella manera, así que la hizo acercarse a él y observó sus ojos abiertos. Mirándola a los ojos, presionó los labios contra los de Edie y, cuando la rozó con la punta del pene, Edie tomó aire.

—No pasará nada —le prometió Stuart—. No te haré daño.

Deslizó el pene entre sus muslos, se abrió camino entre sus bragas y la vio abrir los ojos alarmada.

Las fosas nasales de Edie se hincharon por el miedo. Entreabrió los labios, temblando.

—Di mi nombre —le pidió Stuart.

—Stuart.

Él empujó hacia delante, entrando en ella.

—¡Oh, Dios mío! —gimió Stuart, y cerró los ojos

El placer palpitaba por todo su cuerpo. Stuart sabía que debería preguntarle si quería que se detuviera, pero no lo hizo. Los deseos más primarios que con tanto esfuerzo había conseguido contener hasta entonces, se dispararon. Deslizó la mano por su trasero para estrecharla contra él y se hundió un poco más en ella.

Edie contuvo la respiración con un jadeo estremecido y Stuart rezó con fervor para que no decidiera detenerse. Esperó, rígido, pero Edie no dijo nada. En cambio, se retorció contra sus caderas como si estuviera intentando arrastrarlo dentro de ella.

Stuart contuvo la respiración.

—¡Oh, Dios mío, Edie! ¡Oh, Dios mío!

Aquello fue lo único que pudo decir y después, sencillamente, ya no pudo esperar más. Tumbó a Edie de espaldas, moviéndose sobre ella y estrechándola contra él mientras cubría de besos su rostro, su pelo, sus mejillas, todo lo que podía. Aunque la sangre rugía en sus oídos, la oyó decir su nombre. No le pidió que se detuviera. No le dijo que no.

Se hundió en ella con una embestida, penetrándola completamente. Gritó, y también lo hizo él. Fue un intercambio de nombres. Volvió a hundirse en ella. Estaba absolutamente dentro de ella, estaban todo lo unidas que podían estarlo dos personas y, aun así, quería tenerla más cerca. La abrazó con fuerza, enterró el rostro en su cuello y se movió dentro de ella. Cada embestida era más fuerte, más rápida que la anterior, y le iba elevando hasta hacerle alcanzar el límite del placer. Se liberó en una oleada de puras sensaciones, en un orgasmo tan fuerte que el placer fluyó en cada célula de su cuerpo. Fue tan delicioso y tan dulce que intentó aferrarse a él, pero, al final, se derrumbó sobre ella, jadeando contra su cuello.

—Edie —su nombre llegó como un eco entre los susurros de la tarde.

Y, de pronto, Stuart frunció el ceño con una repentina y frenética conciencia de que había ocurrido algo terrible.

Algo que no había vuelto a sentir desde hacía seis meses

vibró en su interior, poniéndole de punta el vello de la nuca. Con aquel terror en las entrañas, alzó la cabeza y miró a Edie a la cara, y lo que vio confirmó sus peores temores. Cerraba los ojos con fuerza y tenía el rostro humedecido por las lágrimas. Observó cómo se deslizaba otra lágrima desde sus ojos cerrados y rodaba por su mejilla para arder después en su propio pecho como si fuera un ácido que le hubieran arrojado al corazón.

—¿Ya ha terminado? —susurró Edie sin abrir los ojos.

Aquella pregunta le desgarró por dentro y se sintió como un auténtico perro.

—Edie —le dijo, y le besó las lágrimas.

Edie se encogió, no mucho, pero sí lo suficiente como para hacerle encogerse también a él. Posó las manos en sus hombros y le empujó para apartarle.

Stuart no se movió.

—Edie, abre los ojos, mírame.

Edie obedeció, pero había un vacío en aquel rostro arrasado por el dolor que fue más demoledor incluso que las lágrimas. Le estaba mirando directamente, pero no le veía.

—Por favor, apártate de mí —susurró Edie, empujándole otra vez—. Por favor... por favor. No puedo respirar.

Había pánico en su voz, Stuart lo oyó, e indefenso y desconsolado, se apartó de ella y se tumbó de espaldas, quedándose con la mirada fija en el techo de madera del almacén de plumas. Solo unos minutos antes, estaban riéndose juntos, y en aquel momento... ¡Oh, Dios! Stuart se frotó la cara, sintiéndose ruin.

Se preguntó si Edie le habría dicho que no y él no lo habría oído. Se preguntó si le habría suplicado que se detuviera y él, en cambio, había imaginado que pronunciaba su nombre.

Stuart se abrochó los pantalones. El sentimiento de culpa le presionaba sobre las plumas y deseó que continuara aplastándole y le arrastrara hasta el abismo. La había hecho llorar.

Quería arrancarse el corazón.

Angustiado, cerró los ojos, escuchando en medio de aquella agonía el susurro de la tela mientras Edie se colocaba la ropa interior y la falda del vestido. Después, la oyó gatear, moviéndose hacia un lado del cubículo y supo que no podían dejar así lo ocurrido.

—Edie, espera —le pidió, y se sentó—. No te vayas.

La angustia que sentía debió de reflejarse en s voz, porque se detuvo al lado del receptáculo.

—No es culpa tuya, Stuart —le aseguró Edie por encima del hombro, pero no le miró—. No ha sido culpa tuya —se interrumpió y tomó aire, temblorosa—. No te he pedido que te detuvieras.

Aquello no le proporcionó ningún consuelo, no cuando todavía podía ver el rastro de las lágrimas en sus mejillas. Edie se volvió y salió, moviéndose torpemente con las faldas mientras se deslizaba al otro lado. Agarró el sombrero, pero Stuart volvió a hablar antes de que ella partiera.

—Edie, espera. Por favor, mírame.

Edie cuadró los hombros como si le resultara difícil hacerlo. Alzó el rostro y se volvió para mirarle a los ojos.

—Estoy bien, Stuart —le aseguró—. Me pondré bien.

Fue aquel matiz, aquel sutil cambio de tiempo en la segunda frase lo que más le dolió, penetrándole directamente como una flecha y no fue capaz de hacer otra cosa que observar indefenso mientras la mujer a la que quería más que a la vida daba media vuelta y se alejaba.

CAPÍTULO 19

Stuart continuó en el almacén de plumas mucho tiempo después de que Edie se hubiera ido, deseando poder dar marcha atrás en el tiempo para hacer todo de manera diferente, pero no podía. Al final, salió de aquel receptáculo, se sacudió la ropa y abandonó el almacén de plumas.

Hacía tiempo que Edie se había ido y se había llevado a Snuffles con ella, de modo que caminó solo hasta la casa. Andaba a paso lento, no por culpa de la pierna, sino por el miedo que anidaba en sus entrañas, el dolor de su corazón y la culpa que se había instalado en el fondo de su alma.

Entró en la casa, pero se detuvo junto a las escaleras y alzó la mirada hacia los escalones de mármol y la barandilla hierro forjado, sabiendo que tenía que subir, ver a Edie y hablar con ella. Tenía que enfrentarse a lo ocurrido, hablar sobre ello, tratarlo, aunque no sabía exactamente lo que eso significaba. Necesitaba retenerla, aunque dudaba de que pudiera conseguirlo. Consolarla, aunque no sabía cómo. En aquel momento, navegar el río Congo o enfrentarse a una leona furiosa le parecía menos peligroso. Le rompería el alma hacerla llorar otra vez.

—¿Su Excelencia?

Stuart se volvió, aliviado casi al poder postergar, aunque

fuera solo durante unos breves minutos, la subida al piso de arriba. Se volvió y descubrió al primer lacayo justo tras él.

—¿Si, Edward? ¿Qué ocurre?

—Esto es para usted —el lacayo le tendió una bandeja sobre la que reposaba un papel doblado—. Un telegrama.

Stuart tomó el telegrama y lo desdobló mientras Edward retrocedía y esperaba por si el duque pudiera necesitar algo. «Es un buen hombre, este Edward», pensó Stuart con aire ausente, y volvió a prestar atención al mensaje que tenía entre las manos.

DISPUESTO A AYUDAR STOP TENGO ALGUNAS IDEAS STOP LLEGARÁ UNA CARTA CON MÁS DETALLES STOP ENVIARÉ POSTERIOR CORRESPONDENCIA AL WHITE'S COMO SE SOLICITÓ STOP ME ALEGRO DE QUE HAYA RECOBRADO EL JUICIO Y VUELTO A CASA CON MI HIJA STOP ARTHUR JEWELL

Stuart fijó la mirada en el telegrama, sintiéndose ligeramente aliviado por el hecho de tener un aliado adicional, pero no lo suficiente como para olvidar el miedo a subir a ver a Edie. Había regresado a casa, junto a la hija de Arthur, eso era cierto, pero no parecía ser capaz de hacerla feliz. Se guardó el telegrama en el bolsillo y se volvió hacia el lacayo.

—¿Edward?

El sirviente volvió a dar un paso adelante.

—¿Sí, Su Excelencia?

Stuart inclinó la cabeza y miró con atención al sirviente. Edward era un poco más joven que él, pero era mucho más pulcro. Llevaba cada línea de la librea en su lugar, los zapatos tan cepillados que resplandecían, el pelo cuidadosamente peinado y la corbata anudada en un lazo perfecto.

—Edward... Brown, ¿verdad?

—Brownley, Su Excelencia.

—Por supuesto. Brownley, perdona —se interrumpió, pensó en ello durante unos segundos y tomó después una decisión—. ¿Le gustaría convertirse en mi ayuda de cámara, señor Brownley? —le preguntó, tratándole a partir de aquel momento de usted.

El lacayo le miró estupefacto.

—¿Su Excelencia?

—Presumo que ha sido usted el que ha estado almidonando mis camisas y planchándome los trajes desde que he vuelto a casa —cuando el lacayo asintió, él continuó—. Y creo que, cuando la ocasión así lo ha requerido, ha hecho otras veces de ayuda de cámara.

—Sí, Su Excelencia. Cuando se han alojado invitados en Highclyffe que venían sin ayuda de cámara, he tenido el honor de servirlos.

—Excelente. Te advierto que no será fácil controlarme. Odio los cuellos rígidos. Llevo siempre la corbata sin atar, pierdo los broches de los cuellos y la pierna no deja de darme problemas. Además, solo he tenido un ayuda de cámara en toda mi vida. Pero murió.

—El señor Jones, he oído decir que era un buen hombre, Su Excelencia.

—Sí, lo era —Stuart se interrumpió—. Estarás también a mi servicio cuando viaje —continuó al cabo de un momento—. Durante la temporada en Londres. En los viajes a Italia o a Francia que hagamos mi esposa y yo durante las vacaciones... ese tipo de viajes. Pero nunca tendrás que estar fuera de Inglaterra durante mucho tiempo.

—Sí, Su Excelencia, gracias.

—Bueno, entonces, ya está todo dicho. Puedes empezar decidiendo la ropa que necesito, porque estoy convencido de que mi guardarropa está terriblemente desfasado. Y dile a Wellesley que tendremos que encontrar un nuevo lacayo. Ahora puedes irte.

El nuevo ayuda de cámara inclinó la cabeza y salió hacia el pasillo de los sirvientes, y Stuart supo que no podía quedarse allí, posponiendo lo inevitable durante un segundo más. Se volvió y comenzó a subir las escaleras.

Cuando llegó a la habitación de su esposa, llamó a la puerta.

—¿Edie? ¿Puedo entrar?

No hubo respuesta. Stuart esperó un momento. Después, alzó la mano para llamar otra vez, pero justo en ese momento la puerta se abrió y vio a Reeves frente a él. No la abrió del todo para permitirle pasar. En cambio, miró rápidamente por encima del hombro, salió al pasillo y cerró la puerta tras ella.

—¿Ella...? —Stuart se interrumpió y tomó aire—. ¿Cómo está?

—Está bien —alzó la mirada hacia él, y debió comprender lo que sentía, porque suavizó su habitual actitud rígida y distante—. Se pondrá bien, Su Excelencia. Solo está un poco nerviosa, eso es todo.

—¿Puedo verla?

La doncella vaciló.

—Le suplico que me perdone, señor, pero no creo que sea sensato. Está dándose un baño en este momento.

Lo que habría hecho cualquiera después de mantener una relación. En el caso de cualquier otra mujer, no habría significado nada. Pero, con Edie, tenía la sensación de que estaba intentando borrar las marcas que había dejado en su cuerpo. Tenía que borrar el recuerdo. ¿El recuerdo de otro hombre o de él?

Stuart retrocedió y se apoyó contra la pared del pasillo.

—No debería culparse —le recomendó la doncella con voz delicada y comprensiva—. Usted no tiene la culpa de lo que le pasó.

Stuart miró atónito a la doncella.

—Lo sabes.

Reeves no tuvo que preguntar a qué se refería.

—Sí.

—¿Te... te lo contó ella?

Reeves le miró con expresión compasiva.

—He sido su doncella desde la primera vez que se recogió el pelo. Siempre lo he sabido —se interrumpió—. ¿Se lo ha contado, Su Excelencia?

Había una nota de sorpresa en su voz mientras lo preguntaba. Stuart negó con la cabeza.

—Lo imaginé, y ella me lo confirmó —alzó la mano con un gesto de indefensión—. ¿Qué puedo hacer? —le preguntó, y la desesperación le golpeó de lleno en el pecho—. Reeves, ¿qué puedo hacer?

—Dele tiempo, señor. Ahora está desolada, pero se pondrá bien. Solo necesita pasar algún tiempo a solas y se le pasará.

—¿De verdad? —le parecía muy poco probable. Sacudió la cabeza—. ¿Se pondrá bien?

—Usted lleva en casa poco más de una semana. Solo necesita un poco de espacio, por así decirlo.

—Por supuesto —lo consideró en silencio—. Iré a Londres durante unos días —dijo al cabo de un momento—. Tengo otros asuntos de los que ocuparme que me llevarán toda una semana. ¿Será suficiente?

—Creo que sí —Reeves sonrió ligeramente—. Bastará con que esta vez no esté lejos durante cinco años.

Stuart intentó devolverle la sonrisa.

—Tendré suerte si soy capaz de aguantar cinco días lejos de ella.

La doncella asintió, parecía complacida.

—Estupendo, porque ella le necesita —Reeves permaneció vacilante en silencio, como si quisiera decir algo más. Al final, se decidió—. Siempre le ha necesitado.

Curiosamente, a Stuart no le sorprendió oírlo. Llegó a su mente una imagen de la joven que había sido Edie en el salón de baile de la Casa Hanford.

—Siempre he tenido esa sensación —dijo lentamente—. Siempre lo he sabido. Pero supongo que no estaba preparado para que nadie me necesitara. Hasta ahora.

Stuart tomó aire y se apartó de la pared.

—Estaré en mi club. Cuida de ella hasta que regrese, Reeves.

—Lo haré, Su Excelencia. Siempre lo hago.

Stuart se volvió con intención de dirigirse hacia el dormitorio, pero volvió a detenerse antes de haber dado un solo paso.

—Y, Reeves.

La doncella se detuvo con la mano ya en el pomo de la puerta.

—¿Sí, Su Excelencia?

Stuart inclinó la cabeza y clavó la mirada en el suelo. Para cuando regresara, habrían pasado ya los diez días. Edie no le había besado. Había sido él el único que la había besado y, como ella había señalado acertadamente, eso no contaba. Tensó la mano derecha alrededor del bastón y se llevó el puño izquierdo a la boca mientras se esforzaba para decir algo más. Al final, bajó la mano, miró a la doncella y le pidió:

—No dejes que me abandone. No me importa lo que tengas que hacer, pero no permitas que se vaya y me deje. Es una orden.

Era una orden imposible de cumplir. Lo sabía. Si Edie quería dejarle, la doncella difícilmente podría hacer nada al respecto, pero estaba desesperado.

—Haré todo lo posible para convencerla de que no lo haga, Su Excelencia, en el caso de que quiera marcharse. Pero... —se interrumpió un instante— no creo que quiera marcharse.

—Espero que no, Reeves. Yo también la necesito a ella, ya

ves —Stuart se alejó, consciente de que no podía hacer nada más, al menos, de momento.

A las diez de aquella misma noche, Stuart y su nuevo ayuda de cámara llegaron a la ciudad y se instalaron en las habitaciones del club. A la mañana siguiente, Stuart despachó nuevas cartas para sus amigos, proponiendo una velada en el White's al cabo de cinco días, calculando que para entonces Pinkerton's habría terminado ya su informe sobre Van Hausen.

Mientras tanto, sabía que debía mantenerse ocupado. Arrastrando a Edward con él, visitó a diferentes sastres, zapateros y camiseros. Como había sido el responsable de la colada del duque desde que este había regresado, su flamante ayuda de cámara demostró conocimiento suficiente sobre su guardarropa como para saber lo que necesitaba. También tenía un gusto excelente y criterio para elegir telas. No era Jones, pero Stuart sabía que podría hacer bien su trabajo.

Stuart fue también a Park Lane para inspeccionar el estado de la casa Margrave, una visita que demostró ser completamente innecesaria. Aunque en aquel momento la casa estaba cerrada, con todo cubierto de sábanas y fundas, pudo determinar que su residencia estaba limpia y ordenada. No por primera vez, apreció el hecho de que Edie hubiera realizado tan buen trabajo mientras él había estado lejos. Pero mientras paseaba por las habitaciones, rezó para no tener que vivir nunca solo en aquel lugar.

Asistió a una reunión de la Sociedad Geográfica Londinense en la que los miembros que acudieron irrumpieron en una gran ovación para felicitarle por sus exploraciones en el Congo, un momento que a Stuart le resultó bastante embarazoso.

Visitó el Museo Británico y vio su mariposa. Estando allí, se presentó ante el responsable de las exposiciones científicas y le emocionó que el buen hombre pareciera pensar que había hecho algo importante. De alguna manera, comparado con hacer las cosas bien con Edie, descubrir una nueva especie de mariposa le parecía algo insignificante.

El décimo día de su apuesta llegó y se fue, y Stuart estuvo pensando en lo que pretendería hacer Edie. Se preguntaba si quizá no habría cometido un error al marcharse y no aprovechar cada minuto del precioso tiempo que les quedaba. Intentó decirse que dos días no eran nada y que, de todas formas, era una apuesta muy estúpida. Intentó convencerse de que, aunque Edie no le hubiera besado, aunque él la hubiera presionado en exceso al final, se quedaría. E intentó creérselo.

Se esforzaba para no pensar mucho en ella, pero aquello demostró ser un esfuerzo inútil. Tomar el té en el Savoy le recordó a ella. Una joven de pelo cobrizo en Hyde Park le recordó también a Edie. Y cualquier cosa blanca, en cualquier parte... bueno, también le removía los recuerdos. Cuando estaba tumbado en la cama, era lo peor, envuelto en sábanas blancas y almohadas de plumas, los recuerdos de la primera vez que la había besado se repetían una y otra vez, manteniéndole despierto durante toda la noche.

Quería escribirle, preguntarle si necesitaba algo, pero, por supuesto, no lo hizo. Si Edie necesitaba espacio para respirar, si el tiempo y la distancia podían ayudarle a conservarla, tenía que ofrecérselos. Esperaba que ella le escribiera, que le pidiera que volviera a casa, pero, aunque comprobaba su correspondencia una y otra vez, no llegó nunca una carta con la corona de la duquesa de Margrave.

Las cartas que recibió consiguieron levantarle un poco el ánimo. Sus amigos confirmaron el compromiso para el viernes por la noche en el club. Recibió noticias de Pinkerton`s informándole de que tenían el expediente. Y Arthur Jewell le envió un resumen de las diferentes formas en las que Frederick Van Hausen podía ser vulnerable. Su suegro le sugirió que decidieran un plan cuando viajara a Inglaterra durante su habitual visita navideña. Stuart le contestó mostrando su acuerdo, y esperando que Edie continuara hasta entonces con él.

Stuart reservó un comedor privado en el White's para el viernes por la noche y, cuando sus amigos comenzaron a llegar, había una botella de un buen whisky de malta sobre la mesa, tenía ya pedido el menú para la cena y guardaba toda la información obtenida sobre Van Hausen en un maletín al lado de su silla.

El marqués de Trubridge fue el primero en aparecer.

—¿Cómo tienes la pierna? —le preguntó mientras aceptaba una copa de su amigo y se sentaba enfrente de Stuart en la mesa redonda en la que iban a cenar.

—Tenías razón —admitió Stuart—. El doctor Cahill es una maravilla.

Nick sonrió.

—Te lo dije. Denys viene justo detrás de mí. Hemos llegado juntos desde Kent. Está ahora fuera, pagando el cabriolé.

Denys, vizconde Somerton, llegó justo en aquel momento, confirmando las palabras de Nick, pero apenas tuvo tiempo de estrecharle la mano, darle una palmada en la espalda y aceptar una copa antes de que se abriera la puerta otra vez y entrara el conde de Hayward.

—¡Pongo! —exclamaron los otros tres a un tiempo.

El conde esbozó una mueca ante aquel recibimiento. Lord Hayward, hijo del marqués de Wetherford, había sido bautizado como James, pero sus mejores amigos le llamaba Pongo por algo sucedido durante la infancia que ninguno de ellos era capaz recordar, y era un apodo que odiaba.

—Llamadme por mi nombre, canallas, si no queréis que os mande al infierno a todos vosotros y a esta condenada reunión —alzó la mirada hacia Stuart mientras aceptaba la copa—. ¿Cómo tienes la pierna, amigo mío?

—¡Ah, claro! —gruñó Nick—. Le preguntas a él por la pierna y a mí no me dices nada del hombro.

James hizo un gesto con la mano, restando importancia a aquella herida del hombro mientras se sentaba a su lado.

—Sí, te disparé, ¿y qué?

—¡Mientras le estaba salvando la vida! —dijo Nick, señalando a Denys con el vaso de whisky en la mano—. Estabas intentando dispararle y yo me metí por medio y terminé recibiendo ese maldito disparo. Es la estupidez más grande que he hecho en mi vida.

—Yo no estoy tan seguro —intervino Stuart—. Has hecho muchas cosas estúpidas.

—Además, se lo merecía —añadió Denys mientras se sentaba en la silla que había al otro lado de Nick, al lado de Stuart—. No te sientas culpable, Pongo.

James sonrió.

—No me siento culpable, pero me acuerdo perfectamente de que intenté dispararte, Somerton, porque estabas intentando escaparte con mi chica.

—Se arrojó a mis brazos de la manera más desvergonzada —se justificó Denys—. No pude evitarlo.

—Yo estaba allí —intervino Stuart—, y no fue así. En realidad, iba detrás de mí.

Aquella declaración fue inmediatamente sofocada por una ronda de burlas y un debate sobre el tema en cuestión, un debate que fue interrumpido antes de que hubieran llegado a una conclusión por la llegada del último miembro de la reunión, lord Featherstone.

—Lo siento, llego tarde caballeros —se disculpó Jack mientras entraba y cerraba la puerta tras él.

—Perdona que no nos sorprenda —repuso Denys, mirándole por encima del hombro—. Siempre llegas tarde.

—Concededme una tregua, ¿de acuerdo? Al fin y al cabo, vengo desde París. Acabo de bajar del tren de Dover hace veinte minutos.

Jack rodeó la mesa mientras Stuart se levantaba para recibirle.

—Atacado por un león, ¿eh? —le preguntó, y le tendió la mano—. Harías cualquier cosa para justificar una farra.

—En eso has acertado, ¿quieres una copa?

—Por supuesto. No creerás que he venido aquí por ti, ¿verdad?

Stuart le sirvió un whisky de la botella que había en medio de la mesa. Jack lo aceptó, sacó la silla vacía que había a la derecha de Stuart y se sentó.

—Muy bien caballeros —dijo Jack mientras se sentaba—, ahora que ya le hemos dado la bienvenida a casa al asesino de leones, ¿qué vamos a hacer esta noche? Primero cenar, supongo. Después, jugaremos a las cartas. Posiblemente un paseo por los barrios bajos para visitar los pubs del East End, ¿o quizá nos encontremos con las bailarinas más atractivas del music hall de Londres y las animaremos a bajar del escenario?

—Conmigo no contéis —dijo Nicholas, y levantó las manos—. Soy un hombre felizmente casado —bajó las manos, tomó su whiskey y lo alzó—. Y con un hijo en camino.

Aquella noticia fue recibida con felicitaciones sinceras y un brindis.

—Nick no vendrá —dijo Jack mientras volvía a llenar su vaso y pasaba la botella—, ¿pero qué decís los demás?

Al sentir la mirada de Jack sobre él, Stuart negó con la cabeza.

—Mi esposa y yo nos hemos reconciliado —esperaba con todas sus fuerzas que fuera verdad.

Se hizo un momento de silencio mientras todos sus amigos le miraban con expresión dubitativa. Fue Jack el que se atrevió a formular la pregunta que todos tenían en mente.

—¿Y estás contento con la situación?

—Sí, la verdad es que sí —si sería o no capaz de hacer feliz a Edie era una cuestión diferente—. Y estoy feliz de estar en casa.

—Muy bien —Jack alzó su vaso—. Aquí está el cazador, regresando por fin de la montaña.

Unieron sus copas, que vaciaron inmediatamente después, y volvieron a pasar la botella para que todos pudieran llenarlas.

—Aun así —continuó Jack—, ¿qué se supone que vamos a hacer los demás? Los amigos felizmente casados resultan una compañía muy tediosa —miró a James y a Denys—. ¿A vosotros también os han atrapado?

—A mí no —Denys alzó su vaso—. Sigo siendo un soltero sin obligaciones.

—Yo también —se sumó James.

—Bien, es un alivio. Más tarde, dejaremos a estos dos... —se interrumpió, señalando a Stuart y a Nicholas—, y saldremos a divertirnos un poco, ¿de acuerdo?

—Vosotros tres podéis invadir todos los burdeles, las tabernas y los clubs de juego de Londres todas las veces que queráis en cualquier otro momento —dijo Stuart—. Pero no esta noche. No os he traído aquí para que os vayáis de juerga por la ciudad. Además, Londres en agosto es una ciudad muy aburrida, así que no creo que os vayáis a perder gran cosa.

—¿Entonces para qué estamos aquí? —Jack le dirigió una descarada sonrisa—. Además de para ver tus cicatrices, oírlo todo sobre tus heridas y mostrarme convenientemente impresionado por tu heroica lucha contra los leones, por supuesto.

Stuart tomó una copa.

—No quiero hablar sobre ello.

—Tonterías —dijo Jack con incredulidad—. ¿Tienes la oportunidad perfecta para alardear un poco y no quieres hablar sobre ello? ¿Por qué no? —preguntó, mirando por debajo de la mesa—. Los leones no se han comido nada importante, ¿verdad?

Stuart bebió un trago de whisky y dio la noticia.

—Jones está muerto.

—¿Qué? —la pregunta de Jack fue un precipitado suspiro

en medio del ensordecedor silencio de los otros. Se enderezó lentamente en la silla—. ¿Tu ayuda de cámara murió? ¿Qué ocurrió? ¿Fueron también los leones?

—Sí.

Jack suspiró y se pasó la mano por su pelo negro.

—Diablos —musitó—. Y yo aquí diciendo tonterías. Lo siento, Stuart.

Los demás expresaron un sentimiento similar, pero Stuart rechazó con un gesto aquellas muestras de compasión. Le resultaba imposible soportarlo.

—Hablemos de otra cosa, ¿de acuerdo?

Antes de que ninguno de sus amigos pudiera elegir un tema, desvió la conversación hacia el asunto del que quería hablar.

—Amigos, por maravilloso que sea teneros a todos aquí, el motivo por el que os he pedido que vinierais no ha sido organizar una reunión —se interrumpió para asegurarse de que le estaban prestando toda su atención—. Tengo algo de lo que hablar con vosotros y quiero hacerlo antes de volver a pasar la botella porque es un asunto bastante serio.

Bajaron las copas y retiraron la botella inmediatamente. Stuart buscó en el maletín y sacó el informe de Van Hausen. Se levantó, dejó el fajo de documentos en el centro de la mesa y recorrió con la mirada los rostros de sus amigos, uno a uno.

—Quiero arruinar a este hombre —dijo por fin—. Quiero humillarle, destrozarle. Con saña, completamente y sin piedad.

Volvió a hacerse el silencio y, una vez más, fue James el que lo rompió.

—Genial —dijo, arrastrando las palabras mientras inclinaba la silla sobre dos patas y le sonreía a Stuart—, ese es precisamente el tipo de juerga que me gusta.

Denys se aclaró la garganta.

—No tengo ninguna duda de que el hombre en cuestión se lo merece, ¿pero puedo preguntar por qué?

—Puedo daros una explicación general, pero no entrar en detalle. Y os aseguro que es una cuestión de honor y de justicia

James se reclinó en la silla y alzó la mirada hacia él.

—Asumo que los tribunales no pueden tocarle.

—No. Es norteamericano, de una familia de la aristocracia, tiene un padre muy rico y muy poderoso.

—¡Bah! —James desdeñó con un sonido burlón aquellas posibles dificultades.

—Caballeros —dijo Stuart, posando las manos en la mesa y fijando la mirada sobre los documentos—. Haría esto solo, pero no puedo. Necesito la ayuda de todos —alzó la mirada y recorrió los rostros de sus amigos más íntimos, amigos a los que conocía desde la infancia—. Todos somos hombres de Eton.

Los otro cuatro asistieron, comprendiendo perfectamente el sentido de sus palabras y, en aquella ocasión, fue Nicholas el primero en hablar.

—No hay nada más que decir. ¿Qué quieres que hagamos?

CAPÍTULO 20

—¿Estás segura?

Joanna se volvió desde la puerta del tren y miró a Edie. Bajo el canotier, su hermoso rostro mostraba una cierta inseguridad. Miró con sus ojos castaños a ambos lados del andén, como un animal acorralado buscando una salida.

—Creo que debería esperar hasta que llegara Stuart.

—No puedes —le dijo Edie por quizá décima vez—. El primer día del trimestre en Willowbank es el lunes. De esta forma, tendrás dos días para instalarte. Y no sé exactamente cuándo piensa volver Stuart a casa.

—Me dijiste que Reeves había dicho que iba a estar fuera una semana. Han pasado ya diez días desde que se fue. Estoy segura de que volverá pronto. A lo mejor incluso hoy. Deberíamos esperar. No tuve oportunidad de despedirme de él cuando se fue.

El tren silbó, señalando su inminente partida y Edie agarró a su hermana por los hombros.

—Estoy segura de que Stuart comprenderá por qué no has podido despedirte de él. Ahora, monta en el tren, cariño. Podrás vernos dentro de tres semanas.

—¿Y cómo voy a estar segura? A lo mejor le dejas. Cuando Stuart regresó a casa, dijiste que era posible que le dejaras.

Edie pensó en cómo se sentía cuando lo había dicho y no pudo evitar su sorpresa al darse cuenta de cómo, en quince días, una persona podía cambiar completamente toda la perspectiva de su vida.

—No voy a dejarle.

—¿Me lo prometes?

—Te lo prometo —le plantó un beso en cada mejilla e intentó que se volviera, pero, cuando Joanna comenzó a resistirse, suspiró, bajó las manos de los hombros de Joanna y puso los brazos en jarras—. Joanna Arlene Jewell, ¿alguna vez he roto las promesas que te he hecho?

Joanna se encogió de hombros, miró alrededor del andén y cambió el peso sobre sus pies.

—No.

—Bueno, pues ya lo tienes. Tu primer día libre será dentro de tres semanas y Stuart y yo iremos a visitarte.

—¿Y llevaréis a Snuffles también?

—Sí, él también irá —le prometió.

Joanna continuaba sin parecer muy convencida.

—¿Estarás bien? No tendrás ninguna compañía hasta que Stuart vuelva.

—Me las arreglaré —Edie vio la nube de vapor saliendo de la máquina y, afortunadamente, cuando volvió a agarrar a su hermana por los hombros, esta permitió que le diera la vuelta.

Pero antes de subir al tren, Joanna añadió, mirándola por encima del hombro:

—¿Estás segura? Es una casa terriblemente grande.

—Estoy segura, cariño Ahora, sube, la señora Simmons te está esperando.

Joanna subió por fin al tren. Pero, al igual que había hecho en la otra ocasión, abrió la primera ventanilla que pudo y continuó hablando:

—Iré al colegio si tengo que ir, pero, si piensas dejar a

Stuart y huir, pienso decirle dónde estás. Normalmente, no soy ninguna acusica y ya sé que te dije que estaba de tu lado, ¡y de verdad que lo estoy! Pero antes de que se fuera a Londres, le prometí que, si te ibas, le diría adónde.

—¿Qué? ¿Y eso cuándo ocurrió?

—Durante la cena, cuando tú estabas cenando en tu dormitorio. Me dijo que iba a irse unos días.

Edie saltó inmediatamente.

—¿Entonces tuviste oportunidad de despedirte de él?

—Eso ahora no importa —respondió Joanna con impaciencia, haciendo un gesto en el aire con la mano enguantada en blanco —. Me dijo que se iba a Londres y, cuando le pregunté por qué, me contestó que tenía que ocuparse de un asunto. Pero también me dijo que os habíais peleado y que quizá estuvieras triste. Insistió en que yo no debería hablarte ni preguntarte nada, que lo que tenía que hacer era intentar animarte y cuidarte. Y me dijo que quería volver antes de que yo fuera al colegio, pero no estaba seguro de que pudiera. Fue entonces cuando me hizo prometerle que le diría dónde estabas si al final decidías marcharte. Me dijo que no iba a permitir que te fueras porque él hubiera hecho una estupidez.

—¿Eso dijo? —Edie gimió, porque aquello confirmaba exactamente lo que había temido desde la partida de Stuart.

—Sí, así que...

Volvió a sonar el pitido del tren y Joanna se aferró a la ventanilla para permanecer erguida. Se alzó y asomó la cabeza.

—Así que no huyas, Edie, o le diré dónde estás —empezó a llorar—. ¡Te juro que se lo diré!

Edie también estaba al borde de las lágrimas, pero se reprimió para no hacer sufrir a Joanna.

—No voy a ir a ninguna parte —gritó, esperando que su hermana pudiera oírla por encima de los humeantes resoplidos de la máquina de vapor—. Te lo prometo.

Esperó a que su hermana hubiera desaparecido de su vista antes de empezar a llorar, pero no se marchó como había hecho la última vez. Permaneció en el andén hasta que perdió al tren completamente de vista. Al fin y al cabo, con Joanna, nunca se podía estar segura.

—No, quiero el retrato de Stuart a la derecha del mío, Henry —le dijo al sirviente que estaba en lo alto de la escalera, en la galería de los retratos—. A la derecha.

Wellesley, que estaba a su lado, tosió suavemente.

—La viuda del duque siempre tuvo el retrato del duque colgado a la izquierda del suyo, Su Excelencia.

«Ya estamos otra vez», pensó Edie. ¿Por qué hasta cambiar de lugar un retrato de la galería tenía que costarle una batalla?

—Estoy segura de que el octavo duque estaba espléndido a la izquierda de la viuda del duque —replicó—. Pero quiero el retrato del noveno duque a la derecha del mío.

Wellesley suspiró. Fue el suspiro de un sufrido mayordomo británico obligado a tratar con una duquesa norteamericana que no sabía cómo tenían que hacerse las cosas.

—Sí, Su Excelencia. Es solo que en Highclyffe no estamos acostumbrados a colocar el retrato a la derecha.

—Exactamente —respondió Edie, como hacía siempre, con afable firmeza—. Pero...

—¡Su Excelencia!

Aquella interrupción hizo que Edie se volviera. Vio a Reeves cruzando con paso enérgico las puertas de la larga galería y deteniéndose ante ellas.

—Ha vuelto —dijo, jadeando para tomar aire—. El duque ha vuelto. Ha ido directamente a su habitación. Le he sugerido que esperara allí y por eso he venido a buscarla.

Edie comenzó a cruzar reposadamente la galería, pero, para cuando llegó al lado de la doncella, estaba ya corriendo.

—¿A mi habitación?

Reeves asintió y Edie comenzó a correr, pero se detuvo de pronto.

—Wellesley, ¿el regalo de Su Excelencia?

El mayordomo la miró impasible.

—Seguí exactamente sus instrucciones, Su Excelencia.

Edie asintió y se volvió hacia la puerta.

—Lo creeré cuando lo vea —musitó.

Salió de la galería, se detuvo y se apoyó contra el marco de la puerta.

—A la derecha, Wellesley —le recordó y salió mientras el pesado suspiro del mayordomo resonaba a lo largo de la galería.

Edie corrió por el pasillo hacia las escaleras, subió los escalones de dos en dos y giró hacia el pasillo que albergaba las habitaciones de la familia, pero, antes de dirigirse a la suya, comprendió que tenía que detenerse y dedicar unos segundos a prepararse.

Aquello era importante. Tenía que hacer las cosas bien después del terrible malentendido de la última vez que habían estado juntos. Edie sintió una punzada de ansiedad. Pero fue una sensación que no tuvo nada que ver con lo que había sentido en el pasado. Aquella ansiedad no era producto del miedo, sino de un nerviosismo salvaje.

Edie permaneció en el pasillo durante algunos minutos, respirando hondo, luchando para recuperar la compostura. Tenía que conservar la calma, explicarse completamente y, sobre todo, tenía que ser capaz de contener las lágrimas o, en caso contrario, jamás sería capaz de pronunciar una sola palabra. Al cabo de unos minutos, recorrió los últimos metros que le quedaban y entró en la habitación.

Stuart estaba enfrente del escritorio, mirando por la ventana.

—Has vuelto. Reeves dijo que estarías fuera durante una semana, pero has estado algo más...

Se interrumpió. Stuart no se había vuelto todavía y había algo en la rígida inmovilidad de su cuerpo que despertó su preocupación.

—¿Stuart?

Stuart tamborileó con los dedos en el escritorio.

—Veo que Keating te ha enviado ya el acuerdo de separación.

Edie desvió la mirada hacia el escritorio, donde descansaba el documento a plena vista. ¡Dios santo! Lo había olvidado por completo.

—Sí, llegó por correo mientras estabas fuera, pero...

Stuart giró la cabeza, permitiéndole ver su perfil, pero no se volvió.

—Perdóname por haber invadido tu privacidad. He venido directamente a tu habitación en cuanto he llegado y Reeves me ha sugerido que te esperara aquí mientras iba a buscarte. No pretendía curiosear entre tus cosas. Simplemente, me he acercado a la ventana y lo he visto. No tenía intención de leer tu correspondencia.

—Por supuesto que no. Ni siquiera he...

—¿Quieres que lo firme, Edie? —se volvió hacia ella, pero, al estar de espaldas a la ventana, la luz del exterior hacía difícil leer su expresión—. Porque, si es eso lo que quieres, estoy dispuesto a hacerlo. Ya han pasado los diez días que acordamos —añadió antes de que pudiera contestar—. Sé que intentar retenerte por la fuerza solo te causaría más dolor y yo prefiero morir antes que hacerte sufrir.

—Pero, Stuart, yo no quiero...

—¿Te acuerdas de cuando me preguntaste por lo que le había sucedido a Jones y yo no te contesté? He pensado que, quizá, debería decírtelo.

Edie frunció el ceño sorprendida no solo por el cambio de tema, sino también por el tono reflexivo de su voz y su semblante sombrío. Se estremeció ligeramente.

—De acuerdo, cuéntamelo.

—Estábamos haciendo un traslado de ganado desde la estación de clasificación de Nairobi a una granja situada al sur de las montañas Ngong —dijo al cabo de un momento—. En términos de distancia, no está lejos, pero es un viaje de tres días. Quinientas cabezas de ganado no son precisamente fáciles de mover, al menos en un país infestado de leones. Era nuestra segunda noche al aire libre. Los hombres habían encendido los fuegos, como siempre, y yo personalmente los revisé todos, como hacía habitualmente. Pero al menos uno de ellos debió de apagarse. ¿Quién sabe por qué? Así es África, tan pronto todo fluye tranquilamente como de pronto... —se interrumpió e inclinó la cabeza—. Como de pronto, tu ayuda de cámara está muerto y tú ves a unos hombres cavando tu tumba.

—¿Qué ocurrió?

—Los leones atacaron al rebaño. Una hembra atacó a Jones y le mató —alzó la mirada, pero no la miró a ella—. La vi. Vi su carrera, y le vi caer. Intenté apartarla con el látigo, pero... —se le quebró la voz y se interrumpió.

Edie no soportaba no poder mirarle a los ojos. Comenzó a cruzar la habitación.

—¿Pero? —le urgió mientras se acercaba.

—Pero ya era demasiado tarde. Estaba muerto. Jones había sido mi ayuda de cámara desde que yo tenía dieciséis años, Edie. Me siguió a todos los lugares a los que quise ir. Él...

Volvió a quebrársele la voz y, una vez más, se interrumpió.

Edie se detuvo delante de él. Su corazón sufría con él, porque lo sabía todo sobre el sentimiento de culpabilidad.

—No fue culpa tuya. Seguramente, eso podría haberle sucedido a cualquiera estando en África.

—En una ocasión, me dijiste que era encantador —le dijo, cambiando de tema—. ¿Quieres que te cuente por qué suelo parecerlo? Antes de cumplir diez años, averigüé que mi familia nunca iba a quererme, así que tomé la firme decisión de conseguir que me quisieran todos los demás. Para cuando cumplí veinte años, no había una sola mujer a la que no pudiera conquistar, ni un solo hombre del que no pudiera ganarme su amistad, ni un juego al que no supiera jugar. No había un problema que no fuera capaz de resolver, siempre tuve una suerte endiablada y eso me convirtió en un canalla engreído. ¡Diablos!, míranos. Cuando te conocí, mi familia estaba sin blanca, los acreedores estaban a punto de quitarnos todo y, justo entonces, apareciste y soltaste un montón de dinero en mi regazo. Pura suerte —esbozó una mueca de ironía—. No me extraña que Cecil me odie.

—Cecil es un idiota.

Aquello hizo reír ligeramente a Stuart.

—Sí, bastante.

La sonrisa de Stuart desapareció.

—Convencí a Jones para que viniera conmigo a África. Él no quería, pero yo le convencí. Todo formaba parte de mi encanto. Y de que soy la clase de tipo que no acepta un no como respuesta. Y lo conseguí.

—No debes culparte a ti mismo, Stuart. No tienes por qué. Jones adoraba África. Escribía a los demás sirvientes y, en algunas ocasiones, Reeves me contaba lo que les decía. Es posible que al principio no quisiera ir, pero disfrutó de la mejor época de su vida estando allí a tu servicio.

—Lo sé, pero yo solo... —le brillaron los ojos y se los frotó bruscamente con los dedos—. Le echo de menos.

Edie alargó la mano para acariciarle el pelo y la mejilla.

—Claro que le echas de menos.

Stuart se reclinó contra el escritorio y apoyó las manos en el borde.

—¿Sabes la razón por la que quería ir a África? Como te he dicho, yo era un hombre condenadamente engreído. Ni siquiera un continente era suficientemente grande como para vencerme, por Dios —estiró la pierna hacia un lado, junto a los pies de Edie, y bajó la mirada hacia ella—. Jamás contraje la malaria, ni la disentería, ni el paludismo. Ni siquiera sufrí una picadura de serpiente, pero al final África consiguió ponerme en mi lugar.

Edie no sabía qué decir.

—Lo siento, Stuart. Lo siento muchísimo. Siento lo de Jones y lo de tu pierna.

—Yo siento lo de Jones, Edie, pero no siento lo de la pierna. Es posible que vaya a cojear durante el resto de mi vida, pero no lo lamento ni una pizca, y te diré por qué —se apartó del escritorio y se irguió ante ella—. Si eso no hubiera ocurrido, jamás habría vuelto a casa, salvo en un ataúd, y jamás habría sabido que lo mejor que tenía estaba exactamente aquí. Es cierto que jamás conocí a una mujer a la que no pudiera conquistar, pero también que ninguna de ellas me importó nunca realmente. Hasta que te conocí.

Edie soltó un sonido estrangulado y tuvo un miedo terrible de ponerse a llorar, y de que aquella compostura que tanto esfuerzo le había costado ganar se hiciera añicos.

—La noche que nos conocimos, cuando te vi por primera vez, sentí que era el destino el que me estaba obligando a prestarte atención. Tuve la sensación de que me estaba diciendo: «Mira, mira a esa chica con atención porque es importante. Ella va a cambiarte la vida». Después, cuando me seguiste por el laberinto, tuve la impresión de que aquella sensación se había debido a la posibilidad de contar con tu dinero, pero me equivoqué. En una ocasión, me preguntaste qué podía querer de ti. Lo que quiero, Edie, es saber que mi vida no ha sido un desperdicio. Saber que todo lo que había dado por sentado y a lo que no había dado ninguna importancia significa algo, aunque yo haya estado a punto de tirarlo por la borda. Que puedo hacer algún bien al mundo y no dedicarme solamente a divertirme. Pero, sobre todo, necesito saber que hay una persona en el mundo que me necesita, cuya vida es mejor porque formo parte de ella. Yo quiero ser esa persona para ti, Edie. Te quiero.

El júbilo estalló dentro de ella. El júbilo, el alivio y una estremecedora y dulce ternura.

—Stuart...

—Firmaré el acuerdo de separación si eso es lo que quieres. Pero te estoy pidiendo que no renuncies a nosotros, Edie. Y, si necesitas diez días más, o diez años, o el resto de mi vida, no me importa, pero te prometo que, antes de morir, conseguiré que entiendas que conmigo siempre estarás a salvo. Aunque te desee tanto que por las noches no pueda dormir, esperaré hasta que tú quieras estar conmigo, te lo prometo.

Se interrumpió y Edie esperó, pero, como no dijo nada más, al final habló.

—¿Eso es todo?

Apareció un brillo desafiante en los hermosos ojos grises de Stuart.

—Sí.

—Bien —Edie le enmarcó el rostro entre las manos, se puso de puntillas y le besó en los labios—. Esta es mi respuesta.

Stuart frunció el ceño y sacudió la cabeza, diciendo con aquel gesto que había conseguido confundirle una vez más. Abrió la boca, pero Edie se le adelantó, porque no podía permitir que llevara él todo el peso de la conversación.

—Me quedo —le contó—. No me voy a ir, ni ahora ni nunca. Y, si me hubieras dejado intervenir, te lo habría dicho en el momento en el que he cruzado la puerta.

—¿Pero y qué me dices de esto? —se volvió y tomó el acuerdo de separación.

Edie le arrancó el contrato de la mano.

—Keating me lo envió porque se lo pedí cuando le vi en

Londres, pero ni siquiera lo he leído y, desde luego, no voy a firmarlo.

Y, sin más, partió el documento por la mitad y tiró los pedazos al aire.

Stuart tragó con fuerza y la miró intensamente a los ojos mientras los pedazos de papel volaban a su alrededor.

—¿Estás segura de que quieres quedarte? ¿Incluso después de lo que pasó en el almacén de plumas?

—Eso no fue culpa tuya. Tuve un ataque de pánico. Sucede. Y, probablemente, volverá a ocurrir.

Sabía que tenía que hablar sobre ello, que, de aquella manera, Stuart comprendería lo ocurrido y no se culparía a sí mismo. Había estado preparándose para aquel momento desde que Stuart se había ido.

Edie tomó aire, entrelazó las manos y se las llevó a los labios, dispuesta a pronunciar las palabras que llevaba días buscando, las palabras que podrían explicar lo que había sucedido aquel día en el almacén de plumas.

—¿Te acuerdas de cuando jugamos al ajedrez y me dijiste que si hablaba de él debería mirarte a los ojos para que reconociera la diferencia?

—Sí, me acuerdo. Cuando pienso en ello, soy consciente de que no podía esperar que me vieras de manera diferente, pero, en aquel momento, estaba muy enfadado contigo por creer que él y yo éramos iguales.

—Sé que estabas enfadado. Pero me alegré de que dijeras eso porque, después, cada vez que estábamos juntos y te miraba a los ojos, me acordaba de lo que me habías dicho y eso me ayudaba a no tener miedo. Aquella tarde, en el almacén de plumas, todo fue... —se le quebró la voz y tuvo que detenerse un segundo antes de continuar—. Cuando tú... cuando te pusiste encima de mí, aquello... aquello me recordó a lo que había pasado con él. Porque no podía verte la cara.

El dolor cruzó el rostro de Stuart. A Edie se le desgarró el corazón porque odiaba hacerle sufrir, pero no podía parar en aquel momento, o no tendría valor para decirlo todo. Sabía que Stuart lo comprendería, y que después no tendrían que volver a hablar sobre ello.

—Me empujó encima de una mesa, me subió la falda y me bajó las bragas —hablaba rápidamente, forzando las palabras—. Le pedí que se detuviera, pero no lo hizo. Se colocó encima de mí y... lo hizo. Todo sucedió muy rápidamente y yo estaba aterrorizada. No dejaba de pedirle que parara, pero...
—sacudió la cabeza y se llevó la mano a la cara—. Enterró la cara contra mi cuello, de manera que no podía verle, y no me miró en ningún momento. No me miró hasta que se levantó. Y, cuando por fin lo hizo, se limitó a sonreír. Me deshonró, se abrochó los pantalones y sonrió. Me dijo que tendríamos que volver a hacerlo otro día. Ni siquiera me bajó el vestido antes de irse.

Vio que Stuart se llevaba el puño a la boca. Sabía que hacía aquel gesto cuando era presa de una intensa emoción y estaba intentando contenerla. Sabía que él también sufría, que sufría por ella, y se precipitó a añadir:

—Pero ya nada de eso importa. Es solo...

—Importa, Edie —replicó él, bajando el puño—. ¡Por Dios, claro que importa! Y pagará por lo que te hizo.

—Lo que quería explicarte es que, cuando estuvimos en el almacén de plumas, cuando... cuando te colocaste encima de mí, comencé a sentir pánico, pero todavía podía mirarte a la cara así que... así que todo iba bien. Pero, de pronto, enterraste el rostro en mi cuello —se interrumpió y parpadeó con fuerza, haciendo un esfuerzo para contener las lágrimas—. No podía mirarte. No podía mirarte a los ojos. No podía... recordar la diferencia.

—Lo entiendo —respiró hondo y asintió—. Sí, lo entiendo.

—Quería decírtelo en aquel momento, quería decirte lo

que había pasado, pero estaba llorando. Quería explicártelo, pero no podía, Stuart. No podía decírtelo.

Brotó un sollozo de lo más profundo de ella y, con aquel sollozo, la compostura que tanto le estaba costando mantener se desmoronó. El nudo tenso y férreo de miedo, vergüenza y enfado se deshizo por completo y Edie comenzó a llorar.

—Nunca se lo había contado a nadie.

Stuart la abrazó inmediatamente y la sostuvo con fuerza contra él mientras se desbordaban las lágrimas, lágrimas que Edie había intentado reprimir durante seis años, lágrimas que habían comenzado a brotar la tarde del almacén de plumas, lágrimas que también le habían hecho sufrir a él. Pero no podía contenerlas. Brotaban de sus ojos y empapaban el lino blanco de la camisa de Stuart y el chaleco de piqué mientras él le acariciaba el pelo y pronunciaba su nombre una y otra vez, y los pedazos de aquel nudo rígido y tenso que anidaba en su interior se alejaron flotando hasta desaparecer.

Por fin fue capaz de alzar la cabeza y retroceder. Se sorbió la nariz y aceptó el pañuelo que Stuart le ofreció.

—Te juro que no iba a llorar —le dijo mientras se secaba la cara—. Sé que te marchaste a Londres flagelándote por lo que había pasado entre nosotros, pero necesitaba tiempo para... para recuperarme. Sabía que tenía que explicártelo, pero no quería llorar mientras lo hacía porque eso lo habría hecho más difícil todavía para ti y no quería que te sintieras peor...

Stuart le enmarcó el rostro entre las manos.

—No te preocupes nunca por mí —le pidió con fiereza—. Nunca. Si necesitas hablarme de lo ocurrido, o hablarme de él, hazlo. Lo soportaré. Si necesitas estar sola, dímelo. Llora hasta quedarte sin lágrimas cuando te apetezca, golpéame con los puños y maldice su nombre, tira platos contra la pared o... ¡Diablos! Tíramelos a la cabeza. Pero, hagas lo que hagas, no te preocupes en ningún momento por si vas a hacerme sufrir o no,

¿lo entiendes? Y si vuelve a pasar lo que pasó en el almacén del plumas, si vuelves a sentir pánico cuando estemos haciendo el amor, agárrame del pelo, tírame de la cabeza y grita: «¡Stuart, mírame! ¡Stuart, maldita sea!».

De la garganta de Edie salió un sonido a medio camino entre una risa y un sollozo. Aquel discurso era tan absurdo y su fiereza tan conmovedora que no pudo evitarlo.

—Lo intentaré, te lo prometo.

—Y, si cualquier otra cosa te hace tener miedo o te hace acordarte de él, cada vez que pienses en algo relacionado con aquello, tienes que decírmelo.

Edie pensó en ello un momento.

—No te pongas nunca, nunca, agua de colonia.

—¡Puaj! —esbozó una mueca—. No lo haré. Por eso no tienes que preocuparte.

—Gracias a Dios —Edie volvió a darse unos toquecitos con el pañuelo para secarse la cara—. Dios mío, diez días enteros para recuperar la compostura y, al final, no ha servido de nada, ¿verdad?

—¿Pero qué sientes ahora, querida? —alargó la mano para deslizarla por su mejilla, acariciándole las pecas—. ¿Qué sientes?

Edie consideró la respuesta.

—Alivio —dijo por fin, llevándose la mano al pecho—. ¡Dios mío! ¡Qué alivio!

Aquello le gustó a Stuart, porque se marcaron las arrugas que rodeaban sus ojos, insinuando una sonrisa.

—Bien.

—Ahora mismo debo de tener una cara horrorosa, y es una pena, porque tenía una sorpresa preparada para tu vuelta.

—¿Una sorpresa?

—Sí. Y llevo días preparándola, así que ahora tendrás que irte y dejar que me arregle la cara —dobló el pañuelo y lo dejó encima del escritorio—. Será mejor que nos cambiemos para la cena, ¿de acuerdo? Y después quiero que nos encontremos a los pies de la escalera.

—¿Pero qué clase de sorpresa es?

—No pienso decírtelo —le hizo dar media vuelta y comenzó a empujarle hacia la puerta—. Tendrás que esperar.

Una hora después, tras unas cuantas compresas empapadas en té frío preparadas por Reeves, el rostro de Edie prácticamente había recuperado su aspecto normal. Había desaparecido la hinchazón, no tenía los ojos irritados y los polvos disimulaban los vestigios dejados por el llanto. Envuelta en un vestido de noche de seda azul, con el pelo rizado y elegantemente recogido en lo alto de la cabeza, con algunos rizos alrededor de su rostro, hasta la propia Edie consideró que podía estar atractiva.

—Reeves, eres increíble —asombrada, fijó la mirada en el espejo—. Gracias.

La doncella sonrió y la miró a los ojos a través del espejo.

—Lo asombroso es que al final me haya dejado ponerle polvos en la cara y un poco de color en los labios.

—Pero no he consentido en ponerme relleno en el pecho. No lo necesito —se interrumpió y acarició la seda—. Por lo menos, eso me han dicho.

Edie se echó a reír y la doncella rio con ella. Las dos reían como dos jovencitas antes del baile.

Reeves ajustó la manga abullonada de encaje a la altura del hombro.

—Me gusta verla feliz, Su Excelencia —le dijo.

—Soy feliz —confirmó Edie, dándose cuenta de hasta qué punto era cierto—. Aunque hace una hora, nadie se lo habría imaginado —sonrió—. Lo confieso, Reeves, me gusta ser la mujer fascinante a la que mira el duque desde el otro lado de la mesa.

La doncella sonrió, recordando la conversación que habían mantenido al respecto.

—Es un buen hombre, Su Excelencia.

—Sí —contestó de corazón—. Un muy buen hombre. Hablando de él, será mejor que baje o no tendré tiempo de darle el regalo antes de cenar.

Se apartó del espejo y comenzó a salir de la habitación, pero se detuvo en la puerta.

—Y, ¿Reeves?

—¿Sí, Su Excelencia?

—Tómate la noche libre. No te necesitaré hasta mañana por la mañana. Y quédate a Snuffles en tu habitación esta noche.

Y, sin más, abandonó la habitación y bajó a buscar a Stuart. Cuando le vio esperándola al pie de las escaleras, desde las que se volvió y la vio con el vestido azul, su expresión la hizo alegrarse inmensamente del rumbo que había tomado su vida.

—Te he comprado algo mientras estabas fuera —le dijo cuando se reunió con él—. Me moría de ganas de enseñártelo —le agarró de la mano—. Ven conmigo.

Le condujo por el pasillo, más allá de la biblioteca. Stuart no decía nada, pero, cuando pasaron por el salón de música y la sala de billar, supo que solo había un posible destino.

—¿El salón de baile? Edie, ¿por que hemos venido aquí?

—Ya lo verás —contestó Edie mientras empujaba las puertas—. Vamos.

Stuart la siguió al resplandeciente salón ducal de baile, decorado en blanco y dorado, pero apenas había puesto un pie en el salón cuando se detuvo asombrado, con la mirada fija en el regalo que Edie tenía para él.

—¿La caja de música de la señora Mullins? ¿La has comprado?

—Sí, la he comprado. Ahora, quédate donde estás —se acercó al instrumento, que descansaba sobre la mesa a juego contra la pared y presionó el botón. Un segundo después, los acordes de *Voces de primavera* comenzaron a resonar en el salón.

Edie se volvió, caminó hacia él y se detuvo a la que juzgó era la misma distancia que les separaba la primera vez que se habían visto en la Casa Hanford y, cuando Stuart sonrió e inclinó ligeramente la cabeza, dirigiéndole aquella mirada interrogante, a Edie se le paró la respiración en la garganta.

—Hay segundas oportunidades, Stuart —le dijo—. Y esta es una de ellas —se interrumpió, expectante—. Estoy aquí, la orquesta esta tocando una pieza de Strauss. Ven a bailar conmigo.

—¿Qué? ¿Aquí? ¿Ahora? —una sombra de lo que bien podía ser pánico cruzó su rostro—. Edie, te lo dije, no puedo bailar.

—Ahora no puedes bailar el vals, lo sé. Pero como yo tampoco sería capaz de bailarlo aunque me fuera en ello la vida, no importa. No necesitas dar vueltas conmigo por todo el salón. Pero sí puedes mecerte al ritmo de la música y sostenerme entre tus brazos, ¿verdad?

Stuart abrió la boca y volvió a cerrarla. Le brillaron los ojos, parpadeó un par de veces y tardó algunos segundos en poder hablar.

—Sí, creo que puedo —dijo por fin.

Stuart se acercó a ella, no con el porte atlético y la elegancia de un leopardo, como en el salón de baile de la Casa Hanford, sino como uno de los animales heridos de Edie. Su marido. Su amante. Su mejor amigo.

Stuart se detuvo delante de ella y le tendió la mano.

—¿Me concede este baile?

—Por supuesto —contestó Edie con idéntica seriedad, y caminaron juntos hasta el centro del salón.

Cuando Stuart le tomó la mano derecha y posó la izquierda en su cintura. Edie posó su mano libre en el hombro, como recordaba haber hecho en previas experiencias de baile.

Pero allí acabaron todas las similitudes. Su pareja era más alta que ella, no la empujaba, ni la impelía, ni intentaba controlar sus movimientos. Era él, no ella, el que se movía lentamente, con torpeza, evitando pisarla. Era difícil para él, y doloroso, tanto físicamente como, probablemente, a un nivel emocional, y Edie se detuvo al cabo de unos pasos, porque ya era suficiente para lo que quería demostrar.

—Creo que vamos a necesitar algo más de práctica —le dijo.

—Sí —musitó él, todavía con la mirada fija en sus pies y con aspecto de estar terriblemente cohibido.

—Pero no importa, Stuart. Tenemos toda una vida para aprender a hacerlo bien, ¿no es cierto?

Stuart alzó la mirada. Aquellos hermosos ojos grises penetraron el corazón de Edie, parecieron estar viendo hasta el fondo de su alma.

—Sí, es cierto.

—Te quiero —dijo Edie, y le besó en la boca—. Creo que te he querido desde la primera vez que te vi. Pero estaba demasiado asustada como para permitirme sentirlo.

—Creo que yo sentí lo mismo —alzó la mano desde su cintura hasta su nuca y la acercó a él.

Edie mantuvo los ojos abiertos, solo lo suficiente como para poder verle de cerca y así poder ver cómo descendían aquellas pestañas tupidas y oscuras. Después, cerró sus los ojos, inhalando la esencia del jabón de sándalo. Stuart rozó sus labios y ella saboreó el gusto de su boca.

«Stuart», pensó, «mi amor».

Se estrechó contra él y, cuando le sintió duro y excitado contra ella, se deleitó en aquella sensación. Amaba a Stuart, amaba al hombre que era y todo lo que eso significaba.

Al cabo de unos segundos retrocedió.

—¿Stuart?

Stuart alzó la mano para acariciarle el pelo.

—¿Sí?

—Sobre ese asunto de hacer el amor...

Stuart detuvo la mano sobre su pelo.

—¿Sí?

Edie se mordió el labio mientras pensaba en la mejor manera de decir lo que quería decir.

—Ya que estamos hablando de practicar, solo quiero advertirte que, en lo que a las artes amatorias respecta, me temo que va a ser algo así como bailar conmigo o... aprender a patinar sobre hielo.

Stuart rio, acariciándole el rostro con su aliento.

—Me va a hacer falta práctica, Stuart. Mucha práctica.

—¿Es eso lo que quieres? —preguntó Stuart, con aquella mirada tierna y oscura que Edie amaba.

—Sí —permaneció en silencio durante unos cuantos segundos—. ¿Stuart?

—¿Sí, Edie?

—Me gustaría practicar ahora.

El rostro de Stuart, suficientemente atractivo como para romperle el corazón a cualquier mujer, se retorció ligeramente para resplandecer después de alegría. Parecía contento, tan contento, de hecho, que hasta el corazón de Edie cantó de alegría.

—Si estás segura...

—Estoy segura —con los dedos todavía entrelazados, Edie se volvió con él hacia la puerta.

—¿Pretendes seguir llevando tú las riendas? —preguntó Stuart mientras Edie tiraba de él hacia el otro extremo del salón.

—Siempre que sea posible —contestó, haciéndole reír.

Se detuvieron en la puerta para que Stuart pudiera recuperar el bastón y subieron después juntos al dormitorio de Edie. Una vez dentro, Edie giró la llave en la cerradura.

—Le he dado a Reeves la noche libre —anunció con la

voz ligeramente temblorosa, pero le mantuvo la mirada con firmeza—. Cuento con el hecho de que tienes suficiente práctica como para desnudarme.

Stuart sacudió la cabeza, riendo ligeramente mientras Edie caminaba hacia él.

—Y aquí me ves, deseando casi haber llegado virgen a este momento.

Aquello sorprendió a Edie.

—¿Por qué ibas a desear una cosa así?

—En otra época de mi vida, me sentía muy orgulloso de haber estado con tantas mujeres, vanamente orgulloso. Y, sin embargo, ahora me asombra, porque ninguna de esas mujeres significó nunca para mí lo que tú significas —alzó la mirada—. Te amo con cada pedazo de mi alma.

El júbilo penetró el corazón de Edie. Fue una punzada de alegría tan dulce que tardó varios segundos en poder contestar.

—Pero, si fueras virgen —dijo por fin—, me temo que nunca habríamos llegado tan lejos. Necesito que seas exactamente el hombre que eres. Necesito que me recuerdes cada día que soy una mujer atractiva, apasionada, con pecas doradas y unas piernas maravillosas. Necesito que me toques, que me acaricies y lo conviertas en una bendición. Necesito que hagas el amor conmigo y me proporciones ese dulcísimo placer.

Stuart volvió a reír, con tanta alegría en aquella ocasión que Edie se sintió un poco molesta.

—¿De qué te ríes?

—¿Y ahora quién se está mostrando ardiente? —pero se puso serio casi inmediatamente—. Puedo hacer todo lo que necesitas —le prometió, y posó las manos en sus hombros—. Date la vuelta.

Cuando Edie giró, él comenzó a desabrocharle los botones de la espalda del vestido. Fue un proceso lento, porque los botones estaban forrados en tela, y Stuart tuvo la sensación de que tardaba una eternidad en alcanzar la cintura. Pero al final, fue capaz de quitarle el vestido de noche, deslizándolo por sus hombros y por sus caderas. El vestido cayó al suelo, transformado en un charco de seda azul y, cuando Edie salió de aquel charco, dejando el vestido en el suelo, Stuart utilizó el pie para apartarlo de su camino.

Le quitó después el cubrecorsé, lo dejó a un lado y comenzó a trabajar con los cordones del corsé. No vaciló ni una sola vez durante aquel intrincado proceso, lo que hizo pensar a Edie en la cantidad de mujeres a las que habría desnudado. Pero, tal como acababa de decirle a Stuart, no lamentaba aquellas experiencias del pasado. Aunque las semanas anteriores habían desenterrado en ella una veta de celos que ni siquiera sabía que poseía, mientras Stuart la desnudaba, solo sentía deseo. Un deseo que se hacía más profundo con cada prenda que Stuart tan hábilmente descartaba y, para cuando llegó la última capa de tela, estaba tan excitada que apenas podía respirar.

Stuart la hizo volverse y se agachó enfrente de ella. Le quitó hasta los zapatos de noche. Después, las cálidas palmas de sus manos ascendieron por los gemelos y las rodillas de Edie. Cuando deslizó las manos por el interior de las calzas para quitar los ligueros que sujetaban las medias, rozó con la yema de los dedos las corvas, haciéndola retorcerse a modo de protesta.

Edie rio quedamente mientras él desataba los lazos de los ligueros y le bajaba las medias.

—Tienes cosquillas —querida—. Me alegro de tener un elemento útil con el que negociar contigo.

—Pero... —Edie se interrumpió, intentando no gritar mientras Stuart deslizaba los dedos bajo el dobladillo de las calzas para acariciarle la parte trasera de los muslos. ¿Pero con qué pretendes negociar?

—Um... hay varias posibilidades —Stuart se interrumpió

para pensar en ello sin dejar de deslizar los dedos hacia arriba y hacia abajo por la piel desnuda de Edie, justo bajo su trasero.

La sensación era tan exquisita que a Edie se le debilitaron las rodillas, aspiró jadeante y tuvo que apoyar las manos en los hombros de Stuart para evitar caer al suelo.

Stuart se detuvo.

—¿Te gusta? —le preguntó.

—Sí —fue una admisión apenas susurrada.

Stuart apartó las manos y las llevó hasta la cintura de la enagua. Soltó los corchetes y la prenda cayó por las caderas de Edie.

—¿Y esto? —preguntó, hundiendo la cabeza bajo el dobladillo de la camisa interior para besar la piel desnuda de su estómago.

Edie gritó y tensó las manos en sus hombros.

—Stuart —gimió suavemente, retorciéndose contra Stuart mientras él le lamía ligeramente el ombligo—. ¡Oh, oh! —jadeó Edie—. Esto ya no lo soporto.

Stuart emergió de debajo de la camisa y se levantó.

—Algún día —contestó Stuart mientras inclinaba la cabeza para acercarla a la suya—, tendré que demostrarte lo agradables que pueden ser las cosquillas.

Stuart la besó antes de que pudiera decirle que no había placer alguno en las cosquillas. El beso fue uno de aquellos besos apasionados, profundos y cargados de deseo que Edie estaba empezando a adorar, pero, cuando Stuart tomó el dobladillo de la camisa y comenzó a subirla para quitársela, se sintió sobrecogida por un repentino ataque de timidez. La idea de revelar ante Stuart uno de los rasgos más decepcionantes de su cuerpo hizo que flaqueara el deseo y apartó la boca de la de Stuart.

—Espera.

Stuart se detuvo.

—¿Qué ocurre?

Edie no quería explicárselo. Quería recuperar el deseo que la había impulsado hasta entonces. Alzó la mano para deslizar la chaqueta negra de Stuart por sus hombros.

—Creo que ahora me toca desnudarte a ti.

Aquello le hizo sonreír.

—Veo que quieres tomar de nuevo las riendas.

—Sí —respondió Edie, y le quitó la chaqueta—. Me gusta dominar la situación.

—Sí, a mí también me gusta que seas tú la que lleve las riendas —ensanchó la sonrisa—. Siempre y cuando no me hagas ir a tomar el té con el vicario.

Edie se echó a reír al recordar aquel día.

—No volveré a hacerlo —le prometió mientras tiraba de los lazos de la pajarita de seda—. Te aprecio demasiado como para someterte a esa clase de tortura.

—Pues lo agradezco —musitó Stuart mientras Edie le quitaba el broche del cuello.

Como no le resultaba fácil, Stuart le enseñó cómo quitarlo, y también a desatar los corchetes de la camisa y los gemelos. Se quitó después los zapatos y, mientras Edie se volvía para dejar broches y gemelos en un platito sobre el tocador, se quitó la camisa y la tiró a un lado. Edie se volvió de nuevo hacia él mientras Stuart se quitaba la camiseta interior. La visión de su cuerpo desnudo la hizo contener la respiración.

La piel de Stuart, bronceada por el sol africano, resplandecía como el bronce. Su pecho era una pared de fibra y músculo esculpido y su fuerza era patentemente obvia. El corazón de Edie comenzó a latir con fuerza contra sus costillas. Pero no fueron latidos provocados por el pánico. Sentía únicamente deseo mientras iba recorriendo con la mirada los discos oscuros de los pezones, la tabla de su estómago y la hendidura del ombligo.

Posó las manos en su pecho y fue deslizándolas hacia abajo mientras apreciaba el poder y la fuerza de aquel cuerpo.

Cuando llegó a la cintura del pantalón, sentir la dureza de su excitación no evocó ningún sentimiento de temor, sino un deseo más profundo y una necesidad de plenitud. Pero, antes de que pudiera comenzar a bajar los pantalones por sus caderas, Stuart la detuvo.

—Ahora me toca a mí —volvió a acercar las manos al dobladillo de la camisa, pero Edie se resistió una vez más.

—¿Qué te pasa, Edie?

—Nada. Es solo que... —se interrumpió y desvió la mirada con las mejillas violentamente encendidas, aunque sabía que no tenía sentido avergonzarse en aquel momento—. Supongo que estoy un poco cohibida.

—¿Todavía? ¿Pero por qué? —como no contestó, la besó—. Cuéntamelo.

Edie volvió la cara antes de hablar.

—Mis senos son demasiado pequeños.

—¿Qué? —Stuart emitió un sonido de incredulidad—. No me lo creo. Enséñamelos, déjame verlos.

—Son demasiado pequeños para poder verlos —farfulló mientras Stuart comenzaba a subirla la camisa—. Ni siquiera yo puedo verlos.

Stuart rio, lo que hizo sentir a Edie todavía peor. Pero estiró los brazos hacia el techo y permitió que le sacara la camisa por encima de la cabeza. Stuart tiró la prenda al suelo, agarró a Edie por las muñecas y la hizo abrir los brazos antes de que pudiera cubrirse con ellos. Edie apretó los ojos con fuerza. El deseo peligró ante el despertar de una temerosa sensación de insuficiencia.

Tuvo la sensación de que pasaba una eternidad antes de que Stuart hablara.

—Edie, me temo que tienes algún problema en la vista —dijo por fin, haciéndola abrir los ojos y mirarle a los suyos—. Yo veo perfectamente tus senos —le soltó las muñecas—. ¿Y quieres que te diga lo que me parecen?

Sonrió con tanta ternura que Edie temió que iba a ponerse a llorar otra vez.

—Puesto que aparentemente no puedes verlos —continuó diciendo Stuart—, creo que debería describírtelos.

Alzó las manos para acariciarla.

—Son pequeños, sí, y redondos, y perfectamente moldeados —rozó apenas los pezones con las yemas de los dedos y continuó descendiendo—. También son muy bonitos, de un blanco cremoso, salpicados de pecas doradas por todas partes y con unos maravillosos pezones de color rosa.

Edie observó su rostro mientras le acariciaba los senos e iba describiéndolos y experimentó una sensación de absoluto asombro. Jamás en su vida se había sentido verdaderamente bella, pero, en aquel momento, así se sentía. La alegría se elevaba en su interior, un júbilo tan poderoso y tan brillante que estalló en su pecho como si se hubiera tragado una caja de fuegos artificiales.

—Tus senos son perfectos, Edie —rodeó delicadamente los pezones con sus dedos, extendiendo el calor por todo su cuerpo—. Exquisitos y perfectos, y estoy deseando besarlos, succionarlos y jugar con ellos durante horas —mientras hablaba, comenzó a filtrarse un cierto temblor en su voz—. Pero me temo que no vamos a tener tiempo. No estoy seguro de cuánto voy a poder aguantar antes de perder por completo el control.

Apartó las manos de sus senos, agarró a Edie de la mano y la condujo hasta la cama, donde la invitó a tumbarse.

Comenzó a desabrocharse los pantalones, pero Edie le detuvo.

—Espera —le pidió, y se levantó—. Se supone que eso tengo que hacerlo yo.

—¿Ah, sí? —comenzó a desabrocharse los botones una vez más, pero Edie le agarró por las muñecas.

—Sí —advirtió su resistencia sorprendida—. Creo que

ahora me toca a mí preguntarte qué te pasa —susurró—. ¿No quieres que te desnude?

—Me encantaría, pero... —se interrumpió y cambió el peso sobre sus pies—. Pero antes debería advertirte... —volvió a interrumpirse y, en aquella ocasión, se aclaró la garganta antes de volver a intentarlo—. Es solo que la pierna no está en su mejor estado, ¿sabes? No te asustes cuando la veas.

Y entonces Edie supo que, si en algún momento volvía a sentir vergüenza en el futuro, lo único que tenía que hacer era acordarse de aquel momento, porque jamás había querido más a Stuart de lo que le quiso entonces.

—Yo te he dejado mirar —susurró—, ¿te acuerdas?

—Muy bien —contestó Stuart, permitiéndole deslizar los pantalones por sus caderas—. Pero después no digas que no te lo advertí.

Edie bajó la mirada. Stuart estaba completamente excitado, pero mientras fijaba la mirada en su miembro, Edie solo sintió una profunda y apasionada ternura. Continuó bajando la mirada hacia la cicatriz que cruzaba el muslo derecho y contempló aquellas líneas blancas mientras pensaba en el dolor que Stuart debía de haber soportado. Un dolor que, en aquel momento, también ella soportaba.

Alargó la mano para acariciarle la pierna, deslizando ligeramente los dedos por la cicatriz y sintió que un estremecimiento recorría el cuerpo de Stuart.

—Te quiero —le dijo, y le oyó soltar la respiración en un suspiro de alivio. Posó los labios sobre una de las serradas cicatrices blancas—. Te quiero —repitió.

Stuart gimió en respuesta, hundió la mano en su pelo y le echó la cabeza ligeramente hacia atrás.

—¡Dios mío, Edie, no sigas! No sé cuánto tiempo voy a ser capaz de aguantar esto.

—¿Y por qué vas a tener que aguantar? —preguntó, tumbándose en la cama y empujándole con ella.

Stuart se tumbó a su lado, apoyándose sobre un codo.

—Porque antes tengo cosas importantes que hacer —dijo, mientras alargaba su mano libre para tocarla.

Le rozó los senos con las yemas de los dedos, descendió hacia las costillas y el vientre y siguió bajando.

Cuando alcanzó los rizos que cubrían el vértice en el que se unían los muslos, se detuvo y alzó la mirada para poder contemplar los ojos de Edie mientras deslizaba el dedo entre sus pliegues. Sus miradas se fundieron mientras él la acariciaba una y otra vez, con ternura y firmeza, hasta que la respiración de Edie se convirtió en una sucesión de jadeos y ella comenzó a moverse frenéticamente contra él al tiempo que sollozaba su nombre. Y entonces, Edie alcanzó el clímax. Echó la cabeza hacia atrás y gritó el nombre de Stuart mientras el calor fluía en su interior, ola tras ola, hasta que terminó desplomada y jadeante contra los almohadones.

Stuart se inclinó para besarla en la boca.

—Quiero estar dentro de ti —le dijo, acariciándola—. ¿Tú también lo deseas? Dios mío, dime que sí.

—Sí —Edie asintió para dar más énfasis a su respuesta—. Sí.

—Entonces, colócate encima de mí —le mostró cómo hacerlo mientras ella se sentaba a horcajadas sobre él y deslizaba el duro miembro de Stuart en el interior de su cuerpo.

Stuart se sintió henchido y pleno dentro de ella, y abrasadoramente excitado.

Para Edie, la sensación de estar encima de él fue gloriosa, y gimió de placer mientras flexionaba las caderas.

Stuart también gimió, alzando las caderas en respuesta y urgiéndola a continuar. Al comprender lo que Stuart quería, Edie comenzó a moverse, elevándose y descendiendo sobre su cuerpo, tensando los músculos internos una y otra vez, utilizando su cuerpo para acariciarle.

—Sí, Edie —gimió Stuart, moviéndose contra ella una y otra vez—. ¡Dios mío, sí! ¡Sí!

Edie se movía a su ritmo, deleitándose en el poder de complacerle y observando en todo momento su rostro. Cuando alcanzó el orgasmo, ella se regodeó en aquel clímax y, cuando Stuart embistió con fuerza por última vez, le siguió hasta lo más alto y se lanzó por el precipicio del placer. Después, se tumbó a su lado, envuelta en la blancura de las sábanas y susurró el nombre de Stuart en un tenue suspiro que contenía todo lo que sentía, todo su amor por él.

—Ahora ya lo hemos hecho —anunció Stuart mientras permanecían lado a lado en la cama, con las manos entrelazadas y la mirada clavada en el techo—. Ya no tendré que llevar yo las riendas nunca más.

—Sí, claro que lo harás —se colocó de lado para poder mirarle a los ojos y sonrió—, aunque solo algunas veces.

EPÍLOGO

Highclyffe, once meses después...

—¿Por qué siempre tienes que robar de mi plato? —gruñó Edie cuando Stuart le quitó otra loncha de beicon de la bandeja del desayuno.

—Porque siempre estoy en tu cama cuando Reeves te trae el desayuno, esa es la razón —sonrió sin el menor síntoma de arrepentimiento y se metió la loncha en la boca.

Edie aspiró con fuerza por la nariz.

—Podrías pedir que te trajeran a ti una bandeja —señaló el ejemplar del *Daily Sketch* que, como era habitual, le habían llevado en la bandeja.

—Podría, pero esto es mucho más divertido.

Stuart se inclinó y comenzó a besarla, pero Edie no se dejó engañar y, aunque le permitió besarla, le palmeó la mano para evitar que continuara robándole el beicon.

—Supongo que tendré que pedir que me suban una bandeja, ya que eres tan rácana —se lamentó mientras Edie abría el periódico.

Se volvió y alargó el brazo con intención de tocar el timbre para llamar a Reeves, pero la voz de Edie le detuvo antes de que hubiera podido tirar de la cuerda.

—¡Oh, Dios mío!

Stuart dejó caer la mano ante la sorprendida brusquedad de su voz y se volvió para mirarla.

—¿Qué pasa?

Edie apartó la mirada del periódico y volvió la cabeza para mirarle con sus bonitos ojos verdes abiertos de par en par por el impacto.

—Frederick Van Hausen ha muerto.

Stuart arqueó la ceja. No era una noticia inesperada.

—¿De verdad?

Edie asintió y volvió a fijar la mirada en el periódico.

—Hace cuatro días se suicidó de un disparo.

—¿Un suicidio? —Stuart pensó en ello.

Desde luego, debería haberse imaginado que estaba a punto de ocurrir algo. El último telegrama que Jack le había enviado desde Nueva York lo había dejado claro.

PEZ EN LA RED STOP EXPOSICIÓN INMINENTE

¿Pero un suicidio? No se lo esperaba. Humillación, sí. La ruina, probablemente. ¿Pero suicidio? No, no se lo esperaba en absoluto.

—Le descubrieron metido en algún tipo de estafa —le explicó Edie al cabo de un momento.

—¿De verdad? —Stuart intentó imprimir a su voz una convincente cantidad de sorpresa ante aquella información adicional—. Es increíble.

—Sí, convenció a sus amigos, a sus socios y a algunos inversores británicos para que invirtieran dinero en una empresa que estaba montando —continuó con la mirada fija en las páginas de escándalos mientras hablaba—, pero resultó ser una estafa. Estaba a punto de desatarse el escándalo que se convertiría en su ruina. Habría terminado yendo a prisión.

—Y decidió pegarse un tiro antes de enfrentarse a ello —Stuart sonrió.

Aquella era la guinda perfecta para el pastel.

—Evidentemente. Había oído hablar de unas minas de oro y había formado un equipo de investigación para explorarlas, pero, al final, se descubrió que en las minas no había oro. Supongo que él lo sabía desde el principio, pero... —se interrumpió y alzó la mirada, su adorable rostro pecoso evidenciaba que acababa de caer en la cuenta—. Las minas estaban en África Oriental. Stuart, ¿tú has tenido algo que ver con esto?

—Bueno... —se interrumpió, pensando en cómo contestar— digamos que coloqué a la gente indicada en el lugar apropiado para que lo llevaran justo donde él quería ir, ¿entiendes?

Edie negó con la cabeza con evidente perplejidad.

—¿A qué te refieres? ¿A qué personas pusiste?

—A mis amigos. Lord Trubridge, lord Featherstone, lord Somerton y lord Hayward fueron los inversores británicos a los que timó. La ayuda que nos proporcionó tu padre en Nueva York tuvo un valor incalculable.

—¿Mi padre? ¿Metiste a mi padre en esto?

—Por supuesto. Él no sabe lo que te hizo Van Hausen —le aclaró Stuart inmediatamente—. Pero, cuando hace once meses le pregunté que si quería vengarse de ese canalla por haber arruinado tu reputación, se mostró felizmente de acuerdo.

—¿Empezaste a organizar todo esto hace once meses?

—Sí, empecé entonces. Y ha hecho falta todo este tiempo para que las piezas encajen en su lugar —le sostuvo la mirada por encima del borde del periódico—. Te lo dije, Edie, te dije que le haría pagar lo que te hizo. Y ahora ha pagado, y un precio más alto del que nunca me habría atrevido a soñar.

Edie bajó el periódico y se le quedó mirando fijamente, como si fuera incapaz de entenderlo del todo.

—Me pregunto si mi padre sabrá que Frederick ha muerto.

—Teniendo en cuenta que ahora mismo está navegando con su amante por las islas griegas, lo dudo seriamente.

—¿Pero mi padre te ayudó con todo esto?

—Se sumó en cuanto tuvo oportunidad. Siempre había querido hacer algo así. De hecho, toda la estrategia de las inversiones fue idea suya porque sabía que Van Hausen era un tipo deshonesto, pero él no podía sacar adelante su plan porque, a pesar de tener una hija duquesa, jamás podría tener el nivel de influencia requerido por la aristocracia estadounidense para llevarlo a cabo. Ahí es donde entraron los títulos de mis amigos británicos. Lady Astor y su grupo prácticamente babearon cuando mis amigos fueron a Nueva York. Tengo entendido que Jack la aduló descaradamente.

—Algo que, sin duda, lady Astor apreció —dijo Edie—. No hay nada que le guste más que ser halagada.

—Fue ella la que presentó a Van Hausen a mis amigos, además de a otros de sus conocidos. El resto es historia.

—Pero Frederick tendría que haber investigado a tus amigos. Cuando descubrió que te conocían, ¿por qué no sospechó que estaban tramando algo?

—Creo que se insinuó que nos habíamos distanciado. Por si no bastara el hecho de que me hubiera casado con una mujer de un rango inferior al mío por dinero, había vuelto de África y quería tener descendientes con ella. Van Hausen creyó toda esa basura sin recelar siquiera y no se molestó en indagar nada más. Y, cuando se enteró de que mis supuestamente antiguos amigos sabían que yo había descubierto unas minas de oro en África y de que querían adelantárseme, prácticamente se abalanzó, por decirlo de alguna manera, a constituir una empresa —Stuart se interrumpió un momento y continuó—. Creo que la idea de marcarme un tanto añadió atractivo a todo el asunto.

—¿Por qué? ¿Porque le permitiría revivir el placer de pisotear y machacar otra vez a una miserable como yo?

—Algo así, supongo —respondió Stuart con delicadeza.

—Así que decidiste arruinarle.

—Le dimos la oportunidad de evitar la trampa. Un informe de un ingeniero demostró que no había oro en aquellas minas así que, si él hubiera tenido un mínimo de decencia, se habría retirado, habría devuelto el dinero a los inversores y se habría olvidado del asunto. Pero siguió adelante, se quedó con el dinero y lo invirtió en otros negocios, con delicadas insinuaciones de mis amigos a los suyos, por supuesto, y perdió todo el dinero. Cometió un fraude y fue entonces cuando supimos que le teníamos atrapado.

Edie pensó en ello en silencio.

—Pero vosotros no podíais saber que iba a suicidarse para no ir a prisión.

Stuart negó con la cabeza.

—No, aunque supongo que tampoco fue ninguna sorpresa. Ese hombre era un cobarde. También era un avaricioso y un egoísta que lo único que quería era ser importante. Sentía que tenía derecho a cosas que no le pertenecían: dinero, éxito —miró a su esposa a los ojos—, y mujeres.

Edie asintió, mostrando su acuerdo con expresión pensativa.

—¿Y tus amigos hicieron todo eso por ti?

—Sí. No les conté lo que te había sucedido —tampoco le dijo a Edie que, seguramente, sus amigos lo imaginaban, pero continuó—: No necesitaron conocer los detalles para prestarme su ayuda. Sabían que ese hombre había arruinado tu reputación y mancillado tu honor y no necesitaron oír nada más. Son hombres educados en Eton. El honor significa mucho para ellos.

—Lo de Saratoga sucedió un año antes de que te casaras conmigo, ¿y aun así te ayudaron a vengarme?

Stuart sonrió.

—Son muy buenos amigos.

—¿Crees que Frederick llegó a averiguar en algún momento que tú estabas detrás de todo eso?

—Lo dudo, pero eso no importa.

Edie pareció sorprendida por aquella respuesta.

—¿Al final no te habría gustado que supiera que habías sido tú?

Stuart se encogió de hombros.

—¿Por qué? No necesito que un insecto alce la mirada hacia a mí antes de aplastarlo con mi bota.

Edie soltó un sonido atragantado, entre una risa y un sollozo.

—Hiciste todo esto por mí. ¡Oh, Stuart!

—Cariño.

Le retiró la bandeja del regazo, la dejó a un lado y le abrió los brazos.

Edie se arrojó inmediatamente a ellos, tiró el periódico y enterró la cara en su pecho. Stuart la sintió temblar.

—No me lo puedo creer —farfulló Edie—. Está muerto. ¡Está muerto!

—Sí —Stuart le acarició la espalda y le besó el pelo—. No pasa nada, Edie, todo ha terminado. Ya no puede hacerte daño, y tampoco a otras mujeres. Ya no.

Edie alzó el rostro sobrecogida.

—¿Hubo otras mujeres? Cuéntamelo —le pidió al ver que no decía nada.

—Hubo otras dos mujeres a las que estoy seguro que violó. A las dos antes que a ti. Las circunstancias fueron similares, pero su padre consiguió silenciarlo porque las dos eran sirvientas. Su padre les dio dinero y las envió lejos. Pero... —Stuart vaciló un instante. No quería decirle la verdad, pero le había prometido que siempre se la diría cuando le preguntara—. Pero no es probable que un hombre así se detenga ante nada —lo dijo con toda la delicadeza de la que fue capaz.

—Jamás se me ha ocurrido pensar que podría haber otras. Siempre pensé que yo había sido la única. Que había hecho algo, o había algo en mí que le había... excitado. Que le había provocado o que, al aceptar encontrarme con él a solas, le había hecho crearse expectativas, o le había alentado, o...

—No, cariño —la interrumpió—. Lo que Stuart hizo no tuvo nada que ver contigo. No tuviste la culpa de nada.

—¿Pero dices que probablemente hubo otras mujeres a las que también atacó después de lo que me hizo a mí? ¡Oh, no, no! —gimió. Parecía muy afectada—. Debería haberlo sabido. Debería haber hecho algo.

—No, Edie, no —Stuart le enmarcó el rostro con las manos y le secó con los pulgares las lágrimas que comenzaron a rodar por sus mejillas—. No podrías haber hecho nada.

—Podría haberle contado al mundo lo que había hecho para que otras mujeres estuvieran advertidas contra él.

—¿Y qué te hace pensar que te habrían creído? Teniendo en cuenta su posición y la tuya, ¿quién te habría escuchado? No, no podías presentar ninguna prueba. Si hubieras dado un paso adelante, declarando que te había forzado, habrías sufrido más humillación y te habrían culpado más de lo que hicieron. La sociedad siempre considera culpables a las mujeres de ese tipo de cosas, sobre todo porque él consiguió que fueras a esa casa abandonada tras él. Y no tengo la menor duda de que fue él el que organizó aquel encuentro de forma deliberada.

—Sí, fue él —asintió—. Fue idea suya. Después dijo que yo había intentado atraparle.

—¿Ves? Ya lo tienes. Y, si tú hubieras intentado contar al mundo lo que realmente había pasado, te habrían condenado a ti por tu falta de discreción más que a él por lo que había hecho. En cuanto a mi plan de venganza, tú no habrías podido reunir a un grupo de inversores para hundir a Van Hausen. Ni siquiera tu padre tenía la influencia necesaria para hacer algo así por su cuenta.

—Pero...

Stuart posó el pulgar sobre sus labios.

—Edie, escúchame. No tienes que culparte. Tú misma juzgaste, y correctamente, que lo único que podías hacer era matarle y que si te pillaban, te colgarían o te enviarían a prisión y, como siempre, tenías que pensar en Joanna. E, incluso en el caso de que no te hubieran descubierto, ¿habrías podido llevar la culpabilidad de un asesinato sobre tu alma? No —negó con la cabeza—. Vengarte era responsabilidad mía. Lo único que me gustaría es poder haberlo borrado todo, que no hubiera pasado jamás, pero eso era imposible.

—Pero no puedes desear eso —le interrumpió Edie, sentándose en la cama.

Stuart frunció el ceño.

—Claro que puedo.

—No, Stuart —negó con la cabeza—. Yo no me arrepiento de lo que ocurrió. De hecho —añadió lentamente, mientras pensaba en ello—, si pudiera dar marcha atrás en el tiempo y cambiarlo, no lo haría.

—¿Qué? —Stuart se quedó mirándola estupefacto. Llevaban ya casi un año juntos y todavía había muchas cosas de Edie que le dejaban completamente confuso—. No puedes estar hablando en serio.

—Claro que hablo en serio. A pesar de lo terrible que fue, si no hubiera ocurrido, jamás habría venido a Inglaterra y no te habría conocido.

Stuart negó con la cabeza.

—Quizá, pero aun así...

—¿Te acuerdas de que en esta misma habitación dijiste que no te importaba tener que cojear durante el resto de tu vida porque, si no te hubiera atacado esa leona, no habrías vuelto a casa? —sonrió y le acarició la cara—. Pues bien, yo siento lo mismo. Incluso a partir de las cosas malas puede pasar algo bueno. Hasta lo más sórdido y lo más doloroso puede llevar a algo bueno.

Stuart sintió una presión en el pecho. Se descubrió de pronto paralizado, como si el destino estuviera sujetándole para hacerle ver la belleza que tenía ante sus ojos.

—¡Dios mío cómo te quiero!

—Yo también te quiero —Edie le besó y volvió a recostarse contra los almohadones—. Sin embargo, a pesar de todo lo que he dicho, no puedo evitar alegrarme de que Frederick Van Hausen esté muerto.

—En eso estamos de acuerdo.

Stuart se recostó a su lado y cerró los ojos. Inmediatamente acudió a su mente la imagen de Van Hausen hundiendo el cañón de una pistola en su boca y dedicó un instante a saborear la dulce satisfacción de aquella imagen. Pero solo un instante. Después, dejó de lado aquel asunto. Ya había terminado, finalizado, y, al final, todo había acabado bien. Había llegado el momento de olvidar.

—¿Stuart? —Edie posó la mano sobre su pecho desnudo, haciéndole abrir los ojos—. ¿En qué estás pensando?

Stuart se volvió y miró a su esposa, con el camisón blanco, rodeada de almohadas de plumas y con la melena brillando como el fuego bajo la luz de la mañana.

—Estoy pensando en lo mucho que me alegro de haber ido al baile de los Hanford. Me alegro de que salieras tras de mí y me propusieras matrimonio. No me alegro tanto de que hirieras mi orgullo, pero...

—¡Oh, lo necesitabas! —le interrumpió Edie—. Eras terriblemente engreído.

Stuart le tomó la mano.

—Me alegro de que te guste que te bese la mano —se detuvo para besarle la palma de la mano y sintió que se estremecía en respuesta—, y me alegro de que hiciéramos esa ridícula apuesta sobre los diez días que me dio la oportunidad de conquistarte.

—Ya han pasado más de diez días —replicó Edie.

Y apartó la sábana que cubría el cuerpo de Stuart. Se levantó el camisón y se colocó a horcajadas sobre él.

—Han pasado trescientos treinta y tantos días —terminó.

—Sí, y veo que sigues intentando llevar tú las riendas —se inclinó hacia delante para besarla, pero Edie le detuvo.

—¿Te gustaría hacerlo a ti? —le preguntó, con la mano en el pecho—. Llevar las riendas, quiero decir.

—Eso depende —jugueteó con uno de los botones perlados del camisón—.Creo que sí.

Stuart sonrió y comenzó a desabrochar los botones mientras la levantaba y la tumbaba de espaldas. Una vez desabrochados, le subió el camisón y se colocó suavemente encima de ella.

—Siempre y cuando recuerdes en todo momento la diferencia.

—No necesito recordarla, Stuart, porque la conozco —sonrió mientras cerraba los ojos y giraba la cabeza para que pudiera besarle el cuello—. La reconozco en lo más hondo de mi alma.